A LIBRARY OF
DOCTORAL
DISSERTATIONS
IN SOCIAL SCIENCES IN CHINA

中国
社会科学
博士论文
文库

蒙太奇旋涡中的
解离-联聚-整体性

Dissociation–Association–Totality in Montage Vortexes

张 晖 著

导师　Dr. Helmuth Kiesel教授
　　　Dr. Karin Tebben教授

中国社会科学出版社

图书在版编目（CIP）数据

蒙太奇旋涡中的解离 - 联聚 - 整体性/张晖著 . —北京：中国社会科学
出版社，2018.9
（中国社会科学博士论文文库）
ISBN 978 - 7 - 5203 - 1996 - 6

Ⅰ.①蒙…　Ⅱ.①张…　Ⅲ.①比较文学—文学研究—中国、国外
Ⅳ.①I0 - 03

中国版本图书馆 CIP 数据核字（2018）第 017619 号

出 版 人	赵剑英
责任编辑	王　衡
责任校对	朱妍洁
责任印制	王　超

出　　　版	中国社会科学出版社
社　　　址	北京鼓楼西大街甲 158 号
邮　　　编	100720
网　　　址	http://www.csspw.cn
发 行 部	010 - 84083685
门 市 部	010 - 84029450
经　　　销	新华书店及其他书店

印　　　刷	北京明恒达印务有限公司
装　　　订	廊坊市广阳区广增装订厂
版　　　次	2018 年 9 月第 1 版
印　　　次	2018 年 9 月第 1 次印刷

开　　　本	710×1000　1/16
印　　　张	18.5
字　　　数	304 千字
定　　　价	79.00 元

总　序

在胡绳同志倡导和主持下，中国社会科学院组成编委会，从全国每年毕业并通过答辩的社会科学博士论文中遴选优秀者纳入《中国社会科学博士论文文库》，由中国社会科学出版社正式出版，这项工作已持续了12年。这12年所出版的论文，代表了这一时期中国社会科学各学科博士学位论文水平，较好地实现了本文库编辑出版的初衷。

编辑出版博士文库，既是培养社会科学各学科学术带头人的有效举措，又是一种重要的文化积累，很有意义。在到中国社会科学院之前，我就曾饶有兴趣地看过文库中的部分论文，到社科院以后，也一直关注和支持文库的出版。新旧世纪之交，原编委会主任胡绳同志仙逝，社科院希望我主持文库编委会的工作，我同意了。社会科学博士都是青年社会科学研究人员，青年是国家的未来，青年社科学者是我们社会科学的未来，我们有责任支持他们更快地成长。

每一个时代总有属于它们自己的问题，"问题就是时代的声音"（马克思语）。坚持理论联系实际，注意研究带全局性的战略问题，是我们党的优良传统。我希望包括博士在内的青年社会科学工作者继承和发扬这一优良传统，密切关注、深入研究21世纪初中国面临的重大时代问题。离开了时代性，脱离了社会潮流，社会科学研究的价值就要受到影响。我是鼓励青年人成名成家的，这是党的需要，国家的需要，人民的需要。但问题在于，什么是名呢？名，就是他的价值得到了社会的承认。如果没有得到社会、人民的承认，他的价值又表现在哪里呢？所以说，价值就在于对社会重大问题的回答和解决。一旦回答了时代性的重大问题，就必然会对社会产生巨大而深刻的影响，你也因此而实现了你的价值。在这方面年轻的博士有很大的优势：精力旺盛，思想敏捷，勤于学习，勇于创新。但青年学者要多向老一辈学者学习，博士尤其要很好地向导师学习，在导师的指导下，发挥自己的优势，研究重大问题，就有可能出好的成果，实现自己的价值。过去12年入选文库的论文，也说明了这一点。

什么是当前时代的重大问题呢？纵观当今世界，无外乎两种社会制度，一种是资本主义制度；一种是社会主义制度。所有的世界观问题、政治问题、理论问题都离不开对这两大制度的基本看法。对于社会主义，马克思主义者和资本主义世界的学者都有很多的研究和论述；对于资本主义，马克思主义者和资本主义世界的学者也有过很多研究和论述。面对这些众说纷纭的思潮和学说，我们应该如何认识？从基本倾向看，资本主义国家的学者、政治家论证的是资本主义的合理性和长期存在的"必然性"；中国的马克思主义者，中国的社会科学工作者，当然要向世界、向社会讲清楚，中国坚持走自己的路一定能实现现代化，中华民族一定能通过社会主义来实现全面的振兴。中国的问题只能由中国人用自己的理论来解决，让外国人来解决中国的问题，是行不通的。也许有的同志会说，马克思主义也是外来的。但是，要知道，马克思主义只是在中国化了以后才解决中国的问题的。如果没有马克思主义的普遍原理与中国革命和建设的实际相结合而形成的毛泽东思想、邓小平理论，马克思主义同样不能解决中国的问题。教条主义是不行的，东教条不行，西教条也不行，什么教条都不行。把学问、理论当教条，本身就是反科学的。

在21世纪，人类所面对的最重大的问题仍然是两大制度问题：这两大制度的前途、命运如何？资本主义会如何变化？社会主义怎么发展？中国特色的社会主义怎么发展？中国学者无论是研究资本主义，还是研究社会主义，最终总是要落脚到解决中国的现实与未来问题。我看中国的未来就是如何保持长期的稳定和发展。只要能长期稳定，就能长期发展；只要能长期发展，中国的社会主义现代化就能实现。

什么是21世纪的重大理论问题？我看还是马克思主义的发展问

题。我们的理论是为中国的发展服务的，决不是相反。解决中国问题的关键，取决于我们能否更好地坚持和发展马克思主义，特别是发展马克思主义。不能发展马克思主义也就不能坚持马克思主义。一切不发展的、僵化的东西都是坚持不住的，也不可能坚持住。坚持马克思主义，就是要随着实践，随着社会、经济各方面的发展，不断地发展马克思主义。马克思主义没有穷尽真理，也没有包揽一切答案。它所提供给我们的，更多的是认识世界、改造世界的世界观、方法论、价值观，是立场，是方法。我们必须学会运用科学的世界观来认识社会的发展，在实践中不断地丰富和发展马克思主义，只有发展马克思主义才能真正坚持马克思主义。我们年轻的社会科学博士们要以坚持和发展马克思主义为己任，在这方面多出精品力作。我们将优先出版这种成果。

2001 年 8 月 8 日于北戴河

Schaffe Leere bis zum Höchsten!

Wahre die Stille bis zum Völligsten!

Alle Dinge mögen sich dann zugleich erheben.

Ich schaue, wie sie sich wenden.

Die Dinge in all ihrer Menge,

ein jedes kehrt zurück zu seiner Wurzel.

Rückkehr zur Wurzel heißt Stille.

Stille heißt Wendung zum Schicksal.

Wendung zum Schicksal heißt Ewigkeit.

Erkenntnis der Ewigkeit heißt Klarheit.

Erkennt man das Ewige nicht,

so kommt man in Wirrnis und Sünde.

Erkennt man das Ewige,

so wird man duldsam.

Duldsamkeit führt zur Gerechtigkeit.

Gerechtigkeit führt zur Herrschaft.

Herrschaft führt zum Himmel.

Himmel führt zum SINN.

SINN führt zur Dauer.

Sein Leben lang kommt man nicht in Gefahr. [1]

　　致虚极，守静笃。万物并作，吾以观复。夫物芸芸，各复归其根。归根曰静，静曰复命。复命曰常，知常曰明。不知常，妄作凶。知常容，容乃公，公乃全，全乃天，天乃道，道乃久，没身不殆。

——《道德经·第十六章》

---

　　① Laozi：Tao-te-king：Das Buch vom Sinn und Leben. Übersetzt und von einem Kommentar von Richard Wilhelm. Erweiterte Neuausgabe. München：Eugen Diederichs, 1978. Kap. 16.

摘　　要

　　本书出发点在于探讨蒙太奇与德布林"整体性"思考、主体性批判、语言哲学以及和他的小说诗学之间的关系，旨在扬弃"蒙太奇源自电影摄影术"的陈词滥调。颠覆性的假设需要另类的理论视角，本书借助德布林和中国道家哲学之间的关系，以及与作家同时期其他思想家（如海德格尔、里尔克、布洛赫）的哲思相通性，将庄子的"卮言"锐化为一种理论工具，一反常见的以西方理论指导中国文学现象的普遍做法，逆向性地用极具民族特色的文论话语去剖析一种典型的西方现代文艺现象。为充实阐释的理据性，本书给出了一些新概念，如"文化同位素"，并对一系列看似无异议的概念进行了全新梳理与界定，如"蒙太奇""整体性""混沌"，等等。全书分为两部分：哲学比较和文学比较。第一部分从本体论、主体性和语言理论三个维度，比较了德布林和庄子思想的亲缘性以及和西方古往今来诸多大家的异同之处，以便用道家理论语汇（如"明""心斋""齐物"）更为契合地捕捉德布林诗学核心本质；在第二部分里，"卮言"被视为语用原则，而由庄子提出的"象言""寓言"和"重言"则成为具体的语用方式，以此三种方式将德布林作品中的蒙太奇片段归纳成类，从而提供了崭新的考察视角和阐释发轫点。

　　关键词：蒙太奇，卮言，整体性，旋涡，象言，寓言，重言，文化同位素

Abstract

The present study sets out as a discussion of the relationship between montage and Döblin's reflection on totality, criticism of subjectivity, and philosophy of language, as well as of that between montage and the poetics of his novel, so as to sublate such cliches as "montage was derived from cinematic techniques". Since subversive hypothesis is always underpinned by an original theoretic perspective, this study appropriates innovatively Zhuangzi's *zhīyán*as its theoretic framework to reject the general practice of employing western theories in the studies of Chinese literature. Based upon the close relationship between Döblin and Chinese Daoist philosophy as well as the philosophical affinities between the writer and other philosophers like Martin Heidegger, Rainer Maria Rilke and Ernst Bloch, it approaches a typical modern western literary phenomenon with the aid of a discourse of Chinese literary criticism. It introduces a number of new concepts including "cultural isotopes", and re-defines a number of seemingly indisputable concepts like "montage", "totality" and "*hùndùn*" so that the theoretical basis of its interpretation can be enhanced. The whole study is consisted of two parts, namely philosophical comparisons and literary comparisons. The first part examines, from the three persepctives of ontology, subjectivity and language theories, the affinity between Döblin's thoughts and those of Zhuangzi's, as well as the similarities and differences between Döblin's thoughts and those of the outstanding thinkers in the history of western philosophy. In this way, the book grasps the essence of Döblin's poetics compatibly with the help of Daoist theoretical terms like "clarity (*míng*)", "fasting of the mind (*xīnzhāi*)", and "equality of things (*qíwù*)". In the second part of the book, "*zhīyán*" is regarded as the language application principle, while Zhuangzi's ideas of "*xiàngyán*", "*yùyán*", and "*chóngyán*" are appropriated as actual ways of language use. These three ways of language use are then employed as the starting points of interpretation to categorize the montage sequences in Döblin's works.

Key Words: montage, *zhīyán*, totality, vortex, *xiàngyán*, yùyán, *chóngyán*, cultural isotopes

目　　录

第一部分　哲学比较和语言理论比较

Contents

Part One: Comparison between Philosophies and Language Theories

Part Two: Literary Comparisons

第一章

导　言

第一节　研究课题与问题的提出

今日学界一致认为，用"蒙太奇"这一概念指称的文学操作方式可算作现代文学最具特色的风格手段。作为现代文学的一把标尺，蒙太奇即便不是绝对的、无比有效的，但它也的确确立了先锋派现代主义（avant-gardistische Moderne）最为重要的原则，如若细加甄别，蒙太奇则也充当着反思式现代派（reflektierte Moderne）的主要工具。除了布莱希特（Bertolt Brecht）的蒙太奇戏剧和戈特弗里德·贝恩（Gottfried Benn）的蒙太奇诗歌，作为反思式现代派极具代表性的小说家——德布林——也创造出一种多声部"混杂小说"（Hybridroman）或"蒙太奇小说"（Montageroman）的新样式，融汇了诸多语言风格、文体类型和表达媒介，使它们在小说中得以同时性地演绎自身。在他的文学作品中有不少佳篇，如历史小说《华伦斯坦》（*Wallenstein*）和《哈姆雷特或漫漫长夜有尽头》（*Hamlet oder Die lange Nacht nimmt ein Ende*），都显示出这种形式结构原则，而在其最负盛名的代表作大都市小说《柏林，亚历山大广场》（简称《柏》）一书中，该原则得到了最为成功的贯彻与体现。

有关德布林蒙太奇使用意图的早期研究大多出于"影响—接受关系"这一视角而一再强调：德布林是从电影摄影技术和同时期的文学作品中汲取蒙太奇技巧之灵感的。这些研究者之所以得出该结论，其实是缘于他们自设藩篱地过于看重蒙太奇之于大都会喧嚣市景的描写功能。然而，德布林在《柏》一书中通过蒙太奇的使用，不但把大都会生活的偶然性（Kontingenz）和混沌性（Unübersichtlichkeit）高度直观地展现了出来，一如詹姆斯·乔伊斯（James Joyce）在《尤利西斯》（*Ulysses*，简称《尤》）

或约翰·多斯·帕索斯（John Dos Passos）在《曼哈顿中转站》（*Manhattan Transfer*，简称《曼》）中所做的那样，而且还要力图指明一条"哲学，甚或形而上学的脉络"。这条脉络犹如为作品奠定了"精神的基石"，并首先触及了整体性（Totalität）与整体性丧失（Totalitätsverlust）的关系问题。①

如果说有关德布林哲学或形而上学的研究都是在谈论他"对矛盾的礼赞"，未免有失偏颇。德布林并未盛赞过矛盾或悖论，他只是在现实中发现了它们，并且禁止自己对其三缄其口。而在悖论面前他同样也采取了悖论的姿态：他钟情于悖论的"神秘游戏"，同时又抱怨"悖论与混沌之本相令人何其神疲"；② 只要德布林描写悖论，那么它便总是发生在一种杂糅状态下，其中既有他捉弄读者的闪烁其词，同时又有他对天然去雕饰地直呈那些同时存在但又不可合一之物的使命感。如此一种悖论的姿态并不等同于心无主见或者之于后现代而言非常典型的态度——"冷漠"（Indifferenz），而是触及了一种对世界永恒变迁本质的洞见，以及在对立物之间进行调和的尝试。③ 当这种调和的辩证过程先行之时，人们务必要对德布林的出发点，亦即他的形而上学的渴求，有一个清晰的认识。作为一位拥有个性化"神之想象"（Gottesvorstellung）的自然哲学家，他始终孜孜不倦地追求着将所有的对立物引入至一个更高层级的综合体内，并通过

---

① 这种矛盾对立性在德布林的思想世界里随处可见：本体论层面上的对立表现在同一性和多样性、整体性和多元性、完整性和破碎性、一体化和多元化、普遍性和特殊性、连续性和间歇性、因果性和偶然性、超越性和内在性之间；在社会批评中这种对立又表现在秩序、和谐、联聚性有机社会（一方面）与混乱、动荡、解离性大众社会（另一方面）之间；在历史观领域里这种对立表现为对时间的同时性和历时性的不同理解；而在主体性批判方面这种对立性则体现为两种截然相反的对个体性的认知模式，一种是具有肯定外部世界倾向的自我消解、自我毁弃，另一种则是沉溺于自我的自我保护。

② 德布林：《政治和社会文集》（*Schriften zur Politik und Gesellschaft*），Alfred Döblin: Schriften zur Politik und Gesellschaft. Olten und Freiburg im Breisgau: Walter, 1972，第 101 页。

③ 德布林以其对世界的理解——"事物本就如此"——斩钉截铁地反驳了针对其含糊多义所发的谴责。与之相应，他对待传统概念的态度亦如是，比方说："'自由'和'不自由'都是空洞无物、无关真相的废话"（《自然之上的自我》，第 228 页），又如"无限世界不是可能世界，有限世界亦非可能世界"（《自然之上的自我》，第 194 页）。物质与精神、自然与历史、个体与大众、有为与无为、进步与停滞、强与弱，以及上述所有对立组合对德布林而言皆非二元论——彼此明确界分排斥的矛盾对立，而是意味着对立双方以辩证的方式互相规定、互相制约的关系：物质，唯其是精神性的时候，方可思议；精神，唯其是物质性的时候，方可思议。自然具有真正的历史性。在无为之中人才能有所作为。强大往往意味着弱小，反之亦然。

"原原则"（Urprinzip）、"原基"（Urgrund）、"原意义"（Ur-Sinn）和"原我"（Ur-Ich）等一系列概念的提出，或者通过把这些概念和上帝等量齐观的做法，以期实现超越对立物的终极目的。

由此可见：一方面，德布林毕其终生的形而上学冥思被深深地打上了悖论的烙印，或者更恰切地说被打上了"二律背反"（Antinomie）的烙印；另一方面，他一如既往地追寻着辩证地扬弃每个二律背反内部两个相反命题的可能性。但他的超越尝试既非折中主义者对此岸世界之静态和谐或静止秩序的期冀，亦非宗教狂人对彼岸世界之绝对超越性所发的白日梦。相反，此处显现出一种鲜为人知的"第三性"（tertium genus）或者"次协调逻辑"（parakonsistente Logik），它经常在德布林悖论式的措辞中找到其独属自身的表述，譬如"人既是自然的一部分，又是自然的对立物"。因此，德布林在"经验性/内在性"（das Empirische/Immanente）和"超越性"（das Transzendente）之间，以及在"归纳型信仰和演绎型信仰"（der induktive und der deduktive Glaube）① 之间"来回摇摆"的思维运动显示出一种明确的"循环特征"（Kreislaufcharakter），以致一幅静止的世界图景被其动态的思维打破了。尽管德布林晚年改宗了天主教，但其二律背反的思维模式自始至终都保持着循环的特征。而且人们也必须承认，这种"内在超越性"（immanente Transzendenz）的思想——也就是将彼岸世界理解为一种自我显示成内在世界的、仅在表面现实背后栖居着的彼岸性的思想——曾经支配着 20 世纪 20 年代以及 30 年代初期的德布林，并且于此时达到了它最优化的平衡状态，这期间涵盖了《柏》的创作时期。

现在，一系列有关蒙太奇与德布林形而上学沉思、主体性批判以及和他的小说诗学之间的关系问题就值得被提出来了：德布林是如何在其"现代史诗"（modernes Epos）中通过"语言"——这一之于小说家至关重要的工具——将"人之此在"（das menschliche Dasein）的悖论本质既展示出来，又予以辩证超越的？假使语言在与不可言说之真理的关系当中，以及与势必要不断言说之主体的关系当中都保持着一种悖论或二律背反特质的话，那么作者是如何将文学语言使用中的这一疑难困窘消解掉的？若有一种可以解决语言悖论的方案业已存在于蒙太奇使用的行为当

---

① Helmuth Kiesel: Literarische Trauerarbeit: Das Exil-und Spätwerk Alfred Döblins. 1986. S. 161.

中，那么人们可能会继续发问：在叙事层面上使用蒙太奇是否可被视为一种既能推进情节发展，又能随时中断其连续性的"驱动—制动"机制，以便将一部现代史诗所拥有的全部叙事因素，诸如异质性的主题、主要情节、平行插曲，以及纷繁变幻的叙事母题，携入动态的叙述过程之中？或者会问：是否可以按照"流体力学"（Strömungslehre）的理论从这些用蒙太奇方式叙述出来的元素中抽绎出一整套运动模式，或者说总结出德布林蒙太奇小说特有的结构范式。①

　　此外，这一系列问题之提出也是由前人对蒙太奇概念的不甚完善的定义所引发的。由于蒙太奇被赋予了一种具有划时代意义的文化及美学的功能，即通过"无意识联想"（Assoziation）以修复裂解的同一性，所以人们经常偏重于强调蒙太奇的某些特性，诸如"凑泊"（Kompilation）、"堆砌"（Häufung）以及"可塑性"（Plastizität）等，并且试图从造型艺术中借用"拼贴画"（Collage）这一概念来附会蒙太奇的本质。但是，这种概念之间的人为等同仅可在比喻意义上成立。因为，从绘画领域——譬如从"立体主义"（Kubismus）——中移植到文学里来的这种拼贴画原则，虽然有助于颠覆那种把时间单纯理解为前后相继的次序性传统时间观，以便在文学作品中宣告一种"非同时之物的同时性"（Gleichzeitigkeit des Un-gleichzeitigen）的现代时间观的诞生，但是无论如何不可否认：文学文本，尤其是叙事文本，作为一种语言复合体只有在时间的推移过程中才能实现自我展开，或者说实现被读者解码之目的。因此，"时间"（Zeit）这一要素在现代史诗中如同在音乐或电影中那样是不可取消的。那么，在有关蒙太奇的讨论中，人们现在完全可以把注意力更多地投射到蒙太奇的动态本质而非静态本质上来，以便更好地把握其历时性与共时性的辩证关系。

　　为了给上述这些针对现有之研究结论提出的质疑和假说提供必要的理据，在论述过程当中就势必要采取某种新视角、新方法。考虑到德布林是一位兼容并包多种异域文化的作家，那么比较可行的观察策略便是"比较的研究方法"，尤其是在他和对他终身创作影响至深的东方道家思想之间进行某种适度的比较。

―――――――――――

　　① 毕竟，叙事结构和语言结构并不完全等同。一部作品质量之优劣，当然不仅仅取决于其语言的使用；人们不应忽略叙事文学的本质，对德布林来说这种本质永远是第一性的；显然，似乎只有当人们不再把小说仅视为一种语言性的艺术作品的时候，才有可能领会并掌握颇有助益的多种叙事理论。

德布林曾简明扼要地宣称：尚未被现代欧洲窥其精神堂奥的中国与他无涉。但他旋即又限定了这一观点，并将道教/道家思想视为例外。① 他在自己的世界观与道家哲学，尤其是与"无为"心性之间发现了一种原则上的一致性："我有一种灵魂上的基本体验或基本姿态，我以至高无上的宽仁接纳它、展示它、呈献它，给那些它准备施加影响的人。"② Ingrid Schuster 以其敏锐的目光察觉到，在德布林和 F. T. 马里内蒂（Filippo Tommaso Marinetti）各自关于"人之图景"（Menschenbild）的理解之间存在着根本分歧，并洞悉到这样的本质性差异缘于道家哲学对德布林日积月累的影响：当玛法卡［Mafarka，马里内蒂的小说《未来主义者玛法卡》（*Mafarka le futuriste*）中的主人公］以"此岸"（Diesseits）为人生导向时，王伦［德布林的《王伦三跳：一部中国小说》（*Die drei Sprünge des Wang-lun. Ein chinesischer Roman*）（简称《王伦三跳》或《王》）中的主人公］却在处处宣扬遁世精神，寻求在"西方净土"中实现圆融。"马里内蒂为技术和进步唱着赞歌，当玛法卡成功地创造出人造之人的时候，其生命在此瞬间攀上了圆融的巅峰；德布林则宣扬返归自然的生命状态……"③ Walter Muschg 也恰切地指出道家思想之于德布林酝酿"中国小说"（《王伦三跳》）的重要意义，称《王》是"德布林与道家的邂逅结出的硕果"④，并着重突出了作者对道家经典人物著作的特别兴趣："他（德布林）谙熟老子、庄子以及道家一元论的其他宗师，主要借助于卫礼贤（Richard Wilhelm）对中国哲学宗教经典著作的译介。"⑤

德布林对道家哲学的接受存在于这样一个背景之上：20 世纪初叶——恰值汉学在德国初建的时期。此时，业余的中国研究仅仅传导着对汉学肤浅的、表象形式的机械认知，几乎无法满足对中国文化进行鞭辟入里的研究之需求。⑥ 为了迎合这一需求，一种"科学的汉学"⑦ 被创建起

---

① 德布林：《文学随笔》（*Aufsätze zur Literatur*），第 339 页。

② AzL, *Der Epiker, sein Stoff und die Kritik.* S. 338.

③ IngridSchuster：《德语文学中的中国与日本》（*China und Japan in der deutschen Literatur*），第 168 页。

④ 德布林：《王伦三跳》编者跋，第 487 页。

⑤ 同上。

⑥ Otto Franke：*Die politische Idee in der ostasiatischen Kulturwelt.* In：Verhandlungen des Deutschen Kolonialkongresses 1905. Berlin，1906. S. 168f.

⑦ Ebd.

来。诸般中国宗教成为首批德国汉学家的研究重点。就职于柏林的汉学教授高延（J. J. M. de Groot）发表了一部多卷本著作《中国的宗教体系》（*Religious System of China*，1892）和《中国的宗派主义与宗教迫害》（*Sectarianism and Religious Persecution in China*，1904）。葛禄博（Wilhelm Grube）出版了《北京民俗学》（*Zur Pekinger Volkskunde*，1901）以及《中国人的宗教与迷信》（*Religion und Kultus der Chinesen*，1910）。在德语世界中，对道家经典的专业研究恰好于 1912 年前后达到了一个高峰：马丁·布伯（Martin Buber）出版了《庄子之语与喻》（*Die Reden und Gleichnisse des Tschuang-Tse*，1910），卫礼贤于 1911 年翻译了《道德经：老子有关意义与生命的书》（*Tao-te-king. Das Buch des Alten vom Sinn und Leben*）和《庄子：南华真经》（*Dschuang Dsi. Das wahre Buch vom südlichen Blütenland*），又于 1912 年翻译了《列子：冲虚真经》（*Liä Dsi. Das wahre Buch vom quellenden Urgrund*）。

　　马丁·布伯和卫礼贤对道家的译介让德布林对道家学说不再感到陌生，同时为他那部"中国小说"的创作注入了一股至关重要的推动力。[1]事实上，当他从 1912 年夏至 1913 年 5 月撰写这部《王伦三跳》期间，一直在焚膏继晷地钻研道家哲学。在小说撰写工作展开之后不到三个月，他即求助于《庄子》的译者马丁·布伯，请求后者提供与中国宗教哲学相关的文学指点："我需要形形色色的中国事物，以确保我营造的氛围真实无误。通过任何方式能接触到的东西我都已然熟读过了。"[2]他在日后的一封信中表白道："我在五十年前即已开始写作，时值偶遇'无为'思想——古典中国的'无求'。"[3]此外，他还满怀感佩地将其"中国小说"的题词敬献给老子的后学，即那位"先贤智者"列子。[4]他对道家的热忱即便在这部小说发表之后也不曾衰减。1921 年他向 Yolla Niclas 赠送了亦由卫礼贤翻译的并附上题词的老子著《道德经》。

　　在迄今为止有关"德布林和道家"课题的研究中，很多非常重要的

---

　　① 德布林很熟悉这些译著（参见 Jena 1911, 2. Aufl 1919）。1921 年，他曾将其赠给 Yolla Niclas。如今，这些书依然保存在内卡河畔的马尔巴赫德国文学档案馆。Vgl. Szl, S. 29.

　　② B，*Brief An M. Buber*（13. 10. 1912）. S. 58.

　　③ B，*Brief An Rudolf Geiger*（13. 11. 1956）. S. 480.

　　④ Alfred Döblin: Die drei Sprünge des Wang-lun. Chinesischer Roman. Olten und Freiburg im Breisgau: Walter. 1960. S. 8.

文章都致力于研究德布林和庄子的哲学思想与文学创作之间的关联性。庄子是一位生活在公元前 4 世纪中国的道家智者（公元前 369 年—公元前 286 年），其代表作《庄子》被视为道家流派的经典著作，里面阐明了有关世界、人之存在以及语言的观点，这些观点皆可在德布林的诗学及文学作品中寻得众多的相似点。如上所述，庄子在 1910 年至 1920 年之间，也就是在德布林彻底成为独创性知名作家期间，在德国迅速变得家喻户晓。德布林虽在其著作中只提及了老子和列子，对庄子鲜少述及，但人们并不能因此就简单地认定"他从庄子的道家思想中汲取动力"是一个伪命题。另外必须要补充说明的是：列子研究者长久以来已经承认，《列子》一书中众多篇章（至少有十六个完整的插曲与段落）与《庄子》重合。而今人所能读到的《列子》是否确为列子所撰，则始终悬而未决。一方面，此书包含有列子于公元前 400 年完成的真迹；[①] 另一方面，它可能是由张湛在公元 5 世纪凑泊编纂而成，在这一过程中《庄子》极有可能充当了被摹写的样本。由此可见，庄子的哲学是有可能借《列子》一书为桥梁对德布林施加间接影响的。

上述直接或间接的关联都暗示出进行一次"发生学比较"（genetischer Vergleich）的潜在可能，但本书并不准备围绕德布林对庄子思想有意识的、必须要被证实的接受行为展开论述。本书所要论述的是：他们二者在面对"用语言描述对世界与存在的体验或观照"同一个问题时，是如何各自独立却又分外相似地感知到解决这个疑难问题的可能性与悖论性的，从而为深入探讨德布林蒙太奇使用的本质特性及其与作家语言观的关系问题打开一个特殊的切入点。显然这里所涉及的更多的是一种"类型学比较"（typologischer Vergleich）。就此类比较而言，将文学现象和诗学思想中的相似性进行横向类比则显现出其价值核心。[②]

庄子的世界观、主体性批判和语言哲学如德布林那样也都带有"悖论"（Paradox）色彩：在本体论（ontologisch）与存在论（ontisch）的领域里，他既承认存在于彼岸世界的超越性（Transzendenz，这里等同于"道"）是绝对的，同时又承认它在此岸世界中的内在世界性，由此形成

---

① 《列子》成书所依据的文献材料在年代上早于《庄子》。

② Peter V. Zima：Komparatistik: Einführung in die vergleichende Literaturwissenschaft. 2., überarb. und erg. Aufl. Tübingen［u. a.］：Francke, 2011.

了一种风格独特的"内在超越性"（immanente Transzendenz）；在主体性批判方面，庄子提出了一种唤作"心斋"——"精神斋戒"（Fasten des Herzens）的诉求，旨在完全捐弃自我，但与此同时却又追求着"真我"的全存；在语言这个问题面前，庄子一方面采取了否定的立场，并代表着"道永远保持着不可言喻的状态"这样一种观点，另一方面他却悖论式地试图在现实的语言使用当中积极地对这种不可言说的道进行支离、曼衍并且吊诡的描述与说明。其方法是抛弃概念语言，在新型的语言理解基础之上提出"卮言"言说原则，并且发展出一系列言说方式，诸如"象言""寓言"和"重言"。这种在每个二律背反的正反命题面前所持的悖论式态度，恰好孕育出庄子和德布林思想之间的一个共同点。于是，一种比较的视角借由众多至关重要的相似点呈现了出来，在此视角下德布林独特的蒙太奇技法便可借助来自异域文化的、可能更具启发性的理论加以阐释。

第二节　研究现状

迄今为止，德布林研究者们频频聚焦于"德布林从何处汲取了蒙太奇技巧的灵感刺激"这一问题，对此，他们或是采取了比较的视角，或是从思想—注释的角度进行诠释。

这些具有比较性质的调查研究往往将跨学科比较或跨媒介比较作为自己的出发点。某些阐释者把电影引为比较媒介：Anselm Salzer 在 1932 年出版的《德语文学史画刊》第五卷（*Illustrierte Geschichte der deutschen Literatur*，Bd. V. 1932）中写道："德布林的技巧来自电影"[1]；William R. Benét 在《读者百科全书》（*The Reader's Encyclopedia*，1947）里把《柏》视为"一种真正的电影术的极具价值的实验"[2]；Ernst Alker 在《德语文学史》（*Geschichte der deutschen Literatur*，Bd. Ⅱ，1950）里代表着这样一种观点：《柏》"以一部恢宏的、在匆促间滚动展开的电影所特有的鲜明的摄影艺术描绘了这个外部世界"[3]；Ekkehard Kaemmerling 在他的博士论文《电影写作方式：以德布林为例：柏林，亚历山大广场》（Die filmische

---

①　Vgl. Anselm Salzer: Illustrierte Geschichte der deutschen Literatur. Bd. V. Regensburg, 1932. S. 2284.

②　Vgl. William R. Benét: The Reader's Encyclopedia. New York, 1947. S. 302.

③　Vgl. Ernst Alker: Geschichte der deutschen Literatur. Bd. Ⅱ. Stuttgart: Cotta, 1950. S. 407f.

Schreibweise：Am Beispiel Alfred Döblin：Berlin Alexanderplatz, 1973）中强调："以电影的方式处理'描写'和'观察'的方法影响到了文本"[1]，这一观点在 Hanno Möbius 的《蒙太奇与拼贴画》（*Montage und Collage*，2000）一书中得到了认同："电影对小说影响至深。早在 1913 年，德布林即已在'柏林计划'中为小说里'大量描写中的电影风格'做了宣传：'大胆地运用动态想象吧！大胆地认识难以置信的现实轮廓吧！事实幻想！'"[2]

　　Helmuth Kiesel 则反对这种删繁就简地把《柏》中蒙太奇技法追溯到电影上的做法，并目光犀利地指出，"Kaemmerling 为了便于论证这种技巧的可借鉴性，一再地对那些能体现出本质特征的文本细节表现出置若罔闻的态度"，而且"他对某些段落所作的'电影式'的解释既不充分，又很具排他性"。[3] Matthias Hurst 同样也深信不疑地断定，在《柏》这个个案中，其"电影写作方式"不应被简化为"电影技巧在文学中的移用"："这种文学现象的生成脉络可以回溯至比电影更为久远的年代，可以被探究到比模仿某种技术媒介更为深邃的地方。"[4]

　　此外，还有一种介乎两种立场之间的中庸观点出现在 Josef Quack 的《诚实的话语》（*Diskurs der Redlichkeit*，2011）中："倒序、特写、视点转换，诸如此类的技法并非直至电影发明之后才出现在叙事文体中，而是古已有之。但是这种新媒体的确推动了人们对叙事的基本原则，以及对小说的可能性和分野的深入思考，这一点并不是无足轻重的。"[5]

　　当某些研究者从跨学科或跨媒介的视角将电影引为比较项时，另一些研究者则借助实证主义影响研究方法（faktualistisch-positivistische Einfluss-

---

　　[1]　Vgl. Ekkehard Kaemmerling：*Die filmische Schreibweise*：*Am Beispiel Alfred Döblin*：*Berlin Alexanderplatz*. In：Jahrbuch für Internationale Germanistik. Bern und Frankfurt/Main：Herbert Lang & Cie AG，1973. S. 45.

　　[2]　Hanno Möbius：Montage und Collage：Literatur, bildende Künste, Film, Fotografie, Musik, Theater bis 1933. 2000. S. 447.

　　[3]　Vgl. Helmuth Kiesel：Döblin und das Kino：Überlegungen zur ＜ Alexanderplatz ＞-Verfilmung. In：Internationale Alfred-Döblin-Kolloquien ＜ 7，1989 - 8，1991 ＞ Münster 1989 - Marbach a. N. 1991. Hrsg. von Werner Stauffacher. Bern ［u. a.］：Lang，1993，S. 284 - 297.；sowie Hurst：Erzählsituationen in Literatur und Film. S. 253ff.

　　[4]　Matthias Hurst：Erzählsituationen in Literatur und Film：ein Modell zur vergleichenden Analyse von literarischen Texten und filmischen Adaptionen. Tübingen：Niemeyer，1996. S. 259.

　　[5]　Josef Quack：Diskurs der Redlichkeit：Döblins Hamlet-Roman. 2001. S. 25f.

forschung）把《柏》的蒙太奇技法追本溯源至来自其同时代的经典作品——乔伊斯的《尤利西斯》和多斯·帕索斯的《曼哈顿中转站》的影响上去，[①] 甚至将德布林的蒙太奇贬斥为毫无创见的亦步亦趋。每当人们谈及《柏》时，便总会想到乔伊斯和多斯·帕索斯的名字，譬如：德国文学理论家 Hermann Pongs，由于他对作品缺乏了解而妄下结论，将德布林降格为乔伊斯的追随者。[②] 最早将上述这些作家的名字与德布林联系起来，但统统加以排斥的是 Robert Petsch，他在 1934 年发表了一份颇有兴味的文章《叙事艺术的本质和形式》（Wesen und Form der Erzählkunst）。出于其所谓"报告即叙事之基础"[③] 的信条，他对德布林这种新颖的小说技法完全无法理解，因此对《柏》，连同对普鲁斯特、乔伊斯和多斯·帕索斯的作品统统加以断拒，甚而进一步声称它们都是"虚无主义式的破坏"。当然，现代文学史总是要描述现代文学发展轨迹的。在此框架内，Walter Jens 以《尤利西斯》的"内心独白"（monologue intérieur）为出发点——《尤利西斯》由于"内心独白"贯通全篇的使用，从而发现了内在心理时间的客观存在——于此中看出该技巧的三种继续发展的可能性：首先，把内心独白深化到多个人物身上去［如弗吉尼亚·伍尔芙（Virginia Woolf）、赫尔曼·布洛赫（Hermann Broch）、福克纳（William Faulkner)］；其次，与之完全相反，精确地描述"一座城市、一个时代，以及共同命运的众生世相"（如多斯·帕索斯、儒勒·罗曼）；[④] 最后，如德布林那样表现个人与城市的对峙。但 Jens 把该小说纷繁复杂的关系网络削减至主人公弗兰茨·毕勃科普夫和柏林城之间的二元对立。

　　一派与之截然相反的观点则由本雅明、Walter Muschg、Hans-Albert Walter、Helmut Becker、Klaus Müller-Salget、Hanno Möbius 以及 Helmuth Kiesel 所代表。本雅明认为，《柏》"完全异于"《尤利西斯》，"这部书的风格原则就是蒙太奇"，与《尤利西斯》的联想技巧（Assoziationstechnik）是有差别的："蒙太奇冲破了'小说'（Roman）的文体限制，既在

---

　　① Vgl. Ingrid Schuster und Ingrid Bode ［Hrsg］：Alfred Döblin im Spiegel der zeitgenössischen Kritik. Bern：Francke，1973. S. 210，218，226ff，241，244，246，251 und 266.

　　② Hermann Pongs：Im Umbruch der Zeit：Das Romanschaffen der Gegenwart. Göttingen：Göttinger Verlagsanst.，1952. S. 50 – 53.

　　③ Robert Petsch：Wesen und Form der Erzählkunst. Halle/Saale：Niemeyer 1934. S. 331.

　　④ Walter Jens：Statt einer Literaturgeschichte. 1957. S. 33.

结构上又在风格上炸碎了它，并且开启了崭新而极具史诗意味的可能性。"① 顺便提及一下，Hans-Albert Walter② 和 Helmut Becker③ 也同样阐明了所谓模仿论主张的荒谬性。

而德布林在创作《柏》时是否熟知《曼哈顿中转站》则是不能完全确定的，即不排除其可能性：④ 因为，在 S. Fischer 出版社 1928 年出版的文学年鉴（发行时间：1927 年 10 月）中，紧随德布林新作《自然之上的自我》（*Das Ich über der Natur*，1928）和《玛纳斯》（*Manas*，1927）简介之后的便是十页选自这部美国小说（《曼》）的德译章节。⑤ 我们发现唯一一次对作者多斯·帕索斯的提及出现在《德语文学（自 1933 年以来之国外卷）》［Die Deutsche Literatur（im Ausland seit 1933）］一文中；虽然那里谈论的是他的一部新作——《美国三部曲》（*USA-Trilogie*）。⑥ 此外，只有在 Robert Minder 看来，德布林对这个所谓的样板典范公开地表了态，并且援引了《美国三部曲》，谈到了该三部曲的"复调结构"（polyphoner Aufbau），但与之不同的是：德布林在小说中采用了"同调结构"（homophone Struktur）——即围绕着中心人物弗兰茨·毕勃科普夫展开故事。⑦ 通过一番比较 Kiesel 指出："尽管二者的主题都是关于大都市生存的，尽管有一些叙事技巧上的共同点——特别是蒙太奇技巧，但（这两部小说）涉及了完全不同的两种构思：当对都市生活进行全方位、万花筒式再现的时候，《柏林，亚历山大广场》聚焦于'弗兰茨·毕勃科普夫的故事'之上，而《曼哈顿中转站》则与之相反，将纽约城塑造为上演着各式各样的生涯与命运的舞台，它们从不同的社会氛围中凸现出来，彼此交织，并构成一幅空缺着中心人物的斑驳陆离的社会生活群像。"⑧ Möbius 以此为出发点则走得更远，他通过比较《柏》与《曼》中

---

①　Walter Benjamin：*Krisis des Romans*. In：Gesammelte Schriften，Bd. Ⅲ. S. 232.

②　Hans-Albert Walter：*Alfred Döblin，Wege und Irrwege：Hinweise auf ein Werk und eine Edition*. In：FH，19. Jg. ；1964；S. 870.

③　Helmut Becker：Untersuchungen zum epischen Werk Alfred Döblins am Beispiel seines Romans „Berlin Alexanderplatz ". Inauguraldissertation. Marburg，Univ. ，1962. S. 202－219.

④　Vgl. Joris Duytschaever：*Joyce－Dos Passos－Döblin*. S. 142ff.

⑤　*Almanach* 1928，Berlin 1927，S. 96－105.

⑥　*Die deutsche Literatur（im Ausland seit* 1933）：*Ein Dialog zwischen Politik und Kunst*. S. 45.

⑦　Minder：*Alfred Döblin zwischen Osten und Westen*. S. 172.

⑧　Kiesel：Geschichte der literarischen Moderne. S. 325.

两段读起来极为相似的章节，全然否定了后者对蒙太奇技巧的使用：

> ……《曼哈顿中转站》提供了上述关于气氛的引言，它被安置
> 在章节之前，并被赋予了浓缩的形式以及特殊的字体。一如通常情况
> 下，这里依然由隐形叙事者给出一段闭合式报告；而至于蒙太奇则完
> 全谈不上。在德布林那里情形就不同了，叙事者对全篇小说的干预贯
> 穿始终；这种干预发生在各种视角之下，而这些视角最终将融合在一
> 种对叙事者而言具有典型性的总体视阈之中。[1]

至于德布林对乔伊斯的接受，Klaus Müller-Salget 参阅了德布林 1928
年 3 月进入学院前的就职演说，还参考了他在同年撰写的关于《尤利西
斯》的书评，并由此得出一个结论，即我们不能确切获悉《柏》是否曾
按照乔伊斯的小说改写过。[2] 但在对德布林先前的著作进行了一番考察之
后，Müller-Salget 不费吹灰之力地断定，乔伊斯的《尤》"对他（德布林）
而言不再意味着他一直准备予以承认的东西"[3]。Müller-Salget 早就暗示了
德布林在 1929 年以前作品中对内心独白——譬如 "独白传述/自由转述
体"（Erlebte Rede）——的扩展使用，特别强调了在短篇小说《战斗，
战斗！》（Die Schlacht, die Schlacht!）中 "直接进入内心独白的无过渡式
跳跃"，并且对《华伦斯坦》（Wallenstein）中常给人带来意外惊喜的蒙太
奇和剪接技巧，以及对德布林化名为 "林克·普特"（Linke Poot）所撰
之杂文中的联想式 "跳跃性" 都给予了关注。[4] 同样，Erwin Kobel 也注意
到，由于人们往《柏》上贴 "乔伊斯追随者" 的标签，甚或诋毁它是剽
窃之作，德布林对此颇为不满。他根据德布林对乔伊斯的批评，在《柏》
和《尤》之间划出一条清晰的界限：

> ……（德布林）申明，他不承认《尤》是一部文学创作，而仅
> 仅认为它是对 "文学创作基本要素的叩问"，仅仅是 "实验作品"，

---

① Möbius: Montage und Collage. S. 443f.

② Vgl. AzL, S. 94. und vgl. Müller-Salget, Klaus: Alfred Döblin: Werk und Entwicklung. Bonn: Bourier, 1972. S. 286f.

③ Ebd. S. 287.

④ Ebd.

摆脱了所有虚构性的寓言故事，虽然有利于细致入微地展示行为过程本身。"它通过印象派及点彩画派的方法被加工起来。而较大的联合性目标理念——无论是外在的还是内在的——都无法实现。"……就他（德布林）而言——这一点是可以肯定的——他并不打算以印象派以及点彩画派的方式工作，即便短短一天的时间跨度可以被把握，他也不打算把被描述的众人物的生涯历程记录在无数的瞬间之内，更不打算听任读者的无意识联想对这些瞬间之间的联系性擅作主张。他虽然比乔伊斯更准确地认识得到联想技巧——并且后来他说，这种技巧对他而言之所以熟悉，是因为心理分析的缘故——，但该技巧在他的文学创作中，甚至在《柏》一书中，并未扮演什么重要角色。①

为了反对所谓"乔伊斯影响德布林"之类的论点，Walter Muschg 特别强调了"未来主义"（Futurismus）——通过其对"力本论"（Dynamismus）和"同时性"（Simultaneität）的要求——对德布林蒙太奇小说所施加的影响，并称该小说为"柏林未来主义最成熟的果实"。② 这是一个令人信服的解释，至少它与德布林有关"他自己的以及乔伊斯的文学创作具有共同渊源"的暗示是一致的。

尽管这种跨媒体比较和文学间比较有助于在《柏》的蒙太奇技巧研究和摄影术、同时代文学之间串起一段红线，但是如下这个论断还是能够体现出一定理据的：鉴于德布林自身语言、风格的鲜明特征，鉴于蒙太奇技巧可以回溯到比电影更为久远的文学史深处，该技巧的使用不应被简单地理解成对某种新兴技术媒介的模仿，或者对外语文学作品的抄袭。面对蒙太奇技法的运用，人们更应像 Otto Keller 强调的那样，要结合德布林的自然哲学、小说诗学和语言批评来进行解释。③ 从这一前提出发，Keller

---

① Erwin Kobel: Alfred Döblin: Erzählkunst im Umbruch. Berlin ［u. a.］: de Gruyter, 1985. S. 253.

② Walter Muschg: *Zwei Romane Alfred Döblins*. In: Von Trakl zu Brecht: Dichter des Expressionismus. München, 1961. S. 221.

③ Vgl. Otto Keller: Döblins Montageroman als Epos der Moderne: Die Struktur der Romane *Der schwarze Vorhang*, *Die drei Sprünge des Wang-lun* und *Berlin Alexanderplatz*. München: Fink, 1980. S. 231: "在散文专论《叙事作品的构造》中他［德布林］深入到这样一个层面上：那里他要求同时代的叙事文学作家走到'荷马后面'。……该问题……完全与叙事性问题联系在一起，尤其是涉及蒙太奇原则的多种可能性和本质及其与语言的关系。"

根据对德布林影响至巨的尼采（Nietzsche）、弗里茨·毛特纳（Fritz Mauthner）以及阿诺·霍尔茨（Arno Holz）的思想，把"母题网"（Motivnetz）比喻成"必须同时从左到右、从上到下进行阅读"的"乐队总谱"（Orchesterpartitur）。[1]

　　Karl August Horst 也尝试着在他的《当代德语文学》（*Die Deutsche Literatur der Gegenwart*, 1957）中，把弗兰茨·毕勃科普夫与柏林之间的斗争放到两个组成部分中去理解，即带有蒙太奇原则的大都市的"共时整体性"，以及人对其个体命运所应肩负的"个人责任"。[2] 同时，他还着重补充说明了德布林小说中神话与理性两个领域的结合："神话只是在肢解的蒙太奇形式中被讲述出来"[3]，他于其中看出了某种特殊的理性。这对象征性插曲和象征性母题来说不啻为一种令人信服的解释。

　　同样，Helmut Schwimmer 在他的博士论文《阿·德布林的经历和对现实的塑造》（Erlebnis und Gestaltung der Wirklichkeit bei Alfred Döblin, 1960）中也针对介于德布林的哲学与现实塑造技巧之间的关联性进行了探索。然而，他将自己局限在了对两种描写技巧的分析之上：一是关于内心独白，按照他的理解内心独白的出发点是"一个同一的、上属的感知立场的丧失"[4]，并由此产生出一种"对外部现实持续不断的相对化过程"[5]；二是关于蒙太奇，它的前提是描述"解体状态中的世界图景"[6]。Schwimmer 把德布林笔下的人与现实的关系主要解释为对不确定性和生存恐惧的感知/统觉（Apperzeption），甚至丝毫没有顾及德布林整体作品的多样性。即便他的结论适用于德布林在《山、海、巨人》（*Berge, Meere und Giganten*）之前所创作的早期小说，但他完全忽略了德布林辩证的整体性概念及其始终游移不定的主体性批判，也即德布林具有决定性的个体性转向，这种个体性转向自《玛纳斯》（*Manas*）开始便以愈发强烈的态势决定着他的创作。

---

　　① Otto Keller: Döblins Montageroman als Epos der Moderne. S. 235.

　　② Karl August Horst: Die Deutsche Literatur der Gegenwart. München: Nymphenburger Verl. Handlung, 1957. S. 31.

　　③ Ebd. S. 33.

　　④ Helmut Schwimmer: Erlebnis und Gestaltung der Wirklichkeit bei Alfred Döblin. Diss. München, 1960. S. 83.

　　⑤ Ebd. S. 56.

　　⑥ Ebd. S. 61.

和 Schwimmer 的蒙太奇解体观处于对立面的是 Peter Bekes 的观点，他辩证地看到在蒙太奇化了的大都市里不仅存在暴力和肉欲、混乱与无常，而且都市还充当着某种"功能系统""有机组织"以及"末日诠释"。① 他勾勒出的柏林图景的轮廓是这样的：一方面，大都市——这个混沌而纷乱的世界——生活的欲望的渊薮和喧闹纷纭，对个人而言无疑是"混乱的、无关联的、扰攘且危险的"；另一方面，城市又仿佛"一面精巧无比的大网"，在人际间的交换与沟通方面发挥着特殊作用。把城市设想为一个发挥着功能的有机结构，其特征就是"理性化和客体化"等范畴，那么在这样一种设想中诸如"混乱"（Chaos）和"偶然性"（Kontingenz）等概念就不再有其一席之地了。

触及这种对德布林辩证整体观和悖论式人之图景的深刻洞见的还有：Monique Weyembergh-Boussart 的《阿·德布林：其人其作中的宗教虔敬》（*Alfred Döblin：Seine Religiosität in Persönlichkeit und Werk*，1970）②，Adalbert Wichert 的《阿·德布林的历史思考：关于现代历史小说的诗学》（*Alfred Döblins historisches Denken：Zur Poetik des modernen Geschichtsromans*，1978）③，Erwin Kobel 的《阿·德布林：巨变中的叙事艺术》（*Alfred Döblin：Erzählkunst im Umbruch*，1985）④，Birgit Hoock 的《作为悖论的现代性》（*Modernität als Paradox*，1997）⑤，Christoph Bartscherer 的《自我和自然：以阿·德布林的宗教哲学观照其文学之路》（*Das Ich und die Natur：Alfred Döblins literarischer Weg im Licht seiner Religionsphilosophie*，1997）⑥ 以及 Josef Quack 的《历史小说和历史批评：关于阿·德布林的〈华伦斯坦〉》（*Geschichtsroman und Geschichtskritik：Zu Alfred Döblins Wal-*

① Vgl. Peter Bekes：Alfred Döblin, Berlin Alexanderplatz：Interpretation. 2.，überarb. und korr. Aufl.，unveränd. Nachdr. München：Oldenbourg, 2007. S. 41 – 72.

② Monique Weyembergh-Boussart：Alfred Döblin：seine Religiosität in Persönlichkeit und Werk. Bonn：Bouvier, 1970.

③ Adalbert Wichert：Alfred Döblins historisches Denken：Zur Poetik des modernen Geschichtsromans. Stuttgart：Metzler, 1978.

④ Erwin Kobel：Alfred Döblin：Erzählkunst im Umbruch. Berlin［u. a.］：de Gruyter, 1985.

⑤ Birgit Hoock：Modernität als Paradox：Der Begriff der "Moderne" und seine Anwendung auf das Werk Alfred Döblins（bis 1933）. Tübingen：Niemeyer, 1997.

⑥ Bartscherer, Christoph：Das Ich und die Natur：Alfred Döblins literarischer Weg im Licht seiner Religionsphilosophie. 1. Aufl. Paderborn：Igel-Verl. Wiss.，1997.

lenstein，2004)①、《诚实的话语：德布林的"哈姆雷特—小说"》(*Dis-kurs der Redlichkeit：Döblins Hamlet-Roman*，2011)。② 然而，这些研究者并未把蒙太奇与德布林的"悖论情结"的关系完全置于焦点之上。至于德布林的语言批判与他的蒙太奇技法运用之间的关联，在上述研究者中只有 Birgit Hoock 有所描述。她的考察让人们忆起 Fritz Martini 在《语言的冒险》(*Das Wagnis der Sprache*) 一书中的主张：人们对"摘自德布林小说中的文段应该本着文学之内在固有的规律，以及尽可能无条件地从语言本身出发"进行阐释。③

综上所述，所有这些研究者从不同前提出发，尽管把《柏》的蒙太奇技法与德布林的整体性概念、主体性批判、语言观联系起来，但这些考察和比较毕竟只是在欧洲文化区域内部进行的。当人们超越这个有限的比较维度并让比较工作立足于交互式跨文化的平台上时，那么庄子的道家哲学将会提供一股强大的思维启发力。

关于德布林的文学创作和道家思想的内在联系这一课题，已经有一些研究者作出了自己的贡献。特别值得一提的有：Johannes Hachmöller 的《忘我的此在和道的飞跃：自然哲学背景下的阿·德布林的小说〈王伦三跳〉和〈柏林，亚历山大广场〉》(*Ekstatisches Dasein und Tao-Sprung：Alfred Döblins Romane „ Die drei Sprünge des Wang-lun " und „ Berlin Alexanderplatz " vor dem Hintergrund seiner Naturphilosophie*，1971)，④ Fang-Hsiung Dscheng 的博士论文《阿·德布林的小说〈王伦三跳〉折射出的现代德语作家对中国的兴趣》(Alfred Döblins Roman „ Die drei Sprünge des Wang-lun " als Spiegel des Interesses moderner deutscher Autoren an China，1979)，⑤ Hae-In Hwang 的《20 世纪德语文学中的东亚观念：以阿·德布

---

① Josef Quack：Geschichtsroman und Geschichtskritik：Zu Alfred Döblins Wallenstein. Würzburg：Königshausen & Neumann, 2004.

② Josef Quack：Diskurs der Redlichkeit：Döblins Hamlet-Roman. Würzburg：Königshausen & Neumann, 2011.

③ Fritz Martini：Das Wagnis der Sprache：Interpretation deutscher Prosa von Nietzsche bis Benn. Stuttgart：Klett, 1954. S. 336 – 372.

④ Johannes Hachmöller：Ekstatisches Dasein und Tao-Sprung：Alfred Döblins Romane „ Die drei Sprünge des Wang-lun " und „ Berlin Alexanderplatz " vor dem Hintergrund seiner Naturphilosophie. Würzburg, 1971.

⑤ Fang-Hsiung Dscheng：Alfred Döblins Roman „ Die drei Sprünge des Wang-lun " als Spiegel des Interesses moderner deutscher Autoren an China. Frankfurt a. M. , 1979.

林和赫尔曼·卡萨克为具体个案》（*Ostasiatische Anschauungen in der deutschen Literatur des* 20. *Jahrhunderts*：*unter besonderer Berücksichtigung von Alfred Döblin und Hermann Kasack*，1979），① Ulrich von Felbert 的《中国和日本作为动力和样板：阿·德布林、B. 布莱希特以及 E. E. 基施的远东主题思想与母题》（*China und Japan als Impuls und Exempel*：*Fernöstliche Ideen und Motive bei Alfred Döblin*，*Bertolt Brecht und Egon Erwin Kisch*，1986），② Weijian Liu 的《黑塞、德布林和布莱希特作品中的道家哲学》（*Die daoistische Philosophie im Werk von Hesse*，*Döblin und Brecht*，1991），③ Bok Hie Han 的《德布林的道家思想：小说〈王伦三跳〉以及早期的哲学—诗学著作研究》（*Döblins Taoismus*：*Untersuchungen zum „ Wang-lun " – Roman und den frühen philosophisch-poetologischen Schriften*，1992），④ Jia Ma 的《德布林与中国：德布林对中国思想的接受及其在〈王伦三跳〉中有关中国的文学表达的研究》（*Döblin und China*：*Untersuchung zu Döblins Rezeption des chinesischen Denkens und seiner literarischen Darstellung Chinas in „ Drei Sprünge des Wang-lun "*，1993），⑤ Yuan Tan 的《德国文学中的中国人：以席勒、德布林和布莱希特作品中的中国人物形象为个案》（*Der Chinese in der deutschen Literatur*：*unter besonderer Berücksichtigung chinesischer Figuren in den Werken von Schiller*，*Döblin und Brecht*，2007）。⑥

然而，这些研究都不约而同地暴露出某些概念上的以及方法论上的缺憾：

（1）这些研究的重点——就像我们在 Hae-In Hwang、Ulrich von Fel-

① Hae-In Hwang：Ostasiatische Anschauungen in der deutschen Literatur des 20. Jahrhunderts：unter besonderer Berücksichtigung von Alfred Döblin und Hermann Kasack，1979.

② Ulrich von Felbert：China und Japan als Impuls und Exempel：Fernöstliche Ideen und Motive bei Alfred Döblin，Bertolt Brecht und Egon Erwin Kisch. Frankfurt am Main；Bern；New York：Lang，1986.

③ Weijian Liu：Die daoistische Philosophie im Werk von Hesse，Döblin und Brecht. Bochum：Brockmeyer，1991.

④ Bok Hie Han：Döblins Taoismus：Untersuchungen zum „ Wang-lun " – Roman und den frühen philosophisch-poetologischen Schriften. Göttingen，1992.

⑤ Jia Ma：Döblin und China：Untersuchung zu Döblins Rezeption des chinesischen Denkens und seiner literarischen Darstellung Chinas in „ Drei Sprünge des Wang-lun ". Frankfurt am Main：Lang，1993.

⑥ Yuan Tan：Der Chinese in der deutschen Literatur：unter besonderer Berücksichtigung chinesischer Figuren in den Werken von Schiller，Döblin und Brecht. Göttingen：Cuvillier，2007.

bert 和 Fang-Hsiung Dscheng 的著作中所见到的那样——都设定在利用道家哲学对德布林小说进行内容层面的阐释上了，而德布林对道家美学观和语言观的独特接受则被忽略不计。例如：Fang-Hsiung Dscheng 的博士论文整体上侧重于宏观地展示德布林以及 20 世纪初叶至第二次世界大战期间其他德语作家对中国的兴趣，而道家思想对德布林所持的技术批评、自然哲学世界观及其有关人之生存态度的影响则未得到深入探讨。虽然 Weijian Liu 进行了一系列相对而言较为缜密的美学批评，然而他的努力仅仅停留在比较德布林和道家的艺术—语言观这样的宏观层面上，譬如只对道家的"象言"（Bildersprache）和德布林的"写实与事实幻想"（Sachlichkeit und Tatsachenphantasie）的理论主张进行了比较，而对德布林小说中具体应用的诸般文学技巧所做的诗学比较却始终付之阙如。

（2）迄今未止，所有研究工作都忽略了一个十分值得比较的事实：对中国文学影响至深的庄子曾在其颇富文学色彩的哲学著作《庄子》中提出过一个极具个性的语言观——"卮言"言说原则，其内涵与德布林的语言理解出奇地接近。此外，庄子的具体语用方法，诸如取象譬喻、穿插寓言和引用，以及突然转换叙述视角等作法，都同样与德布林的文学风格技巧具有多向度的趋同性。

（3）德布林与道家的比较研究大多囿于他的"中国小说"《王伦三跳》，在上述研究著作中唯有 Johannes Hachmöller 是个例外。由此便产生出某种假象：仿佛德布林对道家思想的接受充其量是一种偶然，似乎仅仅是为了《王》这部小说的异域情调的内容和主题做一些准备工作。而道家思想对德布林在《王》出版之后所撰写的其他小说的叙事技巧的潜在影响力则被完全漠视。这就再度将德布林与道家的比较研究肤浅化了。此外，道家思想与《王》这部小说的清淡的蒙太奇色彩之间的潜在联系并不能被完全排除。事实上这部发表于 1916 年的"中国小说"在一定程度上开启了德布林现代史诗的蒙太奇风格之路：在《王》中显示出一种几乎不受任何羁绊的丰富性，充盈着诸般人物、事件和异域风情的细节，就像调色板那样异彩纷呈。所有这一切都作为"迄今依然流行的单线叙事"[1] 的对立物，按照一种"同时性"[2] 的新秩序原则——而非传统的前

---

① AzL, S. 34.

② Ebd.

后相继——"层叠、堆积、翻滚、转徙"。①

（4）当影响—接受研究自限于在比较对象两极——德布林小说和道家——之间搜索事实联系时，往往只是将二者的相似性运用"平行研究"（parallel study）的方法——有时仅仅是按照毫无创见的"A∶B＝A＋B"的比较模板——简单罗列一下，完全没有启发式（heuristisch）和诠释性（her meutisch）的观照。

（5）对于道家的一些核心概念，如"道""阴阳""无为"和"象"，不同的道家经典人物有着不同的解释，但在上述研究者的理解中则有些笼统化倾向。譬如：对 Hachmöller 而言，这些概念只是充当着一种抽象的，而且被象征化了的阐释工具，或者仅仅被用来暂且充当某种模糊的比较背景。与之相反，Bok Hie Han 对道家的悖论思维模式的理解则更趋合理化，她用"两价矛盾"（Ambivalenz）来诠释道家的世界观："在道家的设想中，世界在人类的感官面前以对立性和多样性显现自己。在绝对的领域内，这些对立性与差异性完全交互融合，它们是同一的。"②

由此可见，专注于德布林与中国道家思想关系的研究者们并未充分意识到道家语言哲学的理论工具性，以及它对"德布林的蒙太奇使用"这个问题进行阐释的可能性。那么，这就为本书的研究留下了一片有待开放的处女地。

第三节　假说与旨趣

基于以上描述的研究现状我们可以察觉出一种可能性：在考察中人们可以采取另外一种观察角度，即运用跨文化的文学比较的方法去证明以及更为深入地去探讨由 Otto Keller 恰当指出的介乎《柏》的蒙太奇技法和德布林有关世界、人和语言的观点之间的因果性。笔者的研究即以此为阐释的出发点，着重比较德布林自己的哲学思考、文学手法和庄子的思想及艺术创作之间的相似性。但在这里必须要提前声明，笔者的研究目的并不在于将可供证实德布林有意识地接受道家思想的证据逐一罗列出来。取而代

---

① AzL, *Bemerkungen zum Roman*（1917），S. 20.

② Bok Hie Han：Döblins Taoismus：Untersuchungen zum „ Wang-lun " - Roman und den frühen philosophisch-poetologischen Schriften. S. 27. Vgl. Fußnote.

之的是：本书将尝试着通过比较两位思想家之间非因果逻辑的相似性关联，把《柏》中蒙太奇技巧的哲学基础和美学效果置于庄子的道家思想的烛照之下，以便进行全新阐释，并力求在交互式跨文化交流中客观化并且深化对德布林蒙太奇小说的理解。

为实现该目的，笔者从庄子的思想宝库中甄选出"卮言"这一语言哲学概念，并将它锻造成本书的主要阐释工具。关于这个核心概念，它首先将被理解为语言使用的"循环特质"（Kreislauf-Charakter）：人们通过放弃受拘束的概念语言及其前提条件——人之过度膨胀的自我意识——让语言超越寻常逻辑在一个循环不止的旋涡中自我"言说"（海德格尔：sagen），从而不仅使得存在的不可言说性与人作为"言说着的此在"的强制本性之间的矛盾得以被超越，而且使得人的自我保存和自我放弃之间的疑难困窘获得消解。借助"卮言"这一理论，本书不仅将致力于描述德布林蒙太奇技法颇具道家色彩的悖论之特性，以及作者对此特性进行超越的努力尝试，而且还将力图揭示出：在永恒的语言"涡旋"（Wirbel-Kreisen）中既显现且同时又被超越的两价矛盾本性，实际上是德布林毕生的整体观、主体批判、语言理论及小说诗学的思想性"同构"（Isomorphismus）内核。此外，笔者还将在分析中引入庄子给出的某些概念范畴——"象言""寓言"和"重言"，以便借助这些理论工具把在《柏》中具体出现的蒙太奇片段置于多重视角之下加以分类并阐释性地描述其轮廓。除上述这些语言理论之外，还有若干出自《庄子》的概念也将在笔者的考察中得到适度运用，譬如：万物合道的运动模式——"大—逝—远—反"；超越概念语言并可以遍观现象世界整体过程的视角"明"；旨在说明万物同一性或协调不同世界观的"齐物论"；与德布林"去个人化"理论十分接近的"丧我"主体性批判；有关冥想和禁欲的"心斋"理论。届时，它们在文章中都将有助于笔者对德布林式世界观、人论的动态性格及悖论性格进行尽可能缜密而透彻的论述。

正如维特根斯坦所言：每个概念的边缘都是模糊的，我们可以"为了某一种特殊的目的"以不同的方式划定其边界，而无须找到"那一个唯一正确的"描述。① 因此，本书力求实现的另一个重要目标就是：对作

---

① Vgl. Ludwig Wittgenstein: Philosophische Untersuchungen. In: Ders.: Werkausgabe in acht Bänden. 9. Aufl. Frankfurt/M. 1993. Bd. 1, S. 279f.

为现代文学中一种普遍现象的，而且在《柏》这一个案中充当着结构原则的蒙太奇概念进行补充性或修正性的重新描述。人们几乎不会对如下这个结论提出什么异议：蒙太奇作家通过这种技巧的使用主动追求着一种共时性效果，其目的在于恰如其分地表达出他们关于"非同时之物的同时性"（Gleichzeitigkeit des Ungleichzeitigen）的时间设想，以及他们对"共时的整体性"（simultane Totalität）的深刻认识。有一种众所周知的按照该设想对蒙太奇概念进行的描述在此值得一提，那就是由戈特弗里德·贝恩提出的"橙子风格"（Orangenstil）：

　　　　让我们看一下我的工作吧！小说是——我请大家注意如下这段表述——以橙子风格构筑起来的。一个橙子由众多相同、密匝、等价的小瓣、独立的自然切瓣或人为的切瓣组成，不同的切瓣可能所含的果核有多有少，但它们都不会四分五裂地向外逃逸，而是趋向核心，向着我们在剥橙子时通常会扔掉的白且韧的橘梗辐辏。此韧梗即"表型"（Phänotyp）、存在者，除它之外，不存在什么其他的关联。①

　　当然，这个描述不应被看作是误导性的，但在一定程度上可能的确有些缺憾。因为，这种静态的、对称的，或者与"轮辐窗/玫瑰窗"（Rosette）相仿佛的蒙太奇设想没有充分考虑到一部蒙太奇作品中无数运转不休的关联。这些关联的动力来自于蒙太奇要素千姿百态的推移：如"层叠、堆积、翻滚、转徙"②，而这些推移唯有在历时的、过程性的时间维度中方可实现自身；同样受到这种蒙太奇设想冷落的还有读者的决定性角色，毕竟，读者在蒙太奇艺术展开的过程中始终是积极参与的一员。本书将结合厄言理论论述由蒙太奇折射出来的现代文学时间观的二律背反本质，并突出强调其常被遮蔽的历时性、过程性的一面，以及读者作为能动的一元之于蒙太奇历时性的意义，希望借此能重新引起人们对蒙太奇之辩证时间性的重视。

　　如果人们把蒙太奇置于从宏观到微观的诸多层面上——蒙太奇小说→

---

　　①　戈特弗里德·贝恩：《双重生活：两幅自画像》，Limes 出版社（Wiesbaden）1950 年版，第 161 页。

　　②　AzL, S. 19f.（Bemerkung zum Roman, 1917）.

蒙太奇章节→蒙太奇段落→段落中的蒙太奇/不可再分的蒙太奇单子（Montagemonade）——进行观察，那么每一种蒙太奇都可以被比作在不同尺度上旋转着的"旋涡"（Wirbel）。这样，一部蒙太奇小说无论如何都不应被视为一种静止的"标量场"（Skalarfeld），而更应该被看作是一个湍流不息的"矢量场"（Vektorfeld）。在其内部，或大或小的旋涡形成了一种旨在超越悖论而发挥功能的"自相似结构"（selbstähnliche Struktur）。有关旋涡状宏观结构 Erwin Kobel 已在其对《玛纳斯》作品结构的分析文章中予以了重视："德布林的叙事性作品通过频繁回顾关键情节事件从而具备了一种循环或螺旋状的结构特征。"[①] 这种由四个阶段或"三次跳跃"组合而成的循环结构——如果我们将小说的起点和终点视为包含着这一组矛盾，同时又对此予以超越的统一体的话——同样也存在于德布林的其他长篇小说中，例如《王伦三跳》和《华伦斯坦》。对于个案《柏》而言，它对以主人公弗兰茨·毕勃科普夫为核心的主要情节零零碎碎的，但在总体上尚能向前推进的叙述可以与"层流"（laminare Strömungen）作类比；相反，所有的平行插曲和以蒙太奇方式描写的片段则汇聚成"湍流"（turbulente Strömungen）。涉及本书所要解决的问题，这里将流体力学的理论引入了对蒙太奇动态特性和《柏》旋涡结构的思考之中。

　　从这两种叙事流交替转化的过程中形成了一种循环可逆的"层流—湍流—层流"转换机制，在此机制中蒙太奇旋涡旋生旋灭。于是，主要情节和蒙太奇部分的关系就变得一目了然了：主要情节→因果关系链崩解→以全部异质性碎片糅合成一混杂体（Konglomerat）→重建主要情节。对施加在主人公身上的三次命运打击的叙述，按照上述这种推进模式，以多重蒙太奇段落构成了三个"主要叙事旋涡"（Haupterzählwirbel），通过这种方法，整部蒙太奇小说的宏观结构看上去仿佛是德布林的叙事在一个巨大的循环中旋转，并且在小说结尾处重又回归到它的初始点，而实际上是进入了一个更高层次的顿悟境界。这样，作者借助"旋涡"运转模式在文本情节处理方面消解了源自进步论思想的"直线发展观"和对此进行现代质疑的"永恒轮回"（Ewige wieder kehr）论之间的矛盾对立。《柏》的结构可如下图所示：

---

①　Erwin Kobel: Alfred Döblin. S. 234.

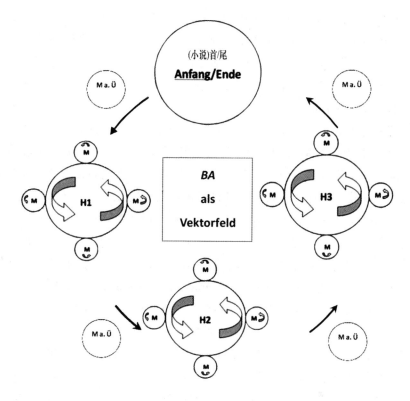

图 1-1　《柏》的小说结构

注：

H = 主要情节；

M = 蒙太奇；

M a. Ü = 蒙太奇段落作为三次命运打击之间的过渡；

BA als Vektorfeld = 《柏》作为矢量场。

第四节　方法论和结构

在论证上述假说的过程中，笔者将在方法论层面上把"平行研究"（parallel study）和"阐发研究"（illumination study）彼此联系起来。一方面，是为了尽可能避免一种在"影响—接受研究"中惯常出现的迂腐的考据倾向，即刻板地搜索证据以期证实两个比较对象之间所谓的主从关系；另一方面，是为了避免反复出现在平行研究中的一种令人遗憾的现象，即所有的相似点仅仅按照一种毫无创见性的比较模板"A∶B = A +

B"被罗列一番，而启发式的观照全然缺失。为了在僵化的"发生学比较"（genetischer Vergleich）和流于随意的"平行比较"之间维持某种平衡，并且为了提高现象阐释和理论阐释在本书中所占的比例，笔者想在多维度分析和互启式讨论中引入一个方法论概念，并将其称为"文化同位素"（kultureller Isotop）。

笔者想借此概念勾勒出交互式跨文化研究中一种常见的现象：假设人类的每种文化综合体在结构主义意义上都可以被比作一张化学元素周期表，其中每个元素都对应着一个特定的文化事项或文化问题，而两种并无亲缘性的文化为这些事项或问题各自提供出的解决方案、策略和解释出发点有时可能彼此区别并不显著。尽管存在着种种细微差别，但由于它们所描述的都是同一个文化要素，而且采取了大体一致的文化态度，所以它们在功能上就如同某个特定化学元素的一组同位素。而它们之间的相似性能够产生出某种"文化间的共鸣"（interkulturelle Resonanz），为进一步接受源于外来文化的具体影响提供"接收器/受体"（Rezeptor），以便为更广泛的"文化涵化"（Akkulturation）奠定基础。但这种涵化现象绝不等同于把复杂而具体的文化删繁就简地化约到最大公约数上，恰恰相反，潜藏于这些相似性之中的众多同位素的"细微差别"（Nuancen）赋予了每一次文化要素之间的交流或移植以巨大而独特的创造力。当然，这些文化同位素之间的交流不必将自身局限于共时性的维度内，因为在同时代的文化交流之外人们还可以观测到无数源自外来文化的"远古"（archaisch）影响。Erwin Kobel 在评论《王》时曾就列子的道家思想和这部小说的哲学出发点的关系做过一番表述，借助这种表述人们也可以对庄子和德布林之间的跨越时代的共鸣关系进行恰当的描述：

> 这里所指的首先就是列子的思想，一种来自公元前 3 世纪的中国智慧，属于同时代的还有老子和孔子的学说。除却最新潮的时髦之外，古老的以及远古的事物也应有其一席之地。对德布林而言，列子不属于某个过往的年代，不属于某种陌生的文化圈，他就在当下，就在柏林，就在德布林的房间里，并被引入攀谈之中。①

---

① Erwin Kobel: Alfred Döblin. S. 151f.

如果我们把上述这种文化同位素归纳为"文化间同位素类型"（in-terkultureller Isotopentyp），那么"文化内同位素类型"（binnenkultureller Isotopentyp）则描述了某一个文化内部或是产生自不同时代的相似的文化现象，其间存在着显而易见的发生学关联；或是源自同一个时代，值此年代"在所有领域内"——德布林如是言道——"许多同步并行、彼此呼应的运动和潮流，它们会在很多地方同时绽放，即便各自情形完全不同"①。这种文化内同位素为上述的文化间共鸣或接受搭建了桥梁。针对这个问题可以在此举一个例子：在笔者的研究中有一个要被反复探讨的问题"对立—统一的综合"（Synthese der Gegensatz-Einheit），它触及了德布林特有的认识论立场——"三分法观察方式"（die trichotomische Sicht-weise），②而庄子作为道家思想代表人物同样也继承了中国的三分法传统，这样，德布林和庄子之间就产生出一种文化间的共鸣现象。德布林之所以能对庄子产生共鸣，也就是说，当西方的三分法与庄子的三分法构成了一对"文化间同位素"的时候，大量源于德布林母体文化的"文化内同位素"为这种共鸣的发生提供了支持：来自早期的亚历山大学派的克雷芒（Clemens）和奥利金（Origines）、被斥为异端邪说的雅各布·博默（Ja-kob Böhme）的"神智学"（Theosophie）、拜占庭时期的"新柏拉图主义"（Neuplatonismus），以及近东的（主要是"犹太—卡巴拉"神秘教的jüdisch-kabbalistisch）"灵性"（Spiritualität）学说，正是通过所有这些思想家及其文化结晶，西方的三分法传统才得以承传，当然不可或缺的还有与德布林同时代的持相同观点的志同道合者，譬如说布莱希特。

通过比较文化间同位素、文化内同位素，不仅将终结一种在交互式跨

---

① B, *Brief an Paul Lüth*, (09.10.1947). S. 377.

② 对此德布林倾向于西方精神传统中的"前存在主义"（Präexistentialismus）立场。通过假设在人中有一个"前存在的个人"（präexistente Person），德布林再次有意偏离了天主教教义。因为他用一种"躯体、灵魂、精神"（Leib, Seele, Geist）三分法替代了被视为唯一正统的"躯—灵"二分法，从而看上去彼此互不相容的矛盾对立创造了一个共同的源头——"原基"（Urgrund），借此以实现其本体论的"对立统一"（Coincidentia Oppositorum）。即便人类学只是隐性地采取了三分法，一如我们在 Origines 学说中所见的那样，但它也依然包含着一种将人神化的倾向；而那种在罗马教会中自奥古斯丁（Augustinus）以来便居于统治地位的"原罪论"（Sündentheorie）却排除了人在神中参与性栖居的可能。Augustinus 的思维模式很大程度上著有二分法的色彩，而他连同其他持相同认识论的教士们在该问题上则为后世西方教会所追随。但即便如此，三分法倾向在西方并未完全销声匿迹。它在所有"神秘主义—冥想"（mystisch-spekulativ）类型的思想运动中一而再而三地重见天日，当然教会出于猜忌对它进行了不间断的迫害。

文化比较文学研究中常见的"自我文化中心主义"（Eigenkulturzentris-mus）的危险倾向，而且还能把每个将要被论及的问题移到一个多边的且因此而更加客观的比较框架之内，将蒙太奇小说中"去中心化"或者"中心相对化"的文学创作理念移用到研究蒙太奇小说的论文中来，借此体现出研究方法与研究对象的高度同构性。

在此方法论基础之上，本书将按照如下思路构建：探讨德布林的整体观思想→展示他的主体性批判→阐述其语言批评→充分展开分析《柏》的蒙太奇技法→揭示蒙太奇的动态圆旋本质、《柏》的旋涡结构，以及该结构的层流—湍流转换机制。当然整个论证过程将始终伴随着与庄子相关思想的比较。与此相应，本书将被划分为两部分：哲学—语言理论比较和文学比较（包含对《柏》中蒙太奇现象的新描述）。

第一部分所要进行的比较并不局限于比较事项的两极——德布林和庄子的思想，同时也兼顾到其他欧洲思想家、文学家的本体论与语言哲学的诸多理念，不论他们所施加的影响是直接的还是间接的，例如：海德格尔（Heidegger）、布洛赫（Bloch）、尼采（Nietzsche）、毛特纳（Mauthner）、霍夫曼斯塔尔（Hofmannsthal）、里尔克（Rilke）、维特根斯坦（Wittgen-stein），等等。由此可以为比较研究提供出一种兼及"东方—西方"的二维坐标轴。通过把德布林的整体观思想，以及他对主体和语言的批判理论与上述这些文化间及文化内同位素用"对比"（kontrastiver Vergleich）和"类比"（analogischer Vergleich）的方式进行异同比较，可以使其在本体论、方法论方面与庄子思想的相似性变得更加一目了然。借助此番阐述要澄清的是：哪种整体观是德布林意欲通过蒙太奇技巧在其现代史诗中构筑起来的？为何这种文学技巧与主体观、语言问题如此密切相关？由是，本书的这个部分为接下来对蒙太奇技法进行细致分析奠定了理论基础。

第二部分要对蒙太奇技巧的具体应用展开详细考察。其前提是：借助庄子语言理论中一系列极富启发意义的概念，对这些蒙太奇具体应用进行一次全新的分类（Kategorisierung）。笔者进行分类尝试的目的并不在于将《柏》中所有具体的蒙太奇部分归纳到一些彼此排斥、互不兼容的范畴里去，而是要争取到一种新型视角，以便借庄子的道家思想和文学理论观照阐明那些未被认知的蒙太奇的特色与功能。在这一部分里，《柏》一书中的蒙太奇将被归纳为如下三种范畴以便分析：

其一，所有碎片式的视觉与听觉的印象都将被归入"象言型蒙太奇"

的范畴。在具体考察展开之前，须先对"象言"这一概念进行诠释，并与德布林的"事实幻想"（Tatsachenphantasie）理论作一番比较，以便说明德布林运用这种象言型蒙太奇的出发点。在具体分析过程中，将从"内像与外像"（innere und äußere Bilder）的角度，以及内外像组合的角度观察评述这些诉诸视觉和听觉的蒙太奇。在对这种蒙太奇类型的一般性说明中，还将通过对德布林的"共鸣理论"（Resonanz-Theorie）和庄子的"象罔"思想的比较，讨论他所理解的、易于引发阐释分歧的"世界图景"（Weltbild）。

其二，所有打断情节主线发展脉络的插曲（Episoden）和主题（Leitmotive），因其所共有的多义性"隐射寓言"（Parabel）的特征，而被划归到"寓言型蒙太奇"类型中去。在论述过程中，首先，会澄清庄子之"寓言"的本质特征，其方法是将它与普通"寓言"（Fabel）、"明喻"（Gleichnis）以及"隐喻"（Metapher）进行差异性对比。其次，要讨论的是德布林充满矛盾的"两价矛盾"（ambivalent）思维方式与他对"分析性语言"（analysierende Sprache）和"象征性语言"（symbolisierende Sprache）的否定态度，借此以强调说明：德布林和庄子的寓言言说方式都拥有一个共同的出发点。最后，笔者将详细探讨寓言型蒙太奇，并把它们主要划分为"现实的隐射寓言类型"（realer Parabeltyp）和"超现实的隐射寓言类型"（surrealer Parabeltyp）两种亚范畴，然后再按照插曲和主题中不同程度的情节独立性，对上述两种亚范畴中的寓言型蒙太奇进行再度细分。居于论述核心的是寓言型蒙太奇的功能，及其从两个交互作用着的隐射寓言网络中产生出来的，目的在于消除人物、叙事者和读者之固化自我的效果。

其三，"重言型蒙太奇"，该范畴意味着"引用式的言说方式"（zitierende Sprechweise）。属于这类蒙太奇的是《柏》中所有外来文本（Fremdtexte），作者或是以逐字逐句"借用"（Entlehnung）的形式，或是通过"改写"（Paraphrase）、"戏仿"（Parodie）、"用讽刺体裁改写"（Travestie）和"戏讽"（Persiflage）的方式，对这些外来文本进行变形（transformieren）与新解（umdeuten），以便把它们插入"周围文本"（Umgebungstext）之中。它们将被细分为三个层面的主题群落：文学—神话层面、技术—科学层面、大都市层面。由于篇幅所限，本书不侧重于对这些亚类型作具体考察。取而代之的是，借用"互文性理论"

（Intertextualitätstheorie）把重言型蒙太奇置于庄子和德布林的互文性技巧的平行类比的框架中进行分析。

此外，《柏》中的蒙太奇还发生在从外在视角向内在视角、从叙事者向"反射人物"（Reflektorfigur）的频繁且突兀的转换过程中。这些以蒙太奇方式迅速变化着的叙事要素，诸如"叙事形式"（Erzählform）、"叙事视角"（Erzählperspektive）、"叙事态度"（Erzählverhalten）、"叙事立场"（Erzählhaltung）以及"叙事模式"（Erzählmodus）等，将不再划分为一新的种类。尽管如此，它们与庄子对叙事视角转换的文学应用之间的趋同性仍将在对上述诸类蒙太奇的梳理过程中被顺便提及。对此彼得森（Jürgen H. Petersen）以及施坦泽尔（Franz Stanzel）的叙事学理论和术语概念将作为主要的阐释工具被加以运用。相关论述将展示出德布林通过何种方式把蒙太奇与文学固有之叙事技巧结合起来，以便使蒙太奇技巧在一种隐含的形式中亦能发挥其功能。

最后结论部分的主要任务是：多方位地结合论文中的分析，对蒙太奇概念进行重新界定以及对《柏》的结构进行重新描述。通过在第一、第二部分中基于厄言—语言哲学所作的阐释尝试，德布林思想的悖论本质和他在动态循环中实现了的超越冲动将被清晰地勾勒出来。与此相应，他的现代史诗同样也代表了这种神话的循环思维，并从中产生出一种旋涡状的自相似的宏观和微观结构。在这部分的论述过程中，流体力学理论将扮演着一个至关重要的角色，《柏》的主要情节、插入的次要情节，以及各种规模的蒙太奇段落将按照该理论分别与层流、过渡流、湍流等量齐观。

为了避免对蒙太奇技巧的具体呈现形式作单调乏味的统计学式的罗列，本书中阐释部分所占的比例将有所提升。虽然本书所要处理的问题是《柏》中的蒙太奇现象，但是也兼顾到有关这篇小说的阐释与其他文本的关联整合。这里要被引入比较的首先有德布林众多卷帙浩繁的，且或多或少都以斑驳陆离的方式写就的长篇小说：《王伦三跳》（*Die drei Sprünge des Wang-lun*，1915）、《华伦斯坦》（*Wallenstein*，1920）、《山、海、巨人》（*Berge, Meere und Giganten*，1924）、《玛纳斯》（*Manas*，1927）、《巴比伦之徒或骄者必败》（*Babylonische Wandrung oder Hochmut kommt vor dem Fall*，1934）、《不能原谅》（*Pardon wird nicht gegeben*，1935）、《亚马逊》（*Amazonas*，1937/38）、《1918 年 11 月》（*November 1918*，1949/50）、《哈姆雷特或漫漫长夜有尽头》（*Hamlet oder die lange Nacht nimmt ein Ende*，

1956)。另外，大量现代派及后现代派重要的蒙太奇作家的文学作品同样也不会被拒之门外，笔者的比较将涉及如下这些作家的蒙太奇作品：布莱希特（Bertolt Brecht）、贝恩（Gottfried Benn）、巴赫曼（Ingeborg Bach-mann）、米穆勒（Heiner Müller）、克彭（Wolfgang Koeppen）、策兰（Paul Celan）、汉德克（Peter Handke），当然还包括马里内蒂（F. T. Marinetti）、乔伊斯（James Joyce）和多斯·帕索斯（John Dos Passos）。

第五节　"蒙太奇"概念消歧

从词源学角度分析，作为名词的"蒙太奇"（Montage）派生自法语动词"monter"（意为"组成""拼凑""构造"）。这一概念最早应用于技术领域，其含义是：通过个体部分的累加、并列、串联，将一个非有机扩张的整体"组合、拼凑"（此义亦可与拉丁语的"mons, -tis" = "增高、山"比较）起来，而每个部分又可以随时从新的综合体中拆卸下来并被其他部分取代。这个概念既表示在艺术中对预制构件的使用，同时又表示通过这种方法而创造出的作品。①

当今学术界已达成一个毫无异议的共识，即蒙太奇技法可算作现代文学及其他艺术种类最具鲜明特征的修辞手段和风格手法。然而，在术语、定义等问题上人们却缺乏某种共识。Volker Klotz 就曾着重指出，人们可能正面临着一种混乱的词语使用的尴尬局面；② Volker Hage 也曾断定，在蒙太奇概念使用方面人们可观察到一种些许泛滥的倾向。③ 尽管在研究中显示出对"蒙太奇"和"拼贴画"（Collage）这两个概念日渐增多的区分意识，但对此二者的日常使用依然经常充斥着极强的随意性以及由此产生的可互换性。对此，可举 Metzler 出版社出版的《文学辞典》关于蒙太奇概念的定义为例："蒙太奇"经常被当作"拼贴画"的同义词使用，虽然后者在大多数情况下还要涉及对源自其他媒介形式的已完成构件的利

---

① Metzler Lexikon Literatur. 3. , völlig neu bearb. Aufl. , 2007. S. 512.

② Vgl. Volker Klotz: Zitat und Montage in neuerer Literatur und Kunst. In: Sprache im technischen Zeitalter, 60 (1976) . S. 277.

③ Vgl. Volker Hage （ Hrsg. ）: Literarische Collagen. Texte, Quellen, Theorie. Stuttgart 1981. S. 11.

用。① 在这种区分中，拼贴画被理解为蒙太奇的一种特殊形式，其中"跨媒介的视角"（intermediale Aspekte：在文学文本中容纳进视觉及听觉的材料）扮演着一个重要的角色。② 与之相左，Viktor Žmegač 视借用程度为区分标准，由此出发，他把拼贴画称为蒙太奇的一种特殊变种：

> 人们应该把这样一种技法称作蒙太奇：将陌生的文本片段添加到自己的文本中来，使二者或互为联合，或彼此对峙。而拼贴画则可能与之相反，在某种程度上它只是蒙太奇的一种极端情况，尤其是当文本（与造型艺术中涉及多种使用材质的拼贴对象类似）只是借用、容纳了拥有不同来源的元素的时候。③

此外，他还不无道理地指出："蒙太奇原则与文学的传统观念归根结底并不发生冲突，然而近几十年以来的文学创作却愈发地倾向于拼贴画技法，该技法把偶然性的客观存在当作问题纳入视野。"④ 尽管这些划分标准不尽相同，但蒙太奇概念在两种定义尝试中都同样被视为上位概念（Hyperonym），而拼贴画也都被当作蒙太奇的一种特殊形式来看待。

> 根据被借用元素的整合程度人们可以区分出"彰显型/开放型/迷乱型蒙太奇"（demonstrative/offene/irritierende Montageverfahren）和"整合型/隐蔽型蒙太奇"（integrierende/verdeckte Montageverfahren）。

对于德语文学中的"整合型蒙太奇"而言，我们完全可以假定，存在着一种可能源于外国的影响：早在 18 世纪，"交叉阅读"（cross-reading）技巧即已作为一种英国的传统被 Georg Christoph Lichtenberg 引入德国，借用这种技巧报纸的文章可被交叉阅读，从而产生出多种悖论式的同时性效果。⑤ 在格奥尔格·毕希纳（Georg Büchner）的剧本《丹东之死》

---

① Metzler Lexikon Literatur. 3. , völlig neu bearb. Aufl. , 2007. S. 512.

② Ebd.

③ Viktor Žmegač: Montage/Collage. In: Dieter Borchmeyer (Hrsg.) : Moderne Literatur in Grundbegriffen. 2. , neu bearb. Aufl. Tübingen: Niemeyer, 1994. S. 286. "引用"（Zitat）这一范畴和"蒙太奇"及"拼贴画"既有联系又有区别，区别方法即是否对外来文本有明确标注。

④ Ebd. S. 289f.

⑤ Vgl. Metzler Lexikon Literatur. 3. , völlig neu bearb. Aufl. , 2007. S. 512.

（*Dantons Tod*，1835）中整合型蒙太奇得到了实际应用，该剧中众多符合历史真实的演讲段落丝毫没有产生突兀的副作用，反而带来了催生错觉的艺术效果。有关这种蒙太奇技法还可再举几例，如托马斯·曼（Thomas Mann）的《特里斯坦》（*Tristan*）中的"瓦格纳文段"和他的《威尼斯之死》（*Der Tod in Venedig*）里面的"柏拉图对话"的片段。

自 20 世纪早期的各种先锋运动（Avantgardebewegungen）以来，"彰显型蒙太奇"逐渐占据了优势地位。伴随着现代大众社会的形成和技术的迅猛发展，文学蒙太奇在第一次世界大战之后就迅速地通过大都市体验和大众传媒展示出自我的魅力。彰显型蒙太奇作为描写和结构的手段，或零星或大篇幅地使用在诗歌、小说和戏剧里面。诗歌方面如自未来主义（Futurismus）和达达主义（Dadaismus）以来的，特别是贝恩和恩岑斯贝尔格（Enzensberger）的诗歌；小说方面则如帕索斯的《曼哈顿中转站》（*Manhattan Transfer*）、德布林的《柏林，亚历山大广场》（*Berlin Alexanderplatz*）、沃尔夫冈·克彭（Wolfgang Koeppen）的《草中的鸽子》（*Tauben im Gras*）、① 埃特莱夫·戈本（Edlef Köppen）的《战地报告》（*Heeresbericht*）、亚历山大·克鲁格（Alexander Kluge）的《战斗描写》（*Schlachtbeschreibung*）、英格博格·巴赫曼（Ingeborg Bachmann）的《马利纳》（*Malina*）；戏剧则从先行者毕希纳开始，有卡尔·克劳斯（Karl Kraus）的《人类的末日》（*Die letzten Tage der Menschheit*）、费尔迪南·布鲁克纳（Ferdinand Bruckner）的《罪犯》（*Die Verbrecher*）、格奥尔格·凯泽（Georg Kaiser）的《并存》（*Nebeneinander*）以及布莱希特（Bertolt Brecht）和彼得·魏斯（Peter Weiss）合作的《马拉/萨德》（*Marat/Sade*）。

在关于"文学的蒙太奇是否移植自电影艺术"的问题上，同样存在着意见分歧。大多数文学辞典都一再强调：文学蒙太奇技巧源自电影摄影术。譬如《文学专业概念辞典》（*Sachwörterbuch der Literatur*）就认为：

> 蒙太奇［是］来自电影艺术的一个概念：在电影分镜头剧本里就已经出现了预拟的艺术拼接，其对象是来自不同时空的、事件情节彼此无关的、思想上无联系性的情境中的单独画面序列和场景，有时要通过联想拼接，譬如借助某些具体事物。［蒙太奇］作为描写手段

---

① 确切说来，该作更有"意识流"之倾向。

被借用到小说、诗歌和戏剧中。①

或者像 Žmegač 的观点："若把震惊（Schock）理解为持续的讶异（Staunen）或错愕（Verblüffung），那么这种效果意图早就在电影理论以及受它影响的戏剧学理论中显现出来了。"②

由于电影和文学的关系一再被强调，那么《柏》的众多评论者的观点——德布林在叙事和结构布局方面的蒙太奇技巧来源于电影，而小说是以电影的方式写就的——也就不足为奇了。《柏》所谓的"电影写作方式"（filmische Schreibweise）最先在 Ekkehard Kaemmerling 那里得到了研究，并被他视为具有某种典型意义："电影对'描写'和观察所作的处理方式回馈到文本之上。"③ 比 Kaemmerling 更早持有上述观点的评论者如 Anselm Salzer 指出"德布林的技巧来自电影"④；William R. Benét 认为《柏》是"对真正的摄影技术进行的一次可贵的实验"⑤；Ernst Alker 表示《柏》"以一部宏大的且瞬息万变滚动放映的电影所特有的摄影艺术"描绘了"外部世界"。⑥

与之相反，Helmuth Kiesel 不无道理地指出："Kaemmerling 为了便于证明可移植性而一再地忽略文本的某些重要细节"，并且"他有关具体文段的'电影式'解释既不充分也不严密"。⑦ Matthias Hurst 的论断也同样让人信服：《柏》的"电影式写作方式"不应被单纯视为"电影摄影技巧在文学内的借鉴"，因为"该文学现象的生成脉络可以回溯至比电影更为

① Wilpert, Gero [von]: Sachwörterbuch der Literatur. 8., verb. und erw. Aufl. Stuttgart: Kröner, 2001. S. 531.

② Viktor Žmegač: *Montage/Collage*. In: Dieter Borchmeyer (Hrsg.): Moderne Literatur in Grundbegriffen. 1994. S. 287f.

③ Ekkehard Kaemmerling: Die filmische Schreibweise: am Beispiel Alfred Döblin: Berlin Alexanderplatz. In: Jahrbuch für Internationale Germanistik. Bern und Frankfurt/Main: Herbert Lang & Cie AG, 1973. S. 45.

④ Anselm Salzer: Illustrierte Geschichte der deutschen Literatur. Bd. V. Regensburg, 1932. S. 2284.

⑤ William R. Benét: The Reader's Encyclopedia. New York, 1947. S. 302.

⑥ Ernst Alker: Geschichte der deutschen Literatur. Bd. Ⅱ. Stuttgart: Cotta, 1950. S. 407f.

⑦ Vgl. Helmuth Kiesel: Döblin und das Kino: Überlegungen zur < Alexanderplatz >-Verfilmung. In: Internationale Alfred-Döblin-Kolloquien <7, 1989 – 8, 1991> Münster 1989 – Marbach a. N. 1991. Hrsg. von Werner Stauffacher. Bern [u. a.]: Lang, 1993, S. 284 – 297.; sowie Hurst: Erzählsituationen in Literatur und Film. S. 253ff.

久远的年代，可以被探究到比模仿某种技术媒介更为深邃的地方"。①

把文学蒙太奇单纯视为对电影艺术毫无创造力的技术抄袭的阐释逻辑，虽然其出发点注意到了存在于作者的文学理论和实践之外的潜在影响，但却未曾虑及蒙太奇作为叙事技巧与作者的小说诗学、语言哲学，以及与他对世界和人的设想之间的诸多内在关联。尤其不容忽视的是：文学史中，纠结于言说或写作困窘的作家作为文化内与文化间同位素现象反复出现，为了克服这种进退维谷的难题，他们往往会采取一种与蒙太奇近似的言说方式。那么，得出如下这个假定便显得合乎逻辑：文学蒙太奇——就像《柏》作为个案所显示的那样——既由作者独特的文学理论和实践所决定，又体现出作为整体的文学在其自身发展过程中内在固有的规律性。

对文学蒙太奇理解的分歧还存在于关于其目的、功能和效果的描述中。自布洛赫（Bloch）以来，现代意义上的蒙太奇的开拓性效果即已被纳入哲学思考的对象范畴之中。一方面，布洛赫鄙夷先锋主义的技巧，尤其是强烈地谴责蒙太奇，将其称为先锋派首要工具和标志，而这种先锋派在动态和整体的历史中把握与塑造现实方面早已变得无能为力，只能被归入"形式主义的"以及"空洞无物的、被社会整体发展的洪流冲溃了的先锋主义"②里面去；另一方面，他指出在文化的蒙太奇里，虚幻的联系性被破坏了，而一种崭新的关系生成了，它让潜伏在各种社会秩序表面背后的"混乱"（Durcheinander）露出了本来面目。③ 与之相仿，Klotz 也把对传统"有机美学"（或称为"感官美学"organologische Ästhetik）的挑战列为蒙太奇原则的重要属性之一。与那种多半会隐藏结构的"模仿说"（Mimesis）诗学传统相异，"在一个部分刚告消歇而另一个部分继之又起的地方明白无误地显示出，它们是如何彼此黏合，又是如何单独以及共同发挥作用的"④。同样，阿多诺（Adorno）也给出了相似的解释："那种通过塑造异质性经验以便使自身与之和解的艺术之表象应该被打碎，具体方

---

① Matthias Hurst: Erzählsituationen in Literatur und Film: ein Modell zur vergleichenden Analyse von literarischen Texten und filmischen Adaptionen. Tübingen: Niemeyer, 1996. S. 259.

② Vgl. Ernst Bloch: Marxismus und Literatur. S. 73f., 210f., 78 bzw. 218.

③ Vgl. Ernst Bloch: Erbschaft dieser Zeit. Zürich 1935, erweiterte Ausgabe Frankfurt a. M. 1962. S. 221.

④ Volker Klotz: Zitat und Montage in neuerer Literatur und Kunst. In: Sprache im technischen Zeitalter, 60 (1976). S. 261.

法就是让作品原原本本地接纳并承认真实无虚的经验碎片，最后把它转化成美学效果。"[1] 此外他还写道："作为与具有欺骗性的有机统一针锋相对的反抗行为，蒙太奇原则着眼于制造震撼错愕的效果。"[2]

与上述意见不同，Theo Meyer 和 Dieter Lamping 把蒙太奇技法的本质确定为一种"结构—解构原则"（Konstruktions- und Destruktionsprinzip）。Meyer 在描述贝恩的蒙太奇风格时把它形容成：

> 通过无关的零散内容的板块拼接勾勒出其特点，这种拼接往往具有出人意表的突发性，并将自身限制于各种单个的中心词、短句或句子碎片之中。在这种密码式（chiffrenhaft）的缩略表达形式里，众多单独意义场的异常增多与某种独特而简练的观念表达联系在一起，并呈现出这么一种可能性：诗篇被多得几乎无法估量的异质性意义群填满。通过拼接破碎的单个画面、断奏式的（staccatoartig）引人联想的想象，以及按照电报风格敲击出的完全异源的复合词，通过将异质性词语整合到一个新型的总复合体之中去，从而确立了一种语言维度，在这个维度里单个领域在时间上、空间上和主题上的破界（Entgrenzung）就成为组织原则。[3]

Lamping 则认为：

> 蒙太奇……首先导致了碎片化（Fragmentarisierung）。语词从它们惯常的使用组合中被生生剥离出来，然后突兀地并置在一起——丝毫不顾及语词所表达的事物及事实的关联。……虽则如此，但依然有些关联若隐若现。因为贝恩并不总是出人意料地——如诗行"命运雄火烈鸟们（Fatum. Flamingohähne）"［源自《混乱》（Chaos）一诗］显示的那样——把词语并置起来。其实他对词语的组合不乏像"希波克拉底证书"（hippokratischer Schein）或者"淋病厚皮增生"（Gonorrhoische Schwarten）这样的新型表达方式，甚至还有像"僵尸

---

[1] Th. W. Adorno: Ästhetische Theorie. Frankfurt a. M. 1970. S. 232f.

[2] Ebd.

[3] Theo Meyer: Kunstproblematik und Wortkombinatorik bei Gottfried Benn. Köln: Böhlau, 1971. S. 272.（und ähnlich 140）; vgl. auch Ridley: Gottfried Benn, S. 85.

科伦宾娜"（Leichenkolombine）、"软化寄生虫"（Erweichungsparasit）或"污泥—模特儿"（Modder-Modell）这样的新词。蒙太奇不仅碎片化着一切，而且也在联结着一切……催生出联系与非联系性……同时成为结构原则和解构原则。①

此外他还补充道：

> 蒙太奇开创的秩序是一种通过形式而存在的秩序。它是非模仿性的，在这层意义上它是"绝对的/纯粹的"（absolute）。它自我实现为一种话语和语词的美学秩序，而无涉于世界的现实秩序或无序，这些词句的描写功能与其美学功能彼此重合。作为这样一种诗学秩序，它在艺术之中，并以艺术为手段超越了被诗人察觉到的经验的混乱。②

若将这些已述观点和命题总结起来，那么对理论而言则产生出一种必要性：将具有唐突冒犯性质的蒙太奇在其效果上区分出两个重点，即便这两种特点并不互相排斥。一方面，将蒙太奇在元诗学的（metapoetisch）层面上加以把握：通过蒙太奇，文学文本的组织方式裸露了出来，其方法是把读者的目光转移到瓦解作品有机美学的技巧上来；另一方面，借助其碎片特征、突然的转换，以及丰富得无以计数的异质性事物组合与意义群组合，蒙太奇技法的意图被设定在了引发读者的认知错愕、认知惊异或认知混乱之上，而这种效果与陌生化效果（Verfremdungseffekt）十分接近。然而，这些冲突龃龉或者单独个别的事物通过蒙太奇仅仅在表象上显示为空间上的完全孤立以及时间上的中断。事实上，蒙太奇同样诱发了关联性和完整性。在此过程中，接受者在其所经历的联想性类比物和对比物之间所进行的认知工作——就针对习惯划分的批评而言——扮演着一个至关重要的角色。有鉴于此，蒙太奇首先是一个属于接受理论（rezeptionstheoretisch）范畴的问题，因为蒙太奇以及拼贴画都是"文本—离心"（text-exzentrisch）性质的，换言之，它们都涉及产生自接收者意识的诸多上下

---

① Vgl. Lamping：Das lyrische Gedicht. S. 205，206 und 207.

② Ebd. S. 207.

文语境。因此，正如 Žmegač 所说，读者是"蒙太奇和拼贴画的主人公……，他们实现了蕴含在蒙太奇之中的种种联系"[①]。对于本书所追求的把蒙太奇理解为某种动态过程的概念新描述来说，高度评价读者的作用是极具启发意义的。因为，不论是由密集并置的零散构件在读者心中所唤起的联想，还是他们对影影绰绰的意义关系网进行有意识的解码（Entzifferung），其本质都具有一种近乎音乐的"过程性"（Prozesshaftigkeit）。

---

① Viktor Žmegač: *Montage/Collage.* In: Dieter Borchmeyer (Hrsg.): Moderne Literatur in Grundbegriffen. 1994. S. 288.

第一部分

哲学比较和语言理论比较

第二章

本体论比较

在德布林的诗学作品和哲学作品之间存在着某种非常紧密的关联，因为若追本溯源的话，二者可谓同根而生，即直接源出于作家从自然关联性角度对个人生存的困扰和矛盾进行领悟并试图消解的不懈努力。而他的整体性思想在这里扮演了一个举足轻重的角色。然而，由于对德布林小说的形式设计和内容构思进行阐释时所使用的基本概念范畴多以传统的主体概念为出发点，并因此而必然回溯到笛卡尔主义的源头上，所以这些概念范畴若被应用在这种其中心主旨恰恰是追求超越传统主体概念的小说上，即便会得出部分正确的结论，但终究只能造成对这种小说精神基础的本质性误解。由此可见，为了正确把握《柏林，亚历山大广场》中蒙太奇的哲学意蕴和基本意图，我们完全有必要对德布林的整体性思想进行一次深入而细致的分析。

第一节　"整体性"的概念历史

从词源学角度来看，"整体性"（Totalität）这个概念称谓源自拉丁语 totum（"整体"）一词，意味着"完整性"（Vollständigkeit）、"全体性"（Gesamtheit）、"总体性"（Ganzheit）。这个概念首先应用于社会批判理论，特别是被法兰克福学派的霍克海默（M. Horkheimer）和阿多诺（Th. W. Adorno）用来描述那种在总体上标志着某个社会制度的历史—社会的生活环境。此外，total 这个形容词也出现在其他语境里，代表着"完整"（vollständig）、"无余"（restlos）、"彻底"（gänzlich）等含义，有别于 totalitär（"全体的"／"极权主义的"）一词；指称社会、文化关系整体语境的"整体性"这一概念，也被用于描述那些其制度无论如何不可、不再或尚未被指称为极权主义变体的社会。①

　　本书中，笔者对"整体性"概念的运用主要遵循的并不是其社会学意义，而是其哲学意义。在哲学里"整体性"概念概括了"多寓于一的总体性"（die Allheit des Vielen in Einem），在这里"整体性"等同于"总体"（das Ganze）或"总体性"（Ganzheit）。

　　"总体"（das Ganze）一词，对应着希腊语中的 holon 和拉丁语中 totum，在德国的神秘主义和 J. Böhme 的学说里即已出现。作为一个概念它描述的是这样一幅图景：画面当中的某个部分被理解为源出于它所归属的那个整体，区别于"总和"（Summe）与"集合"（Aggregat），也有别于"大量"（Vielheit）或"堆积"（Häufung）等概念，因为这些概念所描述的具体组成部分是可以相互随意调换的。"总体性"（Ganzheit）概念在大多数情况下被理解为"总体"（das Ganze）的同义词，在该意义上它所指称的是这样一种系统：此系统（可以是物理的、生物的、心理的、社会的、控制论的以及美学的）由功能上彼此依存且相互归属的诸要素构成，这些要素于己而言可以在总体中表现自身；这种系统作为"一"（Einheit）发挥着功效，且有别于单纯相加性的互动秩序［相加（Addition）、联合（Assoziation）、集合（Aggregat）］，它不将其具体要素表现为相加性质的，而是通过要素间的相互关系或相互作用展示出一种本质上不同的、在大多数情况下不断推进的效果。另外，人们还会在比喻意义上使用"总体性"概念，借以指称各种各样只表达相加性质的联合关系的"混杂体"（Konglomerat）。②

　　如同"总体性"一词，"整体性"在宇宙论中表达的是有关把宇宙想象成为"本原/唯一"（Unikat）的设想，或者在本体论中描述了这样一种设想：存在物（Seiende）即整体（Ganze），在不同向度上也是存在（Sein）或世界（Welt）。在巴门尼德（Parmenides）的哲学中整体性第一次成为研究对象（希腊语 *hen kai pan* 逐字译来即"一与万有"的意思）；此处，"一"等同于整体性。在古典时代，有关整体—部分的问题一直悬而未决，正像芝诺悖论（Zenonschen Paradoxie）所显示的那样，它被认为是无解的。柏拉图在其著作《智士篇》（*Sophistes*）中发展出一种与巴门尼德观点相反的整体性理论和"原子论"（Atomismus）。整体性被他理解

---

① Wörterbuch der philosophischen Begriffe. S. 668.

② Ebd. S. 236.

成"世界—总体性"［Welt-Ganzheit，参见柏拉图的晚期对话录《蒂迈欧篇》（Timaios）］："总体"（holon）一词被解释为造物主的作品。作为可能的对象观和世界观之一种，这种派生自神话的"一元宇宙"（Einheitsuniversum）理论有别于亚里士多德有关"物质宇宙"（Substanzuniversum）的构想以及荷马的"集合宇宙"（Aggregatuniversum）概念。在亚里士多德的学说当中整体性被多重定义：①代表无所或缺的"完整、完善、完美"（das Vollständige）之义；②被理解为"无所不包"（das Umfassende），把蕴于其中的"多"约束在一起（亦可释为"连续统一体 Kontinuum"，即希腊语所谓的 periechon）；③被解释为"总体"（das Ganze）；④释作"一切/所有"（alles）："那种作为包含开端、中心和终结等范围的东西被称为'总体 das Ganze'（holon），它不触及任何区分。而涉及区分的东西则被称为'一切/所有 Alles'（pan）"（参见《Metaethik》Buch Delta，26，1024 a 1 ff.；vgl. Kap. 26 insgesamt）。

18 世纪下半叶至 19 世纪中期的这段时期，被认为是概念史和社会史中一段具有决定性意义的转向期及过渡期。在此期间，历史学家德罗伊森（Johann Gustav Droysen）将整体性概念理解为人的"超越性之目的"（das Ziel der Transzendenz）：有限的自我渴望超越自身的"有限性/暂时性"（Endlichkeit）。因此，他在这种理解中确立了一种与上帝或者真理的关联。而黑格尔则通过荷尔德林的启发将此概念运用于美学、哲学历史和法律哲学等领域里，并从一种完整的状态——从介于野蛮和有组织的文明之间的"诗意的中心点"（poetische Mitte）——推导出"史诗性"（das Epische）。① 据此，史诗作为叙事文学的一种客体化，必然"在与某个民族及时代的自足完整世界的联系中获得某种观念"。② 若不考虑黑格尔的绝对唯心主义，那么不但"宗教意识"（das religiöse Bewußtsein），而且"具体的此在"（das konkrete Dasein）都已经属于他的整体性定义了。③

与荷尔德林和黑格尔的美学概念相似，卢卡奇把"整体性"也回溯到它的古希腊源头，在那里他发现了寓于多样性之中的完整、完美和统一。按照卢卡奇的观点，我们日益膨胀的世界丧失了存在的整体性，而这

---

① Hegel：Vorlesungen über die Ästhetik Ⅲ. In：Werke：in zwanzig Bänden，Band 15. Frankfurt a. M.：Suhrkamp，1970. S. 341.

② Ebd. S. 330.

③ Ebd.

种整体性在古希腊世界中曾经承载着生活的积极意义，并且只有在如下场合中才成为可能：在万物被诸形式攫住之前就已同质的地方；在众多形式尚未形成约束，而只是被曾以隐幽欲念的形态蛰伏于即将成形者内心深处的东西刚刚意识到，即将浮上水面的地方；在真善美三个向度同一的地方。① 而伟大的"叙事文学"（Epik）塑造的就是"生活之曼衍的整体性"（extensive Totalität des Lebens）。② 换言之：叙事文学的整体性等同于"存在和命运、冒险和圆满、生命和本质"（Sein und Schicksal, Abenteuer und Vollendung, Leben und Wesen），是经验和形而上学的结合。③ 从这个立场出发，卢卡奇把被他视为与现代人之"先验的无家可归性"（transzendentale Obdachlosigkeit）息息相关的"小说"（Roman）看作是一种意愿表达，即希望再造已然失落了的自发的整体性。④ 因此，小说从一开始便与"史诗"（Epos）对立并等而下之，而且将自身限定在"身份（同一性）问题"（Identitätsproblem）之内。它的核心主题变成了主人公和叙事者所踪蹑的通往自我整体性，或通往重新综合经验与绝对的道路。

当今，整体性和多样性之间充满张力的对立愈发强烈地被纳入有关"现代"（Moderne）和"后现代"（Postmoderne）的讨论焦点之中。现代思想家［如：卡尔·爱因斯坦（Carl Einstein）、雨果·巴尔（Hugo Ball）、库尔特·希勒（Kurt Hiller）、马克斯·韦伯（Max Weber）、格奥尔格·齐美尔（Georg Simmel）、马克斯·诺尔道（Max Nordau）、查尔斯·泰勒（Charles Taylor）、埃里希·卡勒（Erich Kahler）、尤尔根·哈贝马斯（Jürgen Habermas）、瓦尔特·本雅明（Walter Benjamin）、威廉·伯尔舍（Wilhelm Bölsche）、恩斯特·海克尔（Ernst Haeckel）］虽然都承认这样一个事实——主体（如被他感知的现实世界那样）暴露在他全部的相对性和偶然性之中，但他们也都表达了对整体性丧失的惋惜之情，并因此而倾向于对整体性的渴求。如果说现代性对先前已被发现的多样性缺乏一种积极界定的话，那么后现代思想家［如：伊哈布·哈桑（Ihab Hassan）、让-弗朗索瓦·利奥塔（Jean-François Lyotard）、沃尔夫冈·韦尔施（Wolfgang Welsch）、詹尼·瓦蒂莫（Gianni Vattimo）、理查德·罗

---

① Vgl. Georg Lukács: Die Theorie des Romans. 1981. S. 26.
② Ebd. S. 37.
③ Ebd. S. 22.
④ Ebd. S. 32.

蒂（Richard Rorty）、阿尔诺德·盖伦（Arnold Gehlen）〕则从历史的洞见出发并继而从理论思考出发对一切整体性概念始终保持着距离，并在研究中表明了一种反极权主义的明确取向，韦尔施称之为"对整体性的拒斥或免疫"（Totalitäts-Abwehr）。① 然而很多人都承认，在那些依然盛行着对现代和后现代进行笼统的对立区分的地方，其对立区分本身只是作为仪式而被重复着。这种互相非难是不合时宜的。对"现代"（Moderne）——从狭义上讲，对"现代主义 Modernismus"——和"后现代"（Postmoderne）的诠释，赋予了前者（现代）有关价值、规范、行为和观点的"矛盾性"（Widersprüchlichkeit）或"两价性"（Ambivalenz）意识，而赋予了后者（后现代）有关价值取向的"可互换性"（Austauschbarkeit）或"无差别/冷漠"（Indifferenz）意识。② 这种对立性阐释相信自己完全能够对"一体化"（Uniformierung）或者其反面"多元化"（Pluralisierung）进行抉择判断，但其非此即彼式的极端区分法使得它在某种程度上有些站不住脚。因为，在后现代自身之中毕竟也潜藏着两价矛盾或者悖论：若人们依照对后现代的传统解释仅仅承认现实世界的多元性是后现代的关键词并对这种异质性表达出后现代式的冷漠的话，那么这种认识本身不也是一种千篇一律的论调，不也是一种终将导致整体性的观念一体化吗？

若人们能从总体上一览"现代—现代主义—后现代"的全貌，那么人们将不得不承认：在两极——两种对峙的鉴别分类或选择可能性：一体化和多元化——之间形成了一种循环往复或者说一种螺旋状运动。这种哲学立场，作为对"普遍主义"（Universalismus）和"特殊主义"（Partikularismus）进行的一种辩证的、现代—后现代的综合，是韦尔施孜孜以求的。他在对 Lyotard 的批评中质疑了后者关于绝对异质性的哲学假设，并且尝试着通过"横向理性"（transversale Vernunft）去排除彼此异质的众多特殊主义之间不可通约性和任意互换性所带来的危险。就此他把存在于一元性和多元性之间的关系描述为如下这样一种循环运动：

人们曾一度诊断出某种日趋冷漠的运动，而曾几何时人们又宣扬着

---

① Wolfgang Welsch：Unsere postmoderne Moderne. S. 310.

② Zima, Peter V.：Moderne, Postmoderne：Gesellschaft, Philosophie, Literatur. 2., überarb. Aufl. Tübingen：Francke, 2001. S. 266f.

可能的多样性的渐次展开或对多样性的捍卫。在细心观察下这样一些过程显露出来：它们指向此方向或彼方向，但又彼此交叉。一体化进程可以同时产生出多元性，而多元化进程又能催生出无差别／冷漠。而在这种无差别／冷漠过程内部又可以形成新的多元性，为此，今日特别产生了"混种／混血"（Hybrid-Bildung）的现象，亦即异质性的结合。……在后历史的一体化趋势中，新型的后现代的多样性崛起在这样的道路之上。但同样，相反的趋势也清晰可辨：多元化可以有助于一体化。①

第二节　德布林和庄子的整体观相似性类比

一　合道的"返"与"循环"的神话思维

"整体性"概念在德布林有关小说的早期理论著作中即已显示出其思考的遁点。20 世纪 20 年代末，正当《柏》将告付梓之时，其整体性思想经历了一番深具决定性意义的重新阐释。② 在 Roland Dollinger 看来，德布林的小说理论中整体性观念的演变历史是其整体性思想的一种深化过程，即早期德布林把整体性理解为"对可被感官感知的现实进行尽可能包罗万象且表面化的囊括"，继而他将该思想深化为"整体性不再以表象现实为导向，而是把对现实的超越视为必要的美学手段"，以便借此在其叙事作品中重构已逝的整体性。但必须强调指出的是：德布林在他思维运动过程的每个阶段里从未放弃过面对整体性时两价矛盾的心态。其流亡前创作生涯的第一个时期（1904—1919）被称为"归纳型信仰"（induktives Glauben）阶段，其思维运动经历了从经验到超越的变化过程；第二时期（1919—1925）即"演绎型信仰"（deduktives Glauben）阶段，体现出一种相反的思维运动轨迹，表现为"假定的无神论"（postulierter Atheismus）；③ 此后，德布林又经历了第三个思考和创作阶段（1925—1933），按照 Weyembergh-Boussart 的观点，他于该阶段在"自然主义泛神论"（naturalistischer Pantheismus）和"一神—泛神论"（Theopantismus）之间摇摆不定。④ 他在这

---

① Wolfgang Welsch［Hrsg］：Wege aus der Moderne：Schlüsseltexte der Postmoderne-Diskussion. Berlin：Akademie，1994. S. 20f.

② Vgl. Roland Dollinger：Totalität und Totalitarismus im Exilwerk Döblins. 1994. S. 80.

③ Vgl. Kiesel：Literarische Trauerarbeit；das Exil-und Spätwerk Alfred Döblins. 1986. S. 161f.

④ Vgl. Monique Weyembergh-Boussart：Alfred Döblin：seine Religiosität in Persönlichkeit und Werk. 1970. S. 119 – 211.

一时期写就的随笔作品《自然之上的自我》（*Das Ich über der Natur*）和
《我们的此在》（*Unser Dasein*）里着重表达了如下观点："万有归一"（Al-
leinheit）或关于整体性的设想与关于"原意义"（Ursinn）的存在假设和
万物有灵的概念紧密相关。在所有存在物中都有一个灵魂的出现，在它们
之间只有程度上的差别而已，但在本质上是同一的。当具体之物衰落失效
之时，构成它们的总体始终真实且重要。而这个世界因此不会消解在"物
质—精神"的二元对立当中。

德布林对整体性理解的双面性或歧义性不仅表明了他在面对整体性自
身时怀有一种对现代性而言非常典型的两价矛盾心态（如卢卡奇那样），
而且还显示出一种综合式的解决策略，以便在面对整体性和多样性时使源
自现代和后现代的两种针锋相对的态度得以彼此和解，但其方法并不是平
庸且静止的"折中主义"（Eklektizismus），而是借助在这两种对立态度之
间的辩证运动。如果说人们用"来回摆动"（Hin- und Herschwanken）形
容德布林的周期性观点变化太过粗略的话，那么把这种运动理解为"旋
涡式循环"则较为恰当。这不仅让我们联想到 Welsch 对综合运动的描述，
更让我们联想到老子对同样具有悖论性质的"道"（Dao）的界定：

> 有物混成，先天地生。寂兮寥兮，独立而不改，周行而不殆，可
> 以为天下母。吾不知其名，强字之曰道，强为之名曰大。大曰逝，逝
> 曰远，远曰反。①

道是唯一的运动原则和创生原则，其承担着一元性和多样性起源的责
任，也因此而负责化生万物。它是包罗万象的，既意味着物质世界的多样
性的一面，又体现出彼岸世界万有归一的超越性（"寂兮寥兮，独立而不
改"）。这就意味着，道不仅仅是充盈于万物之中的"内在性原则"
（Prinzip der Immanenz），而且还以悖论的方式充当着一种"超越性原则"
（transzendentes Prinzip），描述着最高的存在状态。由于道无所不包，因此
它归根结底是无法用智识概念和人的认知基础——"语言"——来描述
的。这也就是中国哲学家对道的解释总是带有悖论色彩的原因。道家哲学

---

① Laozi：Tao-te-king：Das Buch vom Sinn und Leben. Übersetzt und von einem Kommentar von Richard Wilhelm. Erweiterte Neuausgabe. München：Eugen Diederichs，1978. Kap. 25.

家试图解开这一疑难困窘的方法就是：一方面，像尼采或早期德布林那样把万物解释为"本质相同"（wesensgleich，即"齐物"），并扬弃掉物质与精神之间的区分；另一方面，把道描述为"无差别的虚空"（undifferenzierte Leere），并用"容器"（Gefäß/Behälter）作比，以便描述道让万物自由地流进流出的本性。通过这种不间断的、无处不在的"流"（Strömungen），道在大千世界中将自身显示为按照"大—逝—远—反（返）"模式进行的循环运动和变化迁转。人们可以将第一阶段"大"解释为整体性尚存、万物尚未彼此分离的某种理想状态；第二阶段"逝"则是整体性不断消逝、逐步分化的过程，换言之，就是 Welsch 所谓的由一元性向多元性转化的过渡阶段；第三个发展阶段"远"可被视为多元化进程的遁点/消失点，或者被解释为碎片化的急遽升级；第四阶段"反（返）"既是熵增的最大值——此时极度的冷漠和异化通过绝对的多元性被制造出来——而且也成为达至"生命圆极"（Entelechie）的"骤变"（Umschlag）或者说"逆转/突变"（Reversion/Mutation）转折点。这种翻转完成得如此之迅疾，以至于它的过程性——不同于 Welsch 设想的渐进式的回潮复返——可被忽略不计。这一阶段的矛盾性（或者毋宁说辩证性）微妙地体现在古汉语的"反"字之上：这个字在意味着"相反/逆反"（umgekehrt/verkehrt）的同时，还等同于"返回"之义。"物极必反"和"反者道之动"，庄子对这种对道家思想而言最具根本性的规律作了如下表述："道是关于'反'的学问。勿将您的精神错置于僵死的概念之上，因为那是与道背道而驰的。""不要顽固地坚持唯一的一条路线，因为那终将偏离真正的道。"（上述文字译自林语堂英译本《道德经》）①

　　同样，德布林的观念和思考也都处处浸润着"返"的因素。他在后期的历史哲学著作《普罗米修斯与原始性》（Prometheus und das Primitive）中重拾这一思想，② 其实早在《与卡吕普索的对话》（Gespräche mit Kalypso）中他就已把该思想表达了出来，并在《王伦三跳》里第一次赋予了它以文学形象。世界历史就是被这两极序列推动向前的：一方面，"普罗米修斯的（亦即：超人的/非凡的）一极"（prometheische Reihe）代表着外在技术的一极（Reihe der Außentechnik）；另一方面，"原始的一极"

---

① Zitiert nach Erwin Kobel：Alfred Döblin. S. 186. Vgl. Lao-tse. Hrsg. von Lin Yutang. S. 132.

② SPG，*Prometheus und das Primitive*，S. 346 – 367.

（primitive Reihe）象征着内在技术的一极（Reihe der Innentechnik）。前者
征服并统治着自然，崇尚有为，在自然中强力粗暴地展现自己、四处蔓
延，将人类引向共同的"文明之路"（Weg der Civilisation）。① 与此形成
鲜明对照的是，后者在"相反的运动"（Gegenbewegungen）中行进。② 决
定它的是人对整体的自愿服从以及人对天人合一的洞见。迄今为止，现代
世界通过普罗米修斯（超人）欲念已变得愈发猖狂。从先于自我意识形
成即已存在的原始状态的本初性意义上讲，普罗米修斯精神的统治地位将
转入另一个极端——"原始的一极"。

> 在未来的日子里，人们即将触及两种不同的情形：一是把这股力
> 量重新导入正轨，因为它现在正错误地以人定胜天的态度侵犯着、戕
> 害着自然；二是用处于另一极的神话力量对之加以制衡。现下有可能
> 已经正在酝酿着倒向另一端的突变逆转。③

但是，这样一种渗透着"返"与"循环"因素的、其二律背反和辩证
性质清晰可辨的思维方式，不可以简单比附为庸俗意义上的"怀古情结"
（Nostalgie）或"倒退心理"（Atavismus）。与现代进步论思想相比，德布
林实质上采取了一种悖论立场：他虽然抨击将"文明"（Zivilisation）置于
"文化"（Kultur）之上的进步论，但他对相反的价值观也持有保留意见。
就像在《王伦三跳》的"献辞"中他所解释到的那样："我并不谴责令人
眼花缭乱的天翻地覆。"④ 或如在《自然之上的自我》里写到的那样："我
不责难科学与技术。"⑤ 对于德布林来说，由进步论思维君临一切的现代社
会其实也是一种现实，但它只描绘出现实的一个侧面，而非全部。"原始
性"（das Primitive）一面，也就是"最本真、最真实的神秘运动"⑥，现在
有必要成为一种平衡力。因此，"进步"（Fortschritt）恰恰就是"退步"
（Rückschritt），或者至少应被视为倒退的诱因（Veranlassung des

---

① SPG, S. 351.
② Ebd.
③ SPG, S. 367.
④ WL, S. 7.
⑤ IüN, S. 15.
⑥ SPG, S. 356.

Rückschritts）。通过这样一种向前发展，人们修得了返璞归真、万有归一的正果。巨涡般的世界历史亦如是旋转运动，如螺旋而非如封闭的圆周。

　　这种"回旋/洄旋"认知模式当然不仅仅存在于道教或德布林的思想之中，[①] 自古以来它就已经遍布诸多文化的神话和宗教里面了。例如：印度教徒、佛教徒和耆那教徒用"轮回"（Samsara）表达存在之永恒循环、兴衰成败的轮转。而如"大—逝—远—反/返"思维模式的"四阶段认识论视角"（vierstufige epistemologische Sicht），也经常被运用到现代和后现代的学术研究或文学创作中。譬如：斯宾格勒（Oswald Spengler）把文化的周期变化划分为四个阶段；[②] 弗莱（Northrop Frye）对文学史、文学性象征和神话采取了四阶段认识模式；[③] 四阶段循环的象征性深层结构则存在于庞德（Ezra Pound）和叶芝（William Butler Yeats）的诗作中，而 W. H. 奥登（W. H. Auden）的《罗马的衰落》（*The Fall of Rome*）以及 T. S. 艾略特（T. S. Eliot）的《荒原》（*The Waste Land*）和《四个四重奏》（*Four Quartets*）同样也体现了这种回旋结构。[④] 此外，这还让我们不禁联想到由让·波德里亚（J. Baudrillard）提出的关于使用价值消解为交换价值的四阶段转化模式——"自然阶段"（stade naturel）、"商业阶段"（stade marchand）、"结构阶段"（stade structural）、"崩解阶段"（stade fractale），[⑤] 连同被忆及

---

　　① 若将前述中德布林流亡前三个创作阶段和他在流亡后以及晚年皈依天主教时的思维特征结合起来考察，便不难发现，作家的思想流变历程似乎也遵循着"四阶段"的循环运动模式。

　　② Vgl. Oswald Spengler: Der Untergang des Abendlandes: Umrisse einer Morphologie der Weltgeschichte. 1922.

　　③ Vgl. Northrop Frye: Anatomy of Criticism: Four Essays. Princeton, NJ: Princeton Univ. Pr. , 1973.

　　④ Vgl. Northrop Frye: Myth and metaphor. Charlottesville［u. a.］: Univ. Pr. of Va. , 1991.

　　⑤ Vgl. Jean Baudrillard: Pour une critique de l'économie politique de signe. Paris: Gallimard, 1972. und Ders. : Transparenz des Bösen/La Transparence du Mal: Ein Essay über extreme Phänomene. Berlin: Merve, 1992. 在前一本书中波德里亚构拟出一种三阶段模式，希望用它来具体说明：在社会演进的过程中使用价值是如何消解为交换价值的；在后一本书里，他放弃了三阶段模式，取而代之的是四阶段模式：使用价值的"自然阶段"（stade naturel）先行在前，紧随其后的是交换价值的"商业阶段"（stade marchand），再然后是交换价值作为符号价值呈现出它的"结构阶段"（stade structural）。这个第三阶段"对应着一种符码，此处价值的自我展开只与全部模式相关联"（*Transparenz des Bösen*, S. 11），意即价值不再涉及具体的客观事物。最后一个阶段被称为"崩解阶段"（stade fractale），波德里亚对它进行了如下描述："第四阶段即价值的崩解阶段，或者毋宁说是病毒阶段，或许更恰当的称谓是辐射阶段。该阶段完全不存在关联的节点，价值向四面八方、向一切缝隙辐射，与具体事物丝毫不发生关系，而只是出于纯粹的延续性向外辐射。"（同上。）这个原因能够很好地说明，为什么波德里亚总是非常泛化地谈论"价值"（la valeur），以及他为何坚持把它理解为不断谋求独立、疯狂滋长以致淹没一切的交换价值，而一旦它成为如此一种价值，便不再能为人所感知。

的当然还有他对"图像"（Bilder）之四种类别的区分。① 此处罗列这些相似的思维现象目的在于说明：围绕着四阶段认识论视角和回旋认知模式这个问题，在世界各民族文化及各学科领域内的确客观地散布着数量庞大的文化间及文化内同位素。它们与德布林及庄子之间产生的共鸣如此之多，以致引起了笔者对相关问题的研究兴趣。

　　在道家四阶段循环的视角下，整体性被理解为"内在超越"（imma-nente Transzendenz），于此过程中必须废止人们司空见惯的、把内在性和超越性截然对立起来的"两个世界理论"（Zweiweltentheorie）。道家的本体论中有关现象性存在和非现象性存在之间的关系实际上指向了对"本体论的存在层面"（ontologische Seinsebene）和"存在论的存在层面"（ontische Seinsebene）的区分。对此笔者的理解是：这种关系恰恰对应着被恩斯特·布洛赫（Ernst Bloch）称作"内外两面理论"（Innen-Außen-Zweiseitenlehre）② 的存在关联。对布洛赫而言，一如对德布林和道家哲学家而言，这两个存在领域之间无法解开的纠葛描述出了存在的全部属性。

---

　　① Vgl. Jean Baudrillard：Simulacres et simulation. Paris：Éd. Galilée, 1981. S. 17. 在这本著作中波德里亚区分出四种"图像"（images）：反映着更深层次现实的图像；掩饰这种现实并把它加以扭曲的图像；对这种现实的缺席进行掩饰的图像；最后是一种与现实完全无涉的图像，或可称为"拟仿物"（Simulacre）："由遮蔽事物的符号过渡为隐瞒'此处空无一物'（qu'il n'y a rien）之真相的符号，这种过渡是一个具有决定性意义的转折点。"尤为引人注目的是介乎此四种图像范畴和通过交换价值进行调解的四个阶段之间的相似之处：第一个范畴对应着"使用价值的自然阶段"，第二个范畴对应"商业阶段"，即"重商资本主义时期"，在该阶段里会出现明显的扭曲现象；第三个图像范畴对应的是垄断资本主义的"结构阶段"，这时现实世界中的关联逐渐消散；第四个范畴折射出由国家组织的资本主义的"崩解阶段"，此时所有现实联系都不复存在。事实上，这里所谈论的不仅仅是一个简单的相似性问题，而且也关系到这么一个问题：按照后现代社会学的观点，身为拟仿物和拟像（Simulation）世界的媒体世界呈现为一个在一切层面上被作为符号价值的交换价值调解着的世界："原本自相矛盾或者彼此辩证对立的概念现已可随意互换，于是这种互换性处处开启了拟像的时代。到处都是相同的'拟仿物的创世记'（Genesis der Simulakren）：时尚界里美与丑可以互换，政治上左倾和右派不分，在媒体报道中真假难辨，在物的层面上有用与无用没有区别。同理，自然、文化以及一切有意义的地方又何尝不是。"这里我们就可以明白波德里亚所谓的拟仿物究竟是什么：它并非是一种迟早会在现实面前撞得粉碎的错觉（Illusion），而是某种非现实的妄念（Schimärenhaftes）取代了现实的位置，并且不会与其对手混淆。

　　② Ernst Bloch：Experimentum Mundi：Frage, Kategorien des Herausbringens, Prax-is. 1975. S. 246. 本体论的存在层面意味着在自身中存在，即"内面"（Innen），也即为所有存在奠定基础的"未定—确定—关系"的潜在性，可被视为存在的具有决定性意义的目的结构。存在论的存在层面则意味着外部存在，即"外面"（Außen），也即存在物已然形成的现实，而试图表现为"外面"的东西正是那些潜藏在"内面"的东西。

这就意味着：只要在已成为"外在"（Draußensein）的现实世界中还显示着来自"未定的存在/直接的存在"（Daß-Sein）的不满，那么这就表明："内在成为外在"（Auswendigsein des Inwendigen），即必须被去蔽的"未定（存在）的确定化"（Was des Daß）——存在物的本真存在——尚未完全实现。

　　用 Bloch 发展出来的"没有超越性的超越"（Transzendieren ohne Transzendenz）这一理念——Michael Eckert 在关于布洛赫的研究论文中将其阐释为"内在超越"（immanente Transzendenz）① ——人们可以非常恰当地描述道家形而上学思维的两价矛盾性和循环本质。值得注意的是，在德布林的哲学思考和文学创作中恰好蕴含着道家色彩的悖论性和运动过程性。Wolfgang Rothe 在文章中论述布罗赫（Broch）、穆齐尔和德布林的"形而上学现实主义"（metaphysischer Realismus）时断言："是超越过程本身，而非超越性充当着形而上学的根本。"② 这就涉及了德布林的"对立统一于整体"的关联性思想。毕竟，"此在"不可以仅就自身而独自成立，它须得与自身于时间流逝过程中的不断丧失联系在一起。在短篇小说《扬帆起航》（Die Segelfahrt）中，德布林于结尾"海滨林荫道"一幕里诗意地用"浓紫的黑暗"（purpurne Finsternis）③ 作比，隐喻了"此在"之"当下"与"此处"的缺失、幽暗、匮乏："此—在"永远指向不提供"此处"的场域的近旁。作为文学作品的读者，谁漫步于炫目的当午烈日之下并渴求着德布林作品中的超越性，谁就会与此同时回忆起那"浓紫的黑暗"，并回忆起从它所隐喻着的永恒缺憾和匮乏中生出的永无止歇的超越过程。

　　德布林在整体观问题上与道家哲学家庄子的其他异同之处，以及他和西方思想家之间的差别，都将在下文细加梳理。

二　德布林的整体观和庄子的"混沌" = Chaos?

庄子在一篇寓言中曾对他用"混（浑）沌"来指称的整体性原初状

---

　　① Michael Eckert：Transzendieren und immanente Transzendenz：Die Transformation der traditionellen Zweiweltentheorie von Immanenz und Transzendenz in Ernst Blochs Zweiseitentheorie. Wien ； Freiburg（Breisgau）［u. a.］：Herder, 1981.

　　② WolfgangRothe：*Metaphysischer Realismus：Literarische Außenseiter zwischen Links und Rechts.* In：Wolfgang Rothe（Hrsg.）, Die deutsche Literatur in der Weimarer Republik. S. 259.

　　③ E, S. 54："浓紫色的黑暗向他们袭来。他们在汹涌的大海中打着旋沉了下去。"

态以及这种状态的瓦解原因作了如下描述：

> 南海之帝为倏，北海之帝为忽，中央之帝为浑沌。倏与忽时相与遇于浑沌之地，浑沌待之甚善，倏与忽谋报浑沌之德，曰："人皆有七窍以视听食息，此独无有，尝试凿之。"日凿一窍，七日而浑沌死。①

三位帝王的名号"倏""忽"和"混沌"皆有所寓意。"倏"在各种德语翻译版本中或被译作"熠熠闪烁、捉摸不定"（Schillernde），或被译作"风风火火"（Hastewas），② 而"忽"则被译为"呼啸而来"（Zufahrende）或者"急急忙忙"（Kannste）。③ 由这两个字组合而成的词"倏忽"，不但在古汉语里，而且在现代汉语里，都表示"电光石火般飞快"（blitzschnell）之义。将这个叠韵词分派到两个名字上的做法强化了寓言所传达的对尘世的易逝性和非现实性的暗示，而这种梦幻泡影正是人类的主观思维以及对完整的现实世界的简化理解产生的必然结果。

"混沌"这个名字含有"浑浊"（Trübheit）、"模糊"（Unklarheit）和"混杂"（Gemischtheit）等意义。而用"混乱"（Chaos）一词加以转译亦无可指摘，只要这个概念不像在日常语用中那样被单纯地理解为"秩序的对立面"。此外，梅维恒（Victor H. Mair）和 Stephan Schuhmacher 在翻译过程中把它解释为"不成形"（Ungestalt）。④ 按照他们的理解，庄子使用"混沌"这一概念的本意似乎是为了表明完整的现实世界的初始状态：混杂、不可分割、无形而模糊，但同时也是一个活生生的有机体。

翻译者对"混沌"完整性的理解在"前苏格拉底"（vorsokratisch）学派的"宇宙起源论"（Kosmogonie）以及它们各自对"Chaos"这一概念的解释中遇到了一系列文化内同位素，而这一哲学流派在欧洲哲学史中至少可以上溯到3000年前。由于此概念的含义一直变动不居，所以对那些在历史中看似志同道合的"Chaos"阐释者们思想上的细微差异进行精细比较，并从中拣选出更为合适的阐释源——对准确把握庄子"混沌"

---

① Zz（RW）, Buch Ⅶ. S. 58f.

② Zz（VHM）, Kap. 7. S. 139.

③ Ebd.

④ Vgl. Zz（RW）, S. 227.（15. Anmerkung zum Buch Ⅶ）; Zz（VHM）, Kap. 7. S. 139.

思想的精髓，同时在既不完全脱离"混沌理论"又不至于陷入该学说陈腐观念的情况下去发现德布林和庄子整体观之间真正的相似点来说——无论如何是无法回避的。迥异于提出"万物本源于水"假说的泰勒斯（Thales）和把"气"（希腊语：Aer）视为万物之源的阿那克西美尼（Anaximenes），阿那克西曼德（Anaximander）则寻找着一切经验事物共有的抽象源头，而这一源头将是不再需要继续向前追溯的。向着该目标他把这种原初状态称为"Apeiron"①——一般情况下可比拟于"Chaos"，含有"无穷无尽"和"取之不竭"之义——该状态先于依据规则运转之本真宇宙（拉丁语：mundus）的创生而存在。阿那克西曼德把"Apeiron"想象成为一种无形的、无时间的、永恒不灭的状态，与由它派生出来的在物换星移中最终会走向衰竭的日常经验事物完全不同。而另一位后起的前苏格拉底流派哲学家，即那位把小亚细亚哲学引入雅典的阿那克萨哥拉（Anaxagoras），把再次以"Apeiron"命名的原初状态设想为一种融汇了所有存在的完美混合。上述两种宇宙起源论的差别在于：阿那克西曼德把世界的创生直接视为"自我组织"的过程，而阿那克萨哥拉则劳烦一种无所不包的、如上帝般发挥功能的"精神"（Geist）参与其中，以便让"Apeiron"的混沌体在一种被称为"Perichorese"的"循环往复的运动"（zirkuläre Herumbewegung）中得以解离分裂。②

事实上，庄子对混沌整体性的设想立足于两价矛盾方式之上：一方面，混沌之于他而言是一种有生命的自我组织；另一方面，庄子的道在万物兴衰的过程中扮演着一个近似于上帝的角色，虽然道无论如何不像巴洛克时期东正教神学中的上帝那样——也就是说不像某种远离尘世的创生大神那样——持续不断地直接干预着世界的运转。

同样，德布林对整体性的想象的基础也是两价矛盾式的。这就造成一种既非纯粹上帝中心主义的（theozentrisch），亦非人类中心主义的（anthropozentrisch），同时又不以物质为中心的（materiezentrisch）或存在主义式的（existentiell）观察世界发展的独特视角。正因如此，Günther Anders 的论断就显得几乎没有什么说服力了。他认为，德布林的世界观

---

① Marco Wehr：Der Schmetterlingsdefekt：Turbulenzen in der Chaostheorie. Stuttgart：Klett-Cotta，2002. S. 19.

② Vgl. Otto E. Rössler：Endophysik：die Welt des inneren Beobachters. Merve，Berlin 1992. S. 15 – 31.

应被视作柏拉图在《蒂迈欧篇》（Timaios）中理解为"混乱"（Unord-nung）的，或者被圣奥古斯丁称为"乱七八糟"（confusio）的那种 Cha-os，并将这种混乱的世界观当作证明德布林由于人事物并置杂陈的朦胧幽暗性，以及似乎纯粹出于偶然性而且缺乏意义的状态而产生的"形而上学恐慌"①的重要线索。尽管德布林的蒙太奇技法透露出"对任何一种规则秩序的极端质疑"，并且反对所有传统形而上学意义的关于绝对超越性之假设的倾向，②但绝谈不上由此引发的"恐慌"。毋宁说，德布林毕其一生观察世界的视角始终在"神律森严和人的僭越"③以及纯粹物化的自我组织之间游移不定，于是一种循环式的思想周游就此形成。

　　在看似不可调和的存在物之间的对立关系里，一如在作为万物本质的对立性和同一性的二律背反关系中，道的"虚空"原则始终扮演着一个重要角色。依照道家基本教义，所有经验的、可以感知的、可被区分的现象事物都是从无法感觉、不可认知的"虚空"中而来的。一切存在物从这种无形的，因此也是无法描述的虚空中如此源源不断地喷涌而出，以至于老子用了一连串贴切的比喻来形容这种状态和过程："谷神不死，是谓玄牝。玄牝之门，是谓天地根，绵绵若存，用之不勤。"④卫礼贤对此在他的注释中解释到，"谷"的意义核心指的是两壁山崖之间空荡荡的"峡谷"（Schlucht），而非我们惯常理解的"山谷"（Tal）。它意味着一种同质性的虚空，使得宇宙自身的无限扩张成为可能。而"玄牝"被译为"黝黑或模糊的女人"（das dunkle Weib）则显得有些乖谬，虽然人们可以用更为田园牧歌式的基调把它转译为"神秘之母"（mystische Mutter），但其实它的本义含有更多的性爱色彩："深邃或旋转的女阴"（tiefe/wir-belnde Vulva）。这里，笔者倾向于把"玄"字翻译为"旋转"，因为我比较赞同郭沫若先生提出的阐释——"玄"是"镟"（借助旋转力使用的工

---

① Vgl. Günther Anders: Der verwüstete Mensch. S. 441 und 433.

② Vgl. Otto Keller: Döblins Montageroman als Epos der Moderne: Die Struktur der Romane *Der schwarze Vorhang*, *Die drei Sprünge des Wang-lun* und *Berlin Alexanderplatz*. München: Fink, 1980. S. 139 und 237f.

③ Helmuth Kiesel: Literarische Trauerarbeit: Das Exil-und Spätwerk Alfred Döblins. 1986, S. 315.

④ Laozi: Tao-te-king. Kap. Ⅵ.

具）的初字，意味着"循环、旋转、旋搅、起旋涡"。①

这种把"混沌整体性"解释为"未分化的虚空""谷神不死"和"宇宙之母"的奇特想象让我们联想到一个文化间同位素——有关"Chaos"概念在欧洲哲学史中最初的一种描述：赫西俄德（Hesiod），这位深受同时代神话思维影响的史诗诗人，曾在他于公元前 8 世纪著成的《神谱》中将"Chaos"解释为"如同打哈欠一般的裂缺虚空"，它于世界生成之初即已撑开天地。从这种被他设想为狂暴呼啸而深邃阴郁的虚空中，倚仗着"爱欲"（Eros）的创造力，孕育出众神的世界与人类的世界。另一个文化间同位素则存在于《旧约圣经·创世记》里的"tohuwabohu"这个希伯来语概念之中。该词一如"Chaos"在概念使用的历史中不断变换着含义。如今它的现代含义已经等同于"混乱不堪""一片狼藉"，但在希伯来语原文它最早指的是"荒凉与寥落"，按照马丁·路德的理解则被译为"荒芜与虚空"，"tohuwabohu"中的"bohu/vohu"在这里对应着"虚空"之义。此外，有关"Chaos = 虚空"的解释在亚里士多德以及后来受他影响的中世纪基督教思想们——如托马斯·阿奎那（Thomas von Aquin）和大阿尔伯特（Albertus Magnus）——那里也遇到了共鸣。他们都赞成亚里士多德（Aristoteles）的这个观点："空空如也的空间，宇宙即从虚无中来。"（参见亚里士多德《物理学·第四章》："vacuum spatium, in quo mundus factus est."）

所有这些哲学家都以相似的方式把每一种存在物追溯到创世之初的"空"（Leere）或"无"（Nichts）的状态中去。但是，庄子对"虚空"概念的定义却与他们的，甚至与老子的理解都有区别。按照老子的设想："天下万物生于有，有生于无。"② 相反，庄子的虚空概念谈论的并不是相对意义的虚空状态，而是既非空又非不空的绝对之空，是一种"无无"。③他对相对之空和绝对之空的区分对应着一个文化间同位素——布洛赫对"非"（Nicht）与"无"（Nichts）所进行的根本性区分："作为尚且虚空、

---

① Guo Moruo: Allgemeine Kompilation der Orakelknocheninschriften（《卜辞通纂》）. In:《郭沫若全集·考古编》, Bd. 2. Beijing: Kexue chubanshe, 1982. S. 222.

② Vgl. Laozi. Kap. XXXX.

③ Ye, Shuxian（叶舒宪）: Eine kulturelle Interpretation des Zhuangzi: Eine Verbindung des präklassischen und postmodernen Blickfeldes（《庄子的文化解析：前古典与后现代的视界融合》）, Wuhan: Hubei renmin chubanshe. 1997. S. 254.

尚未确定、尚未决定的'非'存在于初始之源……而'无'则与之相反是一种已然确定了的东西。"① "非"是一种"非有"（Nicht-Haben），由于它具备"空缺匮乏"之本性，要在存在过程中率先确定自身，从而被认为是存在过程的本源，这就意味着其目的在于克服并超越自己的不完整性：

> "非有"开启了"万有"，没什么东西能脱离它而存在，那么即便"无"本身也不能。"无"总是保持着一种"有"的状态，一种反类型的"有"的状态，即"拥有虚无"的状态。至关重要的是："无"总是保持着一种"存在/是"的状态，一种反类型的"存在/是"的状态，虽然并且恰恰因为它永远与"存在/是"针锋相对。"存在/是"之于"什么都不是"依然是一个具有支配性的概念。②

"无"的这种确定性恰恰在于：它显示了"非"的不确定性的终极与恒定。

通过上述对多种文化同位素的相似性和细微差异的比较我们可以看出：不论对布洛赫，还是对庄子和德布林这一类把存在物追溯到悖论式的"有序的混沌"之上的思想家来说，"无"或相对意义的"空""并非世界本来的原则，它与存在的起源是互为对立的"。③ 反倒是"非"或者绝对意义的"空"一方面代表着世界的起源，另一方面则于存在的整个过程始终在场。这种绝对的"空"为世界的产生提供出一个无限广大而完整的时空，并由于它"永恒的匮乏与欠缺"④ 以及由此产生的对填充自身的确定物内容的无尽但徒劳的"渴望"⑤ 而伴随在世界迁流衍变的整个循环过程之中，以便一切人事物在每个当下的虚空中汇聚，如同汇入"当下的一块洼地"⑥ 并且互相搅拌，直至由于虚空的匮乏而产生出无数旋涡（Wirbel）或更确切地说无数"涡流"（Strudel），并将自身整合进整体存

---

① Ernst Bloch: Das Prinzip Hoffnung. Frankfurt a. M.: Suhrkamp, 1959. S. 357.

② Ernst Bloch: Tübinger Einleitung in die Philosophie. Frankfurt a. M.: Suhrkamp, 1970. S. 252.

③ Ebd. S. 253.

④ Ebd. S. 255.

⑤ Ebd. S. 252.

⑥ UD, S. 215; Auch Amazonas, S. 397.

在的巨大湍流的旋涡之中。在此动态的旋转过程中，困扰德布林研究者的关于德布林世界观或整体观当中的秩序与无序、关联与无关联的矛盾就此被克服了。

由于被阐释为虚空或被阐释为形而上学场域的"Chaos"在超越和内在层面上的同时存在，所以它为现实世界提供了一个既非实体性的，亦非精神性的，但同质的原基和本真状态。在此状态中整体性从某种意义上讲其实从未丧失，同样也不可能被破坏，只要人的主观意识始终能保持一种与之相应的同质的虚空，以及在自我保护与自我出让之间维持着一种动态的平衡。于是，那种建筑在"Chaos"常规定义基础之上的争论——蒙太奇是否是德布林混乱整体观的表达形式——就变得无甚意义了。

三　整体性向往＝复古式的"宗教怀旧"情结？

伊利亚德（Mircea Eliade）在其神话学论著《宇宙创生神话和"神圣的历史"》（*Cosmogonic Myth and "Sacred History"*）中把"宗教性怀旧"（religiöse Nostalgie）区分为两个类型：（1）"渴望重返创世之前的原初整体性（达雅克类型）"；（2）"渴望恢复创世之初的原始状态（阿兰达类型）。后者中的怀旧情结渴求的是部落的神圣历史。"[①] 显然，庄子对他所理解的整体性"混沌"所怀的向往对应着第一种模式——达雅克类型：幽暗而无形，包含着无尽的可能性，栖居于创世之前。相反，黑格尔和卢卡奇的整体性渴望可归入第二种类型——阿兰达类型，尤其是当人们考虑到这样一个事实：他们二人都一再着重强调要把整体性状态追溯回古希腊时期，即追溯到介乎原始野蛮和组建文明之间的"诗意的中心"那里去，换言之，正是要追溯到人类文明的肇端；并且他们二人都把荷马史诗视为叙事文学高不可攀、难以企及的典范。[②] 而德布林的整体性向往属于哪种类型呢？究竟是和庄子相近同属达雅克类型，还是与黑格尔、卢卡奇类似同属于阿兰达类型呢？为了回答该问题，我们可以先在他的诗学主张中寻找线索。

有别于黑格尔和卢卡奇，德布林在《叙事作品的构造》一文中向未

---

① Mircea Eliade: Cosmogonic Myth and "Sacred History". In: Sacred Narrative: Readings in the Theory of Myth. Hrsg. von Alan Dundes. Berkeley; Los Angeles; London: University of California Press, 1984. S. 151.

② Vgl. Georg Lukács: Die Theorie des Romans. S. 22.

来的叙事文学作家提出了"走到荷马后面去"（hinter Homer gehen）的要求：

> 当我说："我们在叙事性中也应保持抒情诗意、戏剧性和反思性"，那么我这话的意思并非是要为多种形式的大杂烩开脱。我们必须重返到叙事性艺术作品生机勃勃的"原核"（Urkern）中去，那里叙事性尚未僵化为今日之某种被我们误以为是叙事作家应该遵守的规范标准的特殊姿态。在我看来，这就意味着我们还需走到荷马后面去。
>
> 但在如此伟大而危险的时刻里意味着：能与是。文学作品的这种原初形式将会让所有走近它的人都感到焕然一新，但它也会制造很多小麻烦。只有源出于母亲的人方可回到母亲那里去。所以终有一天我会看到一种叙事文学向我们款款走来，它在打碎了报道形式的传统和任务之后，真诚地与我们发生某些关联。我想再三呼吁作家：不要一味地效劳于形式，而应让它为己所用。①

虽然，德布林此处讨论的主要是叙事形式的问题，但"走到荷马后面去"这个诗学吁求在一定程度上体现了他独特的整体性向往方式，因为他的诗学努力总是与哲学思考紧密相连。通过"走到荷马后面去"这个诗学口号和"复归母体"（zu den Müttern）② 这样一个表达，明白无误地传达出德布林设想中的世界的某种完整的原初状态存在于文明组建之前，即先于人类个体化的产生而存在，并因此作为一个新鲜的、远未板结的"原核"（Urkern）具有无限的潜在可能性和生机盎然的原动力。德布林整体性向往的所有特征都指向达雅克类型的怀旧，因此他关于完整原初状态的设想实则更接近于庄子的"混沌"。

此外还需补充说明：《柏》小说主人公的渴望也部分地体现出达雅克类型的某些属性。然而这并不意味着，作者对整体性的理解和主人公的理解完全重合。

---

① SzÄ, *Der Bau des epischen Werks*. Olten und Freiburg im Breisgau：Walter, 1989. S. 227.

② 按照笔者的观点，"复归母体"援引自歌德的《浮士德》第二部，该著将"回到母亲那里去"思想主题化了。

　　弗兰茨·毕勃科普夫的回溯式的渴望首先尤其明显地表露在小说对
"特格尔监狱"（Tegeler Gefängnis）和"大地"（Erde）等主题的描述上。
这两个母题早在小说开端处就已被当作原型（Prototyp）使用，在整部小
说中更成为作者反复利用的基础性组织构件。它们总是简明扼要地浮现在
小说的某些重要位置上，并且每次出现的形式都略有不同。两个母题蕴含
着共同的悖论属性：一方面，他们都象征着消极意义上的黑暗、单调、孤
独，都可以等同于某种先于生命或后于生命的状态，即胚胎状态和死亡状
态，在这种状态里，人们"只是叹息、隐藏，但不思考"（《柏》S. 22）；
另一方面，在毕勃科普夫的回忆和想象中"监狱"和"大地"几乎将自
身美化成了远离尘嚣、田园牧歌式的避难之所：遭遇三次命运打击之后的
毕勃科普夫对生之幸福已无动于衷，而一种哀婉之乐却越来越吸引他，那
种幸福就是不必苟活之幸福，唯有未生之乐可以逾越之。与之相称的是主
人公面对"监狱"和"大地"时心中所怀的强烈的矛盾纠结：尽管他在
此二者面前时常流露出"反感"（《柏》S. 15）和"恐惧"（《柏》
S. 102）等情绪，但与之截然相反的感情也频现于小说之中。所以在小说
开场处，弗兰茨·毕勃科普夫身为一个刑满释放者站在特格尔监狱大门
口，惊慌失措地用后背抵着红色的监狱高墙，想把踏进这个世界的脚步再
拖延片刻。重获的自由，在他看来，只能是一种惩罚。在犹太人的斗室
中，他"像一具玩偶似的从沙发滑落到地毯上"，弓身蜷缩在地毯上，像
只"鼹鼠"那样用脑袋钻着地，叹息着："钻到地板里面去，钻到大地里
面去，那里昏暗"，并且拒绝站起来："谁都带不走我。"（《柏》S. 21）
不仅在小说开端主人公不愿与监狱和大地的原初状态分离，而且在这部小
说行进的过程中这两个具有象征意味的母题对主人公产生出一股磁铁般的
吸引力。每当他遭受命运打击的时候，他对回归监狱和大地的向往便从无
意识或潜意识里升了起来。一方面，我们可以把它理解为对"胚胎式的
至福至乐的庇佑所"① 的向往，里尔克把它比喻成给予"感情亲密性"的

---

　　① Peter Bekes：Alfred Döblin, Berlin Alexanderplatz：Interpretation. 2., überarb. und korr. Aufl.,
unveränd. Nachdr. München：Oldenbourg, 2007. S. 43. 笔者按："Geborgenheit"在德语中所要表达的
是一种安全和幸福的状态，但又不止于安全、保护和无伤等意味，该词还象征着亲近、温暖、安
宁、祥和。所以，这个词一般被认为是不可翻译的。该表达也存在于荷兰语和南非荷兰语之中，
但英语、法语和俄语则没有与之对应的表达。笔者认为，该词可以和道家语汇中的"洞天"相
对应。

"子宫",① 或者如弗兰茨·毕勃科普夫在小酒馆里朗诵一首从狱中学来的诗:

> 哦, 人啊, 如果你想在这人世间成为一个男人, 那么, 你要考虑周全, 在你被睿智的女人领升到日光之前! 这人间就是苦痛之巢! 相信这些诗篇的作者吧, 他经常把这乏味而生硬的菜肴咀嚼! 歌德《浮士德》中的词句被抄袭: 认为自己的生命幸福, 通常只会是在娘胎里…… (《柏》S. 90)

歌者对复归人类胚胎状态 (Fötus) 或宇宙初创状态 (kosmischer Embryo) 的渴望折射出一种道家式的神秘玄学的色彩。② 它唤起了我们对布莱希特《可怜的 B. B.》的记忆: 此诗中"子宫"——这一从未被真正经历的故乡③——被比喻为"黑郁郁的森林":

> 我, 贝托尔特·布莱希特, 来自黑郁郁的森林。
> 我的母亲将我带进了城市,
> 当我还躺在她腹中之时。而森林的寒意
> 将永存于我心, 直至生命的尽头。
>
> 沥青城市
> 如今是我的家。
> 从一开始
> 便上演着临终圣礼:
> 有报纸。有烟草。有烧酒。
> 狐疑、衰朽、称心, 便在尽头。
>
> ……

---

① Rainer Maria Rilke/Lou Andreas-Salomé: Briefwechsel. Hrsg. v. Ernst Pfeiffer. Frankfurt a. M. : Insel, 1975. S. 315.

② 参见叶舒宪在《庄子的文化解析: 前古典与后现代的视界融合》中对庄子的"返胎"思想的论述。

③ Vgl. Helmuth Kiesel: Geschichte der literarischen Moderne. S. 359.

> 在地动山摇即将到来之际，我只愿
>
> 不要让我的弗吉尼亚因苦痛而离去，
>
> 我，贝托尔特·布莱希特，困进了沥青都市
>
> 来自黑郁郁的森林，在母腹中，在肇初的时光里。①

　　另一方面，主人公对死后的状态怀有某种向往。譬如，关于他梦游般地重返特格尔监狱的描述始终伴随着一些具有心理暗示性质的关键词："睡眠""对睡眠的渴求""昏沉沉""终点站"以及"走到头了"（《柏》S. 283）。这些词或词语组合暗示出弗兰茨·毕勃科普夫把死亡当作了逃避现实的安宁的避难所。同样，在描写"泼水这一攘除邪祟的行为过程中"——在这一幕中展示出来的水或香水的驱除灾祸、净化灵魂的功能还出现在德布林的短篇小说《修女与死亡》（Das Stiftsfräulein und der Tod）和《谋杀蒲公英》（Ermordung einer Butterblume）之中②——通过插入圣经引文"你从大地中来，还应回到大地中去"（《柏》S. 119；《旧约圣经·摩西五经》第一经《创世记》3，19）以及通过"对死亡体验的预演"③，"大地""死亡"和"避难所"的同一性被暗示了出来：这些词暗示出弗兰茨·毕勃科普夫渴望"水平地把自己放倒在床上（死。你来自大地，还应回到大地中去。）"（《柏》S. 119）。同样，在小说结尾处重归大地或死亡的渴望变得愈发强烈：长着酒糟鼻子的老头儿为了宽慰毕勃科普夫而把死亡比作故乡："Home, sweet home，你知道吗，甜蜜的家，对我来说，它就在地底下。如果我不在家，那我就是要到地下去了。"（《柏》S. 422）；或如作者让主人公在"老鼠寓言"里说道："活在一个人体内，不好，我更愿意蹲在地底下，更愿意在田野里奔跑、觅食……"

---

　　① Bertolt Brecht: Werke. Bd. 13, S. 241f. （titellose Erstfassung von 1922）und Bd. 11. S. 119. （*Hauspostillen*-Fassung von 1924/25 unter dem Titel *Vom armen B. B.*）.

　　② 通过"泼水"这一行为暗示出的回归倾向也攫住了短篇小说《修女与死亡》中的那位年轻的修女。经常发生在儿童身上的"夜惊"现象每夜都会侵袭她，她央求一位要好的年长修女陪她过夜。她再造某种只具备初级理性特征的行为方式，并乞灵于各种驱魔手段：她小心翼翼地把门窗关得严严实实；她被单蒙在椅子上，借此让人以为屋里没人住，于是不用接待任何访客；她朝着四壁喷洒科隆香水，仿佛必须用圣水才能攘除邪祟（相似的"香水"情节同样也出现在《谋杀蒲公英》一书中），她想借此驱散某种异味——那种幻生出的腐臭。See E, p. 15 and 22.

　　③ Johannes Hachmöller: Ekstatisches Dasein und Tao-Sprung. S. 127.

（《柏》S.429）

人们务必要留意：德布林的文学创作中各种相关的主题是如何彼此协调一致起来的。《柏》中的"监狱"和"大地"，正如同德布林短篇小说《扬帆远航》（*Die Segelfahrt*）中的"大海"①、长篇小说《华伦斯坦》（*Wallenstein*）中的"森林"②或《不能原谅》（*Pardon wird nicht gegeben*）中的"沙漠—隐喻"③，都象征着某种与"彼岸"或"死亡"相近的"非地/无地/乌托邦/无何有之乡"（Unort）。那里，人们无法占据任何真正意义上的场所。人们通过逃离从属于他的地方、奔向"充斥着幸福"的非地，以期隐身于斯，但最终无可避免地陷入了无望的虚空，而这虚空恰恰是他在平淡无奇的生活中所竭力逃避的。这就将我们的注意力转移到了德布林诸多文学作品中的主导母题上，即对人之此在的"此"（Da）、人对此在的兴致以及此在的丧失所提出的疑问。按照 Erwin Kobel 的阐释，德布林所理解的此在之"此"并非"某种随意存在于虚空且同质的三维空间内的位置，以便人可以像任何事物那样于此于彼总能占据某个场所，当他移动之时，便是从一个地方前往另一个地方，但决不会陷入非地中。不，'地方'（Ort）毋宁说是这样一种处所：当其应该存在之时才必然产生，它是在与无地之领域的互相界分中被引发、创造出来的"④。这一边界地带渐入尚未开发也是无法开发、风物异然而且光怪陆离之境，而这里恰恰是德布林文学创作的栖居之所。在绝对的虚空中，上述长篇及短篇小说中的主人公最终停下了脚步或希望止歇于此，而一切环绕着他们的事物都移向远方，以至于他们失却了所有与同类的关联。正因为在这空空如也、一望无尽的"荒原—空间"（Einöde-Raum）里一切都同等遥远、偏僻，所以对主人公而言一切都变得可有可无。同样，他们面对自己时也变

① 巴西人 Copetta 采取了一种既非出其不意又非茫然无助的尝试，留下来，固守在那里；驾着他的游艇逃出家乡，驶向公海。参见《扬帆远航》（*Die Segelfahrt*，S.76–80）。德布林还在《华伦斯坦》和《亚马孙河三部曲》里把森林和大海的共同属性用优美的措辞表达了出来："森林，宽广的海底，不舍昼夜地巨浪滔天。"（W, S.734）在《亚马孙河三部曲》里德布林把"荒凉阴森的森林，这片汹涌的绿色海洋"称为那些意欲建立殖民地的耶稣会教士的顽敌。（Vgl. A, S.375）

② 德布林在小说《华伦斯坦》的末尾，让皇帝费尔迪南——这位反抗者，同时又是心怀渴望的人——被驱赶进森林，并死在了那里。参见《华伦斯坦》小说结尾。

③ Vgl. P, S.15. 德布林说起母亲的流亡命运："她逃了，蒙着黑纱，离开她出生的国家，找寻爱情与幸福，并走进一座陌生的城市，沙漠。"从这层意义上看，"沙漠"恰是柏林的隐喻。

④ Erwin Kobel: Alfred Döblin. S.81.

得麻木不仁。他们以这种冷漠的方式使自身失去了"此—在"，这种此在在特格尔监狱中——正如在大地和沙漠中，或如在森林与海洋中那样——基本上近乎不可能。尽管上述作品在末尾对往事进行回顾时呈现出种种些微差别，但读者依然能够清晰地感受到作者态度立场在其创作早期和晚期之间的前后变化：德布林益发地洞察到，不论是对此在之虚无性的执着，抑或是对沉沦入彼岸世界的渴求，二者皆非真正的解脱。

在《柏》整部小说展开的过程中，主人公面对着被赋予了令人"忘我着迷的"（ekstatisch）整体性色彩的彼岸世界或"非生"（Nichtleben）状态时，经历了一番态度上的循环变化：倚赖→厌恶→隐隐向往→主动回归。虽然主人公益发把这种状态视为至福至乐的"落脚处"（《柏》S. 411），以便逃避苦难的命运，虽然作者让拟人化了的"死亡"（Tod）以一个告诫的声音不断出场警示主人公，但这并不因此意味着作者赞同小说主角的种种尝试：通过完全破碎的自我和重返非生的状态，妄图消除自我与世界之间的龃龉，以获取瞬间或永恒的伪安宁。德布林和小说主人公的"牺牲思维"（Opferdenken）之间鲜明的差异可由作者始终保持距离的、饱含嘲讽和批判的叙事立场得以佐证，或在这一情节——"死亡"在小说中自始至终保持着警示者的身份，而并没有把主人公诱向真正的死亡——中也得到了体现。

那么，这种分歧是否揭示出在德布林的达雅克式整体性向往中隐藏着某种悖论性呢？作者在小说终了处真的如 Peter Bekes 所认为的那样不能就——"如何才能逾越人性中积极性和消极性之间的鸿沟，以及由此而来的介于自然之中的自我和自然之上的自我之间的二律背反呢？"①——这一问题给出一个令人满意的答案吗？或许德布林果真为读者遗留下一个"开放式结尾"，正如布莱希特的《四川好人》（Gute Menschen von Sezuan）或《伽利略传》（Leben des Galilei）中的那种著名的"开放式结尾"，不仅是表达了一种"伪无奈"（Pseudoratlosigkeit）——通过引入一种保持距离的观察者立场，这种"伪无奈"敦请读者的认知和批判性反思，而非唤起接受者惯有的不加评判的、情感泛滥的移情作用——而且也传达出一种面对着一系列伴随着社会现代化而来的疑难困窘时的"实实在在的无

---

①　Peter Bekes：Alfred Döblin, Berlin Alexanderplatz. S. 90.

奈感"①。这种开放式结尾"在《柏》的评论者和阐析者之中引发了不少误解，有时还造成相当大的争论"②，例如 Walter Muschg 把该书理解为有关"牺牲思想"的某种表达，或如 Stauffacher 断定《柏》是一部基督教主题的小说，而小说结尾则是"一种私人性的末日启示"③，并且批评小说结尾虚无、随意、含混。④

　　小说尾声向读者展示出：毕勃科普夫的生命道路在其献身于死亡之后依然继续向前延伸，在这条道路上他以一种接受的（rezeptiv），但并非消极—妥协的（passiv-kompromisslerisch）姿态面对这个世界，并以身居世界之中的形态重新出现。这样的结尾设置与小说《华伦斯坦》的结尾完全没有交集。德布林在《华》的末尾处将皇帝费尔迪南塑造得益发接近于小说《哈姆雷特》中的李尔王。⑤ 皇帝费尔迪南在小说末尾逃遁了，德布林这样评价该人物的结局："他的极乐世界突然显露出来。他没有宣布退位，而是飘然而去。王位已与他毫不相干。"⑥ 人们自然会不由自主地将它和反常的极乐联系起来。但 Walter Muschg 却在费尔迪南这个人物中看到了"一种关于尘世圆融的宗教理想的化身"⑦。在其阴森可怖的泰然自若中，皇帝的行事如同是对一位中国智者的戏拟。作为一个集合了乾隆、王伦以及马诺的人物形象，他让我们联想起那些"真正的弱者"⑧。但他并不真的是那种适用于"我的力量在弱者中强大无比"⑨ 这句话的弱者。他毋宁是一个弃绝了一切的弱者。⑩ 无论如何他都不能与"基督的放弃神性"（Kenosis Christi）相提并论，因为与弗兰茨·毕勃科普夫不同的

---

① Volker Klotz: Bertolt Brecht. S. 22f.

② Ebd. S. 91.

③ Werner Stauffacher: Die Bibel als poetisches Bezugssystem. S. 40.

④ Ebd.

⑤ 《哈姆雷特》中有一处印证了皇帝费尔迪南和李尔王的相似命运："他从前曾有一个傻瓜弄臣陪伴在他左右，充当副官。其实这完全没必要；他自己就足够蠢了。而后有一天他感到在宫殿里待够了，他就躺在了大街上，现在他得其所哉。他生活在村里的穷汉当中，和流浪者、失足的人在一处，看：他是极乐的。"Vgl. H, S. 217.

⑥ AzL, S. 343f.

⑦ W, *Nachwort*, S. 749.

⑧ Vgl. Autobiographische Schriften und letzte Aufzeichnungen. Hrsg. von Edgar Pässler. Jubiläums-Sonderausgabe zum hundertsten Geburtstag des Dichters. Olten und Freiburg im Breisgau: Walter, 1977. S. 409.

⑨ W, S. 729.

⑩ AzL, S. 388.

是，他无法再对万物迎来送往。他这种反常的喜乐将不可承受的痛苦当作背景，并期待着从这痛苦中被解放出来。借此，这种反常的幸福超出了所谓的扭曲，指向了一种原初状态。与《华伦斯坦》和《哈姆雷特》相异，《玛纳斯》的结尾与《柏》有颇多相似之处。在第三章里，玛纳斯以超人或"半神"① 的身份重返人间，恰似一尊为了宽慰和救赎世界而从涅槃的门槛折返人间，不再继续体验终极解脱的菩萨，如今他处于易逝与永恒之间、处于前后相继（古今有别②）与同时并陈之间，而且正超越着每一组对立的矛盾。这里，德布林与佛教的绝对超越之教义保持着一定距离，反而与道家的内在超越思想产生了共鸣。通过对《柏》做这样一种旨在扬弃对立的收煞处理，暗中传达出：德布林虽然从达雅克类型的整体性怀旧情结出发，但他却最终实现了对它的超越。也就是说，他并没有把整体性理解为时空上存在于彼岸世界中的某种状态，而是认为：任何一种形式的整体性是通过人之此在的"永恒向前"（perpetuierliches Fortfahren）而完成的一种螺旋式的"永恒轮回"（Ewige Wiederkunft）。

按照作者的观点，整体性应该栖居于一种正确的认知方式、思考方式、言说方式之中，它既可潜藏在彼岸世界里，也可隐身于此岸世界中，只要是在区分思维和主客观二分法被扬弃了的地方。此处，德布林遵循着存在物之同一性的思路，而这条思路与庄子的"齐物论"颇有几分相似之处。他们二人皆把生死看作"无尽的循环"和等值的存在方式，一如德布林在《柏》中让死神唱起的那首慢歌："我是生命和那最最真实的力量……没有了我，生命就不可能有价值。"（《柏》S. 431）在生与死这个问题上，两位思想家都不主张那种基于区分思维的抗拒与屈从，反而都赋予了生与死同等的整体性本质。故而，德布林没有把渴望重新将自己整合进整体性中去的小说主人公引入另一个世界，而是把他重新引向生活，引向他当下的生存形式，让他从对自我的不安、麻痹和拘执中解脱出来，与此岸世界的运转重新挂钩，并向他人敞开心扉，以便在他没有恐慌、没有攻击欲的崭新感知里再度发现整体性的存在。

现在我们可以通过对整体性所作的比较分析得出如下结论：整体性问题不论对于德布林，还是对于庄子来说，都完全关系到认识论的颠覆——

---

① AzL，S. 389.

② Vgl. M，S. 239.

事实上关系到语言的颠覆，即通过重新唤醒原初的、唯一正确的认知—言说方式，让世界完整的状态再次呈现出来。所以，把人的主体性和语言联结在一起的德布林式整体观和"蒙太奇"艺术技巧，其举足轻重的角色将在接下来的考察中被推至台前。

第三章

主体性批判

第一节　"明"与"真实思维"作为通往自我和
世界之完整性的桥梁

　　第一章所述关于"混沌"的寓言采用了卫礼贤的翻译，他把"混沌"译为德语的"der Unbewusste"，即"无意识者"。译者的这一理解向我们清楚地表明：他认为庄子把"混沌"之有机生命的死亡——世界完整的原初状态的毁灭——归结为人类主体思维的过度干预。为了重建世界的整体性，庄子在整部作品中一再质疑了那种以主观主义方式思维着的自我，并同时尝试着把"圣人"，即"真我"，作为人之此在的目标加以追寻。一方面，由于无节制的主体性必然会导致在万物之间作绝对的区别与界分，另一方面，由于在时光的流逝过程中所有对立面，如"生"与"死"，"可能性"与"不可能性"，"是"与"非"，总是在相互转化中不断变迁，因此人们是无法超越相对性的，此所谓"圣人不由，而照之于天"。这种完整无缺的思维模式超越了主客观对立，庄子称之为"明"（Erleuchtung 或 Epiphanie）：

　　　　亦因是也。是亦彼也，彼亦是也。彼亦一是非，此亦一是非。果且有彼是乎哉？果且无彼是乎哉？彼是莫得其偶，谓之道枢。枢始得其环中，以应无穷。是亦一无穷，非亦一无穷也。故曰：莫若以明。[1]

----

[1]　Zz（RW），Buch Ⅱ，S. 14.

无独有偶，和庄子这种超越了人类语言的神秘主义认知方式有异曲同工之妙的是霍夫曼斯塔尔（Hugo von Hofmannsthal）在《钱多斯君致培根的一封信》（*Ein Brief* 或称 *Der Brief des Lord Chandos*）的末尾对"顿悟之体验"（Epiphanie-Erlebnisse）的描述：

> 随后我感觉我的身体仿佛是由纯然的密码符号构成的，它们将一切事物都统统打开展露给我看。或者当我们开始用"心"去思考时，我们便仿佛与浑然完整的此在共同置身于一种全新的、充满预知的关系中。然而，一旦我感到这种不可思议的魔力从我身上消退时，我便知道我再也不能对事物有所言说；我兴许同样也无法再用理性的言语表述，那曾将我和整个世界交织在一起的和谐身处何方，再也无法形容它是如何让我感受到它的，就如同我再也不能逼真地道出五脏六腑内的更深处的感动或者血液的凝固。①

在顿悟的状态里，实则只能导致人类"孤寂隔绝"② 的语言，其无效性被暴露了出来。相反，"与浑然完整的此在构成的一种全新的、充满预知的关系"则彰显出自我，并赋予了此在以意义与内涵。关于"顿悟/显现"（Epiphanie）Theodore Ziolkowski 的理解与乔伊斯相近，他们都认为 Epiphanie 是"解悟的瞬间"：在这一瞬间"关于事物的真正的现实"升华为"形而上学的象征性"，事物"仿佛从它经验的僵死状态被唤醒到诗学的生命境界中"。③ 而查尔斯·泰勒（Charles Taylor）则把"Epiphanie"解释为："把艺术作品设想为一种表达，这种表达将我们和一些通常情况下难以企及的、具有最崇高的道德意义或精神意义的事物携至一起。此外还涉及这样一种表达，它在上帝启示的过程中同时定义着并成就着某些事

---

① Hugo von Hofmannsthal：*Ein Brief*. In：Ders.：Sämtliche Werke. Kritische Ausgabe. Veranstaltet vom Freien Deutschen Hochstift. Hrsg. von Rudolf Hirsch / Christoph Perels / Heinz Rälleke. Bd. XXXI：Erfundene Gespräche und Briefe. Hrsg. von Ellen Ritter. Frankfurt a. M.：Fischer, 1991. S. 52.

② Vgl. Ebd. S. 49："在他们当中一阵可怕的孤独感向我袭来；我的心情就像一个在公园里被一群完全没有眼睛的塑像包围起来的人；我再次逃向室外。"

③ Theodore Ziolkowski：James Joyces Epiphanie und die Überwindung der empirischen Welt in der modernen deutschen Prosa. In：DVjs. 35（1961）. S. 602f.

物。"① 而德布林也像庄子那样将世界与自我的双重整体性丧失的原因归结为人类使用了"头脑思维"（Kopfdenken），它倾向于概念、归纳和定义，与人类的统治欲原则如漆似胶地纠缠在一起。而与之相抗衡的则是与庄子的"明"或"顿悟"相近的被德布林称为"真实思维"（Realdenken）的思考模式，人类据此可以重新融汇到不可分割的原基状态、天地和合的伟力中去，也即汇入庄子和尼采所预示宣称的一切经验存在物的和一切形而上学观念的"同本体论"②（古希腊语：σμοονσιος；拉丁字母转写：homoousios；德语：Wesensgleichheit）中去：

> 我们要区分头脑思维和真实思维。个人的头脑思维总是在寻觅着、计划着什么。这种思维归属于个人在其位置上的特殊属性，即属于不完整的个人性。同时它还是伟大的真实思维的一种个别性的工具或亚种，而真实思维则要在能为我们所见的种种形式、形态和形式范围中发挥作用、展示自我。这种真正的思维——真实思维，个人也以独特的方式参与其中——是一种极其反复不定的、能够穿透一切有机体和遥远之物的伟力。这种真实思维包含着某种积极能动的力量。而充斥着正在生成与正在死亡的有机体的整个世界就是它作用的结果。这种思维不仅仅是井然有序的，也是不断生成、生生不息的。③

基于对思维的两种基本类型的区分——虽然对德布林的"齐物"思想而言这种区分本身就包含着一种自相矛盾性——他批评了那种有缺陷的人类中心主义的观察方式，那正是引起整体性消亡的直接原因：

> 在这里我们要说：人们是可以不把世界当成纯粹物理运动来看待

---

①　Charles Tayloer: *Quellen des Selbst: Die Entstehung der neuzeitlichen Identität*. Übersetzt von Joachim Schulte. Frankfurt a. M. : Suhrkamp, 1996. S. 729.

②　Vgl. F. Nietzsche: *Jenseits von Gut und Böse*. In: Ders. : *Werke*. Bd. 4. Hrsg. K. Schlechta. München: Hanser, 1980. S. 568. "甚至还有这样一种可能性"，他解释道，"那些赋予美好而可供膜拜之事物以价值的因素，恰恰与那些糟糕的、看上去正好相反的事物以一种尴尬的方式同出一源，并纠缠勾连在一起，或许本质上完全相同。"庄子在其著作的第二章抛出了"齐物论"这样一个命题，它由 Victor H. Mair 翻译为"万物的同一性"，而卫礼贤则译成"诸世界观的平衡"。

③　UD, S. 203.

的。那它便是苦与乐，是自我的中心和源自这种中心的积极原动力；不完整的不可再分的有机体是自我的工具载体，正因如此，所以事后从意识和思想中臆造出各种目的便是彻头彻尾的画蛇添足，因为这种自我无须如此这般的事后臆造和靠不住的意识产物。对‘意义给定’来说，实际上进行臆测的思想是远远不够的，但是现实在其意义的特殊性方面同样也完全不需要这种臆测的思想。①

　　为了重建人类的整体性和整体性思维，德布林——尤其是在早期——面对"头脑思维"时态度鲜明地给出了反对的立场："我们拒绝思维的主观本性。"② 于是，不光是他对整体性消解之原因的洞见，而且连同他的主体性批判——在叙事作品中重建存在物领域整体性和主体整体性的一种策略——都显示出与庄子的整体观有更多的相似性，而与黑格尔、卢卡奇的相关思想则有些区别。黑格尔和卢卡奇都从被个人本位思维支配着的古典本体论出发，而他们对叙事性的定义和对整体性的解释也都立足于"个人性"（Persönlichkeit）和与之密切相关的"发展概念"（Entwicklungsbegriff），但这一概念早已被德布林在其早期对尼采的批评中抛弃了。由此，德布林开启了对主体的批判并且展示给读者一幅崭新的有关人的图景：它排除了唯心主义—个人主义意义上的各种"身份"（Identität），并以狐疑的目光上下打量着每一种已染上个人主义色彩的本体论。《我们的此在》里有这样一句话，不仅否定了经典唯心主义—笛卡尔主义的根本原则和绝对的世界二元论（一面是肉体/物体，另一面是灵魂/精神），而且还成为德布林思考的发轫点："将世界二元对立地拆解为空间性的事物和思维着的精神，其做法本身就是致命的，因为这种二元对立并不存在。"③ 灵魂与躯体之间绝对分裂的毁灭性恶果在德布林的短篇小说《舞者与身》（Die Tänzerin und der Leib）中也得到了具体描述：④ 在关于年轻的女舞者 Ella 的苦难故事中，灵肉的矛盾、精神与自然的矛盾变成了彻底的对抗，它把年轻的姑娘引向分裂、灾难和病痛，以及由此而导致的自杀的深渊。Ella 长久以来一直反抗的其实既非灵魂，亦非肉体，而是活泼

① UD, S. 204.

② Ebd.

③ Ebd. S. 202.

④ Vgl. E, *Die Tänzerin und der Leib*, S. 18 – 21.

泼的生命——灵肉的统一。而那种恶化成冲突和异化的"主客体二分法"或者"精神—物质二元对立"说明：生命的本质既不可被置于蔑视肉体的纯粹精神之中，也不应反过来被视为怠慢精神的一团物质。德布林的短篇小说的主旨即指向对这种轻蔑的反对。

德布林的出发点不再是从笛卡尔到黑格尔的近代主体哲学，因为在这种哲学里主体的自我身份变得愈发地具有确定性，也就是说主体或自我反思等概念事实上在近代哲学中占据着一个压倒一切的统治地位。取而代之的是，德布林把尼采的"认识论和形而上学的沉思"① 引为同调，并且吸收了毛特纳（Mauthner）和马赫（Mach）的影响，把它们作为瓦解近代理想主义主体概念的理论基石。② 除了这些相关的文化内同位素之外，庄子的两价矛盾式的主体性批判和"真我"重建等思想作为一种文化间同位素——即便不是直接的，但至少也是间接地——对德布林主体性基本立场的形成释放出巨大的启发力。关于德布林对笛卡尔主义激烈的抨击和他从道家思想中灵感的汲取 Johannes Hachmöller 作了如下一番强调：

> 他所有的艺术和理论的努力在此整个时期都指向唯一的目标——即受着东亚哲学教义的滋养，续接着西方精神的神话传统，力求获得自我和世界的完全同一，并试图超越迄今还在发挥作用的唯心主义—笛卡尔主义的原则，这一原则从绝对的世界二元论角度出发，因此无法再弥合思维着的世界和现实世界之间已然开启的裂痕。③

鉴于这种关联，笔者将在接下来的部分深入探讨德布林和庄子的主体性思想的相似之处，并借此比较去分析德布林为何对诸多思想影响的发出者——如尼采，这位对他而言"无出其右的思想启发者"④ ——采取了一种貌似悖论式的"接受兼批评"的态度，笔者还将尝试着从文化间同位素的共鸣中寻找出德布林调和这些矛盾的策略。

---

① KS I, *Der Wille zur Macht als Erkenntnis bei Friedrich Nietzsche*. S. 14.

② Vgl. Birgit Hoock：Modernität als Paradox. S. 238.

③ Johannes Hachmöller：Ekstatisches Dasein und Tao-Sprung. S. 2.

④ Helmuth Kiesel：Literarische Trauerarbeit. S. 146. 关于德布林对尼采的接受，另请参见 Baumann-Eisenach，Barbara：Der Mythos als Brücke zur Wahrheit：Eine Analyse ausgewählter Texte Alfred Döblins. Idstein：Schulz-Kirchner, 1992. S. 64 – 78.

第二节　被绝对化了的近代主体

从笛卡尔提出"我思故我在"这一命题开始，整个近代哲学思考的全过程都被打上了"从主体单元出发的思维"印记。从笛卡尔到黑格尔的主体理论簇拥着认知主体登上了它从未登上过的宝座。自我身份认同攫取了如此至高无上、独立自主的地位，以至于这一哲学历史时期的"个体"必须被认为是一种不可更改的、确定了的，而且与周遭事物截然分开的完整统一体。

Helmuth Kiesel 在一种科技的视角下对自主主体性之概念的发展由来进行了如下的理由陈述：他将其描述成"哥白尼式转向"（kopernikanische Wende）的结果，此时"数学和望远镜使宇宙的日心说秩序变得可信起来"："科学思想被贯彻；神学与教会的禁锢被挣脱；人类之自主性被认知"。[1] 伴随着地心说世界图景的毁灭，以神为核心的世界也开始加速垮塌。[2] 话语（Discours）的神性主体维度不得不被视为一种虚构，它打开了已经支离破碎了的中世纪基督教对意识和世界的钳制。Christian Link 将这一态势进行了如下的描述：

> 只有当那种把世界和自我拘束在一种时间单元内的桎梏分崩离析的时候，才能促使危机超越其自身的前提走向极端，以至于现在"主体"——而不再是不可捉摸的世界——在由上帝、世界和人类组合而成的哲学三昧中担当起主导的角色。他的理性——从每一种与世界的捆绑关系中被赦免出来——如今变成了工具。这工具实现了独立的人作为"自然的主人和占有者"（"maître et possesseur de la nature"）在新时期的梦想。[3]

---

[1] Helmuth Kiesel: *Triumph und Trauma: Die kopernikanische Wende und ihre Folgen in Brechts „Leben des Galilei"*. In: Weltbilder. Hrsg. von Hans Gebhardt, Helmuth Kiesel. Berlin/Heidelberg: Springer, 2004. S. 221. Vgl. auch K. Dienst, *Kopernikanische Wende*. In: Historisches Wörterbuch der Philosophie. Hrsg. von Ritter J., Gründer K. Bd. 4. Darmstadt: Wissenschaftliche Buchgesellschaft, 1976. Sp. 1096.

[2] Vgl. Helmuth Kiesel: *Triumph und Trauma*. S. 221.

[3] Christan Link: Subjektivität und Wahrheit: Die Grundlegung der neuzeitlichen Metaphysik durch Descartes. Stuttgart: Klett-Cotta, 1978. S. 47.

　　这里，诉诸直觉认知的笛卡尔式的自我身份认同奠定了确定性认知的可能性和对主体的重新估价。当然，主体概念的发展动力不仅来源于科学技术领域，其实它更是人类潜意识中统治癖好和欲望的产物。C. B. Macpherson 曾为这种主体概念贴上了"占有性利己主义"（possessiver Individualismus）① 的标签：占据着这种意识形态中心地位的是个人对"内心中既得利益"的囤积，这些利益由驾驭着一切的、中央集权式的自我搜集起来。对应着可随时为我所用的资源之潜力，这一任务或多或少地被完成了。此种模式传达出市民社会对自我和世界的理解，其典型特征在和封建社会结构的截然界分中呈现了出来："个人从各种早先规定着他们的依附关系中解放出来。个人被理解为自己决定着自己的、自主自治的主权拥有者，对自己负责的自我人生规划者。他们已然成为社会舞台上的中流砥柱。"② 然而，作为征服者的笛卡尔式的主体弊端重重，因为它把个人主体也作为一种自然连同外部自然一并置于统治精神之下。它导致了对自然和自身躯体的征服与控制，此时的肉体仿佛被从外部看待，并被物化了。霍克海默（Horkheimer）和阿多诺（Adorno）曾在《启蒙主义辩证法》（Dialektik der Aufklärung）中觉察到，对自然的征服与控制会导致对自身的征服与控制："当那种自我，即人类那种同一的、目的明确的、阳性的气质开始散发出来的时候，人类必然会给自己带来厄运。"③ 将自然当作精神的他者置于抽象思维的精神之下的倾向，在随后的历史阶段中清晰易辨地出现在康德、费希特和黑格尔的形而上学体系之中。

　　康德通过提出先验主体（transzendentales Subjekt）这一假说重新捍卫了笛卡尔所谓的"我思"（cogito）。这种先验主体与经验主体不同，它指的是"纯粹的、原初的、永不变迁的意识"④ 以及"独立不改的自我"⑤。康德贯彻了哥白尼转向，从经验的既定世界回溯至哲学性的主体，此主体构成了人对事物之认知的基础和可能性，从而使得一种崭新的主体性应运

---

① Macpherson, C. B.: Die politische Theorie des Besitzindividualismus. Frankfurt a. M.: Suhrkamp, 1967.

② Sampson E. E.: *The challenge of social change for psychology: Globalization and psychology's theory of the person*. In: American Psychologist 44, 1989. S. 915.

③ Horkheimer. /Adorno: Dialektik der Aufklärung. Frankfurt a. M.: Fischer, 1969. S. 33.

④ Immanuel Kant: Kritik der reinen Vernunft. In: Ders.: Werke in zehn Bänden. Hrsg. von Wilhelm Weischedel. Darmstadt: Wissenschaftliche Buchgesellschaft, 1983. Bd. 3., S. 107.

⑤ Ebd. S. 123.

而生：它虽未在实质层面上，但在形式层面上创建了完整的现实世界，这一世界对康德而言无异于代表着"一种关乎自身的想象"，而无须"略去"思考着的主体。① 因此，在康德看来物理世界作为"物自体"（das Ding an sich）实际上是不可能被认知的。在此意义上，一种所谓客观的认识无论如何都是不可能的，因为他把人类经验的先天基础和模式以及时空因果的先验范畴都视为主体性的。于是，塑造着认知的先验自我之于认知可能性而言就成为其无法规避的前提，并借此赢得了一种近乎万能的支配地位。Otfried Höffe 就此察觉到："他不仅超越了理性主义、经验主义和怀疑论；更重要的是他还为客观性奠定了一种崭新的主体地位。认识不应再取决于事物，而是事物应以我们的认识为准绳。"②

对肉体的否定在"精神的本质方面"将康德和费希特联系起来。Harmut Böhme 和 Gernot Böhme 指出，两位哲学家在精神禁欲上有着近源关系："肉体同时作为客体和主体的他者被康德和费希特否定掉了。"③ 但与康德提出的问题——它主要与"认知事物是否可能"这一问题相关——相反的是，费希特把自我当作"思维与发问的绝对核心"。④ 费希特试图在其对"主客体同一性"⑤ 的执拗追求中扬弃康德在"思之我"（ego cogitans）与"行之我"（ego agens）之间，即理论与实践之间所作的区分。当康德的我思（cogito）仅仅作为"认知事物的工具"⑥ 而存在的时候，费希特则把自我设定自我理解为"本原行动"（Tathandlung），现实的整个系统便从中产生。之于那种把主体理解为一种基础性事物（Zugrundeliegendes）、世界的基础（fundamentum mundi）的设想而言，费希特对自我设定自我的主体的界定可以被解读为一个完美的范例：

---

① Immanuel Kant：Kritik der reinen Vernunft. In：Ders. ：Werke in zehn Bänden. Hrsg. von Wilhelm Weischedel. Darmstadt：Wissenschaftliche Buchgesellschaft, 1983. Bd. 3. ，S. 383.

② Otfried Höffe：Immanuel Kant. München：Beck, 1983. S. 53.

③ H. Böhme, G. Böhme：Das Andere der Vernunft：Zur Entwicklung von Rationalitätsstrukturen am Beispiel Kants. Frankfurt a. M. Suhrkamp, 1985. S. 130.

④ Achim Hager：Subjektivität und Sein：Das Hegelsche System als ein geschichtliches Stadium der Durchsicht auf Sein. Freiburg/München：Alber, 1974. S. 169.

⑤ I. H. Fichte：Vorrede des Herausgebers. In：Fichtes Werke, Bd. I （Zur theoretischen Philosophie I）. Berlin：de Gruyter, 1971. S. IX.

⑥ Achim Hager：Subjektivität und Sein. S. 170.

自我设定自我，它存在着，通过自我胜任着这种纯粹设定；反过来，自我存在着，并且设定它的存在，胜任着它的纯粹存在。它同时既是行动者，又是行动的产物；既是活动，又是通过活动产生出来的东西；行动和行为不但是合一的，而且是恰好同一的；故而我在是本原行动的表达；但也是唯一可能的表达，正如它必然产生自整体的科学理论。[1]

黑格尔与康德式及费希特式的理想主义保持了距离，并且以整体性范畴为目的超越了无法被笛卡尔、康德和费希特扬弃的主客体对立以及介乎有限和绝对之间的鸿沟。他对二元论的超越并不令人惊讶，因为他将理性视为一种不会让任何对立、任何二元性无法被超越的思维模式，因为他在他自身之外不容忍任何事物、任何"非本质的事物"。他把绝对性视为一种内在于主体认知能力的东西，一种"在自身和对自身而言似乎已然在我们这里存在着及想要存在着的东西"[2]。有鉴于此，黑格尔把自我确定为支配着客体性的主体性，确定为"主体与客体的或者自我与非我的已完成的、真正的同一体；它是一种应然，正像在康德思想里的那样，它是一种目的，一种信仰，相信二者在自身而言是同一的，但对这个目的的实现也如在康德思想中那样意味着同一个矛盾，而不具备当下的真实"[3]。因此，近代的自我作为"绝对精神的认识"[4] 获得了相当强大的地位。

第三节　解体中的现代自我

一　主体概念的幻相与"庄周梦蝶"

这种自近代以来被不断高估的主体权力地位被德布林断然地拒绝了。

---

① J. G. Fichte: *Über den Begriff der Wissenschaftslehre oder der sogenannten Philosophie*. In: Fichtes Werke, Bd. I. Berlin: de Gruyter, 1971. S. 59.

② G. W. F. Hegel: Phänomenologie des Geistes. Nach dem Texte der Originalausgabe. Hrsg. von Johannes Hoffmeister. 6. Aufl. Hamburg: Meiner, 1952. S. 64.

③ G. W. F. Hegel: *Vorlesungen über die Geschichte der Philosophie* Ⅲ. In: Werke: in zwanzig Bänden, Band 20. Frankfurt a. M.: Suhrkamp, 1986. S. 409.

④ G. W. F. Hegel: Jenaer Systementwürfe Ⅲ. Unter Mitarb. Von Johann Heinrich Trede. Hrsg. von Rolf-Peter Horstmann (Gesammelte Werke. In Verb. Mitder Deutschen Forschungsgemeinschaft. hrsg. von der Rheinisch-Westfälischen Akademie der Wissenschaften, Bd. 8). Hamburg: Meiner, 1976. S. 286.

一种将现实简化为主体认识的意识空间和感官印象的认识论方式，其对我们的生存所产生的那些后果严重的副作用无法逃脱德布林批判的目光。对他来说如下这个主张完全是没有说服力的：在我们面前"世界以绚烂多彩的大脑图像"① 展示自我。如此极端的主观主义，在他看来，是一种病态的妄念，它以不可宽宥的方式扭曲了人之存在的真正关系。"'世界是什么'这个问题与感官感受无关"②，这一论断在步武尼采的德布林看来已然陈腐过时。这个问题倒不如以此为出发点：由于人们将世界中的事物按照它们的生活价值组织安排起来，故而世界是一种"虚有其表"的世界："这个对我们来说真实的表象世界在此处把自身表现成为一个按照我们的需求整理出来的宇宙，一个可以让我们栖居于其中的经过简化安排了的世界。"③ 因此，形而上学者的那个"唯一且真实的世界"和这个表象的世界同样是假设的，但有一个区别，即它的表象性不被承认，因为来自形而上学的需求——就此而言，它可以被称作"病态的"——必然要求那种有关"应然"（seiende）的世界的设想："然而形而上学者所谓的'应然'世界与'表象'世界相反，它在生物学视角下描述了另一个假设的世界，关于它的臆造同样要归因于一种来自生理的，或更确切地说来自病理的需求。"④

在此方面，德布林对笛卡尔的主体哲学批判——"人们所谓的自我和意识是一种巨大的夸张"⑤ 或者"个人不扮演什么角色……个人性的自我是不能持久的"⑥ ——与尼采形而上学批判不谋而合。尼采把青年黑格尔派对黑格尔的和理想主义的主体概念提出的质疑极端化了，并把个体的主体——在笛卡尔、康德和费希特哲学体系中尚作为意义给予之基础，在黑格尔的思想中则参与到世界精神的权力中去——理解为正在瓦解和已经屈服了的东西。按照他的观点，自我这个同一体单元只是作为一种表象、虚构，或者某种在崩溃的边缘行动着的异质性主体维度：

---

① IüN, S. 69.

② KS I, *Der Wille zur Macht als Erkenntnis bei Friedrich Nietzsche*. S. 18.

③ Ebd.

④ Ebd.

⑤ Alfred Döblin: *Die Natur und ihre Seelen*. In: Der neue Merkur 6 (1922) . S. 10.

⑥ Ebd. S. 9.

　　　　主体：这只是关于我们在最高真实性感觉的各种瞬间中对某种同
一性的信仰的术语措辞：我们将这种信仰理解为一种原因的结果，我
们如此相信我们的信仰，以至于我们全然是为了它的缘故而想象出
"真理""真实""实质"。"主体"是虚构的，似乎许多相同的情形
都是同一根基生发出来的结果：但是，我们曾经创造出这些情形的
"相同性"；这种等同化和秩序化就是事实的真相，不是相同性（这
一点倒不如被否认）。①

　　他发觉，有关人之主体性和概念性的观念来源于人的盲目和精神方面
的控制欲："每个概念都产生自对不同事物的等同化行为……个体和世界
的忽视赠予了我们概念……"② 尼采先于拉康（Jacques Lacan）很早便认
为，要在主体性中认识到某种栖居于非现实世界中的虚构成分。此外，他
还把真理拆解为"一群变动不居的隐喻、换喻、人神同形同性论"③。同
样，马克斯·斯蒂纳（Max Stirner）之前也曾通过展示诸般真理作为取决
于权力的语言结构是如何将人塑造成主体的，在语言层面上既拆解掉真理
概念，又拆解掉主体概念。他在尼采之前即已断定："各种真理不过是一
些空话、套话、言辞……"④ 而这些语词、习语将自我构造成主体，因为
它们命名自我、定义自我；但"它们作为我自己的造物对我来说在创造
行为发出之后就已经异化了"⑤。Lacan 和 Stirner 的相关思想兹不赘述，因
为德布林的主体观与尼采的关系更为接近。但对存在于德布林早期被认为
对尼采持批判态度的文章和晚期完全赞赏式的评论之间的前后龃龉来说，
似乎一直有待解释。⑥

　　同样，"其名字在 1900 年前后被当作经验批判主义代名词"使用的
恩斯特·马赫（Ernst Mach），间接地通过弗里茨·毛特纳（Fritz Mauth-
ner）对他思想的接受将影响传导给德布林。马赫在《感觉的分析》中得

---

　　① Friedrich Nietzsche：*Aus dem Nachlaß der Achtzigerjahre.* In：Ders.：Werke. Bd. VI. München：
Hanser, 1980. S. 627.

　　② Friedrich Nietzsche：*Über Wahrheit und Lüge im außermoralischen Sinn.* In：Ders.：
Werke. Bd. V. München：Hanser, 1980. S. 313.

　　③ Ebd. S. 314.

　　④ Max Striner：Der Einzige und sein Eigentum. Stuttgart：Reclam, 1991. S. 390.

　　⑤ Ebd. S. 391.

　　⑥ Vgl. Birgit Hoock：Modernität als Paradox. S. 115.

出如下结论：主体应被完全视作无异于某种可变且多变的范畴。其出发点在于：心理和生理的总体现实，"知觉与想象、意志、感觉，简言之，内在与外在的整个世界，由极少数同质元素以间或稍纵即逝、间或固若金汤的联系性［组］合而成"①。在这种以一元论模式设想出来"元素复合体"②——感知复合体中，心理和身体融为一体。元素之间的交互作用导致关于某种稳定的自我认同的假设只不过是出于方便思维起见：

> ……不复存在的只是一个理念上方便思维的单元维度，而非真实的单元维度。自我不是一个不可更改的、已经确定了的、截然界分的单元维度。……连续性……只是一种筹备并确保自我内容的工具。不可或缺的是这种内容而非自我。但这种内容并不局限于个体。哪怕是琐碎且毫无价值的个人记忆，也会在个体消亡之后继续存留在他者之中。③

一个完全相同的观点同样也被维特根斯坦（Ludwig Wittgenstein）所赞同，他将"思考着的、想象着的"主体全然推翻了，④ 而毛特纳则在他的语言批评中试图证明，"个体的自我是一种幻想……自我感觉则是一种错觉"⑤。

> 然而如果自我感觉、个体性是一种生命错觉的话，那么我们所立足的大地就将颤抖动摇，而对认识世界的最后一线希望也就此破灭。我们对世界的任何了解都将融合成一种由个体继承、习得的经验之概观总和：我们关于客观世界的知识已变成我们偶然感知的主观印象。现在连主体也消失了，它沉沦在客体背后，而我们在人类数千年以来的哲学追求和一条变形中的梦幻此在之间再也看不出任何区别。个体

---

① Ernst Mach：Die Analyse der Empfindungen und das Verhältnisse des Physischen zum Psychischen. 4. , vermehrte Aufl. Jena：Fischer, 1903. S. 17.

② Ebd. S. 19.

③ Ebd.

④ Ludwig Wittgenstein：*Tractatus logico-philosophicus*. In：Ders. ：Werkausgabe in acht Bänden. 9. Aufl. Frankfurt a. M. ：Suhrkamp , 1993. Bd. 1, S. 67.

⑤ Fritz Mauthner：Die Sprache. Frankfurt a. M. ：Rütten & Loening，1906. S. 80.

性概念也变成了一种没有可思议内容的语言性抽象。①

"不但真理概念，而且主体概念仅仅是一种虚构"，和这一论点相似，庄子也把每种自我认同和特定的真理观解释成话语的梦幻或梦幻般的话语："……丘也与女，皆梦也；予谓女梦，亦梦也。是其言也，其名为吊诡。"② 尽管庄子否定了主体表面上的不可规避性，但他也像尼采那样显示出"对悖论的兴趣"，并像德布林那样认为它是可以原宥的："自相矛盾和离经叛道属于每个哲学家思考时的家常便饭。"③《庄子》中一个著名的"庄周梦蝶"的故事形象地说明了自我身份的变幻无常、事物无休无止的迁流衍变，或者主体"无穷无尽的多样性"：④

　　　　昔者庄周梦为胡蝶，栩栩然胡蝶也，自喻适志与！不知周也。俄然觉，则蘧蘧然周也。不知周之梦为胡蝶与，胡蝶之梦为周与？周与胡蝶，则必有分矣。此之谓物化。⑤

庄子在这段文字中破坏了一个众人习以为常的孤狂症式的自我拘执的世界。若主体把自己表达为"自我"，那么它将涉及极其多样且多变的内容和利害关系："没有主体——'原子'。一个主体的范围永远在生长或萎缩；一旦它不能将已经掌控的大众组织起来，它就会一分为二。"⑥
这些文化内及文化间同位素被德布林引为同调，他把他对主体幻相的相似洞见表达为："当一切被引入这个自我中时，则一切都成为自我的感觉……但继而连感知者自身也要被感知。"所以，从笛卡尔式的"我思"是无论如何也推导不出主体即"真正的现实、真实的既定物"的。德布林在《自然与它的众灵魂》中写道："对此自我扮演着一个什么样的角色

　　① Mauthner, Fritz: Beiträge zu einer Kritik der Sprache. Bd. 1: Sprache und Psychologie. Stuttgart, 1901. S. 606f.

　　② Zz (RW), S. 20.

　　③ KS I, *Der Wille zur Macht als Erkenntnis bei Friedrich Nietzsche*. S. 14.

　　④ Friedrich Nietzsche: Werke: Kritische Gesamtausgabe. Ⅷ, 1 (Nachgelassene Fragmente Herbst 1885 – Herbst 1886), 2 (91). S. 104.

　　⑤ Zz (RW), S. 21.

　　⑥ Friedrich Nietzsche: Werke: Kritische Gesamtausgabe. Ⅷ, 2 (Nachgelassene Fragmente Herbst 1887 – Herbst 1888), 9 (98). S. 55f.

呢？个体的自我是一种思想，而非事实。感觉、思考、意愿是人可以确定的精神事物。相反，人们不能确定谁在感觉，不能确定那个感知着的自我是谁，或者自我到底是什么。"① 因此，笛卡尔的"我思"或者与自我的"过度狂傲"联系着的"头脑思维"最终必然导致其自身的毁灭。他在《与卡吕普索的对话》中对此进行了批判性描述：

> 这出戏终将落幕，在这出戏里自我一步一步地登峰造极，浮世泡影越吹越大，没有什么神明被抛在脑后，只除了一个："自我"，这个阴郁的独裁者，这个自封的神明，这个在众骗子中自欺得最深的人，这个缄默的执拗的自戕者。那种思考着的、形成着的自我破灭了。②

二　德布林的一元论等价思维与庄子的"齐物论"

这种被理解为统一体的形而上学主体，在上述思想家看来，只不过是语言结构的某种产物，这种结构不仅建立在人类对因果关联网的信仰之上，而且更建立在他们对有为的主体和承受这种行为的客体的固执界分之上。为了达至颠覆近代以来的主体概念这一目标，作为方法论基础的主客体二分法势必要被废除，那种由自然科学招致的精神与物质的分裂也一定要被宣告无效。尼采抢先一步采取了"等价思维"（Äquivalenzdenken），他敏锐地捕捉到这样一种可能性：两价矛盾作为对立统一、不可兼容之价值（如：善恶、真伪）的统一体，终将汇入至表现为"淡漠"（Indifferenz）的价值可互换性中去。"甚或还有可能是这样的"，他在《善恶的彼岸》中解释道，"构成善良及可敬之物的价值的东西恰恰亦存在于斯：它们和那些可厌的、看似完全相反的事物以一种令人尴尬的方式彼此同源、暗通、勾结，兴许完全是同质的"。③ 但当可以证实看似相异之物——由于其在"事实"上本性相同——并不真实存在的时候，那么一个淡漠的时代，也即一切价值皆可互换的时代就拉开了序幕：善与恶、真与假、爱与恨变得几乎不能彼此区分。

---

① Alfred Döblin: *Die Natur und ihre Seelen.* In: Der neue Merkur 6 (1922) . S. 10.

② GmK, S. 28.

③ Nietzsche, Friedrich: *Jenseits von Gut und Böse.* In: Ders.: *Werke.* Bd. 4. Hrsg. K. Schlechta. München: Hanser, 1980. S. 568.

德布林的一元论等价思想抛弃了"真伪对立"，也抛弃了"介乎真实性和表象性之间的对立"。① 它不仅和尼采的形而上学批判有异曲同工之妙，而且也不难看出它与同时代的一元论思潮顺向而驰。这一思潮在十九、二十世纪之交前后发端于艺术界，然后在科学、哲学和唯灵论领域里迅速传播。这次一元论思想运动以跨越灵肉之间、自我与自然之间、主客体之间的鸿沟自任，以弥补由概念理性主义本体论导致的意义缺失为天职。这一新的精神导向在众多顶级作家间获得了巨大反响，诸如：豪普特曼、里尔克、穆齐尔、霍夫曼斯塔尔，以及维也纳现代派的其他领军人物。② 当然笔者的本意并不是说，德布林的等价思维可以回溯到某一特定的文学流派上去。相反，我们似乎绝对有必要揭示他的自然哲学对世纪之交打上一元论烙印的时代精神的依存关系，也就是说我们有必要将其思想在"扬弃二分法"这个问题上与同时代文化内同位素之间千丝万缕的联系昭示给世人看。

同样不可慢待的还有庄子充满启示意义的思想"齐物论"——"万物之同一性及一切世界观之同一性"。③ 作为来自两千多年前道家体系的思想，"齐物论"于此处可被视为一种文化间同位素。对于一元论支持者的庄子来说，在"死生、存亡，穷达、贫富，贤与不肖、毁誉，饥渴、寒暑"④ 各种"对跖点"（Antipoden）之间坚持进行绝对区分，是得不偿失的，因为它们在时光的流逝中不断地调换着各自的位置。这一洞见唤起了他对打破一切界限、回归道之"万有归一"（All-Einheit）境界的渴求，这样的一重境界恰好可以废止倾向于绝对界分的主观主义视角。

> 故为是举莛与楹，厉与西施，恢恑憰怪，道通为一其分也，成也；其成也，毁也。凡物无成与毁，复通为一。唯达者知通为一，为是不用而寓诸庸。⑤

---

① KS I, *Der Wille zur Macht als Erkenntnis bei Friedrich Nietzsche*. S. 18.

② Vgl. Christoph Bartscherer: Das Ich und die Natur. S. 189; und vgl. Monika Fick: Sinnenwelt und Weltseele: Der psychophysische Monismus in der Literatur der Jahrhundertwende〔= Studien zur deutschen Literatur, Bd. 125〕, Tübingen: Niemeyer, 1993. S. 16.

③ Vgl. Zz（RW）, Buch Ⅱ und Zz（VHM）, Kap. 2.

④ Zz（RW）, Buch Ⅴ, S. 42.

⑤ Zz（RW）, Buch Ⅱ, S. 15.

　　这种关于万物齐同思想的表述——"天下莫大于秋豪之末，而大山为小；莫寿于殇子，而彭祖为夭。天地与我并生，而万物与我为一"① ——听上去和德布林在《与卡吕普索的对话》中对艺术的伟大程式的描述一样自相矛盾："同寓于异，一存乎多"；② 又如：

　　　　"我否认灵魂一如我否认躯体。……并没有什么内外之别、思行之分"；③ 再如该书另一处写道："'至大'同于'至小'。"④

　　这里有必要提醒读者留意于庄子的相关哲学与禅宗的佛教思想的区别。在这两种东亚哲学流派融合的过程当中，前文曾提及的"庄周梦蝶"的寓言故事被禅宗学派的铃木大拙作了如下阐释：从佛教同一性意义上看，主客体之间、梦者与梦境之间完全没有区别，甚或睡梦与现实根本就是别无二致的。然而，庄子的内在超越哲学却与佛教的纯粹形而上学有所差别：一方面庄子既承认众多事物及视角的千差万别的本性，另一方面他又强调它们的等价性。虽则如此，但是这种等价思维不应被简单地化约为廉价的相对主义，或者等同于后现代关于淡漠作为任意互换性的问题。究其实，主体的角色及其工具理性的角色，尤其是语言在设定区分标准时所发挥的举足轻重，但也会招致灾祸的功能，都被庄子以及德布林打上了问号："夫道未始有封，言未始有常，为是而有畛也。"⑤ 但是，"故分也者，有不分也；辩也者，有不辩也"，因为"大道不称，大辩不言"。⑥ 庄子把"道昭"之道视作伪道予以摒弃，他相信道是"言辩而不及"的。⑦ 于此，他的目光触及了存在于"能指"（signifié）与"所指"（signifiant）之间的深刻而广泛的龃龉，也就是说他看到了介乎沉默的或不可言喻的、至高且完整的存在（＝道）和人之感觉、感情和思想的言说本质之间的冲突：人总是徒劳无功地妄图借助语言靠近无法言说的道，但结局事与愿违，由于他对主观性语言的使用不可避免地让道的完整统一沦丧殆尽：

---

　　① Zz（RW），Buch Ⅱ，S. 16f.
　　② GmK，S. 119（Achtes Gespräch）.
　　③ Ebd. S. 160（Neuntes Gespräch）.
　　④ Ebd. S. 41（Fünftes Gespräch）.
　　⑤ Zz（RW），Buch Ⅱ，S. 17.
　　⑥ Ebd.
　　⑦ Ebd.

> 既已为一矣，且得有言乎？既已谓之一矣，且得无言乎？一与言
> 为二，二与一为三。自此以往，巧历不能得，而况其凡乎！①

　　尽管庄子和德布林对语言的媒介性都抱有一种怀疑的态度，语言对二
者来说彻头彻尾地具备了先区分再占领的，即"分而治之"（*divide et im-
pera*）的本质，但他们也都辩证地看到，人借助语言和灵魂以及主观意识
势必发挥着沟通上苍与造物的联结功能："可乎可，不可乎不可。道行之
而成，物谓之而然。"② 虽然，按照庄子和德布林的思想看来，主体立场
都是有局限性的，可是人之此在的个人性也不可被完全抛弃。确切说来，
主体视角和客体视角自始至终都处于相互转换之中，并彼此依存："非彼
无我，非我无所取。"③ 庄子将这一思想详释如下：

> 物无非彼，物无非是。自彼则不见，自知则知之。故曰彼出于
> 是，是亦因彼。彼是方生之说也。④

　　在庄子的语汇中，摆脱了区分思维的人的联结功能和中介功能被比喻
成"道枢"和"环中"："彼是莫得其偶，谓之道枢。枢始得其环中，以
应无穷。是亦一无穷，非亦一无穷也。"⑤ 德布林以一种令人惊讶的相似
方式将主体的联结功能和中介功能譬喻为"分水岭"（Scheide）⑥、"铰
链/枢纽"（Scharnier）⑦、"关节"（Gelenk）⑧、"阈界"（Grenze）和"门
槛"（Schwelle）⑨。在此枢纽之上人履行着他的天赋使命，将此岸世界与
彼岸世界、物质与非物质、作为"思想之物"（*res cogitans*）的自我与作
为"广延之物"（*res extensa*）的世界彼此扭联起来。一切物质都指向一个
灵魂性的东西，反之，灵魂统领着物质在感官领域内的显现，二者相辅相

---

① Zz（RW），Buch Ⅱ，S. 17.
② Ebd. S. 14.
③ Ebd. S. 12.
④ Ebd. S. 13f.
⑤ Ebd. S. 14.
⑥ UM，S. 126.
⑦ Ebd. S. 127.
⑧ Ebd. S. 126.
⑨ UM，S. 131.

成、缺一不可，它们在并行不悖的运动轨道中同时描述着事物发展的同一进程。恰因如此，为一元论世界观所推崇的灵肉不可分以及同一性思想于此显露出来。如果人们承认一元论的功绩——即扣马拦道于实证哲学的凯旋之军，羁縻节制了理性主义的去感觉化和分析思维所造成的现实的原子化，阻止了将人从生理感官的角度降格为科学实验对象的企图——，那么与此同时人们势必要面对在"将感官世界神化为意识形态"的过程中逐渐攀升的风险。① Christoph Bartscherer 在《自我与自然》（*Das Ich und die Natur*）中把"人类不断地投身于灵肉同一性体验"的行为本身带来的危险后果描述为人类"在宇宙中的特殊地位"的沦丧，或者描述为"朝向自然王国中某种动物亚种"的堕落。② 为了避免此一风险，德布林针对人与自然的关联提出了一个新的命题："个人既是自然的一分子，又是它的对立面。"③ 显而易见，德布林这一命题与其同时代的海德格尔于《存在与时间》一书中引入的"在世界中存在"（In-der-Welt-sein）和"共在"（Mitsein）④ 的概念何其相似乃尔。同样，庄子也持有一种悖论式的生活姿态：一方面，他将一切自然物质的貌似异质性的"如此存在"解释为理所应当的；另一方面，他又对绝对同一性的状态，也即万物的原基状态或"母胎"状态表示了无上尊崇："是以圣人和之以是非而休乎天钧，是之谓两行。"⑤

在这一共同的悖论中隐含着某种辩证法，它将德布林、庄子和海德格尔殊途同归地引至一处。这三位一元论者的出发点皆非僵硬的主客对立，而是发轫于存在的同一性，并借此暗示出人与世界的相互关联的根本属性。在这里，"世界"指的并不是一切存在物的总和，而是一种意味深长的整体性，一种有关意义的完整总体，事物在其中饱含意味地彼此牵涉。如果说康德的先验哲学的出发点是一种自足自安的主体，其与外部世界的联系性必须被创造出来，那么在德布林、庄子和海德格尔看来，一方面世界始终是已然被赋予了人类的，另一方面世界全然仅为人类而存在着。对

---

① Monika Fick：Sinnenwelt und Weltseele. S. 355.

② Christoph Bartscherer：Das Ich und die Natur. S. 206.

③ UD, S. 49.

④ Vgl. Martin Heidegger：Sein und Zeit. 19. Aufl. Tübingen：Max Niemeyer, 2006. 1. Teil, 4. Kap., S. 114 – 130.

⑤ Zz（RW），Buch Ⅱ，S. 15.

他们而言，世界如今已不再是物，而是一面时间性的关系网。

三 德布林的"去个人化"与庄子的"吾丧我"

德布林从 19 世纪初精神病学领域中借用了"人格解体"（Depersonalisation）① 这一概念，并把它发展成为一个新的术语——"去个人化"（Depersonation），以便描述丢失自我这种现象。依照 Birgit Hoock 关于这一概念形成的推测，以及关于德布林确信近代主体概念理据不足的推测，② 德布林在关于《器质性遗忘综合征中的记忆障碍》（*Gedächtnisstörung bei der Korsakoffschen Psychose*）——1905 年德布林以这篇论文在柏林获得了博士头衔——这一课题的广泛调查研究中与弗洛伊德的理论展开了争论。借助"去个人化"这个概念德布林对传统的个人性暗示出一种与未来主义近缘的拒斥态度："它（传统的个人性）无法客观地证实自己是正确的。"③ 他认为，去个人化是"将尘世从人格中解放出来的行动"，是"我们创造至善至美之艺术的首要前提，这种艺术唯欲裸裎尘世间的万物"。④ 这种主体批判性质的"去个人化"构成了德布林现代史诗文学纲领的基石，为他的硬冷石风、为他在描写事物运转过程中表现出的冷寂超然和允执厥中的笔触，以及为他的蒙太奇技巧的使用开辟了道路。德布林在《致小说作家及其批评家》（*An Romanautoren und ihre Kritiker*）一文中宣称：对优秀的小说家来说，放弃"作者的支配权"⑤ 是一项核心任务，他"首先必须学会沉默"，⑥ 并应在"尚未充分"发动起来的"克己之狂热"中"全身心地融入事物运转的具体入微的过程中去"："我非我，而是街道、路灯，此事与彼事，舍此无他。"⑦ 德布林在《与卡吕普索的对话》中如是认为，在这面"开放性"关系网中人们应该对源于观察视角、成见以及前理解的主体性施以批判性约束，甚至应该彻底清除其生命力过剩的个体性——这位"隐喻的独裁暴君"。新型人类不再通过受主观视角左右的

---

① Vgl. Joachim-Ernst Mayer（Hrsg.）：Depersonalisation. Darmstadt：Wissenschaftliche Buchgesellschaft，1968（Wege der Forschung，Bd. CXⅫ）.

② Birgit Hoock：Modernität als Paradox. S. 238.

③ SzÄ，S. 627.

④ Ebd.

⑤ SzÄ，*An Romanautoren und ihre Kritiker*，S. 122.

⑥ KS I，*Über Roman und Prosa*，S. 227.

⑦ SzÄ，*An Romanautoren und ihre Kritiker*，S. 122.

话语—解释模式的认知方式去解读世界，德布林在《与卡吕普索的对话》中对这种新人类的肖像刻画如下：

> 自我死亡了，而世界重新解脱了……你听，这个自我解脱了的世界正在隐隐地咆哮着什么？它的流转与嬗变都充满了意味，如一种思想体系。关系、关联和均衡护佑着世界，维系着它的存在……那个陈腐的欺诳之我已然粉身碎骨，世界是真实的，你与它同在，——它是自由的，不可遏制的，它生而又生，长而又长。当我立于斯时此地，世界正熊熊燃烧，如一把夺目的火炬，穿透一切空间。①

与德布林的去个人化概念构成一对颉颃的是庄子于其作第二章《齐物论》篇首所提出的"吾丧我"的哲学命题：

> 南郭子綦隐机而坐，仰天而嘘，苔焉似丧其耦。颜成子游立侍乎前，曰："何居乎？形固可使如槁木，而心固可使如死灰乎？今之隐机者，非昔之隐机者也。"子綦曰："偃，不亦善乎，而问之也！今者吾丧我，汝知之乎？……"②

庄子称这段寓言故事为"天籁"，③ 其中毫无主观成见的话语被比喻为人通过排箫吹奏出来的乐音，并被赋予了"人籁"这一称谓；"地籁"指的则是风吹拂穿过各种孔穴所发出的鸣响；而"天籁"意味着存在物（Seiende）自然而然的自我显示。"三籁"归根结底是同一的。它们都是存在物的自我显示，这些存在物的显现途径就是"孔穴"——自我弃置的此在（Dasein）。庄子把这种此在状态，亦即令此则寓言中的南郭子綦"苔焉似丧其耦"④ 的冥思入定之境（meditative Trance），隐喻式地描述为"吾丧我"（Ich-habe-mein-Ich-begraben）。就像在上文征引的《与卡吕普索的对话》的段落中所描述的那样，这种此在于该状态下回归到事物的洪流和联系性网络中去了。

---

① Hier zitiert nach Otto Keller: Döblins Montageroman als Epos der Moderne. S. 233.

② Zz（RW），Buch Ⅱ: *Ausgleich der Weltanschauungen*. S. 11.

③ Siehe Anhang A. a. und A. b.

④ Zz（VHM），Kapitel 2: *Über die Gleichheit der Dinge*. S. 70.

　　这一类比让我们清晰地认识到，对主客二分法和人之个体化的超越是如何成为德布林语言颠覆思想不可或缺的理论基础的。此外，正确理解德布林的人之主体性批判对把握其蒙太奇小说的真实主旨也极有启发价值：《柏》的教义并非主张全盘抛弃自我，而是像 Klaus Müller-Salget 准确指出的那样，它涉及"拆解自我拘执"的问题，这种我执"令人盲目地自以为是衡量万物的尺度"。[1] 然而这种对我执的拆解并不像《与卡吕普索的对话》中所追求的绝对的自我消解那般极端、那般理想主义，而是更多地从德布林"个人既是自然的一分子，又是它的对立面"这一命题出发。在他对人之主体性以及与此相连的语言问题的反思中，显示出一个看似不可解的悖论。

　　尤为值得注意的是，同样的一个悖论也出现在庄子的"吾丧我"这个命题中：主格的自我涉及"真人"这一概念，[2] 他逾越了主客二分法或意识与物质之间的对跖鸿沟，故而得以再度将自身整合进入整体和谐的状态中去，而行将被抛弃掉的宾格自我指的则是人的某种每况愈下的形式，他总是遵循着将世界客体化的原则，也就是说遵循着将其个人与周遭环境抽象化以保持距离的原则，为了满足自身的工具性征服欲而逞智。当这样一种人出于理性的原因把所有的非我即其他造物客体化的时候，他必然也会将自身封闭在"自我独存"的胶囊状态里，这种状态完全有违整体之道，或者用德布林的概念来说，全然与"原基"隔绝开来。于是，人与存在之间玄学层面上的交流便无以为继，而个体化也就不能在积极意义上被视为"尚与全体世界相联系着的"[3] 自我形成的前提条件，恰恰相反，它只能招致孤立、隔离和单子化自我封闭的灾难进程。

　　人们可以把庄子对真人与俗人的区分和德布林对"自我"（Ich）与"个人"（Person）的区分等同起来。"个人"这一概念是被德布林作为其哲学思想中的核心范畴加以引用的，用以描述一种生存模式，在其中任何形式的分歧和龃龉都被一劳永逸地终极扬弃了，而源于精神和物质的互相抗衡的作用力不再彼此冲突、掣肘，因为它们在作为力量中枢的"原基"这一上位语的协同作用下走向了和谐一致。[4] "个人"占据了绝对之

---

①　Klaus Müller-Salget：Alfred Döblin：Werk und Entwicklung. Bonn：Bourier, 1972. S. 323.

②　Zz（RW），Buch Ⅵ，S. 46.

③　UD, S. 70.

④　Vgl. UM, S. 158.

名——这种绝对之名俘获了一种外在于人之意识的视角整体性——的地位，与之相反，对"自我"概念则被如是观：人之生存全然被解释为个体的利己主义的私人事件：

　　人察觉到，他是一个个人。他并不以个人的全部现实来看待它，而是在感觉着个人。在他当下的状态里，他从个人之中塑造出某种与真相本末倒置的东西。个人则将他与其余的造物联结起来，使之和解，直到达至它们的源头。而人——作茧于其中。他自我封存于他的个人里。他在个人中最终只辨识出一个思想的"自我"，一个孤独且唯一的自我。关于宇宙的脉络他一无所知，而且避之唯恐不及。这是人之孤立的延续，此时已经由他于自身内部贯彻。这种自戕式的隔绝孤立孕育出与世隔绝、难以亲近、孤高自大的"自我"，这种自我是不与任何事物作呼应的，因为它已经画地为牢、自筑囚室。①

　　通过上述比较，现在人们可以得出这样一个结论：不论是被德布林贬斥的"自我"概念，抑或是被庄子埋葬的"自我"，都与那种出于实用主义目的或出于膨胀的统治欲、建筑在笛卡尔式"我思"基础上的主体紧密相关。两位哲学家摒弃了一切板结了的、肤浅化了的、麻木不仁的、如曲颈甑中人工产品似的人之此在，这样的人之此在随着人的认知能力堕落成庸俗的使用工具，一步步地丧失掉了他的整体性。由于这个自恋自闭的自我必不可免地触发解体或解放，继而导致矛盾的此在力量极其脆弱的内聚力的坍塌，因此它也就打破了构成此在的两极——意识和物质——之间的等价关系，从而招致了自我与世界的决裂。但这以悖论方式作为主格出现在庄子命题句子当中的"自我"和被德布林积极推崇的"个人—概念"都暗示出：两位思想家并没有简单粗暴地终结独立的主体，而只是想使之强烈地相对化。或者按照庄子的策略：唯当人自我清空之时，也就是说，唯当人摆脱伪我之时，"真我"作为始终向着内在性世界敞开的胶囊（Kapsel）或套筒（Hülse）方能以透明的姿态向着超越性原基显露。

---

① 　Vgl. UM，S. 159.

第四节　自我重建与整体性再造

一　德布林辩证的人之图景与庄子介乎有我和无我之间的中间立场

个人概念的提出暗中表明，德布林——正如他在《叙事作品的构造》中所承认的那样——不能毕生地坚持其早期"自我否定的狂热主义"的立场。[1] Birgit Hoock 指出，在德布林早期深入探讨自然哲学思想之时即已透露出其思想转向的端倪，他摆脱掉"仅仅作为消极的、集体的自然存在"[2] 的人之此在的想法，开始趋向精神层面上行动着的、企望着的单个的人："人作为自我，作为某种精神性的东西"，1926 年德布林如是写道："在我心中冉冉升起。"[3] 这一转变的内趋力可被追溯到德布林于 1924 年所作的短暂的波兰之旅，此次旅行结束之后，他发表了《自然之上的自我》（1927）和《我们的此在》（1933）。在这两部著作中，以及在他皈依天主教之后出版的论文《不死之人》（Der unsterbliche Mensch，1946）中，"个人"原则得到了越来越频繁的使用。[4]

除了内部的成因，这一转变也受到了外力的推动。个人概念的提出之所以成为德布林整体观存在秩序的关键词，可能也有来自某一特定作家群落的影响。Heinrich Schmidinger 通过大量比较证明：尤其是在德布林自 30 年代后半期以来发表的文章中对个人原则的突出强调完全不可作个案处理，相反，诗人以这种写作姿态和一系列天主教人类学早期代表人物——如马克斯·舍勒（Max Scheler）、费尔迪南·埃布纳（Ferdinand Ebner）和马丁·布伯（Martin Buber）——不谋而合，尽管他们的世界观不尽相同，但他们几乎全都同时性地和德布林觉察到个人原则之于现代人之图景的重要意义。[5] 除却这些天主教人类学的翘楚，布莱希特也和德布林一样在此时期经历了其人论思想的转变。正像 Kiesel 中肯地指出的那样，人之个体化和集体化的命题对布莱希特关于社会现代化的观点以及对

---

[1]　Vgl. SzÄ, *An Romanautoren und ihre Kritiker*. S. 122 und *Der Bau des epischen Werks*. S. 226.

[2]　Mattias Prangel：Alfred Döblin. S. 57. Vgl. Birgit Hoock：Modernität als Paradox. S. 242.

[3]　Alfred Döblin：*Ferien in Frankreich*. S. 13. Vgl. Birgit Hoock：Modernität als Paradox. S. 242.

[4]　Vgl. Birgit Hoock：Modernität als Paradox. S. 242f.

[5]　Heinrich Schmidinger：Der Mensch ist Person：Ein christliches Prinzip in theologischer und philosophischer Sicht. Innsbruck & Wien：Tyrolia-Verl，1994. S. 30ff.

他的美学结论来说关系重大：通过个体化和集体化，当下这个时代（现代）将自身和刚刚过去的那个时代（近代）区别开来。[①] 依其观点，个体（Individuum）曾是那个充斥着英雄主义氛围的资本主义繁荣时期的一种人物形象，而如今"在［被臆想的和被期望的］资本主义到来之时"它已变得不合时宜、不堪重用，从而必然在同质化和一体化进程中消散。[②] 1938 年布莱希特对该观点作了如下清晰无误地表达："如今个人仍是一个个人，且作为个人出现。"[③] 这里所说的不再是一种绝对的"个体的消失"，而是一种"对个体与集体之关系的重新界定，这种重新界定同时和对个体（或者'个人'）的重估"息息相关。布莱希特对"在成长着的集体中""个人的覆灭"的批评以及他对一种崭新而完整的自我的呼唤，其实已经在他于 1929 年所做的笔记中浮现于笔端：

> 它（个人）分崩离析，气息全无。它渐变为他者、无名氏，它再也听不到叱责，它从它的膨胀中溜了出去，缩进了它最小的尺度之中，从它可有可无的状态一变而成了纯粹的虚无——但经过深吸一口气地转变，它在它最小的尺度中发现了它在总体中崭新且原本就不可或缺的本质。[④]

尽管有这些来自文化内同位素的影响，但人们不应轻率地认定这种理念的骤变体现出德布林主体哲学的苍黄翻覆和随波逐流，而更应该说，他的相关思想毕其一生始终处于"无我"与"有我"两个对极之间的张力之中。自我立场在这条与光谱近似的梯度质变带上不断地发生着周期性的思想位移，借此德布林将两种精神原则扭联起来，直至一条莫比乌斯环式的思维轨迹从动态的过程中初露端倪。这种悖论式的，且试图在运动过程中超越悖论的立场与庄子的思想构成了众多异曲同工之处。后者置身于初看仿佛中庸、实则在自保（conservatio sui）和自毁（destructio sui）之间永远周行不殆的立场之上。针对合道的生活哲学，庄子的答案如下：

---

① Helmuth Kiesel：Geschichte der literarischen Moderne. S. 361.

② Vgl. Bertolt Brecht：Werke. Bd. 21, S. 273. Hier zitiert nach Kiesel. S. 361.

③ Vgl. Bertolt Brecht：Werke. Bd. 22, S. 393.

④ Vgl. Bertolt Brecht：Werke. Bd. 21, S. 320；vgl. auch über Galy Gay In：Werke. Bd. 24, S. 41.

周将处乎材与不材之间。材与不材之间，似之而非也，故未免乎累。若夫乘道德而浮游则不然。无誉无訾，一龙一蛇，与时俱化，而无肯专为；一上一下，以和为量，浮游于万物之祖；物物而不物于物，则胡可得而累邪！①

一个意志坚定的有我之人总想通过某种被称之为"材"的有用性来确认自身的此在，它与德布林所说的孤立隔绝的碎片自我出奇的相似，并让我们回想起《柏》中的主人公出于"对正派生活的追求"而两次陷入孤立自闭的境地。然而，这样一种人可能会出其不意地突然倒向另一个极端——正像弗兰茨·毕勃科普夫在两次命运打击之后下定决心所做的那样——转变成一个完全抛弃自我的人。但是这种立场的灾难性后果——毕勃科普夫后来正是因为这一决定而招致了第三厄运的打击，最终陷溺于更加幽闭的（hermetisch）的自囚状态——让我们清醒地认识到：对无限的自我弃置的刻意强调和对主体自治自杀式的狂热追求都是同等危险的。因为在这两种自我立场中，前者根植于隐性独白式的缄默之中，而后者则用无条件的自我牺牲精神来取代对客观感知与体验的拒斥态度，以便直接进入彼岸世界的状态，它们都忽视了我们由沟通交流建构起来的个人性。借用庄子的话来说便是："夫流遁之志，决绝之行，噫，其非至知厚德之任与！覆坠而不反。"②

人作为此在的这种对话式的开放性本质让庄子和德布林彼此同声相应、同气相求，即便很难找到一段文字能够具体说明，源自庄子著作的对话式内驱力是如何传导到德布林的思想世界并在其中开始独立运转的。对此并不排除这样一种可能性：德布林曾于1912年就其《王伦三跳》这部小说的创作向《庄子》的德译者马丁·布伯（Martin Buber）请教一系列有关中国宗教哲学的文献参考书目，而布伯的内在超越哲学有可能借此在德布林和庄子之间构架起一座沟通的桥梁。布伯赋予了个人存在以一种对话属性，它让人的生存变得更加深沉、具体，而且并不以阻碍和取缔众天人合一的境界为导向，相反，它将这种境界作为一种场域置于关注的焦点，在该场域里那种唤起我们个人性的关联不断生成、实现自身：

---

① Zz（RW），Buch XX，S. 147.

② Zz（RW），Buch XXVI，S. 204.

　　将目光从这世上移开，并不能有助于我们亲近上帝；若死死地盯住这世界不放，同样也不能帮助我们亲近上帝；但若有人从上帝的心中观世，他便会立于当下。"此为世界，彼为上帝"——这是一种它者之论；而"上帝居于此世中"——则是另一种它者之论；然而什么都不能终结，什么都不能留驻，任何事物——任何以第二人称来领悟世界，且赋予世界公正与真实的事物，它所了悟之事并非居于上帝之侧，而是栖于上帝之中，此乃完美的关联。①

　　关于对话式人之图景这一问题，通过以上一系列文化内及文化间同位素的比较，现在我们可以非常有把握地断定，德布林在此问题上采取了一种两价矛盾式的立场。他接受了这样一个事实：被他称为"原意义行为"的"个体化行为"② 在双重方式感知着单独的主体。一方面，与共同原基的分离被认为是忧伤的；③ 另一方面，指向原基的视角帮助被抛入充满偶然性之现实中的自我再次获得完整如初的安全感。对这样一种悖论状态，对这样一种人作为此在进退维谷的窘境，德布林使用了一个隐喻——"现实旋涡中的安全感"："纵然他们在大潮中遨游、旋转，但是他们不会沉溺于常常隐而不露，但也从未被真正动摇过的安全感之中。"④ 他在同时既可发出解构之力又可发出结构之力的旋涡中看到了一个悖论式的力场。通过"凭借隐而不露的安全感在旋涡中遨游"这一隐喻，德布林描述了超越人生悖论的策略，这一点被庄子也以相同的方式予以强调。当他用与旋涡相仿佛的永恒循环比喻世界之运转的时候，在这世界旋涡中最恰当的此在状态被他描述为"游"。该词狭义上指的是"游泳"（schwimmen），德译中转译为多种含义，如："飞跃掠过"（überfliegen）⑤、"浮荡"（schweben）⑥、"徜徉"（wandeln）⑦、"逍遥"（in Muße zu leben）⑧

---

① Martin Buber: *Ich und Du*. In：Ders.：Das dialogische Prinzip. 6. durchges. Aufl. Gerlingen：Schneider, 1992. S. 80.

② IüN, S. 171.

③ Ebd. S. 168.

④ Alfred Döblin: *Vom Ich und vom Ur-Sinn*. In：Die Neue Rundschau 38 (1927). Bd. 2, S. 296.

⑤ Zz（RW），Buch XX，S. 147.

⑥ Ebd.

⑦ Zz（RW），Buch XXVI，S. 204.

⑧ Ebd.

和“放纵”（sich ergehen）①。德布林所追寻的，且着有道之色彩的辩证自我的恢复应被视为一种与世界息息相关的自我敞开的个人性模式，它和近代自我拘执的主体观有着根本的区别，它把最高宏旨设定为：再度弥合介乎中世纪本体思维和近代的意识哲学之间的鸿沟。

二 “心斋”为蒙太奇小说中跨主体的客观性和源自他性的主体性奠定前提

“主体”概念在德布林早期创作阶段主要被理解为“虚空”，或者用卡尔维诺（Italo Calvino）的话来说便是“一个自我的虚位，一个虚空的地方，一种缺席”。② 宇宙的本质恰恰也是裂缺的虚空，它不断地用其所承载着的生命、色彩和形状来填充自己。与之相映成趣的是，在德布林看来主体的虚空性在“经历着、行动着、感受着、思考着的”③ 人的内心之中为万物预留下充裕的空间，从而使主体得以通过其他存在物的穿流而过来粉碎其冥顽不灵的个人内核，并得以把自身发展成为一个日日维新、自我构建的“无中心网络”④：“一张来自偶然关系的网，一个向后延伸进过往、向前延伸进未来的组织结构，取代了有形的、同一的、当下的、独立的、有可能被视为恒定而完整的本体。”⑤ 这种“多元同一观”⑥ 或者“作为多样性的个体性体验”⑦ 毋庸置疑地透露出后现代的种种气息，不过正如在近代的绝对普遍主义和后现代的极端多元主义之间采取动态中间立场的其他晚期现代派作家那样，德布林把这种观念看作解构主体的必由之路，但同时也将其看作通往超个体的原意义的悖论之道。

这种对待自我和他物的态度在《庄子》中被表述为“心斋”（Fasten des Herzens）：

---

① Zz（RW），Buch XXVI，S. 204.

② Italo Calvino：Kybernetik und Gespenster. München：Hanser, 1984. S. 150.

③ IüN, S. 221.

④ Richard Rorty：*Der Vorgang der Demokratie vor der Philosophie*. In：Ders. ：Solidarität oder Objektivität? Drei philosophische Essays. Aus dem Englischen übersetzt von Joachim Schulte. Stuttgart：Reclam, 1988. S. 107.

⑤ Richard Rorty：Kontingenz, Ironie und Solidarität. Übersetzt von Christa Krüger. 2. Aufl. Frankfurt a. M. ：Suhrkamp, 1993. S. 80f.

⑥ Wolfgang Welsch：Vernunft. S. 835.

⑦ Gianni Vattimo：Jenseits vom Subjekt. S. 63.

> 回曰："敢问心斋。"仲尼曰："若一志，无听之以耳而听之以心；无听之以心而听之以气。听止于耳，心止于符。气也者，虚而待物者也。唯道集虚。虚者，心斋也。"[1]

庄子在其著另一处将处于心斋之境中的人譬喻为河中之"虚舟"。[2] 若人"能虚己以游世"，则无人能"害"之。[3] 唯当他将自身所有孔道——目、耳、鼻、口、心——堵塞之时，亦即将其自身作为纯粹统觉的固化单元加以封存之时，灾祅才会飞出潘多拉的盒子：

> 目彻为明，耳彻为聪，鼻彻为颤，口彻为甘，心彻为知，知彻为德。凡道不欲壅，壅则哽，哽而不止则跈，跈则众害生。物之有知者恃息，其不殷，非天之罪。天之穿之，日夜无降，人则顾塞其窦。胞有重阆，心有天游。[4]

庄子所追寻的人的行为方式其特点是悖论地游走于入世与出世之间：一方面，在《庄子》中存在着大量如上述关于"丧我"及"坐忘"的段落，描写并称颂那种为了回归幽幽大道所作的避世修行；但另一方面，"真人"漫不经心地逍遥于这尘俗世间。故而，心斋指的并不仅仅是坚持离群索居的状态以追寻灵魂的救赎，而是在回归大道之后再重返尘世以应俗流，并在那里用合道的太一去实现与人与物自然且自由的和光同尘式的相处。心斋使主体变得平易近人，以至于他可以用心去包容一切突然袭来的事物。这里，有一种被拉康称道的持久的无名性和他性，它不仅被推举为主体在和自我以及和他者的关系中的前提条件，而且主体还因此而获得了一种现实世界中跨主体的客观性：一位"心斋者""以心为镜"，映照出整个世界，纯粹而如实，其整体性浑然无缺地被保存下来，由此原我之已然丧失的整体性得以重建。

这里，"心"（Herz）不再被理解为一种纯粹机械原理的负责血液循环的泵血器官。庄子与德布林遥相呼应地都赋予了"心"更多的整体性

---

① Zz（RW），Buch IV. S. 29.

② Zz（RW），Buch XX. S. 148.

③ Ebd. S. 149.

④ Zz（RW），Buch XXVI，S. 204.

色彩："心"被阐释为在意识层面和躯体层面之间的一种超语言纽带，它实现了并管控着这两个领域间动态的交流过程。在德布林看来，这是生命圆融之所在，"精神与肉体同在的奇迹"[1]便在这里完成。由于心"作为精神与超自然的使者被安装在躯体之中。……借助心这一器官超自然的事物渗透到自然中来。它抑郁着又兴奋着，恐惧着又欢愉着。但同时它还承担着一种使命，一种最高使命，并且主宰着我们的命运"。[2]作为心理与生理同一之所，"心"可以与"内心"（das Innere）或"灵魂"（das Seelische）意义互换，[3]但不可和"精神"（Geist）这一概念混淆，因为后者是被二元论思维用来与"体"（Körper）构成一对正反命题的。此处触及了德布林和庄子之间一个方法论上的相似点：他二人都不约而同地抛弃了主客体二分法，并转向使用三分法，借此更加精细地勾勒出精神、物质和灵魂（心）三者之间的微妙关系。"心"作为接续双方"个人中心"被两位思想家视为同时具备内部世界和外部世界的造物本体在进化史上的孑遗，因此它巧妙地规避开惯常理解中的主体概念。所以，这种"第三性"（Tertium Genus）作为灵肉"完整性"[4]的遗留残余为一切矛盾对立奠定了统一的基础。

　　顺便补充说明：围绕德布林扬弃传统二分法、取法三分法这一问题，在他的同时代人身上我们还可观测到大量的文化内同位素现象，譬如：布莱希特。时值 20 世纪 40 年代初期，布莱希特致力于钻研海森堡（Heisenberg）的不确定性原理（Heisenbergsche Unschärferelation）以及由维尔纳·海森堡（Werner Heisenberg）和尼尔斯·玻尔（Niels Bohr）开拓出来的光之波粒二象性（Welle-Teilchen-Dualismus des Lichts），他在 1941 年 1 月 2 日的工作手记中提及了这些定律："当他们看到光同时兼具粒和波二象时，他们说：光不可同时既是光子［粒子］，又是光波。他们没有想

---

　　① SzL，*Journal* 1952/53. S. 382.

　　② Ebd. S. 383.

　　③ 德布林认为，我们的灵魂是由"原初的事物和实体"构成的，是一种历经万古的伊甸园遗赠的"原物质"。我们的内心世界不会因为"只存在彻头彻尾的物质世界"这一事实而痛苦，反而会无法忍受了无生机这种状态。这种状态通过我们那体现为客体化的理性罪孽笼罩在自然之上。Vgl. Alfred Döblin：Der Kampf mit dem Engel：Religionsgespräch（Ein Gang durch die Bibel）. Hrsg. von Anthony W. Riley. Olten und Freiburg im Breisgau：Walter, 1980. S. 547.

　　④ UM，S. 161.

到修正自己的逻辑，他们想要放弃逻辑。"① 对某种新逻辑的渴求体现出他的潜台词：最新的物理观念要求对亚里士多德奠定的逻辑思维进行一种全新的、超越弗朗西斯·培根（Francis Bacon）的修正，这种古老的逻辑思维自两千多年以来始终坚持着矛盾律（*principium contradictionis*）和排中律（*principium exclusi tertii*）。与抛弃亚氏逻辑相联系，布莱希特构拟了他的"非亚氏"的、史诗式的蒙太奇戏剧，它不再专注于传统的"真""伪"之辩，而是专注于现代生活中，尤其是都市生活中充满"不确定性"和"混沌性"的中间地带。传统结构方式组织出来的戏剧或者小说完全不能"如实地表现生活"②，就此问题布莱希特和德布林达成了一致意见。

人有能力协调一切异质性的非我，就像"在自然的框架里协调一场辩论中此起彼伏的众声喧哗"③，并且人应通过接纳其种种特质（Idiosynkrasie）以实现其在时间流淌过程中变幻无常之自我。德布林在《自然之上的自我》中认识到了这种思想。他看到：包罗万象的世界本体或原基和对内在独立性与独立生活自负其责的个人之间存在着矛盾关系，在周遭事物世界里不断清空自我的主体的前驱动力正根植于这种矛盾关系中。这一悖论所导致的结果便是：一方面，自我如同心斋者那样，面对无名的世界精神发挥着容器以及显形场域的功能；另一方面，自我由于对他而言典型且居于核心的塑形力量以及个体化力量从而避开了一切外部操控。④ 这种内驱力派生自"尚未存在"（Noch-nicht-Sein），或者如 Bloch 所言，派生自作为万物之根的基础性"非有"（Nicht-Haben）状态。⑤ 德布林和庄子因此遵循了一条介于有我和普遍性之间的中间路线：人的主体以及自然中的其他物质应该彼此保持一种交互式开放性，以便同时实现主体从他性中的产生以及跨主体客观性的形成。德布林将这一道家色彩浓厚的自然哲学思想明确地表达如下：

---

① Vgl. Bertolt Brecht：Werke. Bd. 26，S. 451.

② Vgl. Bertolt Brecht：*Zu „ Macbeth " von William Shakespeare*. In：Ders.：Werke. Bd. 24，S. 54.

③ Zz（VHM），Kap. Ⅱ，S. 85.

④ IüN. S. 154 ff.

⑤ Vgl. Ernst Bloch：Tübinger Einleitung in die Philosophie. Frankfurt a. M.：Suhrkamp，1970. S. 252.

如果我说：木石皆有灵。那么这话意味着什么呢？我想说的是：人们只有设身处地地替它们着想，才能认知它们、感受它们。自然中的很多事物看上去好像是我们亲自创造出来的。如此行事的自然并非一部机器，相反：我们这部机器倒是自然的延续。并且我要说：不仅动物、植物和人，而且连同火焰、水和温度，都有各自属灵的迹象。总体看来，自然是一种奇妙的精神。[1]

人并不生存于隔绝之中，而是生存在"与石头、花朵和流水的缠绵中"。[2] 但若有人因此而假定人应无条件地屈从于物理世界的话，那么他于本真便未得其中三昧：一切事物与生俱来地被赋予了灵性，并因此而拥有一种自我。[3] 正是在这种交互作用中万物为人的自我实现奠定了基础：

盐、酸、氢、碳、液体、固体、电流皆是我。向着它们的灵魂我俯身屈从，我从它们而来，这生我养我的父母大地。这就是我的爱国主义。……我曾展示：自然—自我——水、火、营养、官能欲望，凡此种种事物的灵魂——是如何进入并填充我的自我的。而现在当我时而谈论"直观的自我"，时而谈论"私人的自我"，时而又谈论"无名的自我"的时候，我将描述的并不是什么特别而独立的形象，而仅仅是同一个自我的不同侧面、不同能力、不同性格，它们无非是普泛的原我的部分与碎片。[4]

人的存在和其他存在物别无二致，都应被视为从自然中生生不息、喷涌而出的现象，并且应该与自然保持经久不衰的交流，以便使其作为自然对立面的个人性存在不致荒废。这一思想在德布林的《我们的此在》中得以深化：

这种普遍性我们确认无疑，我们在记忆中将其唤醒，此时在那里我们敞开大门、踏进世界。我们将从人化身为动物、植物、矿物、石

---

① IüN, S. 12.

② Ebd. S. 150.

③ Vgl. IüN. S. 69.

④ IüN, S. 150f.

头和自然力，但其实我们在此过程中并未脱离人身。我们将在人身中揭示动物、植物、矿物、石头，此举就仿佛我们正在一层一层地剥着洋葱的皮。①

"个人性存在"这一事实并非一成不变，其形式不会脱离外部世界的束缚而沉陷入人的内心世界。在上面引用的段落中德布林意欲表述的思想被 Bartscherer 赋予了一个十分中肯的总结：自我和自然，主体和客体，一如"形骸与生命"，"并非全然同步进行的，而是如漆似胶地交织在一起，并且始终同时存在于斯。自然之物因而必然要被自我打上烙印，反之，个人之物亦须延伸进广袤的宇宙之中。因为意识渴求以同一种方式获得物化形式的表现，正像大量物质性事物也需要某种精神结构一样——通过可以引发同质性的创造行为瞬间，二者同时变得真实不虚"。② 对此，放下拘执的自我便成了前提条件。

"去个人化"概念已成为德布林早期的创作阶段的标志性符号，基于这一和心斋类似的概念，德布林有关史诗革新的诗学纲领逐渐变得眉目清晰起来。为了让读者得以形成一种独立的判断，德布林有意识地与"作者 = 阐释者"这一理念保持着距离，因为读者不愿意在小说中被当作"精神上一穷二白的普罗大众"。③ 关于德布林客观中正、"硬冷如石的风格"这一理念构想的形成，受到了未来主义的强烈影响。正像马里内蒂在《未来主义文学技巧宣言》中所宣称的那样，由于图书馆和博物馆、可怕的逻辑和智慧对人的彻头彻尾的愚弄，未来主义倾向于终结任何一种"文学中的'自我'"和"各种心理学"："人们必须要将它们从文学中剔除掉。……人们务必要用物质的强力介入来取代人类业已透支枯竭的心理学分析。"④ 读者在《柏》中时时感觉到自己与汹涌的异质性图像和声响的洪流对峙。这股物质的洪流导致了全知全能的作者型叙事自我的分崩离析以及叙事视角的频繁转换，这就引发了德布林叙事作品中特有的"无立场性"效应。对此尽管在他那个时代存在着这样或那样的谴责，事实上"无立场性"充当

① UD, S. 97f.

② Christoph Bartscherer: Das Ich und die Natur. S. 235.

③ SzÄ, *Reform des Romans*, S. 145.

④ Filippo TommasoMarinetti: *Die futuristische Literatur: Technisches Manifest.* In: Der Sturm 3 (1912/13), Nr. 133. S. 195.

着叙事者的一种策略，即"避开一切可能的立场定位"，① 以便有利于"表现最高程度的客观性"。② 因为依照德布林的观点，在叙事者那里"并不存在着什么解释、表态以及旗帜鲜明的拥护和支持"。③

不仅在《柏》中，而且在《华伦斯坦》和《亚马孙河三部曲》等小说里，叙事者"不持任何态度立场，完全作为某种不近人情、冷漠超然的观察者"，④ 或是描述都市中个人的厄运打击，或是表现三十年战争中英雄的覆灭，抑或是展示印第安部落的亡国灭种。正像 Ernst Ribbat 在《阿尔弗雷德·德布林早期作品中生存的真谛》（ Die Wahrheit des Lebens im frühen Werk Alfred Döblins） 中所论断的那样，叙事者视角"不具有内在价值"，叙事者感觉自己"并没有什么理据和权力去进行评判"，因此获致"某种关于其世界的跨主体的客观性（ transsubjektive Objektivität）"。⑤

除了蒙太奇技巧和叙事视角蒙太奇式转换之外，一种"精灵论的"（ animistisch） 叙事技巧也从德布林的去个人化理念中派生出来。不但在其受自然哲学启示的小说如《亚马孙河三部曲》和《玛纳斯》里，而且在《柏》的拟人化了的寓言和隐射寓言中，读者都像在莫里斯·梅特林克（ Maurice Maeterlinck） 的著作中那样时常遇到这样的情景：动物和植物按照物质世界万物有灵的原则被充分地赋予了理性和感觉的一切优长以及言说和行动的能力。在对物质进行如此大胆的精神化实际操作中，叙事者的自主权和支配权一方面烟消云散，其特权旁落于众声喧哗之中，另一方面叙事者处于心斋状态的自我意识轻而易举地抵达了造物的领域——这一领域按照人类的标准常常被认为是无意识的——，从而无意识和人类的意识得以水乳交融。

庄子的心斋或者德布林的去个人化概念都意味着"对主体的清空"（ Entleerung des Subjekts），为观察者和体验者——不论他是叙事者还是读者——都开启了某种走出自我、进入外部现实世界的可能性，那里纷杂的事物通过每个瞬间的人之此在同时涌入，如同穿过一扇"大门"⑥。但即

---

① 　Wolfdietrich Rasch： Döblins „ Wallenstein " und die Geschichte. In： Zur deutschen Literatur seit der Jahrhundertwende： Gesammelte Aufsätze, Stuttgart： Metzler, 1967. S. 235.

② 　Ebd. S. 234.

③ 　Ebd.

④ 　Walter Muschg： Nachwort zum Wallenstein. S. 745.

⑤ 　Ernst Ribbat： Die Wahrheit des Lebens im frühen Werk Alfred Döblin. Münster： Aschendorff, 1970. S. 213.

⑥ 　UD, S. 97.

便如此，这里的意思也并非是让我们的内心世界屈从于物质、随波逐流，或者让以"非"的形态持续向前推进的主体——其本质体现出内心张力以及从不肯善罢甘休的不满——必然无以规避地陷入布洛赫所谓的"嗜欲"（Sucht）① 之中，这就意味着，从孤狂症式的自我隔离徒然地误入物化且异化的绝路歧途。为了避免在瞬息万变、变幻无常的现实旋涡中失去方向，德布林在其晚期创作阶段赋予了主体概念一种新型理解，以便"重建自我"（Ich-Restitution）：通过引入"个人"（Person）或"普泛式原我"——个体正是作为它的"部分与分隔"而出现的②——等关键概念，德布林设置了"不完美的个体化"这样一个假说，以此作为自己的理论出发点，它将"万物的分隔"与"万物的联结"、"个体化原则"和"共同体原则"并列起来。③ 于是，德布林必然会把人类置于造物主的左近，也即使之靠拢人格化了的原基，这一原基明确地表现为真、善、美（Kognition，Ethik，Ästhetik）三者合一的"创造核心"以及"有意识地进行规划的总体性"④。依据德布林的观念，人的个人性象征着对原基的模仿。正因如此，先于主体和客体领域存在的个人中心得以施展其交流和理解的功能。当人类拒绝承担其沟通造物主和万物的桥梁作用的时候，精神的委顿与凋敝、自然的空心化便出现了。出于这一原因，在人类意识面前展现自身的现实从一开始便呈现出一种外部世界与内心世界彼此"交叠"（Verschränkung）⑤ 的状态。作为整体论式世界认知的媒介以及人类的某种生存模式，"个人"在德布林的哲学著作中经常被比喻成连接人与原基的"桥梁"⑥ 和"通往整体现实的桥梁"⑦，抑或被比喻为著有道家

---

① 在主体从差异性中脱胎而出和跨主体客观性逐渐形成的过程中，心斋对应着所谓"尚未存在"，或者对应着被布洛赫称为万物之根本的"非有"。但"非有"亦置身于错失推进方向以致无法达到唯一能终结其匮乏之物的危险之中。在作为"非"的主体自匮乏而不断挺进的过程中会出现一股双层流动：其中一种是"非"朝向其本质属性的真实运动，布洛赫也称其为"渴望"；另一种是"非"持续不断的物化—异化的运动，永远欲壑难填，布洛赫称之为"瘾"。Vgl. Ernst Bloch：Tübinger Einleitung in die Philosophie. Frankfurt a. M.：Suhrkamp，1970. S. 252.

② IüN，S. 151.

③ UD，S. 69f.

④ UM，S. 161.

⑤ SzL，*Journal* 1952/53. S. 431.

⑥ UM，S. 159.

⑦ UD，S. 98. 附注：借由"桥"这一比喻表达出来的关于"自我中间物"的思想（Vgl. IüN，S. 71）明显迥异于德布林在《黑幕》（Der schwarze Vorhang）里所持的早期立场："这个世界四分五裂，哪儿都没有桥。"（SV，S. 203）

色彩的、把守着原基之道的"众妙之门"①:"唯有穿过自我之门,人方能步入世界。"② 个人作为桥梁或大门将人类引向原基,这里德布林将原基隐喻成"大隧"(Tunnel)、"管道"(Rohr)以及"沟渠"(Kanal),它令我们自然而然地联想到道的种种基本特征:

> 原基犹如一洞巨大的隧道绵延在堡垒下。这臆想的堡垒便是生活着的人。一套宽广深远的管道系统延伸进个人之中,为他供给着一切他所必需之物。通过这样一些运河般的渠道,原基将我们每个人都联系起来。因此在它面前没有什么秘密可言。所以它可以让人们得到各种各样的东西,包括影响和恩惠——还有它的判决。③

这样,心斋型作者的叙事在读者面前不再显示成独白式的、晦涩幽深的"乌托邦"(Utopie),而是在其蒙太奇叙事流中为不计其数的"空位"(Leerstellen),以及为无法估量的、各式各样的众多间歇充当着"入口大门"(Eintrittstor)。这扇大门引领着读者和渴望救赎的小说主人公,穿过体现着"精神和物质现实的本体共栖关系"④ 的共同的原基——大隧,进入——按照福柯(Michel Foucault)的理论——各种水平式分布着的"异托邦"(Heterotopien),并同时"纵向延伸进顶点与底端"。⑤ 因此,人们可以在一定程度上顺理成章地运用吉亚尼·瓦蒂莫(Gianni Vattimo)的"弱思"(*pensiero debole*)⑥ 这一比喻,去描述《柏》结尾几幕中展示出来的弗兰茨·毕勃科普夫在面对现实世界并置身于其中时的接受式的,但并不完全消极妥协的姿态,特别是考虑到小说终了"让它们来吧"(Her-

---

① UM, S. 162. Vgl. Laozi: Tao-te-king. Kap. I: „ Und des Geheimnisses noch tieferes Geheimnis: Das ist die Pforte der Offenbarwerdung aller Kräfte. " (参见老子《道德经》第一章:"玄之又玄,众妙之门。")
② UD, S. 13 & 33.
③ UM, S. 162.
④ SzÄ, *Die Dichtung, ihre Natur und ihre Rolle* (März 1950). S. 525.
⑤ SzÄ, *Die literarische Situation* (1947), S. 473.
⑥ "弱思"是否就是与权力诉求联系在一起的工具理性所寻找的最佳答案呢?关于这一问题沃尔夫冈·韦尔施(Wolfgang Welsch)写道:它既不是"复数化",也不是"导致理性弱化的论断",而只是在提醒人们,"所有这一切不再是出于对强力的憧憬而做的判断,而是从虚弱的崭新角度所做的观察"。Vgl. Wolfgang Welsch: Vernunft: Die zeitgenössische Vernunftkritik und das Konzept der transversalen Vernunft. Frankfurt a. M.: Suhrkamp, 1995. S. 195.

ankommen-lassen)[1] 这一短语重复出现了十八次，它暗示着人之此在要对世界始终保持开放性。那么这就意味着：在所谓开放性小说结尾中引发争论的那个问题问的并不是"我们要向何处去"，而是"在不前往任何地方的中途我们该如何生存"。尽管如此，并不是说作者把完全放弃一切形而上学思维当作解决人之生存困窘的一种建议性手段呈现给我们。[2] 这里毋宁强调的是：人如何在"无须超脱于现象世界"的条件下就能"获致某一可以纵观全局的视点，在这一过程性全局中各种现象得以成形、发挥效用、发展变化"。[3] 这里，德布林与道的二律背反本质遥相呼应。[4] 人在内在现实世界旋转着的旋涡之中不停地变迁，同时又向往着超越性，在这二者之间德布林勉力维持着一种无常的平衡。这就是说，个人在动态中实现着自己的形象，而成形的每个瞬间虽然稍纵即逝，但依然可被视为静止的、被取消了时间维度的持续存在或经久不变。

---

① Vgl. BA, S. 435：„ Herankommen-lassen " erscheint zwei Mal；S. 436：fünf Mal；S. 437：drei Mal；S. 438：zwei Mal；S. 439：zwei Mal；S. 440：zwei Mal；S. 447：zwei Mal.

② 瓦蒂莫（Vattimo）附和尼采的论断——对存在（本质）和表象进行区分是一场虚妄："有一种表现为灵活性的自由存在于诸'现象'之间，这些现象——就像尼采展示给我们的那样——不再冠以这样的名义：当下，此处，'真实的世界已成为虚构的寓言'，没有什么真实的存在可以把世界降级成为谎言和假象。" Vgl. Gianni Vattimo：Jenseits vom Subjekt：Nietzsche, Heidegger und die Hermeneutik. Hrsg. von Peter Engelmann. Übersetzt von Sonja Puntscher Riekmann. Böhlau, Graz 1986. S. 16.

③ Gianni Vattimo：Friedrich Nietzsche. Stuttgart：Metzler, 1992.

④ Laozi：Tao - te - king. Kap. 25：„ Sein und Nichtsein ist ungetrennt durcheinander, ehe Himmel und Erde entstehen. So still! so leer! Allein steht es und kennt keinen Wechsel. Es wandelt im Kreise und kennt keine Unsicherheit. "（老子《道德经》第二十五章："有物混成，先天地生。寂兮寥兮，独立而不改，周行而不殆，可以为天地母。"）在此，道被描述为二律背反：一方面，绝对的道不依赖于任何事物，并且不发生任何改变；另一方面，道渗透在一切事物当中，并与它们一起运动。

第四章

语言理论比较

  大量的视听印象以及插入文本的寓言和引文消解了固化的小说人物和自闭的叙事者，并缓和了情节张力。德布林对这些插入性构件的应用其目的并不在于制造一种先锋派的效果或者形式主义的陌生化印象，而是要在他的叙事作品中重新创造出一种小说的整体性。该文学追求一方面源于他哲学上的整体观和主体批判，另一方面又与其语言观关联至密：毕竟，哲学的问题本质上是语言的问题。关于一件事物我们究竟采取何种言说方式，直接决定着我们能够把什么样的认知对象带到体验中去。①

  语言的问题对艺术家德布林来说已经成为对文学与整体性、存在与人进行反思时的关键问题。由于他悟到了一个真理——完整性恰恰是在人类的主观思维中崩解的，而这种思维又与完全异化的语言紧密相关——，于是他要求进行一场彻底的语言颠覆，以便借此让具有本质属性的事物重新注入语言中，让每一个语词都浸透着鲜活的生命力。除此之外，由于语言和人——这种言说着的此在——之间存在着同一性，德布林还把自己的语言颠覆计划与自我解离以及"炸毁"叙事者立场等策略联系了起来。出于同一个原因，对德布林的语言批评和语言颠覆的考察既是理解其蒙太奇小说和哲学思考之间关系的支点，同时又是对其蒙太奇具体应用进行深入文学阐释时不可或缺的前提条件。在论文接下来的部分，我们将把存在于德布林和庄子语言观里面颇为可观的相似点逐一纳入视野。在此过程中，一个多世纪以来众多欧洲思想家的语言哲学将会为这些比较性阐释铺架桥梁，发挥其文化间与文化内同位素的功用。

---

① Gianni Vattimo：Friedrich Nietzsche. Stuttgart：Metzler, 1992.

第一节 对"世纪末语言危机"的认识

当人作为一种言说着的此在（Dasein）思考存在（Sein）问题时，存在注定要成为语言。从该视角看来，语言的发生在一定程度上与真理的发生以及人的本质具有某种同一性："语言是存在之家。人便栖居于它的陋室之中。"（海德格尔语）① 但当语言的使用愈发旨在"占有/掌握世界"（里尔克语）② 时，主体性在对现实世界作这种自我中心式认知的过程中开始急剧膨胀。伴随着人类从自我出发的透视法式意识的逐步增强，源于传统和个人视点的先入之见（Vorurteil）和前理解（Vorverständnis）——这种前理解由于其狭隘性而对另类事物报以扭曲的审视眼光，并从一开始就把它强行纳入自己的世界观视野——在理解存在的过程中越来越占据主导地位，而那种对于新颖理解更具创造性和开放性的前理解则彻底地被排斥在外。在主体性膨胀和人作为衡量万物的尺度逐渐形成的过程中，语言渐次背离了自己的本质，并堕落为人欲的工具。以这样一种如此异化的语言人类越来越深地被卷进自己的想象世界里去了，而且无法再被其向世界敞开的、自主自由的本质激起兴趣，因此也就益发地被整体性关在门外："他并不直接栖居于整个关系网的噫气与长风之中。"（里尔克语）③

与东亚文明不同，在欧洲文明中语言批评的传统不甚发达。古典神话的产生被设想成早期人类的一种野心勃勃的尝试，即通过语言的形式，通过逻辑和命名去理顺未知物的混沌状态，以便打消面对不可思议的自然时所产生的惊惧。与希腊神话相比较，犹太教—基督教传统对语言和名字的威力怀有更大的信任，这一点在《创世记》里得到了特别强调。"造物之壮举和语言的至深至明的关系"被瓦尔特·本雅明 Walter Benjamin 以敏锐的目光捕捉到了：

---

① Martin Heidegger: Brief über den „ Humanismus ". 9. Aufl. Frankfurt a. M. : Klostermann, 1991. S. 5.

② 里尔克在《致奥尔弗斯的十四行诗》中的第一部分的第十六首里写道："我们用言语和手势/逐渐掌握（占有）世界/或许是它最薄弱最危险的部分。" Aus dem XVI. Sonett des ersten Teils. Vgl. Rainer Maria Rilke: Sämtliche Werke in zwölf Bänden. Hrsg. vom Rilke-Archiv. In Verbindung mit Ruth Sieber-Rilke besorgt durch Ernst Zinn. Frankfurt a. M. : Insel, 1975. 2, S. 741.

③ Martin Heidegger: Wozu Dichter? In: Ders: Holzwege. Hrsg. von Friedrich-Wilhelm von Herrmann. 7. Aufl. Frankfurt a. M. : Vittorio Klostermann, 1994. S. 286.

他以语言创生性的无限威力开启了运转，结束时语言仿佛吸收同化了一切造物，它为它们命了名。因此它是造物者，还是完成者，它是言和名。在上帝那里名是有创造力的，因为它是言，而上帝之言是认知性的，因为它是名。"他说，它很好"，这就意味着：他已通过名认识了它。名与知的绝对关系仅仅存在于上帝心中，唯在那里，名因其本质上等同于造物的言，所以名即认知的纯粹媒介。这就是说：上帝让事物在各自名中变得可被认知。而人却由于认知而为事物命名。①

遵循西方的传统，特别是在近代，历史常被理解为名的实现。但近代过去之后，这一信念越来越多地被打上了问号，因为伴随着逐渐扩张的理性对世界的命名行为，无以名状和无所归依的现象变得层出不穷。"排斥驱逐那些不可被理性思议的事物和贯彻被视为最高主体维度的理性紧密相关，对这种排斥行为的有意为之则导致了对自然之自主活动、梦、神、无以名状及神秘之物的贬低。这就是现代生活一体化、普遍化、抽象化的代价。这种生活出现在讲求纪律惩戒的社会当中，那里充斥着各种自我控制、自我认同、在自我授权的过程中被驯化了的主体。在他们愈合不佳的伤口里，对别样的生活形式的回忆总在隐隐作痛。"②

尼采以其于 1872/73 年起草的开山之作《从道德之外的意义看真理和谎言》（*Ueber Wahrheit und Lüge im aussermoralischen Sinne*）为现代激烈的语言批评铺平了道路。其后，弗里茨·毛特纳（Fritz Mauthner）以其代表作《语言批判论稿》（*Beiträge zu einer Kritik der Sprache*，1901/02）、胡戈·冯·霍夫曼斯塔尔（Hugo von Hofmannsthal）以其《钱多斯君致培根的一封信》（*Chandos-Brief*，1902）将这种语言批评传承了下去。在语言异化和整体性毁灭之间因果关系的现代体悟方面，德布林从上述各家的语言批评那里汲取了至关重要的思想启迪。由于这些思想都涉及了"世纪之交的语言危机"问题，因而可被视为一系列文化内同位素，同时也与

---

① Walter Benjamin: *Über Sprache überhaupt und über die Sprache des Menschen*. In: Ders.: Gesammelte Schriften. vol. II – 1. S. 148.

② Christoph Wulf: *Präsenz des Schweigens*. In: Dietmar Kamper und Christoph Wulf（Hrsg.）:（Hrsg.）: Schweigen: Unterbrechung und Grenze der menschlichen Wirklichkeit. Berlin: Reimer, 1992. S. 11.

庄子的卮言语言哲学构成了多组文化间同位素。

一　尼采

尼采首先对那种源于思辨理性的、与工具性概念语言紧密相关的真理渴求提出了质疑，并将人类真理意志溯源至权力意志：

> "趋向真理的意志"，你们，这些至高无上的智者，是否如是称谓着让你们熙攘忙碌、欲火中烧的东西？/趋向一切存在物之可思议性的意志：我如是称谓着你们的意志！/你们无非想把一切存在物弄得可思议：因为你们满腹狐疑，怀疑它们是否已然可思议。/但它们应该向你们顺从并屈服！这就是你们的意图。它们应变得服服帖帖，充当精神的奴仆，充当尔等意图的镜子和倒影。/这就是你们的全部意图，你们这些至高无上的智者，趋向权力的意志。①

在真理意志中尼采以其犀利的目光解读出人类的权力意志，它源于人类对自然的征服欲和控制事物的暴力倾向。要求用语言传达对现实性的认知，在尼采看来，不仅仅是人类的狂傲与虚伪，更是一种彻头彻尾的痴心妄想："那种与认知和感觉联系在一起的高傲，如目生翳障般遮蔽着人类的感官，在人之此在的价值方面虚张声势，其方法就是：人出于自以为是的心理对认知行为本身进行五体投地的崇拜。"②

和认识到言与道不齐——"不言则齐，齐与言不齐"③——的庄子类同，尼采对语言和真理的不统一性问题也有着相似的洞见：由于一切概念恰恰是通过"对不同事物的等同化行为"为了标明事物这一目的而被发明出来的，于是哲学家们在此基础上建立起来的真理不再是"不言而喻地真实着"④，"无论如何不是发乎事物本质的"⑤，而完全是"被赋予人

①　Friedrich Nietzsche：Werke：Kritische Gesamtausgabe. Ⅵ，1（Z Ⅱ），S. 142.

②　Friedrich Nietzsche：Werke：Kritische Gesamtausgabe. Ⅲ，2（UeWL），S. 370.

③　Zz（VHM），Kap. 27. S. 382.

④　Friedrich Nietzsche：*Ueber Wahrheit und Lüge im aussermoralischen Sinne*. In：Ders. ：Werke：Kritische Gesamtausgabe. Ⅲ，2，S. 377.

⑤　Ebd. S. 373.

格的"（anthropomorphisch）。① 这样一种退化了的语言渐渐偏离了"那种原始的隐喻世界"②，偏离了产生语言的根本：

> 那么，什么是真理呢？一群游移不定的隐喻、转喻、各种拟人化的形象，简言之，一切升格为诗歌和修辞的、夸张的、被润饰的人类关系之总和，它们在被长期使用之后就自以为对一个民族而言颠扑不破、如法典一般具有约束力：这些真理都是幻觉，关于它们人们已经忘记，它们是陈词滥调、奄奄一息的譬喻，是图像漫漶的钱币，如今只被当作金属而非货币来看待。③

由于认识到真理不过是"一群游移不定的隐喻"，所以尼采拒绝对存在进行任何比喻式的阐释：既然"通过语言'对现实进行描述'"的做法必然失败，那么人们就不得不抛弃"人能够为所有人的生存寻找到一种独一无二的背景关联"④ 这种幻想。因为在语言对认知的表述中人们没有掌握任何事实真相，对每一种客观事实只能作一些各具视角的阐释。这就意味着：存在包含着"无穷的阐释"⑤，但排除了诸视角一致性的可能。依尼采看来，"实际上，关系世界""或许从每一个角度看都有着不同的面目：它的存在其实在每个点上都是不一样的：它压抑着每个点，而每个点又都在反抗着它——总体在每种情况下都是完全不一致的"。⑥ 尼采的这一观点和庄子惊人地相似，后者以相同的思维方式将圜囹之道分崩离析的主要原因归结为语言的异化，或者干脆归结为基于"话语推论—阐明"（diskursiv-explizierend）模式的认知所固有的角度性："夫道未始有封，言未始有常，为是而有畛也。"⑦

---

① Friedrich Nietzsche：*Ueber Wahrheit und Lüge im aussermoralischen Sinne.* In：Ders.：Werke：Kritische Gesamtausgabe. Ⅲ，2，S. 377.

② Ebd.

③ Ebd. S. 374f.

④ Richard Rorty：Kontingenz, Ironie und Solidarität. Übersetzt von Christa Krüger. 2. Aufl. Frankfurt a. M.：Suhrkamp，1993. S. 58.

⑤ Friedrich Nietzsche：Werke：Kritische Gesamtausgabe. Ⅴ，2（FW 374），S. 309.

⑥ Friedrich Nietzsche：Werke：Kritische Gesamtausgabe. Ⅷ，3（Nachgelssene Fragmente Frühjahr 1888），14（93），S. 63.

⑦ Zz（RW），Buch Ⅱ. S. 17.

虽然相似点不一而足，但人们必须正视这样一个事实：道家在面对"内在超越"的道时采取了两价矛盾式的姿态，而尼采则与之不同，他以后现代方式彻底否定掉了"太一"（das Eine）的独立性：诉诸语言和视角的阐释行为对尼采来说不仅是对"万物构成的整体的窳割"①，而且还意味着原本被认为是完整无缺的存在"并非是自给自足、无所不包的"②。虽然，在解释存在本质时尼采和庄子之间存在着些微差异，但在语言使用方面他们却取得了一致的观点：他们都认为，在面对语言时人所采取的最佳姿态应是把对世界的视角性阐释置于一种过程性的、永远不会终结的、决不满足于得出某个所谓唯一真相的阐释流之中，这也就是庄子所说的卮言—言说原则。

二 恩斯特·马赫和弗里茨·毛特纳

恩斯特·马赫（Ernst Mach）和尼采一样也把由语言转述的真理斥为形而上学成见的虚幻孑遗。依照他的观点，认知世界无非是"我们基于感官知觉的一种联想"或者"感官错觉"③。因此，在构筑出一种与现实的恰当关系方面，语言显示出它的无能为力："我们语言中的一切语词，它们仅仅是对表象进行回忆的提示性符号，而这些表象则是我们的感官传达给我们的。然而，我们的感官用这些对现实的认知非要创造出些什么呢？"④

以尼采和马赫的语言批评和认知批评为出发点，弗里茨·毛特纳（Fritz Mauthner）从中得出了他的结论：语言只是一种拙劣的认知工具：

> 于是人类就这样以其贪得无厌的认知欲求伫立在这世界上，而其所配备的工具无非语言而已。语言的语词不太适合于传达告知，因为语词是记忆，而从没有两个人拥有完全一样的记忆。语言的语词也不

---

① Mihailo Djurić: Nietzsche und die Metaphysik. Berlin/New York: de Gruyter, 1985. S. 313.

② Tilman Borsche: *Das Eine und die Antwort: Nietzsches Kritik des mystischen Ursprungs der Metaphysik*. In: Günter Abel / Jörg Salaquarda [Hgg.]: Krisis der Metaphysik: Wolfgang Müller-Lauter zum 65. Geburtstag. Berlin/New York: 1989. S. 27.

③ Fritz Mauthner: Beiträge zu einer Kritik der Sprache. Bd. 1: Sprache und Psychologie. Stuttgart, 1901. S. 310.

④ Fritz Mauthne: Beiträge zu einer Kritik der Sprache. Bd. 3: Zur Grammatik und Logik. 2. Aufl. Stuttgart/Berlin, 1913. S. 638.

适用于认知，因为每个单个的语词都被其历史中的弦外之音所萦绕。最后，语言的语词同样不适用于参透现实的本质，因为语词对于我们的感官感受而言仅仅是辅助回忆的符号，而且因为这些感受都是充满偶然性的感受，它们不再能如实地感受现实，就像一只宫殿里的蜘蛛在凸窗的叶形卷饰中织了一张属于自己的网。①

这种"凸窗的叶形卷饰"被庄子称为"荣华"："道恶乎隐而有真伪？言恶乎隐而有是非？道恶乎往而不存？言恶乎存而不可？道隐于小成，言隐于荣华。"② 庄子所强调的不光是概念语言的无效性——"道昭而不道，言辩而不及"③，而且还像在"混沌—寓言"中那样揭示了语言抽象的巨大的不利影响，因为概念语言正是在区分事物的基础上建立起来的，而这些区分行为肢解了世界的完整性：

> 夫道未始有封，言未始有常，为是而有畛也。请言其畛：有左，有右，有伦，有义，有分，有辩，有竞，有争，此之谓八德。六合之外，圣人存而不论；六合之内，圣人论而不议。春秋经世先王之志，圣人议而不辩。故分也者，有不分也；辩也者，有不辩也。曰：何也？圣人怀之，众人辩之以相示也。故曰辩也者，有不见也。夫大道不称，大辩不言……道昭而不道，言辩而不及……④

毛特纳和庄子所见略同，他也洞察到了语言的退化是如何导致完整性瓦解的。他同样把概念语言描述成一种发展过程的产物，其根本已在由约定俗成的语言使用所造成的遗忘当中枯萎了：

> 这些伟大的抽象：上帝、永恒、创造、伟力，诸如此类的概念都是被诗人的头脑主要作为某种象征而建立起来的。作为隐喻它们代表着某种与奄奄一息的词语相比更加灵活的东西。于是，就以"上帝"

---

① Fritz Mauthner: Beiträge zu einer Kritik der Sprache. Bd. 3: Zur Grammatik und Logik. 2. Aufl. Stuttgart/Berlin, 1913., S. 641.

② Vgl. Zz (RW), Buch II. S. 13.

③ Zz (VHM), Kap. 2. S. 80.

④ ZZ (RW), Buch II, S. 17.

一词区别于已变得淡而无味的乌合之众神。在第二阶段中，这个伟大的词变得俗不可耐。它已成为某种因循守旧之物。无人质疑该词，因为实际上已无人相信它。第三阶段，该词已完全衰竭成陈词滥调，它变得如此味同嚼蜡，以至于它如今被称为哲学。昔日里这个象征曾栩栩如生，而今这个词只被当作单词如实地对待。人们丢失了它的意义，并因此毫无意义地严肃地对待它。①

　　语言在经历了三阶段的退化之后再也无法召唤来"现实世界的图像"，"只能召唤来图像的图像的图像"，正如"每一个单词……在自身内都蕴含着一个从隐喻到隐喻的无穷延展"。② 毛特纳对语言退化三阶段的描述让我们不禁联想起图像异化过程的四阶段模式，让·鲍德里亚曾在《拟仿物与拟像》（*Simulacres et simulation*）一书中对后者作了如下表述：他把图像（images）区分为四种类型：反映着更深层次现实的图像（réalité pro-fonde）；掩饰这种现实并把它加以扭曲的图像；对这种现实的缺席进行掩盖的图像；最后是一种与现实完全无涉的图像，或可称为"拟仿物"（Simulacre）。③ 关于"语言自其根源不断异化"这一命题，与上述平行的文化间及文化内同位素不同的是，毛特纳的语言批评对"在哲学问题上感到躁动不安的青年德布林"产生了一种直接的影响。④ 特别是德布林的第二部小说《黑幕》（*Der schwarze Vorhang*，1902/03）探究着"陈词滥调之引人误入歧途的，但同时又是确定着行为态度的特性"，德布林希望把该小说"呈献给《语言批判论稿》的令人钦佩的作者，以求雅正"。⑤

三　胡戈·冯·霍夫曼斯塔尔

作为另一个同时代文化内同位素，胡戈·冯·霍夫曼斯塔尔（Hugo

---

① Fritz Mauthner: Beiträge zu einer Kritik der Sprache. Bd. 1: Sprache und Psychologie. Stuttgart, 1901. S. 49.

② Ebd. S. 108.

③ Vgl. Jean Baudrillard: Simulacres et simulation. Paris: Éd. Galilée, 1981. S. 17.

④ Helmuth Kiesel: Geschichte der literarischen Moderne. S. 187.

⑤ Ebd. S. 188. Vgl. Döblin: *Briefe*, S. 21；关于《黑幕》一书中的语言视角请参见 Müller-Richter / Larcati: „ *Kampf der Metapher*！", S. 409f.；Braungart: *Leibhafter Sinn*, S. 322ff.；Hoock: *Modernität als Paradox*, S. 113ff.；其他有关对毛特纳思想的接受情况参见 Eschenbacher: xxx " *Fritz Mauthner und die deutsche Literatur um* 1900, S. 117ff. – Hier zitiert nach Kiesel. S. 502. Fußnote 69。

von Hofmannsthal）在世纪之交同样也看到了语言的危机。其著名的《钱多斯君致培根的一封信》（*Der Brief des Lord Chandos*，1902）——此信被视为"现代主义肇始阶段关于语言危机最早且最重要的文献"①——率先对语言之于人的认知的适用性提出了质疑。在他看来，语词不具有任何意义和意味，对于钱多斯君这个虚构的人物形象而言，语词"在他口中如同霉臭的蘑菇"②：只要当钱多斯君将"抽象的语词"诸如"精神""灵魂"或"躯体"说出口的时候，便感到"一股莫名的不自在"。③尽管如此，他对认知的需求依然强迫他"将万物置于一种可怕的近距离中进行观察"，就像人们曾用"放大镜观察小拇指的每一寸皮肤"。④但是，观察者概念性的目光脔割了现实的整体性，以至于完整的世界视角必将崩溃。

> 我再也不能用我所习惯的单纯的目光看待它们了。万物在我面前全都分崩离析，再也没有什么东西可以用一个概念一言以蔽之的了。那些具体的词语漂浮在我周围；它们在我眼前渐渐朦胧起来，它们凝望着我，而我必将再度沉陷进去：它们是旋涡，往它们的中心向下望去让我头晕目眩，它们永不止息地旋而又旋，穿过它们人们便步入太虚之中。⑤

这里，不仅仅是语言的无效性被揭露了出来，而且每一种概念语言的基础——主客体二分法——也发生了动摇。正像 Kiesel 所认为的那样，《钱多斯君致培根的一封信》中的语言危机归根结底也涉及了"认知危机、导向危机或者意义危机"，同时还涉及"自我危机"："对钱多斯君来说，世界和此在的同一性与完整性……已不复存在。因此，从前主客体之间貌似可被轻易逾越的差异性，如今染上了如鸿沟般不可跨越的特征。"⑥既然每一次致力于认知的努力都会因为认知的破碎本质而必然陷入概念的"旋涡"，那么旋涡这一隐喻就象征着面对海市蜃楼般的自我欺骗时的一

---

① Helmuth Kiesel: Geschichte der literarischen Moderne. S. 188.

② Hugo von Hofmannsthal: *Ein Brief*. S. 49.

③ Ebd.

④ Ebd.

⑤ Ebd.

⑥ Helmuth Kiesel: Geschichte der literarischen Moderne. S. 194.

种虚无主义态度。然而，与其说霍夫曼斯塔尔在无动于衷式的虚无主义意义上使用了这一比喻，毋宁说他在旋涡中看到了天堂大门的开启、启示性顿悟的不二法门的洞开——也就是那些"极乐振奋的瞬间"[1]：

> 然后我就犹如坠入了发酵状态，无数泡沫涌起、堆积如山、闪闪发光。整个世界就是一番狂热的胡思乱想，而这胡思乱想使用了一种比语言更加直接、流畅、明快的载体。它们同样是旋涡，但不同于似乎要把人吸到无底洞中去的语言旋涡，而是引人进入自身、深深地进入平和安宁的怀抱之中。[2]

正如 Kiesel 切中肯綮地指出的那样，在《钱多斯君致培根的一封信》中存在着一个让霍夫曼斯塔尔进退维谷的困境，他无疑将自己卷进了某种无望的交流场域之中：一方面，他必须将其所能支配的语言全然摒弃；另一方面，不论是在思维过程中，还是在言说过程中，他又不得不完全听命于语言。[3] 但是作者借旋涡这一比喻显然是在试图以"似是而非"的方式克服该矛盾困窘。霍夫曼斯塔尔的这一策略、庄子悖论性质的卮言言说原则，以及德布林在矛盾的蒙太奇旋涡中的语言使用构成了文化间及文化内同位素的多维对称物。

第二节　庄子的"卮言"言说原则

一　卮言作为语言观的提出

认识到语言的异化对现实世界完整性的伤害作用后，不论是西方的，还是东方的思考者都不约而同地采取了语言颠覆的措施。为了达到这个目标，他们都呼吁重返语言形成之根、复归人的形成之根。在这根基处，人与语言通过最基本的，也是最有创造性的力量将自身和开放的整体性联系在一起。与整体性或道的悖论式理解相对应，庄子对语言也采取了两价矛盾的态度。一方面，他如老子那样强调道的不可言说性，主张一种"非

---

① Hugo von Hofmannsthal：*Ein Brief*. S. 50.

② Ebd. S. 54.

③ Helmuth Kiesel：Geschichte der literarischen Moderne. S. 198.

语言的"（nonverbal）、"神秘—直觉的"（mystisch-intuitiv） 的认知方式。庄子在其著第二章里如是写道：

> 夫大道不称，大辩不言……道昭而不道，言辩而不及……故知止其所不知，至矣。孰知不言之辩，不道之道？若有能知，此之谓天府。注焉而不满，酌焉而不竭，而不知其所由来，此之谓葆光。①

或如第二十二章：

> 无始曰："道不可闻，闻而非也；道不可见，见而非也；道不可言，言而非也。知形形之不形乎！道不当名。"②

另一方面，他在自己的文学—哲学作品《庄子》中却尽可能摇曳多姿地使用各种言说方式，诸如："象言""寓言"和"重言"。为了解决这一矛盾，庄子在第二十七章里提出了"卮言"言说原则。这一章可被当作整部著作的导读指南，主要述及了三种言说：寓言、重言和卮言。限于篇幅，相关文字段落参见本书附录（B. a und B. b）。"寓言"可直译为"寄予的言说"或者"包含着寓意的言说"，卫礼贤把它译作"比喻式言说"（Gleichnisrede）③，而梅维恒则将其和"隐喻"（Metapher）④ 等同起来。本书则将把它和德布林在《柏》中运用的"隐射寓言式"（parabolisch）的表述方式进行类比。"重言"的含义是"（对已言之辞）反复言说"，卫礼贤和梅维恒都把它译为"引用"（Zitat）。这些熟悉的话语不仅涉及历史中的和同时代的名人箴言，而且还兼及著名的故事、经典文章以及民歌民谣，其中还不乏改写改编之举，因此这些话语基于源自众所周知性的文本间性/互文性（Intertexualität）非常值得与德布林的文本引用、文本改写作一番比较。

自古以来针对这些"言说方式"（Sprechmodus）所作的解释并无太大分歧，与之形成鲜明对照的是令人费解的"卮言"，其真正含义并不那

---

① Zz（VHM），Kap. 2. S. 80.

② Ebd. S. 310.

③ Zz（RW），Buch XXVII. S. 206f.

④ Zz（VHM），Kap. 27. S. 381.

么容易被参透。尽管如此人们依然可以断定，卮言不仅是《庄子》一书具体的创作手段和结构方法，而且还是庄子作为道家哲学家的一种独特的"语言观"（Sprachanschauung），或者说是一种抽象的"言说原则"（Sprechprinzip），而上述那些"言说方式"（Sprechmodus/Sprechweise）正是从这种言说原则中派生出来的。借卮言之力庄子欲达到"言无言"（Rede ohne Worte）的目的，以期克服存在于"道之不可言"和"人之不得不言"之间无法调解的矛盾，即便这种对矛盾的超越充满了悖论性，而且仅仅是貌似可能的。关于庄子对卮言的理解和描述，其详文如下：

> 卮言日出，和以天倪，因以曼衍，所以穷年。不言则齐，齐与言不齐，言与齐不齐也。故曰：'言无言'。言无言：终身言，未尝言；终身不言，未尝不言。有自也而可，有自也而不可；有自也而然，有自也而不然。恶乎然？然于然；恶乎不然？不然于不然。恶乎可？可于可；恶乎不可？不可于不可。物固有所然，物固有所可。无物不然，无物不可。非卮言日出，和以天倪，孰得其久！
>
> 万物皆种也，以不同形相禅，始卒若环，莫得其伦，是谓天均。天均者，天倪也。[①]

庄子用所谓"言无言"这一概念表达的不再是非语言性的认知方式，而是一种新型的、实质上却更加原初的言说方式或者表达方式，它虽然可被理解为人类的一种行为活动，但在这种行为活动过程中，语言的主动权已经从人的手中转移到事物或语言自身那里去了。庄子的这种语言观以其一系列惊人的相似性和海德格尔的语言哲学构成了一对文化间同位素。海德格尔于《在通向语言的途中》一书里阐明了相关思想：

> 诚然，说话是一种表达。我们也可以把说话理解为人的一种活动。这两者都是关于说话的语言的正确观念。两者现在还未受关注。不过我们不会忘记，语言之发声现象已经如此长久地期待着一种恰如其分的规定；因为语音学—声学—生理学对发声过程的说明并没有经验到它的出于寂静之音（Geläut der Stille）的渊源，更没有获致由此

---

① Zz（VHM），Kap. 27. S. 382f.

而得的对声音的规定。

　　而在前面对语言本质的简短描述中，说话和被说者是如何思考的呢？它们已然显示为这样一个东西，通过它并且在它之中，某物——就其已经被道说而言——达乎语言，亦即获得一种显露。道说（Sagen）与说话（Sprechen）不是一回事。某人能说话，滔滔不绝地说话，但概无道说。与之相反，某人沉默无语，他不说话，但却能在不说中道说许多。

　　然则何谓道说（sagen）呢？为了经验此种道说，我们已经守住了我们的语言本身令我们在这个词语那里要思想的东西。"道说"（sagen）意味着：显示、让显示、让看和听。①

由此我们可以断言，庄子对"卮言"所指称的语言本质的理解大体上就是海德格尔所谓的"道说"。经过一番比较，现在我们可以抽象出卮言的本质了。尤其是当人们把它和庄子的语言哲学以及他在作品中具体的语言表现手法联系起来的时候，卮言语用原则的基本轮廓——消解人在言说过程中过度的主观性——就变得清晰起来。但它并不意味着对自我的完全抛弃，而是含有"人在言说之时要向语言的真实本原'自然'屈服"之义。这种去除了个人性的人成为语言的参与者，即把自身整合到一个代为传达宣导的过程之中，在语言所传达的事物面前保持着半消极的姿态。用海德格尔的话来说就是：

　　"语言言说着，而非人在言说。人只是通过灵巧地适应着语言而言说。"② 这样一种语言不是人单凭一己之力创造出来的语言，而是从"自然"中汩涌而出的。德语的"自然"一词（Natur）词源上来自拉丁语，而更古老的希腊语的表达则是"φνσιs"，海德格尔将它理解为"涌现"（Aufgehen）。③ 这种新的语言发源于道的本性：它运转不息、生长不止，从而包含着永不枯竭的多样性和可能性。通过这种语言，人类中心主义消

---

　　① Martin Heidegger：Unterwegs zur Sprache. In：Ders.：Gesamtausgabe Bd. 12：I. Abteilung：Veröffentlichte Schriften 1910 – 1976. Hrsg. von Friedrich-Wilhelm von Herrmann. Frankfurt a. M.：Vittorio Klostermann，1985. S. 241.

　　② Martin Heidegger：Der Satz vom Grund. In：Ders.：Gesamtausgabe Bd. 10：I. Abteilung：Veröffentlichte Schriften 1910 – 1976. Hrsg. von Petra Jaeger. Frankfurt a. M.：Klostermann，1997. S. 143.

　　③ Martin Heidegger：Unterwegs zur Sprache. S. 252.

解了自身，每件事物都得以成为自己的尺度，以其本来面目示人，这就是汉语中所谓的"自然"之含义。由于这种新的语言不具备特定的视角性，故而它拥有一种无法明确界分的完整品性，而一个无中心的、混沌的，但又完整无缺的现实世界便借此得以展露出来，那其中无穷无尽的间性关联则远远地超出了人的认知能力。通过卮言语用原则的提出，庄子不但克服了道之不可言说性和无法放弃语言的人之本性之间的矛盾，而且通过回归语言之根——人类、事物和原力再度彼此融合的地方——实现了颠覆语言的目的。

二 卮言的本质特征和命名由来

庄子在其作最后一章中对卮言的重要特征作了如下总结：

> 寂漠无形，变化无常，死与？生与？天地并与？神明往与？芒乎何之？忽乎何适？万物毕罗，莫足以归。古之道术有在于是者，庄周闻其风而悦之。以谬悠之说，荒唐之言，无端崖之辞，时恣纵而不傥，不奇见之也。以天下为沈浊，不可与庄语。以卮言为曼衍，以重言为真，以寓言为广。独与天地精神往来，而不敖倪于万物。不谴是非，以与世俗处。其书虽环玮，而连犿无伤也。其辞虽参差，而諔诡可观。彼其充实，不可以已。上与造物者游，而下与外死生、无终始者为友。其于本也，弘大而辟，深闳而肆；其于宗也，可谓稠适而上遂矣。虽然，其应于化而解于物也，其理不竭，其来不蜕，芒乎昧乎，未之尽者。[1]

在这段阐述中，庄子把真正的言说描述为混沌、无形且模糊；永远在流徙变迁；它应是汪洋恣肆、狂放不羁的；它还得是不偏不倚的，向着万事万物和唯一的原基开放；荒唐、戏拟、内在与超越之间的悖论同样也都是它的属性；最后但并非次要的是：卮言式言说构成了一种无始无终、永不枯竭的，如"陶钧"[2] 般旋转着的无间循环。

庄子为何用"卮言"这一概念称述真言的属性，自古以来就是道家

---

① Zz（VHM），Kap. 33. S. 461f.

② Vgl. Zz（VHM），Kap. 27. S. 382f.

哲学阐释者争论不休的焦点。争论的焦点当然不在该词的第二个字"言"上（其基本含义——名词性质的"语言"和动词性质的"言说"——清晰明确、无须多论），而是在第一个汉字"卮"上，其含义迄今未被全部澄清。对此，至少存在着如下六种彼此分歧的解释可能性：

1. 从历史音韵学角度出发，"卮"的发音可被解释为"支离"（其义："破碎、无关联、混乱"）的合音。"卮言"遂被释为"无始无终的碎片式言说"。①

2. "卮"在中国古代可能是一种特殊的容器，孔子在《论语》中对此曾有所提及，但将其称作"欹器"（qīqì，意即"倾斜之器"）。这种容器具有一种有趣的结构特征：空则斜仰，半空半满则直立，全满则倾覆。只要液体不间断地倾注入这种容器，则可形成永恒的循环。由于对卮器该特点的理解不同，故而研究者对卮言的解释也稍有差别：（a）无主观性之言：如卮器随着液体的注入而不断变化自身姿态那样，这种无主观性的言说也懂得随境而异；②（b）中庸无偏见之言：在这种言说里是与非无明确区分，恰可比拟成半满半空时仰口朝天垂直竖立的卮器。③

3. "卮"被释为"漏斗"，于是"卮言"被定义为"不偏不倚、无偏见之言"，透过这种语言自然的声音得以宣泄，正如水从漏斗里穿流而过。④ 此处，我们不难发现一个令人惊讶的偶合存在于此论和海德格尔的语言观之间：海德格尔把他心中认可的真正言说称为"道说"（Sagen），具有"昭示，让显现，让看见和让听见"（zeigen, erscheinen –, sehen –, und hören-lassen）等意味。也就是说，人们通过"自我牺牲"（Selbsthingabe）而变成貌似无主体性的中空管道，以便让无尽的自然穿过并向人们发出自然而然的"道说"。⑤

4. 另一种解释把"卮"解说成为"酒具"，由此"卮言"便被赋予了

---

① Vgl. *Zhuangzi* mit Erklärungen und Anmerkungen verschiedener Autoren（Zhuangzi jishi 庄子集释）. Editiert von Guo, Qingfan 郭庆藩. Beijing: Zhonghua shuju, 1961. S. 947f.

② Ebd.

③ Vgl. Phonetische, syntaktische und semantische Analyse von *Nanhua zhenjing*（Nanhua zhenjing zhangju yinyi 南华真经章句音义）. Kommentiert von Chen, Jingyuan 陈景元. Beijing/Shanghai/Tianjin: Wenwu chubanshe, Shanghai shudian, Tianjin guji chubanshe, 1988.

④ Vgl. Zhang, Mosheng 张默生: Eine neue Interpretation von *Zhuangzi*（Zhuangzi xinshi 庄子新释）. Jinan: Qilu shushe. 1993. S. 15f.

⑤ Martin Heidegger: Unterwegs zur Sprache. S. 241.

"即席之辞"（Stegreif-Worte beim Trinken）或"即兴演讲"（Tischrede）之义。① 该观点被梅维恒在其《庄子》的翻译中（如上文所示）所接受。② 这种解释意在突出言说时的自发性、无意识性或潜意识性。在某种意义上它让我们联想到"即兴演说"（Improvisation），或者更具体地说，让人联想到安德烈·布勒东（André Breton）的"自动写作"（Écriture automatique）。

5. 再一种说法则是把"巵"训为"空杯"。由于"道"和"杯子"皆有"因空无而有用"的特征，所以在道家经典著作中"道"常被比喻为"杯子"。那么，语词从"道"中源源不断地喷涌而出，就恰似水从杯中泄出。③ "杯子"在道家文化里作为象征的重要意义完全可以和基督教传统中的"圣杯"（Heiliger Gral）进行横向类比。这种有关巵言的解释被卫礼贤在其《庄子》译作中所采用。④

6. 最后还有一种解释也把"巵"想象为某种酒器，但在这里被强调的是该酒器浑圆的形状，⑤ 或者是其在宴饮时可以形成"巡/循环"的使用方式。⑥ 尽管关于"圆圈"和"环形"的联想各具不同的激发点，但从中皆可引出一个一致的结论："巵言"指称的是一种圆转循环的表达方式；那么，整部《庄子》即可被解读为一个永恒循环的宏大结构，而其中包含着作为微观结构的无数小循环。⑦ 纵然书中循环不休的语言似乎既

---

①　Vgl. Li, Binghai 李炳海：*Zhīyán* und Tischrede in der Vor-Qin-Zeit (Zhiyan yu XianQin zhujiuci 巵言与先秦祝酒词). In：Front der Sozialwissenschaften (Shehui kexue zhanxian 社会科学战线). 1996. I.

②　Vgl. Zz (VHM), Kap. 27. S. 381f.

③　Vgl. Liu, Shilin 刘士林：*Eine Untersuchung des Ursprungs von „ zhīyán " im Zhuangzi* (*Zhuangzi „ zhiyan " tanyuan* 庄子"巵言"探源). In：Academic Journal of Zhongzhou (Zhongzhou xuekan 中州学刊). 1990. V.

④　Zz (RW), Buch XXVII. S. 207.

⑤　In *Shuowen jiyi* (《说文解字》) wird *Zhī* wie folgend definiert：„ *Zhī* ist eine Art kugelrundes Gefäß. Kugelrund ist die Form der Sphäre. " (Vgl. Xu, Shen (许慎)：《说文解字》"巵，圜器也。圜，天体也。") Hier werden zwei Schriftzeichen 圜 *huán* und 圆 *yuán* unterschieden：圜 heißt auf Deutsch „ kugelrund ", während 圆 „ flachrund " bedeutet. ("浑圆为圜，平圆为圆。") Vgl. Wang, Shumin 王叔岷：Kommentar und Interpretation von *Zhuangzi* (《庄子校诠》), Bd. 2, S. 1090f.

⑥　今道友信 (Japan)：Die ostasiatische Ästhetik (《東洋の美学》) Übersetzt von Jiang, Yin (蒋寅), 生活·读书·新知三联书店, 1991. S. 121.

⑦　Vgl. Ye, Shuxian 叶舒宪：Eine kulturelle Interpretation des *Zhuangzi*. Eine Verbindung des prä-klassischen und postmodernen Blickfeldes (*Zhuangzi de wenhua jiexi: qiangudian yu houxiandai de shijie ronghe* 庄子的文化解析：前古典与后现代的视界融合). Wuhan：Hubei renmin chuban-she. 1997. S. 55 – 97.

无肇端又无终点，然而每个微观结构之间的间歇处其实就在以悖论的方式为宏观结构的旋转循环既充当着"入口"又充当着"出口"。[1]

最后这种关于"卮"和"卮言"之间关系的解释为我们提供了一种思维启示：如果把"卮"和"卮言"的本质特征诠释为"环"或"循环"的假说可以成立的话，那么在我看来，还有一种亦可引发有关其循环特点的联想出发点也不应被忽略：虽然"卮"器的制作可采用多种不同的材质，诸如：陶土、青铜、玉石以及角质材料，但在两千多年以前"卮"主要是被当作一种漆器工艺制品生产的，而其芯材则由软木构成。首先，将作为漆的承载物质的薄木片弯转成一个圆柱筒，[2] 其连接处的缝隙则通过胶漆混合物粘牢，再用榫销加固；其次，在半成品上安装木质把手和底座（有时，卮器还可以配备一个杯盖）；最后，整个卮身遍施黑漆，再于黑漆之上绘以赤纹。常见的主题纹饰主要是随意的弯转、盘桓、螺旋，譬如：回旋着的云气和旋涡。这种精湛工艺的难点在于：所有组成部分，特别是圆筒的接合处连接得如此完美，以至于人们用肉眼完全无法辨识出任何痕迹。下面这幅照片展示的就是一个制作于公元前 2 世纪早期的"漆卮"，它是"马王堆汉墓"最具考古价值的出土文物之一：

图 4 - 1   西汉"君幸酒"云纹小漆卮（ca. 200 v. Chr.）

---

① Vgl. Yang, Rubin 杨儒宾：*Die Untersuchung von zhīyán*：*Der Gedanke Zhuangzis über die Sprache als Ausdruck des Denkens.*（《卮言论：庄子论如何使用语言表达思想》）In：Sinologische Forschung（《汉学研究》），Vol. 10 - 2. Taibei：Hanxue ziliao yanjiu ji fuwu zhongxin, 1992. S. 152.；Wu, Guangming：Zhuangzi（《庄子》）. Taibei：Dongda tushu gongsi, 1988. S. 8. S. 8.

② 《礼记·玉藻》郑玄注："圈，屈木为之，谓卮、桮之属。"

由于庄子担任过漆园吏之职（漆园中遍植漆树，以备割漆之用），故而他对这种漆器工艺无疑应该是再熟悉不过的了。于是，我们便可以顺理成章地推导出如下结论：庄子在"卮言"的隐喻式命名过程中，把"回环特性"确立为介乎这种语言原则和"卮器"之间的"作为第三者的比较物"（Tertium comparationis），即二者的共同点。

尽管这种倾向于强调卮言言说原则之循环特征的解释可以为针对德布林蒙太奇技巧所作的比较研究提供一种多维度的思考出发点，但鉴于庄子更倾向于将卮言理解为多重特征彼此依存的"伴生体"（Symbiose），因此有关循环性格的阐释不宜被视为绝对唯一且排他的。这一解释实则和其他五种有关卮言名称命名的解释紧密关联：为了让一种"回环式"言说得以发展出来，言说主体首先必须通过精神的斋戒——"心斋"① ——戒绝其独断专横的孤狂症倾向以及偏执妄想的自大狂心理，并放弃建筑于人类征服自然的狂热癖好之上的"概念语言"（Begriffssprache）；唯其如此，他的语言方可成为"空杯"或"漏斗"，以便让万物注入又流出，同时却对它们丝毫不持占有之欲，于是一种"无所不包"且"循环永动"的言谈得以成形；唯有在这样一种言说里，每个事物才能纯粹而无扭曲地显示自我，或者如海德格尔在"道说理论"中所认为的那样，整个自然才能够"自动自发"地在其完美的整体性中向人类吐露心声，从而使这样的言说看上去完全是一种无意图、无主体性的"即兴曲"（Impromptu）；并且，唯有借助这种回旋运动的言说方式，人们才能从各种"偏私而僵化"（parteiischen und starr）的观点立场中挣脱出来，并超越"非此即彼"（Entweder-Oder）的受限领域；尽管这样一种言说方式会产生"支离破碎、混乱、荒诞"（fragmentarisch, chaotisch, absurd）等印象，然而它却引导着言说者和听者同时走向真正的、具有二律背反本质的"道"路。在这条道路上，人们以"两行"（beidseitige Vorgehensweise）② 的方式一方面正确对待现实世界中一切异质性的事物，另一方面在对事物的是非判

---

① Zz（RW）. Buch. Ⅳ. S. 29. "Fasten des Herzens"（"精神的斋戒"）在《庄子》一书中被称为"心斋"。

② Zz（VHM），Kap. Ⅱ. S. 77. "beidseitige Vorgehensweise"（"双面的行为方式"）可以译成"两行"。

断之间取得平衡（"和之以是非"），并能够在超越性层面上"休乎天均"。① 因此，通过"心斋"和"卮言"实现的绝不是"主体的消解"（Subjektauflösung），而是与事物之涌流紧密联系着的"主体的液化"（Subjektverflüssigung）。② 所有这些有关卮言的解说为本书所要处理的蒙太奇问题提供了各种各样、同时又彼此相关的视角，以便于把这篇针对蒙太奇所作的比较研究和全方位观察引领到一个"跨范式结构"（韦尔施语：interparadigmatische Struktur）中去。

第三节　德布林的语言理解与庄子的语言观的相似性

德布林的本体论将完整的存在融合成一种同时包含着内在与超越的、充满张力的统一体，而他的人论则始终试图维持介乎人之肉体和精神之间的平衡。与德布林的本体论和人论一样，他的语言观也显示出如罗马神话中门神雅努斯（Janus）那样的两张面孔——面对语言时一种悖论式的基本姿态。这一悖论性格可算作德布林和庄子语言哲学之间一种明显的相似性：庄子不但毫不留情地揭示出语言和事实之间的不一致性，而且还承认作为真言的卮言蕴含着取之不尽的创造力；同样，德布林在他的诗学文论《叙事作品的构造》（Der Bau des epischen Werks, 1928/29）中明白无误地指出，一方面语言自身具有一种不断趋于异化的"强迫属性"，另一方面它又拥有一种举世无双的"创造力"。③ 他在这篇文论的第八章"创作过程中的语言"（Die Sprache im Produktionsprozeß）中宣称：他"对语言感到满意"④。然而，这种令他感到满意的语言不再是那种将人类工具化了的异化语言："对于那些觉得构思一旦落笔就变成幻灭的人来说，语言显然只是协助人们将其从他处得来的念头和幻想记录下来的仪器、工具、载体。但人们也可对语言进行另类体验，而它也可以拥有别样的本质。"⑤

---

① Vgl. Zz（VHM），Ebd. 庄子经常把整个宇宙的运转比喻成陶钧的永恒旋转，而它的中心点（脐）则永远保持着虚空静谧的状态。

② Wolfgang Welsch [Hrsg]: Wege aus der Moderne: Schlüsseltexte der Postmoderne-Diskussion. Berlin: Akademie, 1994. S. 40.

③ SzÄ, *Der Bau des epischen Werks.* S. 243.

④ Ebd. S. 241.

⑤ Ebd.

在皈依天主教后，德布林调整了他对文学的态度：相较于与冥想或缄默联系在一起的宗教，语言艺术遭到"严重地贬低"①。因此，文学对他而言不是"宗教替代物"，不是上苍启示之源。② 由于文学与宗教本质上大相径庭，语言也就不能承担宗教开悟的功能。这里，他对语言之无能的批评和克莱斯特（Heinrich von Kleist）的不满别无二致。克莱斯特如是写道：

> 但这是不可能的，即便只存在一个障碍：我们缺乏某种用于告知的工具。纵然是我们所具备的唯一的工具——语言——也无法胜任，它不能描绘灵魂，它赠给我们的东西只是一堆支离破碎的残件。所以每当我要向某人吐露心声的时候，我便会有一种类似于畏惧的感觉；并不只是因为害怕袒露，而是因为我无法展示一切，不能，因而必然会对由于这堆碎片而被误解有所畏惧。同时：我愿为你而甘冒此险，为你尽我之所能，用支离破碎的思想告诉你，什么东西有可能与你利害攸关。③

尽管德布林赋予了"宗教比文学高得多的尊严"④，但他在20世纪二三十年代原则上并未看重文学与宗教之间的质的差别，换言之，并未看重言说与沉默之间的差异。因此，德布林的否定态度事实上并不是针对语言的，而是针对"作为媒介的语言"，因为语言所内在固有的工具属性毕竟根植于人类的控制欲，或者根植于人类通过命名去理顺未知物的混沌状态的尝试。

关于消解存在于人和语言之间的"主体—工具"关系这一问题，德布林无疑和庄子所见略同。通过梳理分析德布林关于语言的"自观"（Eigenbeobachtung）理论即可证明该观点：

> 有一种突如其来的念头是无言的。人们应该避免把它们匆匆记录

① Helmuth Kiesel：Literarische Trauerarbeit. S. 198.
② Ebd.
③ Heinrich von Kleist：*Berief an Ulrike von Kleist*（Berlin，den 5. Februar 1801）．In：Sämtliche Werke und Briefe. Bd. II. München：Hanser, 1961.
④ Helmuth Kiesel：Literarische Trauerarbeit. S. 198.

下来，然后人们会经历一番幻灭，那些事物想要成熟，而念头则已然在为自己塑造着语言肌体。继而会出现一个节点，这一刻人们会从这境遇中得来一个零星的句子，如此一来人们便在一定程度上抓住了猎物的尾巴，它就再也无法挣脱。但事实上写下来的情形跟构思中的情形并不一致，然而——它更丰赡、详尽、生动！首先，在叙事作品中：它奔涌向前。同样，构思也可以蕴含着某种运动，但是写下来的东西、句子与句子的前后相连、现在依然响起的旋律完全不肯静下来。撰写比构思丰富多少、珍贵多少啊！而后者最终只像通奏低音那样响彻终始。

但也会出现这样的情况，而那听起来肯定异常离奇：在我进行理念构思的同时会出现某种语言性的构思。这不是什么超自然的现象，倒是和梦境十分接近，在梦中人的耳畔偶尔会萦绕着一些词句。

还有第三种情形：人们完全没有理念上的构思，而是有一些句子——上帝才知道它们来自何处——袭上心头，这对于作者来说可是至福至乐的境界……这就是一种语言性的构思。[1]

德布林把文学创作的过程理解为一种张力场，它包含着来自理念和语言的两股力量。在第一种情况下，写作者的理念先行于他的语词，并自动形成一个属于自身的"语言躯体"。第二种情形中，理念和语言势均力敌，于是诉诸理念的构思与诉诸语言的构思同时发生。第三种情况下，作者或多或少对他的创作失去了控制力，而语言或形式相较于理念或思想正在攀上它登峰造极的宝座。在这三种关于理念和语言的关系中，后者的地位不断地走向强势，而其自发生的本质（autogenetisches Wesen）也愈发凸显出来。

德布林的关注点显然投向了第三种可能性。但即便在第一种被德布林称为"无言"的情况下，那种不断进行自我更新的语言也没有完全缺席，反而应被理解为"寂静之音"（Geläut der Stille），[2] 或者被理解为庄子所谓的"言无言"（Rede ohne Worte），而"语言便言说"[3] 在其中。"寂

---

① SzÄ, *Der Bau des epischen Werks*. S. 241f.

② Martin Heidegger: Unterwegs zur Sprache. S. 241.

③ Ebd. S. 243.

静"（Stille），或者说"沉默"（Schweigen），在庄子看来就是语言的双重原点，也即不仅是言语、行动和创造力的出发点与起始点，而且也是语言的归宿。寂静如同卮器一般是虚空的生存形式，异质性的事物从现实世界中汇聚到这个容器中去，并由于这种物的汇聚而搅起一个又一个旋涡。虽然在这些旋涡当中有一股张力始终存在于事物和它们的双关意义之间，但在"寂静之音"中物质世界用言说和话语重新组织起自我，每一种意义都发生了变形，并从中产生出一个神秘莫测的复杂体系，面对它时那些耳熟能详的空话套话便像西绪福斯一样徒劳无功。维特根斯坦在其《逻辑哲学论》（*Tractatus Logico-Philosophicus*）中所表达的哲学思想与"沉默"有着千丝万缕的关联，显而易见的例证如该著第七命题："人对于不能言说之事，就必须保持沉默。"① 在海德格尔的《存在与时间》里，"沉默"（Schweigen）和"道说"（Sagen）并不对立，二者反而都一致地与"喑哑"（Stummsein）和"言说"（Sprechen）构成反义词。在海德格尔看来，沉默是一个及物动词（*transitiv*）。相反，闲聊才是一种无话可说的表现形式：以漠不关心的理解性为媒介的、"不—想—终止"的讨论。在德布林总结出来的三种构思过程中有一点值得人们注意：在理念性构思中有某种东西隐藏于其中，它是人们在构思过程中尚未意识到或完全没有意识到的，它只有通过这种"在沉默中言说着的"语言才能将自身表现得"更加丰赡、具体、生动"。于是我们可以断定：德布林不再像普遍流行的观点那样把语言的本质理解为"借助言说工具对思想所进行的切割式表达"，② 而是将它理解为"道说"（die Sage）或"道示"（die Zeige），③即"显示、让显示、让看和让听"④。在这一要点上，德布林和庄子的看法极其接近。所以，与其说他们二人把诗人视为独立自主的语言大师，不如说他们都把诗人看作"威力无边的语言的依附者"⑤ 或者"上天之籁"⑥。海德格尔对语言本质的阐释可以把这一重关联表达得更为分明：

---

① Ludwig Wittgenstein: *Tractatus logico-philosophicus*. In: Ders.: Werkausgabe in acht Bänden. 9. Aufl. Frankfurt a. M.: Suhrkamp, 1993. Bd. i. im 7. Satz.
② Martin Heidegger: Unterwegs zur Sprache. S. 243.
③ Ebd. S. 242.
④ Ebd. S. 241.
⑤ SzÄ, *Die Dichtung, ihre Natur und ihre Rolle*. S. 518.
⑥ Vgl. Zz（RW），Buch II: *Ausgleich der Weltanschauungen*. S. 11.

　　语言之本质现身乃是作为道示的道说。道说之显示并不建基于无论何种符号，相反地，一切符号皆源出于某种显示；在此种显示的领域中并且为了此种显示之目的，符号才可能是符号。

　　然而，有鉴于道说的构造，我们既不可一味地，也不可决定性地把显示归因为人类行为。作为显示，自行显示标识着任何方式和层面的在场者之在场和不在场。正是在这种显示通过我们的道说而得以实现之际，一种让自行显示才先行于此种作为指引的显示。①

　　只有当人放弃了标准规定者的角色时，语言才开始自行言说，万物才重新以生动活泼的形象跃入我们的眼帘。关闭人的这种狂妄不羁、自以为是的主体性状态，被庄子在上述称引的寓言《天籁》中称为"忘我"或"丧我"，而德布林则在《与卡吕普索的对话》里把它叫作"陈腐之诳我的粉身碎骨"。在此种状态下人们应该——按照德布林和庄子的观点——采取一种听者的立场。那是一种对语言的聆听，犹如《与卡吕普索的对话》中那个已经死去的自我倾听丧我之世界的风中之语，或者像得道之人谛听天籁之音。这里，人在言说时所扮演的角色发生了变化：他从日常习惯的演说者降格为辅助真言自我实现的帮手。曾经的演说者此时不再动用言语，而是使用"非言"、停顿和空白、沉默的位置与瞬间。其实，沉默/倾听恰如言说一样是构成每一次互动的必要成分。因为当某人言说时，他就会让其他人沉默，让他们变成他的听众，并通过他的言说决定了他们的沉默。他们的沉默是言说的一部分，并因而成为了交流的一部分。听者帮助说者形成、发展自己的思想。通过德布林对三种构思的"自观"，亦即从一种属人的、理念上的、看似无言的构思直至一种非理念性的、诉诸语言的构思——这种对作家来说"最幸运的"状态，愈加清晰地向我们表明：对语言本身的倾听是先行于人之言说的。这一点也非常类似于海德格尔对语言之自行言说和人之听取、人之言说相互关系的注释：

　　……但说同时也是听。习惯上，人们把说与听相互对立起来：一方说，另一方听。可是，听不光是伴随和围绕着说而已，犹如在对话

---

　　①　Martin Heidegger: Unterwegs zur Sprache. S. 242f.

当中发生的情形。说与听的同时性有着更多的意味。作为道说，说从
自身而来就是一种听。说乃是顺从我们所说的语言的听。所以，说并
非同时是一种听，而是首先就是一种听。此种顺从语言的听也先于一
切通常以最不起眼的方式发生的听。我们不仅是说这种语言，我们从
这种语言而来说话。只是由于我们一向已经顺从语言而有所听了，我
们才能从语言而来说话。在此我们听什么呢？我们听语言之说话。①

　　在人们聆听到语言的声音之后，他才能"跟随着说"（nachsagen）他
所听到的东西。这便意味着："在说话（作为顺从语言的听）中，我们跟
随被听的道说来道说。我们让道说的无声之音到来，在那里我们要求这已
然向我们张开的声音，充分地向着这种声音而召唤这种声音。"② 当人们
甘愿将他的语言权力转让给自然时，那么他首先会成为倾听者，然后再成
为"精神和超自然的信使"③，在寂静之中不断地道出无尽的真实。

　　通过比较德布林的语言观和庄子的卮言语用原则的相似点，再借助
海德格尔的语言哲学对此加以探讨观照，使我们更加清晰地认识到德布
林和庄子在语言颠覆这个问题上都遵循了如下这个共同的思路：抛弃
"主体—客体"二分法→拆解人之狂妄的主体性（保持"卮器"的虚空、
心斋）→让语言自行言说，同时让在场者的在场与缺席自我显示出来
（让"语言之水"从自然中倾泻而出）→聆听语言的言说（把语言之水
灌注于卮器之内，并以卮器将它暂时容纳）→跟随着道说（卮器倾倒，
让语言之水从中流淌出来）。在语言无尽的涌入和涌出的过程中形成了无
以计数的旋涡，或更确切地说，无数的涡流。语言的洪流在这一过程中
不断地在层流和湍流之间转换。而一切事物和意义便在这永不间歇的转
换中经历了解离和联聚。它们裂解成数量庞大的碎片，并再次汇聚到一
个新生成的复杂整体或者完整性之中去。

　　此外，人们还可以通过从德布林和庄子的革新性文学语言之中产生出
来的异常相似的效果确定二者语言观的相近性。在庄子对卮言进行阐述
时，他把这种语言效果描述为"曼衍"。该词在《庄子》的德译版本中被

---

① Martin Heidegger: Unterwegs zur Sprache. S. 243.

② Ebd. S. 243f.

③ SzL, *Journal* 1952/53. S. 383.

释为"涌流而出"（hervorquellend）、① "汩汩喷涌"（hervorsprudelnd）②
或者"漫溢泛滥"（ausufernd）。③ 它还包含着一层"自身无限膨胀""生
长不息"的深意，正如德布林在"语言的自我观察"中所描述的那样：
叙事作品中的语言"奔涌向前"，所写之物、句子的前后连缀，以及已经
奏响的旋律，无休无止、"完全不肯停下"。这种生机盎然、躁动不安、
生生不已、无涯无垠的联想性语言效果，在德布林的蒙太奇小说《柏》
中可以让人不费吹灰之力地感知到。正因如此，语言哲学的背景之于德布
林对蒙太奇技巧的应用的重要性完全应该引起我们的关注。

---

① Vgl. Zz（RW），Buch XXⅧ. S. 207.
② Vgl. Zz（VHM），Kap. 27. S. 382.
③ Vgl. Ebd. S. 462.

第二部分

文 学 比 较

第五章

《柏林，亚历山大广场》中的 蒙太奇分类概述

　　在本书的第一部分中，通过与庄子对道的解释以及海德格尔关于存在的理解进行类比，德布林的哲学，特别是语言哲学的思想已经得到了深入讨论。而介乎个体的人和整体之间的关系，以及语言和言说的关系也在此过程中得以阐明。这种前导式讨论的目的在于突出强调：德布林关于整体性和语言的思考是《柏》蒙太奇技巧的理论基石，并且它作为一种具有意义负载能力的描写方法与结构手段是被作者经过深思熟虑后拣选出来而运用在小说里的。为了在第二部分中进一步深入分析蒙太奇技巧的特殊功能和内在含义，我们将在这一部分的开端先对以蒙太奇方式剪接拼贴组装进文本的片段与插入性部分逐一进行分类，而针对该问题早期的研究已经提出了各种各样的划分标准。

　　Ekkehard Kaemmerling 从电影摄影术的角度把插入《柏》的片段划分为四种类型：对比型蒙太奇、平行型蒙太奇、象征型蒙太奇以及共时型蒙太奇。[①] Helmut Schwimmer 则首先按照插入部分在整个小说结构中的整合程度将蒙太奇划分为两大类型：分析型蒙太奇和综合型蒙太奇。基于诉诸视觉、听觉以及结合了视听感受的印象之间的区别，他又对分析型蒙太奇进行了次级划分，与此同时又把综合型蒙太奇依其内容属性区分为"拥有独立故事情节的段落""展现大都市生活的插入片段"和"展现精神世

---

　　① Vgl. Ekkehard Kaemmerling: Die filmische Schreibweise: am Beispiel Alfred Döblin: *Berlin Alexanderplatz*. In: Jahrbuch für Internationale Germanistik. Bern und Frankfurt am Main: Herbert Lang & Cie AG, 1973. S. 45 – 61.

界的文段"。① Klaus Müller-Salget 更注重《柏》蒙太奇的象征功能，因而把插入性部分划分为"象征性插曲""范例性故事/平行故事""主题/主导母题"和"其他指示性关联"，譬如："天气相似性""象征性幕间文本"和"大都市插曲"等。② Christoph Dunz 的切分尝试在我看来有些粗糙，尽管他巨细靡遗地分析了所有的插入性情节和引文。他对蒙太奇插入部分的范畴划分作了如下简明扼要的表述：

> 通过插入蒙太奇片段，叙事个性出现了进一步的复杂化，而这些蒙太奇片段其实在小说伊始即已参与塑造这种叙事特征了。在小说开端不仅有来自圣经的，还有科技类型的插入片段。不久又出现了神话和文学性质的蒙太奇文段。虽然看似源于现实性的文字引用出现在小说开头的频率高于结尾，然而蒙太奇技巧并未因之而变得肤浅。由于叙事特征在开头部分显得轮廓复杂，从而造成叙事张力不断弱化，而这在篇幅较长的中长篇小说里是一种常见现象。③

有别于这些先行者，笔者将尝试着借助庄子研究中的某些重要概念将《柏》的蒙太奇元素重新进行分类：

第一，凡是以碎片状态简洁再现的、同时呈现并且密集并列的图像或声音的蒙太奇都可以被归入"象言"这一类型。在这里"象言"可被理解为"在图像中言说"，而同时这些图像却远远超出了它们的修辞学意义，和庄子以及德布林的语言观紧密联系在一起，于是那种解释性言说方式被扬弃了。

第二，所有打断主要情节脉络的插入性情节及故事（不论其涉及的是真实存在的还是虚构的人物）、一切来源于圣经和神话的故事改写、有关屠宰场的那几幕、拟人化了的物品与动物之间的对话讨论、连同数量不菲的单个主题，因为它们都具有共同的隐射寓言的特征，所以都可以归入

---

① Vgl. Helmut Schwimmer: Erlebnis und Gestaltung der Wirklichkeit bei Alfred Döblin. Diss. München, 1960. S. 65 – 81.

② Klaus Müller-Salget: Alfred Döblin : Werk und Entwicklung. Bonn: Bourier, 1972. Kap. V.

③ Christoph Dunz: Erzähltechnik und Verfremdung: die Montagetechnik und Perspektivierung in Alfred Döblin, „ Berlin Alexanderplatz " und Franz Kafka, „ Der Verschollene ". Bern; Berlin; Frankfurt a. M. ; New York; Paris; Wien: Lang, 1994. S. 47.

"寓言"类型。"寓言"可直译为"通过其他地点言说",所以也作"隐射寓言式的言说方式"（parabolische Sprechweise）[①] 之解。以该言说方式讲述的短小故事蕴含着丰富的不可言尽的寓意,这种多义性能够让传统的"托寓法"（Allegorik）和"象征法"（Symbolik）运转失灵。

第三,一切充当小说活动布景的引用文本,诸如:报刊摘引、天气预报、官署公告、歌词、广告、科普文章,以及各式名人的箴言演讲,统统属于"重言"类型。这里"重言"意味着"引用式的言说方式"。但是,这些被植入小说的引文并未对引用本身的科学性、准确性提出什么要求,反而公然脱胎于文学性自我的主观性。这样一来,至关重要的便不再是可被验证的正确性,而是这些来自他处的言辞是否可被立即辨识出来。这一点不是通过指明出处,而是通过语言运用的独特、抢眼来保证的。之于德布林的叙事性作品中的整体性思考,这些引文含有一重深意,这种深意一则通过它们在上下文中所处的位置,一则通过它们与外部文本之间的互文性（Intertextualität）产生出来。另外,由于有关圣经和神话的改写亦具备上述特点,所以它们在阐释重言类型蒙太奇的过程中将再度被提及。

笔者的分类尝试目的并不在于把所有蒙太奇片段编排进几种彼此完全排斥的范畴中去,而是旨在赢得一种新鲜的视角,以便将蒙太奇技巧的某些未被认识到的本质属性和功能置于道家思想和庄子的文学主张的烛照之下供我们审视阐明、一探究竟。

[①]　Parabel 在德语中除了有"譬喻""寓言"之义外,在数学领域里还代表"抛物线"的意思。作为寓言性质的 Parabel 的特点在于寓意的含混性、多重性,与单一寓意的"托寓"（Allegorie）和"象征"（Symbol）相互区别。

第六章

象言型蒙太奇

第一节　理论基础

一　"象言"及其他概念解释

"象"是中国美学和诗学中的一个重要概念，初义为"大象"这种动物，转义中代表着"图像、形象；相似；象征"等含义。由它组合而成的词"象言"可以译为"形象化的语言"（Bildersprache）。象言是由庄子的卮言思想派生出来的言说方式，依照庄子的理解，它也是符合道之本质的一种言说方式。

在"无法言说的道"和"可称述的名"之间，也就是说在"所指"（das Bezeichnete）与"能指"（das Bezeichnende），老子和庄子显示出一定的意见分歧。[①] 一方面，创造出并包容着如此关系复杂、瞬息万变的现象世界的道并不依存于一个排斥一切不可言说之物的有限的概念世界，所以老子和庄子都不约而同地放弃了通过立足于逻辑概念性的语言去把握道的途径。但另一方面，由于人是一种言说着的存在，于是完全放弃语言就变得有些不切实际。为了克服这一矛盾，庄子提出了两种言说原则："无心之言"和"卮言"。前者建基于对自我和万物的彻底弃绝之上，目的在于超越主体和客体之间的对立；而后者则以破除驱使个人妄自尊大为万物之尺度的自我执迷为前提条件，以便让万物重新将自身树立为衡量自己的标准，并使得人通过对物的言说得以在无休无止的运动中接近万物的核心本质。

---

① 《道德经》首章第一句便讲："道可道，非常道。名可名，非常名。"（Vgl. Laozi：Tao - te - king. S. 41.）而庄子则在其著第二十二章中写道："道不可闻，闻而非也；道不可见，见而非也；道不可言，言而非也！知形形之不形乎！道不当名。"［Vgl. Zz（VHM），Kap. 22. S. 310.］

　　显而易见，厄言语用原则将自身做了简化调整，而它的主要实现手段就是象言这种"形象化的语言"。立足于"象/像"的思维方式源出于《易经》（德语译为《有关变化的书》），[①] 其中包含着古典时期的宇宙论和哲学观。该书把世界描述成六十四卦象，每一卦皆由六爻（贯通的横线表示阳爻，断开的横线表示阴爻）组成。这种"形象思维"（Image-Denkweise）[②] 在老子那里得到了发展，在《道德经》的第四、第十四、第二十一、第三十五和第四十一章中五次被提及。老子理解中的"象"并非寻常意义中的"具体可视的图像"，而是赋予了"象"以模糊、无形、运动和完整等属性。这样一种图像或图像复合体被他称为"大象"，并且被视为道的最佳呈现形式。老子的这种美学思想又继续被庄子发展为一种二律背反式的观点"象罔"——无相无形，[③]"象罔"和"大象"一样都强调着由无数单个现象组合而成之世界图景的无限多样性和不确定性。虽然源自老子《道德经》的"形象思维"在 Weijian Liu 的相关阐述中完全没有被考虑进去，[④] 但他认识到有必要在老子和庄子对于语言功能的认识之间进行划分，这一点还是很中肯的："老子谈论的是一种非语言性的认知可能性……而庄子却不像老子那样把话语简单地视为无用或不真实。相反，它们对庄子而言反倒是通往道之真意的道路。话语具备这样一种功能，即通过暗示、图像、比较、暗喻和象征刺激人类生发思想，并由此召唤出那种'不可言说的东西'。"[⑤]

二　"象言"和德布林"事实幻想"之间的比较

　　德布林同庄子所持观点立场完全一致：无"象"之言不是正确而完整的"告知"（Mitteilung），无法将这个"关系丰富"的世界细致入微地

---

　　① *Yi Jing* wird Richard Wilhelm mit *I Ging* übersetzt. Vgl. Wilhelm, Richard［übers.］: I Ging: das Buch der Wandlungen. Köln: Diederichs, 1987.

　　② Vgl. Wang, Shuren 王树人: *The "principles conceived in Yi" under the vision of "image-thinking"*（《"象思维"视野下的"易道"》）. In: Study of *Zhouyi*（《周易研究》）. No. 6, 2004（Serial No. 68）. Ders.: *The "Image Thought" in the View of Comparison between the Western and the Oriental-Return to the Primitive Thinking*（《中西比较视野下的"象思维"——回归原创之思》）. In: Journal of Literature, History and Philosophy（《文史哲》）, No. 6, 2004（Serial No. 285）.

　　③ "象罔"一词出现在《庄子》第十二章《天地》中。Vgl. Zz（VHM），Kap. 12. S. 179.

　　④ Vgl. Weijian Liu: Die daoistische Philosophie im Werk von Hesse, Döblin und Brecht. S. 184f.

　　⑤ Ebd.

描绘出来。但人们不能把德布林的该观点仅仅理解为对庸俗美学观——小说作者应使用一种尽可能形象化的语言——的拥护。实际上，德布林关于"图像"的理解更接近于庄子的"象罔"理论。他所要求的语言是一种恢复了活力的语言，能够创造出关联复杂的图像和声响。这些图像不但比肩而立，而且彼此渗透、紧密交织。纵然它们显得支离破碎、尚未完成、毫无秩序，但它们其实准确地描述了一个无形的、永动的、不可分割的关系复合体（Beziehungskomplex），在这张关系的大网里每一个人和事物都与他者错综复杂地纠结在一起。

这个大胆的语言尝试被德布林冠以"事实幻想"（Tatsachenphantasie）之名①，主要被理解为"形象生动"②、借形象引发联想的语言艺术。在德布林看来，一位作家应该不仅仅能够"贴近现实，而且还要穿透它，以便触及更加简单基本的种种原态和人之此在的种种人物形象"③，而且他还应该驾驭一种"跳跃性的虚构艺术"，以便制作出"鲜活的艺术作品"，以便追随"生机盎然的语言的洪流"。④ 他应时刻准备着，在抽象的精神思考之上施以事实的"幂篱"（Kapuze），转换为对众多具体事物的形象描述，以便正确把握现实世界的完整性："有一种思维就是完整性本身，间或（极个别情况下）是抽象的，大多数情况下与千千万万的事实和事件结合在一起。思维不能裸行，它把大量的事实据为己有，披覆着它们犹如头戴幂篱。"⑤ 为将无数具体且彼此牵连的事物作为可感知的形象整合进"跳跃性的虚拟艺术"，同时为了避免沉迷于对某个形象进行传统式的封闭描述，德布林在《柏》中运用了为数众多的蒙太奇，以助于创造出永动不休、瞬息万变中的整体性。

虽然德布林的蒙太奇技法从达达主义绘画——譬如说 Kurt Schwitters 的"废图"（Merzbild）——和未来主义文学里汲取了一定的灵感，但他拒绝把这种技巧发展到极端，也反对未来主义小说对蒙太奇图像之间丰富的关联性的忽视。他在《致 F. T. 马里内蒂的一封公开信》（*Offener Brief an F. T. Marinetti*）中非难了马里内蒂在《战》（*Schlacht*）一书中对战斗

---

① AzL, S. 19.
② Ebd. S. 10.
③ Ebd. S. 132.
④ Ebd.
⑤ Ebd. S. 397.

场面所作的泛滥无度的拼贴画（Collage）式处理："您的战斗自始至终都拥塞着画面、类比、比喻"，这一切构成了一种"右翼的、幼稚而陈腐的文学"。[①] 点燃德布林批评导火索的还有那种"电报风格"（Telegrammstil）和各种"类比串联"（Analogieketten），他对此在针对马里内蒂的《未来主义文学技巧宣言》（*Das Technische Manifest der futuristischen Literatur*）所发批评中进行了如下表述：

> 您的一系列联想中有些让我摸不着头脑，而如果您不愿费力把它们写得明白易懂的话，那您的这一系列联想又与我有什么关系呢？要知道，没标点、缺句法的文章，阅读起来简直是大难一场……人们每读两行便能感觉到，您丢弃了句法并有意回避它，您逼迫、强暴着您的各种想法念头，让它们保持一种令人费解的状态，以便不与您的原则发生冲突。这是一种反艺术的粗暴行径……一切、几乎一切都在不确定性和虚空中保持着悬浮状态……我不愿用理论欺骗自己相信这就是一场战斗特有的紧张得令人窒息的真实……您试图把一切都变得更加浓烈，以至于在这浓缩过程中您的曲颈甑变成了一堆碎片，然后您现在就一定要把这些碎片当作您艺术实验的样品展示给我们看。瞧，一堆垃圾！[②]

因此，尽管未来主义对德布林来说首先曾经是一场至关重要的"解放行动"[③]，但他有意识地与之疏远则清楚地说明：德布林努力在传统的叙事形式和先锋派杂乱无章毫无关联的意象蒙太奇之间追求某种平衡和协调。[④] 他在面对一种开放的且关系丰富的形象性时所持的基本态度，恰好

---

① AzL, *Offener Brief an F. T. Marinetti*, unter dem Titel *Futuristische Worttechnik*. S. 12.

② Ebd. S. 9 – 14.

③ Ebd.

④ Sabina Becker 也持与之相似的观点："纵观德布林的文学成长过程，显而易见，这位作家终其一生在美学挑战和程式化传统之间、在先锋—实验美学和经典现代派立场之间摇摆不定。毕竟，德布林的小说《柏林，亚历山大广场》无疑堪称一部现代主义经典文本。作者超越了教育小说和大都市小说的体裁，将两种美学理念和叙事方式整合起来，精妙地表达出一种在挑战和惯例之间左右振荡的立场。在这部被德布林构建为'现代史诗'的范例式作品当中，某些具有挑战性—实验性的现代元素和传统—经典现代派的程式惯例聚合到一起。"Vgl. Sabina Becker: Klassische versus avantgardistische Moderne: Alfred Döblin zwischen Innovation und Tradition. In: Dutt, Carsten [Hrsg]: Figurationen der literarischen Moderne: Helmuth Kiesel zum 60. Geburtstag. Heidelberg: Winter, 2007. S. 4.

对应着庄子如下这种思想：道贯穿一切、联结一切；每种区分、每种自我完成，都将陷于毁灭。"道通，其分也，其成也毁也。"[1] 恰恰是这种合乎卮言的语言使用同时扮演着既分割又联合的双重角色，而这一角色也被德布林的蒙太奇技巧承担下来。它在《柏》中的具体表现就是：叙事流在层流和湍流两种状态之间不断地进行可逆的转换。

第二节　从微观视角观察象言型蒙太奇

如果从一种微观视角观察，那么在《柏》中插入的蒙太奇图像可分为"外像"和"内像"，而这二者还经常相互结合。"外像"涉及大量迅即转换的视听印象，通过它们，大都市"柏林"的喧嚣繁忙和它特有的环境氛围都在一个万花筒式的、同时发生的、运动不息的整体景观中跃然纸上。"内像"则主要意味着对小说人物不可见的异样的精神感情世界的蒙太奇式的形象化阐明，在此过程中诉诸心理分析的动机解释遂遭扬弃。

一　外像

（一）视觉蒙太奇

在小说的最初几页作者即已用一串有关街头景象的视觉图景拼接引起了读者的浓厚兴趣：

> 车子转了一个弯，树木，房屋跃入眼帘。热闹的人行道出现了，海洋大街，人们上车下车……警察们现在穿蓝色制服……鞋店，帽店，白炽灯，小酒店……一百面发光的玻璃，就让它们发光……罗森塔尔广场的铺石路面被人挖开，他同别人一道走在木板上。混在人群里，一切都被淹没了……橱窗里的模特穿着西服，大衣，还有裙子，长筒袜和鞋。外面万物涌动，可——里面——一片虚空！它——没有——生命活力！一张张欢乐的面孔，一阵阵纵声长笑，人们三三两两地在阿辛格尔对面马路的安全岛上等候，抽烟，翻看报纸。那景象就像伫立的路灯一样——而且——变得更加僵硬。它们和房屋连成一

---

[1]　Zz（RW），S. 246. Hier zitiert nach Weijian Liu: Die daoistische Philosophie im Werk von Hesse, Döblin und Brecht. S. 191.

体，全是白色，全是木头。（S. 15f.）

　　类似于这样的都市描写出现在第二、第四、第五、第七章的开头部分，而在这些位置上毕勃科普夫每每都要进入他人生轨迹的新阶段。[①] 因此，这些蒙太奇段落可以在由三次命运打击形成的主要情节板块之间充当某种大体自然的过渡，以便让先前情节的因果逻辑重新汇入大都市图景的洪流中，并得以在其中消解自身。在这些地方，任何解释性的话都是不恰当的，任何叙事性的干预都是画蛇添足的。对柏林——这样一个喧嚣纷乱、同时又交织成一个极其精致的网络系统的大都市——的描述"很容易缺失叙事者的居中调停；而能接受他针对语言体本身下达的使用指令的命中注定地只能是蒙太奇"[②]。

　　为此，城市被塑造成为一个有机组织，要么通过缩略再现不同的文本材料（譬如：官署通告、实时天气预报、交通系统资讯、罗森塔尔广场生活见闻），要么通过插入或虚或实的人物故事，或者通过语段碎片。更常见的是视觉印象的蒙太奇运用，它们仿佛简短的瞬间抓拍一闪而过、稍纵即逝，并且如同在微光闪烁的银幕上那般不间断地在一双双不安的眼睛面前匆匆展开。譬如说在第二章的开端：目光直接抛向当下熙熙攘攘的罗森塔尔广场，以及它的车站和小酒馆。同样可以援引为范例的还有第五章和第七章的开头，也就是对亚历山大广场的描写：人潮、店铺、火车站、地铁竖井，当然还有蒸汽夯——这个重要的主题。[③] 德布林有时干脆放弃所有的谓语性润饰，以利于制造出一种纯粹的"名词化风格"（Nominal-stil），譬如对 68 路有轨电车沿线街名的缩略再现（S. 52），或如关于亚历山大广场周边商店的拼贴画式的描写（S. 123），再如对同一地点的雪茄烟草店的"马赛克招牌"作同样马赛克式的描绘：

　　　　他们拆掉了带有马赛克招牌的罗厄泽尔和沃尔夫，而在二十米开外的地方，它又重新站了起来，它还站到了对面火车站的门口。罗厄

---

　　① Vgl. Helmuth Kiesel: Geschichte der literarischen Moderne: Sprache, Ästhetik, Dichtung im zwanzigsten Jahrhundert. München: C. H. Beck, 2004. S. 337.

　　② Jürgen Stenzel: Mit Kleister und Schere: zur Handschrift von *Berlin Alexanderplatz*. In: Text + Kritik, 1966. H. 13/14. S. 43f.

　　③ Vgl. Helmuth Kiesel: Geschichte der literarischen Moderne. S. 337.

泽尔和沃尔夫，柏林—艾尔宾，一流的品质，一应俱全的口味，巴西，哈瓦那，墨西哥，贴心阿娇，莉莉普特，8号雪茄，每支二十五芬尼，冬季叙事谣曲，一包二十五支，二十芬尼，10号雪茄，散装，苏门答腊包装，这一价位的特别奉献，一百支一箱，十芬尼。我所向披靡，你所向披靡，他所向披靡，用箱子，五十支一箱，用纸盒，十支一箱，销往世界各地，波叶罗二十五芬尼，这则新闻让我们结识了众多的朋友，我所向披靡，你从一旁打将过去。(S. 166)

除此之外，德布林还在第二章的开端部分动用了象征性的图像符号，使之和"象言"呈现出相互交替的关系。属于这一类的有图示象形符号、带有名称的招牌、展示一座城市的各种官方职能部门的纹章、徽章，以及像人们在城市管理机构建筑入口处常看到的那种布告牌：商业和手工业、城市清洁和运输业、健康事业、地下工程、艺术和教育、交通、储蓄所和城市银行、煤气厂、消防事业、金融和税务。借助这些图像符号，城市官署抽象的大致面貌得到了形象地说明，这些事物将自身混入城市的集体组织的本质之中，同其他的视觉印象一道为毕勃科普夫的生存营造了一个绵延扩张的且关系错综复杂的背景环境。

外来词和异国情调，特别是《柏》中象言蒙太奇的名词化语体风格，和戈特弗里德·贝恩的蒙太奇诗歌构成了一对同时代的文化内同位素。作为蒙太奇技巧的产物，贝恩于二战前后的抒情诗中的意义重音愈发强烈地落在了名词上：专有名词、抽象名词、具体名称等。这种对名词的强调体现在常被引用的《跋与抒情的自我》（*Epilog und lyrisches Ich*）中的诗句里：

词，词——名词！它们只需展开双翅，千秋万代便在其翱翔中滑落……植物学和地理学的事物，各种民族和国家，所有失落了历史和制度的世界，这里它们的花朵，这里它们的梦——一切轻浮，一切哀愁，一切精神的无望，都将从概念的横截面中变得可感可触。①

贝恩的诗句透露出他的意图指向：通过蒙太奇化的名词——单词、

---

① 　Gottfried Benn：*Epilog und lyrisches Ich.* In：Sämtliche Werke, Br. Ⅲ, S. 133.

复合词、简短的词组——扬弃时间、解构历史。相反，承担着标识施事主体和时间之功能的动词——如在组诗《分裂》（*Spaltung*）中那样——极大程度上退居次要位置，[①] 或者——像在《骷髅场》（*Schädelstätten*）中那样——以倾向于无时间意味的分词及不定式形式（如："hangend""zu schweigen""zu retten"）被安插在诗行里。在复现蒙太奇诸相的过程中务必要放弃的除了动词外，还有那个伪装成连接词的"好像"（"wie"）："这个'Wie'总是有碍观瞻……它并不是什么必须遵循的首要规定。"[②] 蒙太奇技巧通过取消时间将现实中的关联和连续性碎片化了，与此同时它又暗示着新的关联和内含。这些紧密并置的、"饱含着现实感和体验感"的名词"在复现现实的时候却不会衰竭"，反而揭示出"事物被遮蔽的方方面面"，并让"一幅崭新的、生机益然且引人入胜的世界图景从这些未知领域的交织互动中产生出来"。[③] 尽管德布林在《叙事作品的构造》一文中也曾言及"突破、超越和扬弃现实以便获致更为普遍、更为高妙的意义"[④]，然而在德布林和贝恩这一创作时期的象言蒙太奇操作之间却存在着一种差异，正如 Kiesel 准确指出的那样："与德布林不同，贝恩回避使用'真理'这一概念，并且强调瞬间意义认知的主体性和易逝性。"[⑤] 这种瞬间性和经验的主体性——二者之于文学创作是必不可缺的两个前提——自贝恩的"静态诗"（statische Gedichte）于 20世纪 30 年代后半期出现以后便被他废除扬弃了。[⑥] 此外，人们还可以通过比较发觉存在于德布林和贝恩象言蒙太奇运用之间的一个细微差别：德布林的蒙太奇在复现破碎的现实世界的过程中更强调客观性；相反，贝恩不但更在意单词的直接聚合，如《混乱》（*Chaos*）中的诗行"命运．雄火烈鸟们"（Fatum. Flamingohähne），而且对新颖怪诞的表达兴致颇高，诸如："希波克拉底证书"（hippokratischer Schein）或"淋病厚皮增生"（Gonorrhoische Schwarten），甚或硬造的新词如"僵尸科伦宾娜"（Leichenkolombine）、"软化寄生虫"（Erweichungsparasit）或"污泥—模

---

① Vgl. Else Buddeberg: *Der Gebrauch des Verbums in der Gedichtgruppe 'Spaltung'*. In : Studien zur lyrischen Sprache Gottfried Benns. Düsseldorf: Schwann, 1964. S. 43/60.

② Gottfried Benn: *Probleme der Lyrik*. In: Sämtliche Werke, Br. Ⅵ, S. 18.

③ Helmuth Kiesel: Geschichte der literarischen Moderne. S. 408.

④ Ebd. S. 409.

⑤ Ebd.

⑥ Vgl. Helmuth Kiesel: Geschichte der literarischen Moderne. S. 421.

特儿"（Modder-Modell）。①

根据以上进行的分析我们可以作一个小结：德布林笔下的人物首先是一种"视觉的人"（Augenmenschen）。德布林自己也承认："我并不在极其混乱的眼睛里。对于视觉我的感受与众不同。因为我直接处于'看'之中。我处在简单、明了的'看'之中，由此获得了我自己。我看故我在。"② 在《柏》他还写道："但人有两只眼，里面藏着很多东西，都乱七八糟的。"（《柏》S. 238）德布林对视觉在认知现实本质方面的功能给予了高度评价，这一点和庄子"目击而道存"的思想颇有相似之处，后者在《庄子·第二十一章》中写道：

> 仲尼见之（温伯雪子）而不言。
> 子路曰："吾子欲见温伯雪子久矣，见之而不言，何邪？"
> 仲尼曰："若夫人者，目击而道存矣，亦不可以容声矣。"③

这种思想也与海德格尔对语言本质的理解一致，后者把"道说"解释成为"显示、让显示、让看、让听"④。作为"道示"语言"在达于在场的一切地带之际每每从这一切地带而来让在场者显现和显露出来"⑤。德布林和庄子以及海德格尔一样也把现实的本质性理解为一种精神性的自然，它并不比外部物质世界站得更高，而是贯穿并融于其中。对现象和本质的绝对区分被他断然拒绝："这个世界并不是另一个所谓真正真实的世界的现象形式"⑥。他觉得现象与其说是什么"偶然"和"幻相"，⑦ 毋宁说是自然的一种生动表达，而真理便潜藏在其中。

德布林这种与道家思想有亲缘性的世界观也体现在他的文学创作原则"客观性"里。在他看来，文学家应该如其然地客观描述现实，以便它天

---

① Vgl. Lamping：Das lyrische Gedicht. S. 205.

② UD，1933. S. 23.

③ Zz（RW），Buch XXI. S. 156.

④ Martin Heidegger：Unterwegs zur Sprache. S. 241.

⑤ Ebd. S. 243.

⑥ IüN，S. 211.

⑦ Helga Stegemann：Bildlichkeit：die Ermordung einer Butterblume und andere Erzählungen. Bern，Frankfurt a. M. und Las Vegas：Lang，1978. S. 18.

然去雕饰地呈露出来。为此他呼唤一种"热切的现实渴望"①，并宣布把它作为自己的艺术准则——"客观性"："那些不直截了当、不直观、不能满足客观性的东西，我们都统统拒绝。"② 对描写生活事件至关重要的是"三重神圣的客观性"（dreimal heilige Sachlichkeit）。③ 德布林在这里谈论的是一种物质性的"冷硬如石的风格"（steinerner Stil），④ 它能促使物尽可能客观地呈现出来："人不应叙述，而应营造……整体不可以用言说的方说呈现，而应该以其存在的原貌如实呈现。"⑤ 依照这种创作原则，作者在读者面前展示出一种灵巧娴熟的文学技巧，它恰恰就是视觉形象的蒙太奇插入组装，也正是由于它的帮助，一切现象都作为自然的裸裎完全具象地、原生态地、以报告的方式被反映出来。即便是某一个具体的人以他特殊的眼光所抓住的图像和场景，"客观性"也依然适用于它们，因为在这个人的瞬间感觉背后潜伏着某种内在的真实。这里，为了便于接受者形成独立的判断，作者或全知型叙事者放弃了对其所叙之物进行任何评判：⑥"完全处于自主状态的读者"必须"直面被描述的，已发生变化的事件流程"。他应该被"单独留下……穿越现实的街道，不得不自己寻找方向、熟悉路径"⑦。作者则应克制"任何一种参与性质的同感表达，如称心或不快"⑧。"作者的支配权"应被"打破；自我否定和自我弃置的狂热还远远未被"⑨ 煽动起来。在这种狂热中，正在进行描写的作者"完全化身为异常具体的事件经过"⑩："我不再是我，而是马路、街灯、这件事或那件事，此外别无其他。"⑪

---

① AzL, S. 12.

② Ebd. S. 9.

③ Ebd. S. 10.

④ Ebd. S. 18.

⑤ SzÄ, S. 122.

⑥ 在一篇反对 Flake 的文章《小说的改革》（Reform des Romans）中，德布林对"作者即解释者"这一观点不敢苟同。这种作者只有在"电影院里对那些精神贫瘠的观众而言"才适得其所，但不应出现在小说里，因为小说读者不想"被当作精神上的无产阶级"。（SzÄ, *Reform des Romans*, S. 145）

⑦ KS I, *Über Roman und Prosa*, S. 228.

⑧ Ebd.

⑨ SzÄ, *An Romanautoren und ihre Kritiker*, S. 122.

⑩ KS I, *Über Roman und Prosa*, S. 228.

⑪ SzÄ, *An Romanautoren und ihre Kritiker*, S. 122.

（二）听觉蒙太奇

作为"有机组织"① 的大都市柏林不仅是可观的，更是可闻的，在这个有机组织里德布林笔下的人物也作为"听觉的人"行动着。德布林对人之此在是这样理解的："我不在耳朵这种器官装置里——我对耳朵的感知和钦羡是由于它的外耳、鼓膜和内耳迷路。但我就直接——在听闻之中！我听故我在。"②

当德布林为表现视觉印象而采取了动态叙事方式之际，这种方式同样也经常与万花筒式的声音现象结合在一起。我们可以用一系列例证来进行研究。声音现象有时会与小说人物的听觉感知紧密相连，例如，当弗兰茨·毕勃科普夫或时候坐在一列有轨电车上时，站台上卖报人的叫卖声和检票员的声音"在他的面颊上"嗡嗡作响："《12 点午报》《柏林报》《最新画报》、新出的《广播报》，'还有人要上车吗？'"（《柏》S. 15）但更多情况下，这种喧嚣纷扰作为现代都市生活汹涌浩瀚之性格的无数棱面被客观地记录下来：③

> 英瓦利登大街向左边转。通往什切青火车站，来自波罗的海的火车都在那里进站：它们被煤烟熏得黝黑——这里的确是尘土飞扬。——日安，再见。——先生有什么要抬的，五十芬尼。——您可是休养得很不错啊。——啊呀，棕色褪得快。——那些人到处游玩，哪来的这么多钱。——昨天早上有对情人在一家地处昏暗街巷的小旅馆里双双开枪自杀，男的是德累斯顿的一个服务员，女的是有夫之妇，但他们没有如实登记。（《柏》S. 53）

在蒙太奇之路上各式各样的声音汇聚在一起。读者获取的柏林印象是一种喧嚣哄闹，并不是这个或那个人在讲话，而是"整个罗森塔尔广场在聊天"（《柏》S. 51）。可以听到如许之多的声音，但并不总能从中辨别出谁是说话的人，或者谁是被谈论的人。小说并未明确告知读者"谁在说"，它涉及的是无名氏之间的交谈。大都市的这种"无名性"

---

① Peter Bekes：Alfred Döblin, Berlin Alexanderplatz. S. 61.

② UD, S. 24.

③ Vgl. Dietmar Voss：Ströme und Steine：Studien zur symbolischen Textur des Werkes von Alfred Döblin. Würzburg：Königshausen & Neumann, 2000. S. 72ff. und 211ff.

（Anonymität）在如上很多的段落中凸显出来，而城市在读者面前展示出真实的一面：一种混乱的多样性，一种多层次的混沌。[1] 但这种只是看似无关联的真实性恰好符合人群和喧闹的本质："涌现的自然"（aufgehende Natur:„ φνσις "）。[2] 因此，用海德格尔的思想解释，这些声音的在场者只能通过蒙太奇技法合乎自然地"让听"（hören-lassen），而它们所特有的稍纵即逝性、同时性和支离破碎性也只有这样才能尽善尽美地展示出来。

二　内像

对《柏》中象言型蒙太奇来说，将小说人物内心中的让读者感到陌生异样的精神情感世界视听化，也具有一种典型意义。各种人物心中不可见的、几乎无法捕捉到，同时也难以言喻的无意识和潜意识一再通过语言的音响与图像而变得可感可触。在第一章的一个段落里我们可以为此寻得例证，在这一段里伊达的妹妹"米娜"委身于毕勃科普夫。详文如下：

> 魔力，抽搐。鱼缸里的金鱼在闪烁，整个屋子闪闪发亮，这不是阿克尔大街，不是房子，不是重力，离心力。什么都消失了，下沉了，溶解了，太阳力场中辐射的红色偏向，气体的动力学理论，热能向功的转换，电磁波，感应现象，金属的密度，液体，坚固的非金属质地的物体。（《柏》S. 39）

这里，情节发展脉络突然中断了，打断者是一系列似乎互不相干的、却能引发联想的图像，它们最开始时并未脱离人物的感知与印象，但随后更多地涉及了很多物理学术语，以便使这个对米娜来说既震怒又崩溃的瞬间变得可被感官体验。作者以同样的方式用成组的蒙太奇画面描写了米泽在毕勃科普夫的暴力面前的惊恐：

> 米泽的那张嘴被撕破了，地震，闪电，打雷，铁轨断裂了，弯曲

---

① Vgl. Fritz Martini: Das Wagnis der Sprache: Interpretation deutscher Prosa von Nietzsche bis Benn. Stuttgart: Klett, 1954. S. 336 – 372.

② Martin Heidegger: Unterwegs zur Sprache. S. 252.

了，火车站，管理员的小房子倒了，呼啸，咆哮，烟，雾，什么也看
不见，一切都完了，完了，横着的，竖着的，全被刮走了。（《柏》
S.336）

在小说人物不可言说的精神感情世界和读者对该世界要求理解的渴望
之间有一道鸿沟，通过开放的形象性这道鸿沟被逾越了，而那种导致合理
误判的"心理学解释"（psychologische Erklärung）则被弃置不用。取而代
之的是：德布林对人物的内心世界所作的蒙太奇描写完全从一种"精神
病学的诗学"（psychiatrische Poetologie）出发。在描写人物和情节方面所
作的这种文学处理方法不只是遵循着可直接感知的外部事实和过程。作者
捐弃了"常用套话"的"模糊的窗户玻璃"，尝试着通过图像蒙太奇探
查，在"嗔怒"和"爱恋"等抽象名词背后究竟隐藏着什么具体之物。[1]

三　外像与内像的结合

一方面，《柏》中借助"象言"创造出来的反映视觉形象、听觉声音
以及内心世界的蒙太奇并不总是彼此孤立地出现，反倒是在大多数情况下
互相结合在一起。Helmuth Kiesel 中肯地指出：《柏》占据主导地位的风
格特征——非连续性——"既体现在通过叙事报告纳入视野的客观事物
的层面上，又体现在毕勃科普夫对它们的感知与反映的层面上"[2]。在客
观报道大城市现实事物的过程中，视觉和听觉中的印象融合在一起，对此
值得一提的典型段落是第二章的开始部分。从这融合中产生出一种"视
听效果"（audiovisuelle Wirkung），于是一方面"柏林生活"让人一目了
然。按照 Peter Bekes 的阐释，城市于是呈现出这样一副面貌：

　　　个人与个人之间彼此精心配合的、具有可估性的相互作用和协调
　　一致等活动组成了一个精致无比的网络系统。每个人的社会地位和活
　　动范围都通过种种抽象的社会化形式被确定了下来。在这样一幅城市
　　景观中，城市作为一个发挥着功能的结构体、作为被组织起来的社会
　　的、经济的、技术的系统——其标志是理性化和客观化等范畴——不

---

① 　SzÄ. S. 121.
② 　Helmuth Kiesel: Geschichte der literarischen Moderne. S. 336.

再给"混沌"和"偶然"这样的概念以位置。①

另一方面，大城市对于个人来说似乎存在于它大量的诱惑和喧嚣纷乱之中，显得如此"混乱、互不相关、充满困扰和威胁"②。为了勾勒出这个大都市——这个被毕勃科普夫视为捉摸不透、纷乱不堪的世界——的轮廓，德布林将外部图景和主人公特有的感知方式结合起来。第一章的开头部分即可作为一例在此援引：

> 他抖抖身子，咽下一口唾沫。他踩踩自己的脚。然后他一跃而起，坐进了电车。置身于人群之中。出发。感觉像是坐在牙医那里，很像牙医用铁夹子钳住一颗牙往外拔，疼痛加剧，脑袋快要爆炸了。他回过头去追寻那面红色的大墙，但行驶在铁轨上的电车却载着他的人呼啸而去，只有他的脑袋尚停留在监狱的方向上。车子转了一个弯，树木，房屋跃入眼帘。热闹的人行道出现了，海洋大街，人们上车下车。他的心里有个声音在惊恐地叫喊：注意，注意，开始了。他的鼻尖冻僵了，他的面颊嗡嗡作响。"《12点午报》《柏林报》《最新画报》、新出的《广播报》，'还有人要上车吗？'"警察们现在穿蓝色制服。他又悄悄下了车，融入人流，怎么了？没什么。站住，饿鬼，振作点儿，尝尝我拳头的滋味吧。拥挤，真是拥挤。叫人动弹不得。我这只家畜脑子大概一点脂肪也没有了，可能全被风干了。这都是什么事啊。鞋店，帽店，白炽灯，小酒店。人每天跑那么多的路，得有鞋穿才行啊，我们还有一个制鞋厂，我们愿意把这个记录下来。一百面发光的玻璃，就让它们发光，你不用费什么心的，你还可以打破它们，怎么回事，刚刚擦得锃亮的。罗森塔尔广场的铺石路面被人挖开，他同别人一道走在木板上。混在人群里，一切都被淹没了，你什么也看不出来，伙计。橱窗里的模特穿着西服，大衣，还有裙子，长筒袜和鞋。外面万物涌动，可——里面——一片虚空！它——没有——生命活力！一张张欢乐的面孔，一阵阵纵声长笑，人们三三两两地在阿辛格尔对面马路的安全岛上等候，抽烟，翻看报纸。那景象

---

① Peter Bekes：Alfred Döblin, Berlin Alexanderplatz. S. 59.
② Ebd. S. 58.

就像伫立的路灯一样——而且——变得更加僵硬。它们和房屋连成一体，全是白色，全是木头。（《柏》S. 15f.）

对外像和内像蒙太奇组合来说，同样具有典型性的是第四章多棱面的群像组合：

　　　他一路跟着咯吱咯吱的电车游逛，你们当心，行车期间不要下车！等等！等车停稳。那个警察在指挥交通，邮局的一个管理员还想冲过去。我不急，我只是要到犹太人那里去一下。这些人以后也会有的。靴子真脏，反正没人擦它们，到底该由谁来擦它们呢，比方说那个施密特，她什么事都不做（天花板上的蜘蛛网，酸水往上涌，他的舌头舔着他的上下颚，他把头转向窗玻璃：嘉果伊勒润滑油橡胶厂，娃娃头的保养，蓝底波浪，皮克萨风，精炼焦油制剂）。那胖胖的莉娜可不可以擦这些靴子呢？就在这时，他已经踏着轻快的步子到来了。

　　　那个骗子吕德斯，那个女人的来信，我一刀捅进你的肚子。哦上帝，上帝，哎呀，这事就算了吧，我们会克制自己的，流氓，我们不会对任何人动手，我们已经在特格尔坐过牢。原来如此：服装订做，男装制作，这是其一，其二便是车身安装，汽车配件，对于快速行驶也很重要，但不可过快。

　　　右腿，左腿，右腿，左腿，始终慢慢向前，别挤，小姐。在我这里：警察在乱哄哄的一群人那里。这是什么？欲速则挨揍。咕咕咕，咕咕咕，公鸡啼鸣，弗兰茨十分愉快，所有的面孔都显得更加和善。

　　　他怀着喜悦向街道深处走去。一阵冷风刮起，根据房屋的不同，分别混杂着酒馆的温暖气息，水果和南国果品的芬芳，汽油味。冬天的沥青没有味道。（《柏》S. 132）

这些段落里仓促间一闪而过的不仅有视听印象（如上述第一章的那段），而且还有味觉（"酸水往上涌，他的舌头舔着他的上下颚"）和嗅觉（"一阵冷风刮起，根据房屋的不同，分别混杂着酒馆的温暖气息，水果和南国果品的芬芳，汽油味。冬天的沥青没有味道"），它们都被激活成整体的复合图像的组成部分。此外，现实事物还通过各种叙事模式和叙事视角的迅速切换——以第三人称过去时所作的"叙事者报告"（Erzählerbericht），表现为第一人称现在时的"内心独白"（Innerer Monolog）或者"独白传述／自由转述体"（Erlebte Rede）——呈现自身。于是，在认知着的主人公和被认知的都市现实之间产生出远近不同的距离。都市里"加速度的生活节奏是主人公跟不上的，都市里过度的诱惑是他无法招架的"①，毕勃科普夫面对大都市压倒一切的整体性时心中的基本感觉——恐惧和胁迫——被明确地表达了出来。

　　这里值得将上述蒙太奇段落中叙事形式和视角的突然转换进行较为缜密的分析，以便我们能够认识到：叙事者的干预是以何种方式贯穿整部小说始终的，以及它在描述社会氛围和揭示人物潜意识方面究竟扮演着什么样的重要角色。如下便是小说开篇段落的一系列叙事形式（《柏》S. 15f.）：

- 作者的叙事者报告（"他抖抖身子……"）
- 直接引语（"他的心里有个声音在惊恐地叫喊：注意，注意，开始了。"）
- 叙事者报告（"他的鼻尖冻僵了，他的面颊嗡嗡作响……"）
- 弗兰茨·毕勃科普夫的内心独白（"警察们现在穿蓝色制服。"）
- 叙事者报告（"他又悄悄下了车，融入人流，"）
- 自由转述体（"怎么了？"）
- 弗兰茨·毕勃科普夫的内心独白（"没什么。站住，饿鬼，振作点儿，尝尝我拳头的滋味吧。拥挤，真是拥挤。"）
- 自由转述体（"叫人动弹不得。"）
- 弗兰茨·毕勃科普夫的内心独白（"我这只家畜脑子大概一点脂肪也没有了，可能全被风干了。"）
- 自由转述体（"这都是什么事啊。"）
- 弗兰茨·毕勃科普夫的内心独白（"人每天跑那么多的路，得有鞋穿才行啊，我们还有一个制鞋厂，我们愿意把这个记录下来。"）
- 弗兰茨·毕勃科普夫的内心独白，或者毋宁说是叙事者或无

---

① Peter Bekes: Alfred Döblin, Berlin Alexanderplatz. S. 58.

名氏的声音对人物发出的直接攀谈，此处安插了一个预告，预示后来
将要对弗兰茨·毕勃科普夫失手杀死前女友伊达的一幕进行倒叙
（"一百面发光的玻璃，就让它们发光，你不用费什么心的，你还可
以打破它们，怎么回事，刚刚擦得锃亮的。"）

　　● 叙事者报告（"罗森塔尔广场的铺石路面被人挖开，他同别人
一道走在木板上。"）

　　● 叙事者或无名氏的声音以第二人称形式对人物发出的直接攀
谈（"混在人群里，一切都被淹没了，你什么也看不出来，伙计。"）

　　● 叙事者报告（"橱窗里的模特穿着西服……"）

　　为了对这一段落中游移不定的叙事情境的特点获取一个清晰的认识，
人们可以把《柏》与小说《哈姆雷特》在叙事技巧方面的相似点及细微
差异进行一番比较。此处作为范例被援引的是《哈》中"爱丽丝和富兰
克林·格伦的爱情"一章①的叙事概观，这一章描绘了家族史中的另一个
情节高潮：爱德华与爱丽丝的别离。独白和对话在该章中充当着基石，它
们仅通过叙事者以如下极其有限的编排指示接合起来：

　　● 爱德华的内心独白，连带着对哈姆雷特诗行的征引
　　● 爱丽丝的内心独白，连带着对哈姆雷特诗行以及戈登书信的
征引
　　● 爱丽丝的直接引语
　　● 爱德华的内心独白，连带着回忆蒙马特的历史
　　● 爱丽丝的直接引语
　　● 爱德华的内心独白，连带着回忆瑙姆堡的历史
　　● 爱丽丝的直接引语
　　● 爱丽丝的内心独白
　　● 爱德华的内心独白
　　● 对话
　　● 关于爱德华启程的报告

---

① Vgl. H, S. 443 – 459.

我们发现，在《柏》中可以观测到一个更明显的倾向——将叙事者话语进行口语化处理，它与区分叙事者话语和人物话语的倾向形成对立。在《柏》中"自由转述体"比在《哈》中更为频繁地使用，它的出现是由一种与白话水平相近的文体风格促成的，[1] 反过来"书面语再次向句法更简单的口语靠拢"[2]。这样一种与自由转述体相互关联着的口语化倾向——正如施坦泽尔（Franz K. Stanzel）所认为的那样——在"作者型—人物型"叙事情境（auktorial-personale Erzählsituation）的连续统一体内部发挥着举足轻重的"象征功能"："口语化的报告更多地指向人物型媒介，而充满文学性、雅言化了的报告则更多地显示出作者型媒介。"[3] 小说《哈》中缄默的独白和两个人——爱德华与爱丽丝——的直接引语之间的形式对比反映出一种内容上的对立，而这种内容对立与其所宣称的正直理想格格不入。而在《柏》被分析的段落里，叙事者话语和人物话语被同等化了，外部视角与内部视角也被拉平了，该过程导致感觉姿态、思维姿态以及感受姿态由作者型向人物型靠拢。通过对作者的叙事者报告、内心独白、自由转述体和叙事者对人物发出的直接攀谈进行混合杂糅以及蒙太奇式切换，内部叙事距离发生了收缩，不同的叙事形式、叙事情境或者叙事视角之间的每一种界分都变得可疑。这种对人物的话语和心路历程的协调适应会唤起读者这样一种印象，似乎这里已然被贯穿始终的人物型叙事情境支配了。但其实，按照 Adalbert Wichert 的观点，运用任何一种单一的范畴——诸如"客观叙事者、主观叙事者、作者型叙事者、人物型叙事者"——都不足以概括《柏》叙事情境的全貌："这里，叙事者一方面像至高无上的君主那样操控着他的人物傀儡，另一方面又让那些之于他的故事完全无关紧要的现实事物——如：天气预报、广告词、车票题词等——强行加入进来。"[4]

尽管《柏》对作者型叙事者话语的拉平风格可被视为现代长篇小说

---

[1]　Vgl. Albrecht Neubert: Die Stilformen der „ Erlebten Rede " im neueren englischen Roman, Halle/ Saale: Niemeyer, 1957. S. 14.

[2]　Vgl. Günter Steinberg: Erlebte Rede: Ihre Eigenart und ihre Formen in neuerer deutscher, französischer und englischer Erzählliteratur. Göppingen: Kümmerle, 1971. S. 61.

[3]　Franz K. Stanzel: Theorie des Erzählens. 7. Aufl. Göttingen: Vandenhoeck und Ruprecht, 2001. S. 251.

[4]　Adalbert Wichert: Alfred Döblins historisches Denken: Zur Poetik des modernen Geschichtsromans. Stuttgart: Metzler, 1978. S. 223.

的一个鲜明特征，但它对中国文学而言却并不陌生：因为汉语已从综合语发展为分析语或孤立语，现代汉语中已经不存在时态上的语法区分——时态在大多数情况下表现为动词曲折变化的。取而代之的是，用助词暗示性地表达时间，或者用时间副词在上下文中明确地指称时间。这样一来，在汉语中就无法识别时态形式，例如现在时和过去时，而此二者对于在叙事理论层面上区分内心独白、作者型叙事者报告和自由转述体来说恰恰是至关重要的。正因如此，叙事者话语和人物话语在汉语小说中往往完全无法区分，而叙事视角和叙事情境的频繁转换也比在用综合语写就的小说里更加自由且无迹可寻。而第二人称形式——它模糊了内心独白和叙事者向人物所发出的攀谈之间的界限——在汉语的叙事中也经常被使用。这里可以节选《庄子》中的一段作为例证加以援引：

> 百骸、九窍、六藏，赅而存焉，吾谁与为亲？汝皆说之乎？其有私焉？如是皆有为臣妾乎？其臣妾不足以相治乎？其递相为君臣乎？其有真君存焉？如求得其情与不得，无益损乎其真。一受其成形，不忘以待尽。与物相刃相靡，其行尽如驰，而莫之能止，不亦悲乎！终身役役而不见其成功，苶然疲役而不知其所归，可不哀邪！人谓之不死，奚益！其形化，其心与之然，可不谓大哀乎？人之生也，固若是芒乎？其我独芒，而人亦有不芒者乎？[1]

通过叙事情境的突变，作者和读者之间如同戏剧中的"第四堵墙"（die vierte Wand）似的界限被突破了，由此产生出一种"陌生化效果"（Verfremdungseffekt）：第二人称形式在哲学论述过程中的运用带来了劝诫、探询和反思等效果，那么不但写作者/思考者，而且阅读者/共同思考者，都不得不频频质疑每种逐渐僵化的思想，以便使自己不致陷入任何一种一再成形的终极结论的幻觉里，并由此而让自己对问题始终保持一定的批判距离。同样，《柏》的陌生化功能也是通过叙事者对人物或读者发出的直接攀谈来实现的。这里德布林采用了一种 Moritat（街头艺人演唱的曲艺，以画片作为辅助，内容多为恐怖和悲伤）的口吻姿态，方便其通过劝诫、谴责和嘲讽来消解小说主人公、叙事者或读者的固化自我。

---

[1]　ZZ（VHM），Kap. 2, S. 73.

德布林蒙太奇技法的这一特点，亦即将彰显型象言蒙太奇和隐蔽型叙事形式的突然转换联系起来，显示出与多斯·帕索斯的根本差别。Hanno Möbius 通过比较《曼哈顿中转站》和《柏》中两段看上去极其相似、都旨在描写都市的段落，准确地指出了这些差异：

> ……《曼哈顿中转站》为已述及的环境氛围提供了一种引子，它以浓缩的形式和特殊的字体被安插在章节之前。如同几乎一以贯之的那样，回撤的叙事者在这里给出了一段闭合的报告；而蒙太奇则是根本谈不上。德布林与之相反，他让叙事者的干预贯穿整部小说的始终；这些干预发生在大量不同的视角里，而最后这些视角又都合并融为之于作者而言很具典型性的总体视角里。①

尽管“这种已在整体上成为小说主要特征的强大的叙事者立场似乎淡化了蒙太奇小说的色彩”，“但实际上所有这些文本操作都大大增强了小说世界的未完成性和开放性”。② 于是，叙事者以及读者重建一个崭新的、向世界敞开的自我便成为可能。

第三节　象言型蒙太奇总论

在分析了通过象言言说方式于感觉层面上构筑起来的蒙太奇系列画面之后，我们对蒙太奇技巧的观察将要转移到宏观的视野里去，在此视野中笔者会通过庄子的思想进一步阐明蒙太奇的功能及德布林运用该技巧的目的所在。

一　关于德布林世界图景的两种相反的解释

首先必须把目光投向在今日的研究中依然还在探讨的一个问题上：德布林的蒙太奇技巧是否以其“裂解”（Disintegration）式的世界设想为理论基石。Schwimmer 持有这样一种观点：蒙太奇技巧的前提基础正是裂解

---

① Hanno Möbius：Montage und Collage. S. 443f.
② Ebd. S. 444.

式世界图景。① 为此他引用了德布林把蒙太奇比作"地毯碎片"（Teppich-fetzen）的比喻为论据："德布林自己把这种蒙太奇的本质恰当地作了一番改写：'整体犹如一块由很多碎片连缀而成的地毯……在某些地方，部分与部分彼此松散地并置在一起……它被抛入了我们的思维与感觉的形式里。'K. Edschmid 曾经极为准确地把德布林比作一名砌墙工人，'总是搬着砖石跑来跑去'，但'他并不在砖石间抹灰浆'。"② 同样把德布林的世界设想解释为"混乱"的相似阐释还出现在 Fritz Martini、③ Erich Hülse、④ Helmut Becker⑤ 以及 Jürgen Stenzel⑥ 的论文中。

而 Klaus Müller-Salget 则代表着一个与之相反的观点。他认为：德布林"其实并不现代"，因为他"信仰着一种充满意义的完整世界，而且还相信语言具备描写和表达的能力"。然后 Müller-Salget 又对自己的结论作了如下解释："那些认为弗兰茨·毕勃科普夫周围环境混乱的意见都显示出一种彻头彻尾的误解。"⑦ 据此观点他批评了其他评论者的一系列根本性误判：Axel Eggebrecht 把小说中"屠宰场"里演绎的那几幕场景称为"离题万里"，而 Stephanie Moherndl 断言"不同场景并列杂陈，其间不再有什么关联性"。⑧ Albrecht Schöne 的观点与 Müller-Salget 完全一致，他指出：德布林的叙事技巧的目的"绝不在于表现语言的，以及通过语言理解的世界的肢解性和无关联性，恰恰相反，其目的在于呼应它们的包罗万象性、一致性和共鸣性"。⑨ 他用德布林自己的话进行了如下论述：

"对于那种只是观察着的人来说，整体很容易呈现为并列杂陈。

---

① Vgl. Helmut Schwimmer: Erlebnis und Gestaltung der Wirklichkeit bei Alfred Döblin. S. 61.
② Ebd. S. 65.
③ Vgl. Fritz Martini: Das Wagnis der Sprache. S. 336 – 372.
④ Vgl. Erich Hülse: Analysen und Interpretationsgrundlagen zu Romanen von Thomas Mann, Alfred Döblin, Hermann Broch, Gerd Gaiser, Max Frisch, Alfred Andersch u. Heinrich Böll. In: Möglichkeiten des modernen deutschen Romans. Unter Mitarb. von Erich Hülse, Hans Poser, Therese Poser. Hrsg. v. Rolf Geißler. Frankfurt a. M. /Berlin/Bonn: Diesterweg, 1962. S. 45 – 101. Hier: S. 59 – 61.
⑤ Vgl. Helmut Becker: Untersuchungen zum epischen Werk Alfred Döblins am Beispiel seines Romans „ Berlin Alexanderplatz ". Inauguraldissertation. Marburg, Univ. , 1962. S. 89 – 91.
⑥ Jürgen Stenzel: Mit Kleister und Schere. S. 39 – 44.
⑦ Klaus Müller-Salget: Alfred Döblin. S. 344.
⑧ Ebd.
⑨ Albrecht Schöne: Alfred Döblin: Berlin Alexanderplatz. In: Der Deutsche Roman: von Barock bis zur Gegenwart. Hrsg. v. Benno von Wiese. Düsseldorf: August Bagel, 1963. S. 316.

但在万物之中、在行动与反应之中出现了一种错综复杂、交织在一起的关系。"……因为："世上没有什么东西拥有一种杂乱无章、互不相干的本性。但是这一切、从四面八方生长而来的一切、数以百万的特殊命运和事件，都在当下交汇，它们休戚相关属于一个整体，面对它们人们几乎感到不可思议。因为它们强迫着人们去思考万物之间的联系性。一个此在（Dasein）要去统一万有。这就意味着：它们彼此联系，它们不得不把斗争进行到底，并因而彼此接触。而有时那些汇聚于当下之池（das Becken des Jetzt）的东西，时而向我靠拢，时而离我远去，却始终处于彼此相连的关系网中。这种当下的同时性是唯一的真实，一件饱含意义的事情。"①

在笔者看来，造成这种意见分歧的原因在于：某些阐释者始终把蒙太奇的图像序列视为可被认知主体感知的、静止不动的、封闭完结的存在。因此，他们的目光转移到了单个出现的蒙太奇图像的彼此隔绝的点状亮相之上，而它们之间动态的交互关系则被遮蔽了，"整体"也随之被理解为西方意义上的"混乱"（chaotisch）。而另外一些阐释者，如 Müller-Salget 和 Schöne，则把关注点更多地聚焦于蒙太奇图像的间性关系之上，并赋予了"整体"以一种富含意义的本质特征。这种阐释的潜在危险在于：混淆了根据蒙太奇原则塑造出来的整体性和被市民小说力求实现的整体性——一种毫无张力的和谐，古典主义的理想，混淆了德布林小说开放式的多义的隐射寓言结构（parabolische Struktur）和个人主义—内省式小说的封闭自足的象征结构（symbolische Struktur）。其结果导致了：德布林借蒙太奇手法和语言颠覆从旧的所指系统中剥离出来的，并与远古而幽冥的原力重新续接上的整体性再度板结、石化，而且蒙太奇图像也被剥夺了自身所固有的含混神秘之本质属性。

为了正确评价作品，人们务必要认识到：德布林的文学实践始终是从"两价矛盾心态"（Ambivalenz）出发的。他笔下的小说人物、他运用的新奇的语言以及蒙太奇化的图像拼接，显然都具备一种矛盾的品性，而这种品性在他所理解的建立在"解离和联聚"（Dissoziation und Assoziation）基

---

① Albrecht Schöne: Alfred Döblin: Berlin Alexanderplatz. In: Der Deutsche Roman: von Barock bis zur Gegenwart. Hrsg. v. Benno von Wiese. Düsseldorf: August Bagel, 1963. S. 316f.

础之上的整体性中也能被我们明确地感知到。由于亦被看作是两价矛盾的蒙太奇图像具有整体性属性，因而它们无论如何不可以被视为静止的、实物的，而应被看作动态的、生命着的。德布林在这个意义层面上写道："这个世界一言以蔽之：光阴易逝。我追寻着某种真实，却无法找到永驻的事物。万物都在运转。"① 由此，人们是"不可以把什么东西指称为永恒且当作'唯一真理'"的。② 同时，飘荡在空气中或在虚空中悬而未决的像间关系不可被忽视。也就是说，整体性特征不仅体现在蒙太奇图像的单独存在中，而且也更高层面地体现在它们的集体存在中。若人们仅仅观察到了这些单个画面的"自性"，那么人们也就只能看到错综复杂的图像复合体的"解离性格和裂解特征"（Dissoziations- oder Disintegrationscharakter）。

事实上，象言蒙太奇把解构性质的因素与结构性质的因素联系在一起，把拆解与重建扭联起来，把对现实的终极抛弃和对整个现实世界的全盘接受融合在一处，把对既定之约束和关联的消解与对无可估量之偶然的且潜在的关系的暴露整合起来。一方面，象言蒙太奇成为原子化世界图景的显现形式，导致了文本内容观点的清空，扬弃了叙事者自主权，消解了那些在粗暴的社会混融中尚未驾轻就熟的，因而在文学中始终寻求着美食家式享受的读者的自我拘执。另一方面，人们也可在象言蒙太奇中看到一个不容置疑的，但也是悖论吊诡的新秩序原则：它的宗旨完全不是重建任何一种"能让人从中识别出理念的或大或小的真理性和重要性"③ 的绝对"范式"或固定"尺度"，这种范式或尺度"作为唯一之本质和自然的万能的主宰"将导致"整个世界逐步的一体化、淤塞、停滞"。④ 这种新秩序原则的宗旨毋宁说是：通过密集并置零散的碎片以及偶发元素，为读者制造出各种强烈的印象刺激，并激发出个人性的、迁流不驻且无法言喻的生存意味。

但这里，德布林并不想完全消解"和谐"与"秩序"等概念，而是要赋予它们一个新的维度——"躁动不安"（Unruhe）。在《自然之上的

---

① UD, S. 210.

② Ebd. S. 426.

③ Vgl. WV, S. 207："不存在绝对标准，不存在任何标尺以供人们从理念中读取或大或小的真理和重要性；因此丝毫不存在具有约束性的天理，强令人们接受理念。"

④ IüN, S. 48.

自我》中，他考虑到现代自然科学关于"无序"（Unordnung）——例如"熵"（Entropie）的现象——在自然整体中之意义的认知：这个世界是"一种无极的骚动。不均衡性无休止地创造着新的变化和新的不均衡。当平衡即一种协调被创造出来的时候，便有一种力从他处牵曳而来，那将是一番新的局面，变化、迁转、推移、喧嚣将再次接踵而来"①。对德布林来说，骚动与不安并不意味着西方文化意义中的"混乱"，相反它是在道家意义层面上于两极之间，亦即于存在整体之"虚空的山谷"间去觅得"秩序"。因为一切表面现象都暗示着某种神秘而庄严的和谐，指向某种隐匿于幕后的"稳定的系统"，它将躁动不安解释为自然系统不断修复重建自我的冲动。②

　　但是，《柏》的叙事者如何才能逾越这一充满张力的矛盾，而读者又该如何从象言蒙太奇展示出来的磅礴多变的现实事物——"密密匝匝地蜂拥在一起"的当代人、其错综复杂的关系网络、"滔滔不绝的言语洪流"和铺天盖地而来的"随时准备扼杀我们的想象力"的"纸媒产品"③ ——中突围出来，以便在它的湍流中和无法界定的原基协调一致，而不是执迷于已然僵化的现实秩序？事实上，德布林在其所持态度——"此在统一涵纳了一切"——中已经暗示出了答案。被德布林比喻为介乎造物主和万物之间的"铰链/枢纽"（Scharnier）④ 的"个人性"（Personalität）的联结功能和调解功能在此答案中得到了高度强调：在人中，一如在其他一切被德布林重新定义了的有机生命体中，"虽然存在着一种并非完整无缺的和谐。它是一种在生命体内不断打破和谐的骚动，时时与和谐做着斗争"⑤。唯当人在这矛盾的斗争中将固化的自我——其在叙事者那里表现为他的独断专权，在读者那里则意味着他被先见左右着的期待视野——不断抛弃，并在现实世界图像的洪流或"言语的巨涛"面前始终保持其此在的"缺憾"状态之时，一切异质、无关、易逝的经验现象方能既汇注于叙事者的语言的卮器之中，又能无挂碍地进入读者之此

---

①　IüN，S. 99.

②　Vgl，IüN. S. 49 ff.

③　Golo Mann：*Noch ein Versuch über Geschichtsschreibung*. In：Golo Mann：Zwölf Versuche. Frankfurt a. M.：Fischer, 1973. S. 7–31. S. 29.

④　UM，S. 127.

⑤　IüN，S. 240.

在的当下虚空——"当下之池"——之内，并旋即从中喷涌而出。在这一动态的过程当中，无数漩涡——或者更确切地讲——大量涡流从奔腾扰攘的图像的潮涌中产生出来。在这些旋涡中，一切存在物之间既定的因果关联被再度消解，而那些更为自然的关联借此才得以转瞬即逝地闪现出来。同时，所有已被消解的和正在成形的、所有破碎的与和谐的事物都在旋涡中围绕着一个虚空而稳定的核心旋转。这个核心就像在德尔菲阿波罗神庙的核心密室"阿底顿"（Adyton）中矗立着的锥形石柱"皮媞亚的翁法洛斯"（pythischer Omphalos）那样指示着"大地的肚脐/世界的中央"——这一神秘而纯粹的原基——并且作为一条隧道将叙事者和读者、蒙太奇图像的编码者和解码者引向这个原基。

二 比较庄子的"象罔"思想和德布林的"共鸣"理论

如果我们的观察可以从庄子的"象罔"理论出发，那么发现单个蒙太奇图像与其整体之间的更恰当的关系便成为可能。"象"字在此处的意思是"图像、形象"，"罔"字按照传统解释意味着"没有、无"。由这两个字组成的叠韵词"象罔"表示的是"无象性"或"无形性"。而从词源学上看，"罔"字就是"网（網）"的初字。商代时期（约公元前17世纪—约公元前11世纪），"罔"字在甲骨文中字形写作：网。因之"象罔"亦可释作"象网"——"图像网络"。在掌握道的过程中，或更具体地说，在靠拢道的过程中，这面"无形的图像大网"一直充作悟道的工具。庄子在《索玄珠》这篇寓言中比较了"象罔"的有用性和其他认知方法——"知"（理性思维）、"离朱"（目光敏锐的观察）、"喫诟"（激烈的辩论）——的无效性，在这里，"玄珠"即道的化身：

> 黄帝游乎赤水之北，登乎昆仑之丘而南望。还归，遗其玄珠。使知索之而不得，使离朱索之而不得，使喫诟索之而不得也。乃使象罔，象罔得之。黄帝曰："异哉！象罔乃可以得之乎？"[①]

这则寓言暗示出：庄子赋予了无形的像之整体（而非单个的寻常之像）以整体性属性和更多的功能。尽管和解释性语言相比象言可以承载

---

① Zz（VHM），Kap. 12. S. 179.

更丰富的含义，但庄子并不满足于借助象言仅仅塑造出一个个孤立的、"彼此松散并置"的图像。他使用象言的意图在于塑造一个远远超越单个图像、向外扩张延伸的，并且关联丰富的"世界宗教"（Weltreligionen），也就是说他要创造出一种"象罔/象网"。交织在这面网中的单个图像越多，那么产生出来的交互意义关联也就越多，从而这个网络也就越稠密，而网住道的可能性也就随之增加。象罔在把握道方面的有效性恰恰取决于它与现实世界是同一的，现实世界也处于一种网络状态中，亦即存在于事物之间不可分割的"亲密性"（Innigkeit）之中。

出于一种与之极其相似的世界观，德布林通过这种具有象征和指示意味的象言，从对世界的摹写中构建起一个深藏不露、在功能上却至关重要的网络结构。只要人们不再把蒙太奇图像简明扼要的复现功能视为其本质特征，而是把其间飞转不歇的跳跃转换当成理解蒙太奇的关键，那么人们就会察觉出：无数可见或不可见的，但充满意义的关联正是在这流川不息的转换中生成、在读者对这些关联有意无意地联想式解读中实现的。这种通过转换变迁预示出来的关联性很明显与德布林的"共鸣"（Resonanz）理念有关。每一幅画面，每一个物理现象，在他面前都具有一种放之四海而皆准的普适性，而决定这种普适性的前提条件就是事物之间的，以及自我与世界之间的各种亲缘性、相似性、相近性和部分同一性。他把共鸣理解为一种创造社会的"汇聚性工具和原则"，同时也是"生物和大众成形的手段"。[1] 它所产生的效果促使新的联系生成，把个体与整体联结起来。这意味着：一方面，德布林认为人是"由多个世界构建而成，来自各种地方的共鸣影响着我们"[2]；另一方面，德布林把一切人类行为——譬如认知和模仿、组建团队和集体生活，或如个人通过周遭环境接受冲动、影响和成形时的激情——都追溯到运动不休的万物之律动上，也就是追溯到共鸣的本初现象那里。于是，他对人类的行为作了如下诠释：

> 它并不取决于他看上去触及了什么，重要的是他到底触及了什么。它说的是生命体的权力。这种生命体也即通过其自身个体的不完整性始终与巨大而真实的存在处于交流之中的人。它所能给予的绵延

① UD, S. 171.
② Ebd. S. 189f.

进了可视的世界，也伸展到了不可视的世界里面，正如他的力量也从中而来。存在着一种我们能听懂的共鸣效果，也存在着一种发自我们的此在和经历的反共鸣，它延伸进广袤的内心深处。对此我们虽一无所知，但事实确实确定无疑、不言而喻的。这一点我们触及了，这就是我们的权力。①

Albrecht Schöne 从德布林的共鸣理论出发破译了象声词声音一致性中的深刻含义："'Rumm rumm'，巨大的蒸汽夯就这样在亚历山大广场上朝着应被夯进地里去的棒子上捶打下去；'wumm'，屠宰室里锤子向着公牛落下，然后，风以同样的'Wumm-wumm'声咆哮着吹进树林，树林下面米泽已被打死；'wumm wumm'声中毕勃科普夫听到了疯人院周围的风暴为了唤醒他的天良而怒号时的伟力，通过'wumm'和'rumm'声他最后感到死神正在临近，压垮了他、击碎了他。在这些地方，共鸣自身变得清晰可辨。"② 然而，他也承认了这种共鸣的隐秘性：

> 但是对于现象来说，声音上的这种一致性，就像屠牲、以撒和毕勃科普夫等主题之间的相似性一样，没有太强的决定性；"它们中的大部分"，德布林写道，"就像幽暗低沉的共鸣那般让我们隐隐听到并打动着我们，但我们却不知道那到底是什么"。同样，这种关于人与现实世界关系的想象也决定着他小说的叙事原则。同时它的立足点在于：《柏》中彼此附属、互相指涉的东西经常没有逻辑性的意义关联，而是呈现为纯粹形式上的并列和无意义的联想——低沉模糊的共鸣，避开一切认识和理解，以其神秘隐幽的魅力发挥着作用。③

无法计数的永动且生机蓬勃的万物在幽暗中共同震颤着，有些共振可为人所识，而另一些则超然于人的感知能力之外。所有这一切或明或暗或幽或显的共鸣让我们对德布林的不可知论（Agnostizismus）倾向有了一个明确的认识，而它们也恰恰是庄子在定义象罔的过程中把"图像之网"

---

① UD，S. 475.

② Albrecht Schöne：Alfred Döblin. S. 308.

③ Ebd.

和"无相无形性"等量齐观的原因。尽管"象网"的无形性体现了共鸣的总体性和隐秘性，但人们还是可以断言：德布林把他的小说人物和围绕着他们的周遭事物以蒙太奇技巧编织进一张"有机的"（organisch）网络里面去了，并且采取了一种把自然物——动物、植物、矿物、星辰、无机物——都整合到一个浩瀚无垠的同一性领域里面去的方式。① 这面"象网"在蒙太奇小说中几乎发挥着与"母题网"（Motivnetz）同样的功能。"母题网"被 Otto Keller 比喻为"必须同时从左到右、从上到下阅读"的"乐队总谱"（Orchesterpartitur）。② 至于面对建立在这个网络系统上的整体性人们心中所怀的疑虑，我们可以这样为其寻找成因：人们只是感知到了从声音混合体中彼此隔绝开来的声响的细微自振，而没有谛听到它们之间的共振。

　　当然我们还要提防另外一种风险：人们可能会倾向于把德布林的蒙太奇小说和对黑格尔所谓的生活之"曼衍的整体性"（extensive Totalität）的塑造混淆起来，并因此一再于蒙太奇群像中寻找一种静态的真理。尽管每一个蒙太奇碎片皆可被视为静止不动的，但从读者的解码活动中必然会产生出一种动态的过程性。这种解码活动是由无数依次串联起来的认知和体验的瞬间构成的，大量蒙太奇碎片作为亟待被解码的对象在时间的维度内无尽地汇入这些瞬间中，正如水注入卮器中那样。因此，那种被德布林——同样也被每一个道家思考者——力求达致的真理始终摇摆于"被发现"（Entdeckheit）和"被遮蔽"（Verdecktheit）之间。正是出于这个缘由，他的蒙太奇才一再地想要摧毁经验的自我，并防止产生出任何一种绝对超越性的趋势。当蒙太奇击碎了一切陈腐而僵化的意义、为了创造出一个被各种生命力承载着的崭新意义而将各个部分重新扭联起来之后，蒙太奇在《柏》中自始至终都保持了自身最多样的矛盾力，对这种两价矛盾它未作丝毫遮掩。由于蒙太奇群像的矛盾性和含混神秘性（ambivalente und hermetische Eigenschaft），每一种单义性的阐释都是成问题的，因为它们都不是从文本本身出发的，也即不是从文本诸要素和结构的有机组织出发的，否则"人们就会很轻易地把原型之物（das Archetypische）和原象之物（das Urphänomenale）等同起来，而且……小说就有可能被归入传统

---

① UD, S. 172.

② Otto Keller: Döblins Montageroman als Epos der Moderne. S. 235.

的范畴中去，从此它的爆炸力也就被全部掩盖了"①。任何一种确定的、公式化的，虽可理解但意义削减的阐释都会被德布林断然拒绝的，一如他对所有由既定形式造成的桎梏都坚决地不予理睬：

> 没有任何自然、任何形式可以束缚住我们，我们存在于一种永恒的运动中、不息的流逝里。每一种自然，不论它多么有意义，我们都必须弃之如敝屣。这就是人的方式。②

正是出于对虽有安全保障，但深受束缚的传统的幻灭，才引出来一条通往德布林语言颠覆和蒙太奇小说的道路。他的目的地不是任何一种新的静止的真理及真相，或者完美极乐的虚幻世界，而是像庄子那样，按照合道的卮言语用原则借助象言锲而不舍地追求着永远处于流转变迁、生生不息、不断苏醒的道。此乃走进万丈深渊、探寻地府之恐怖、深入永远漂泊不定之此在、走向道家所谓的充满关联和意义之"混沌"的一段苦难的历程。此时，人类中心主义的世界已然瓦解，一个本真的世界被揭开了神秘的面纱。唯有沿着这条建基于"解离"和"联聚"的道路，人们方能抵达二律背反式的整体性，因为这条道路就是"道"本身，正像"道"字在意味着"最高真实和真理"的同时，还传达着"道路"的意思。因此，德布林的蒙太奇技巧不仅作为一种美学形式手段和他的哲学旨归是完全一致的，而且还以悖论的方式将蒙太奇的一种本质属性"同时性"和作为文学作品展开的前提条件的"历时性"扭联起来。

---

① Otto Keller: Döblins Montageroman als Epos der Moderne. S. 236.
② AzL, S. 373.

第七章

寓言型蒙太奇

第一节　理论基础

一　"寓言"概念解释

主要情节（Haupthandlung）在德布林的小说中占据着绝对的主导地位，但是在主要情节周围分布着大量的补充性情节分支和插曲，它们与主要情节多多少少保持着或远或近的关系。由于它们与庄子的"寓言"具有一系列相似的特征，因此它们在这里被归入"寓言型蒙太奇"这一范畴。此外，在这些自成一体、彼此独立的插入情节之外还存在着各种独特的"短小母题"（Kurzmotiv）或"主导母题"（Leitmotiv），它们具有和音乐中主导母题相同的性质，会在情节进展过程中的某些关键位置上突然浮现，在这里它们将被理解为压缩过的次要情节。因为它们和插入性情节一样也具备"寓言"的很多基本特征，所以它们也被置入这层关联中进行研究。

"寓言"这个概念出现在《庄子》的第 27 章。相关段落如下：

> 寓言十九，藉外论之。亲父不为其子媒。亲父誉之，不若非其父者也；非吾罪也，人之罪也。与己同则应，不与己同则反；同于己为是之，异于己为非之。①

卫礼贤（Richard Wilhelm）和梅维恒（Victor H. Mair）的翻译各有不同：前者把"寓言"译为"比喻式的讲话"（Gleichnisreden），后者则译

① Zz（RW），Buch XXVII. S. 207.

为"隐喻"（Metapher）。① 此外"寓言"还常被翻译成"拟人化寓言"（Fabel）、"隐射寓言"（Parabel）和"托寓"（Allegorie）。② 严格说来，"寓言"和这些概念之间都不能直接画等号。为了在接下来的部分能在方法论层面上驾驭"寓言"这个概念，首先我们必须对上述这些概念之间的区别进行深入考察，方法便是分析其主要特征和追溯其词源学词根。

《庄子》一共包括 261 篇寓言。大部分章节都各由 5—8 则寓言组成，有些章节讲述的寓言则多达十余个。该形式显然是一种重要的成书手段。与"拟人化寓言"（Fabel）不同，寓言中的主要角色在大部分情况下——总共在 208 篇寓言中——都是由人来充当的。这些寓言中共出现了 236 个历史人物、69 个神话传说类型的人物，以及 103 个虚构人物。在其余的 34 篇寓言中，动物或植物也扮演了主角，其中有一部分使用了拟人的手法（Personifikation）。作者在 14 篇寓言的叙事过程中亲自介入了情节，身在其中的他如同故事人物一般行动说话。同样，区别于拟人化寓言作家，庄子在他大部分寓言文本中既未给出篇前提挈性质的"序"（Promythion），也没给出起到篇后总结作用的"跋"（Epimythion）。这就意味着：庄子没有给读者提供出一个有关寓言含义的明确解释，而是敦请读者逆推作者的意图，并据此从每个寓言自身出发涵泳其中意旨的遥深。

从形式上看，大多数寓言都是令人毫无心理准备地被突然插进庄子的哲学思想的论证过程中的，它们没有通过任何语言提示试图和上下文连接起来。如果人们把作为喻体（Bildhälfte）的寓言和作为本体（Sachhälfte）的哲学思想阐释之间的形式链接或过渡视为之于明喻（Gleichnis）通常不可或缺的比喻词（Vergleichspartikel）的话，那么在这种功能性比喻词的缺失中，一种巨大的差别横亘在"寓言"和"明喻"之间。但如果我们因此就把"寓言"定义为"隐喻"（Metapher），同样也是不恰当的，虽然我们可以轻易地发现寓言和隐喻在语义层面上存在着相似性："寓"字的本义"居住或寄寓"，转义为"寄托"，因此"寓言"也可以解释为"含有某种寄托之义的言说方式"；而"隐喻"（Metapher）词源上源出于希腊语名词"μεταφοά"，撰写为拉丁语形式"metaphorá"，动词形式为

①　Vgl. Zz（RW），Buch ⅩⅩⅦ. S. 207 和 Zz（VHM），Kap. 27. S. 381f。

②　Zhenmin Xu：Das neue chinesisch-deutsche Wörterbuch. Beijing：shangwu yinshuguan，1985. S. 999.

"meta-phorein"，含有"委托、泅渡、转运"之义。其间的区别在于：寓言所含的寓意并不像隐喻那样直接显露在喻体层面的上下文中。

和拟人化寓言、明喻、隐喻都不同，寓言的核心特征在于它的多义性，这种多义性主要是通过庄子有意识的放弃对所叙之故事进行揭秘的方法来实现的。作者将负载意义之场景——一系列合道的人物及对话——的客观描写推至台前。正是含蓄的刻画方式触发了多义性阐释的可能性。此外，特别是那些取材于历史、神话、传说的寓言在对这些素材的改写转释（Paraphrase）中赢得了额外的多义性效果。它们凭借"戏仿"（Parodie）、"用讽刺体裁改写"（Travestie）和"戏讽"（Persiflage）实现了"去神话性"（entmythisieren），从而产生出一种"间离效果"（Verfremdungseffekt）和"狂欢化效果"（Karnevalisierungseffekt）。这样就打破了日常生活中常见的对古典传统及其教义学说的崇拜心理，并质疑了任何一种可能导致僵化的阐释。于是，挖掘经典文本中促进认知的意义潜能就此成为可能。通过对能指的编码和向读者提出的对所指进行多重诠释的要求，寓言的多义性由此得以实现。它让作者可以轻松地把读者引入一个充满各种矛盾力的场域，在这样一个力场中因为传统的片面思维而消隐的道开始展露出它多棱面的丰富性。

"歧义性"（Ambiguität）这个主要特征不仅说明了寓言和拟人化寓言、明喻、隐喻的差异，而且还透露出寓言和隐射寓言都共有的相似点。同时，这两个术语的词源学起源也为我们指明了另一个有趣的相似点："隐射寓言"（Parabel）这个概念源于希腊语词"παραβολή"，字面意思为"并行者"，而转义就是"比较、譬喻"。"寓"字通常作"居住"之解，而可居住的空间可为各种人或物使用，所以"寓"字在扩展意义上又有"寄托、委托"之义。刘安（公元前179年—公元前122年）则更进一步把"寓"与"耦"视为一对通假字。[①] 此二字虽然现代读音有别，但两千年前在语音上却是完全一致的。"耦"字最初的含义是一种"耕作方法"——二人扶犁，"并行"耕地。从这种平行活动中进行推导，按照刘安的注释"寓言"转义为"言及他物，而所言者与欲言者平行并立"。这样看来，"寓言"和"隐射寓言"（Parabel）显然都拥有一个非常相似

---

① Liu, An 刘安: Huainan zi（淮南子）. Kommentiert von Xu Kuangyi. Guiyang: Guizhou renmin chubanshe, 1993. Kap. XXI. S. 1249.

的原始含义——"平行运动"（parallele Bewegung），并因此不约而同地被借用来指称某一种言说形式：其多义性的本体层面隐藏于喻体层面之内，而两个层面之间始终保持着平行关系，作者并不给出寓意解密以作为连接物。

尽管"寓言"具备"隐射寓言"的种种特征，但庄子既没有把它当作一种纯粹的文学种类，也没有把它当作简单的修辞手段，而是当作一种直接派生自卮言言说原则的"语言使用方式"加以理解和运用。从自身颠覆性语言观出发，庄子在其作品中放弃了逻辑—哲学式的论证方式，因为通过这种方式，语言在一连串的命题观点中完全弱化了、萎缩了。他呼吁摧毁常规语言的系统性格（Systemcharakter），号召更新那种孱弱的、委顿于苍白而干瘪的思想的语言，同时尝试着利用复苏了的语言的创造力为其思想开拓更大的空间。正是通过不断地插入多义含混的寓言章节，单轨思维才得以不断地破除、深化、扩展，或者不断地朝着"道"深藏不露的多种棱面校准自己。于是，语言通过寓言言说方式将自身从纯粹的交流工具里解放出来，并获得了一种向世界开放的功能，而这种功能主要就蕴藏在文学创作中。这种焕然一新的诗性语言为思考着的作者和与之共同思考着的读者提供了一个"地点"或者一座"小屋"，在那里道或者"存在"——以海德格尔的视角观之——都"寓居"于一个整体之中。这一关联对我们来说颇具启发性，即从海德格尔的语言观角度——"语言是存在之家"[1]——对"寓言"这一立足于"寓居"之上的言说方式进行全新的思索。

二　《柏》寓言型蒙太奇运用的出发点和目的

将一系列多义性的寓言蒙太奇植入《柏》，其首要目的在于消解小说人物和叙事者过度膨胀的主体性。这种手法一方面是由德布林思想中的悖论决定的，另一方面又和语言问题休戚相关。

德布林的思维总是从两极出发，试图据此把握整体性。张力（Spannungen）不仅存在于他的双重身份——医生和作家——之间，而且还形成了一个充满了拒斥性引力的"对立统一"（Coincidentia Oppositorum）的矢量场，从而将各种矛盾对立，例如：健康与疾病、个人与集体、理性与

---

[1]　Martin Heidegger: Brief über den „ Humanismus ". S. 5.

非理性、唯理智论的思维和发乎本能知觉的领悟、现实和超现实、隐忍和抗争、生命和死亡，统统摄入其中加以包容。Klaus Bohnen 在文章《来自神话记忆的叙事》（Erzählen aus mythischer Erinnerung）里准确地指出了德布林思维的这一特点。他突出强调道：自始至终德布林都无法对二律背反式的"非此即彼式思维"（Entweder-Oder-Denken）感到满意，而是一直试图用一种新"逻辑"、一种源自"既是又是模式的两价矛盾"（Ambivalenz des Sowohl-Als-Auch）的思维去反驳所谓的对立概念（Antagonismus-Kon-zeption）。① 而 Barbara Baumann-Eisenach 同样也断定：德布林两价矛盾的思维方式其实是"对消解矛盾之可能性的非理性期冀与同时建筑于理性之上的对综合矛盾之困难的洞见"共同作用的结果。② 面对该问题庄子采取了一种乐观态度，认为这种矛盾思维模式并非不现实，反而是合乎道与自然之本质的，对此他进行了如下阐述：

> 物无非彼，物无非是。自彼则不见，自知则知之。故曰彼出于是，是亦因彼。彼是方生之说也，虽然，方生方死，方死方生；方可方不可，方不可方可；因是因非，因非因是。是以圣人不由，而照之于天，亦因是也。是亦彼也，彼亦是也。彼亦一是非，此亦一是非。果且有彼是乎哉？果且无彼是乎哉？彼是莫得其偶，谓之道枢。枢始得其环中，以应无穷。是亦一无穷，非亦一无穷也。故曰莫若以明。③

从这种矛盾但却合道的"次协调逻辑"（parakonsistente Logik 或 non-trivialeLogik）思维出发，德布林在叙事的过程中既未把完全对立原则确立为自己的目标，也从未想把小说人物塑造成矛盾中任何一面的代表者。相反，他像庄子那样在叙事中采取了一种奇妙的视角，这种视角虽然始终被主体框定着，但通过其他声音——"众声喧哗"（Heteroglossia）——得

① Klaus Bohnen: Erzählen aus mythischer Erinnerung: Ein Versuch zu Döblins *Berlin Alexanderplatz*. In: Jahrbuch der deutschen Schillergesellschaft. Hrsg. von Fritz Martini, Walter Müller-Seidel, Bernhard Zeller. 28. Jahrgang 1984. Stuttgart: Alfred Kröner. S. 449.

② Barbara Baumann-Eisenach: Der Mythos als Brücke zur Wahrheit: eine Analyse ausgewählter Texte Alfred Döblins. Idstein: Schulz-Kirchner, 1992. S. 88.

③ Zz（RW）, Buch Ⅱ. S. 13f.

到了中和或者被复调化了（polyphoniert），并与它们交互作用，以便使处于迷乱中的小说主人公得以在多种对立原则中被塑造。这就需要一种叙事范式将以某一位"主人公"为核心的传统单线小说情节进行"多中心化"（polyzentrieren）处理，并且使得被小说作者当成"典型范例"进行传达的教义训诫变得不确定化了。

正因如此，德布林将《柏林，亚历山大广场》按照"配图街头说唱"（Moritat/Bänkelsang）[①] 式的隐射寓言模式组织起来。他通过运用蒙太奇技巧把不同的寓言层面直接插入小说的主要情节里面去，于是主要情节层面的意义结构就被卷进了运动之中。或短或长的隐射寓言性质的蒙太奇为读者提供了多维视角，将他们的视线一再地从被时间决定着的主要情节和板结了的个人主义人物转移到一个充满意味的层面上去，那里，小说所要探讨的"人之此在"的主题被视作一个整体加以对待。关于寓言型蒙太奇的功能和效果 Otto Keller 做出了如下中肯的评价：

> 把那种看上去确定无比的东西突然置入一个陌生的异样环境之中，那么对读者来说它就会瞬间变得非常成问题。这适用于单个的词、图像及图像组合，还适用于人物和情节。这样，词与像就从僵化的意义里解脱了出来，变为纯粹的词语外壳，即变成能指，向着新颖之意义的赋予敞开。系统化了的语言、化石一般的生命，在由生命力量和形式力量激起的活水中向着源头溯流而上，并因此而得到了新生。[②]

经过频繁地穿插异质性情节插曲和主导母题，主要情节的层流状态被强烈地干扰了，并随之突转为湍流相位。在这一转换过程中，均匀而有条理地向前推进着的叙事序列无论在空间上还是在时间上都被卷入了旋涡。

---

① Bänkelsang（别称 Moritat）是中世纪晚期即已出现、流行于17—19世纪意大利和德国街头一种说唱的曲艺形式，配有图片及乐器，有些类似于我国旧时的拉洋片。20世纪德国的 Bänkelsang 逐渐衰落，在意大利却仍旧流行。该艺术形式与中国唐代的变文和变相结合在一起的说唱形式有一定的发生学关系，它们二者应该都有共同的印度起源。参见梅维恒：《图画与表演》（Painting and Performance: Chinese Picture Recitation and its Indian Genesis, Honolulu: University of Hawaii Press, 1988）；梅维恒《唐代变文》[T'ang Transformation Texts: A Study of the Buddhist Contribution to the Rise of Vernacular Fiction ans Drama in China, Cambridge (Massachusetts) and London: Harvard University Press, 1989]。

② Otto Keller: Döblins Montageroman als Epos der Moderne. S. 224.

在主要情节的湍流中，这些情节闭合的插曲单元和母题单元制造出众多旋涡结构。当寓言蒙太奇作为隐射寓言性质的语词复合体参与到对传统叙事模式层流状态的破坏过程，以及参与到其湍流状态生成过程中的时候，每一个语词作为基本的组织构件也有助于该过程的发生：Otto Keller 所谓的"纯粹的词语外壳"或者纯粹的"能指"恰好反映出语言作为"虚空的容器"的卮言本质特性，即语言容器出于其虚空性而不断制造着有待指称之物的旋涡，并将每一种源于主观性语言使用的僵化理解频频引入狂暴混乱但又生机勃勃的旋涡中，然后击碎它，以便永远为崭新的意义赋予预留出足够的空间。但是，寓言型蒙太奇不应仅仅被理解为结构原则，它对作者来说更是一种瓦解市民小说里平庸的报道形式的叙事方式，它恰恰以革新的言说方式为前提条件。德布林在创作他的"现代史诗"（Epos der Moderne）时尝试着把在所叙之事中提出的问题当作叙事本身的问题进行探讨。他将小说的理念构思与针对语言体的构思挂钩，而它的颠覆性语言反思又为这种语言体构思奠定了理论基础。他在《关于小说和散文》一文中表达了他对摧毁语言之系统性本质和对语言革新的迫切需求："当下的散文应该超越符号，必须做一些有别于只具备勾勒能力的通用语的事情，必须以完全独特的方式用一种特殊种类的语言从事写作；否则将无法胜任它的职责——艺术和描写。我们所需的是特殊环境与人物的语言之形成。"① 以这个对"特殊种类的语言"的需求德布林拒绝了所有抽象、分析式的、单一象征性的语言，它们在庄子那里被讥讽为"言隐于荣华"（Phrasenschmuck）。② 面对言说庄子将自己的基本态度阐明如下：

> ……六合之外，圣人存而不论；六合之内，圣人论而不议。春秋经世先王之志，圣人议而不辩。故分也者，有不分也；辩也者，有不辩也。

---

① Alfred Döblin: Über Roman und Prosa（November/Dezember 1917）. In: KSI. Olten und Freiburg im Breisgau: Walter. 1985. S. 230.

② Vgl. Zz（RW）, Buch Ⅱ. S. 13. : „ Wie kann aber der SINN des Daseins so verdunkelt werden, daß es einen wahren und einen falschen gibt? Wie können die Wörter so umnebelt werden, daß es Recht und Unrecht gibt? Wohin soll denn der SINN des Daseins gehen, so daß er zu existieren aufhörte? Wie können die Worte überhaupt existieren, während sie eine Unmöglichkeit enthalten? Der SINN wird verdunkelt, wenn man nur kleine fertige Ausschnitte des Daseins ins Auge faßt; die Worte werden umnebelt durch Phrasenschmuck. 道恶乎隐而有真伪？言恶乎隐而有是非？道恶乎往而不存？言恶乎存而不可？道隐于小成，言隐于荣华。

曰：何也？圣人怀之，众人辩之以相示也。故曰辩也者，有不见也。[①]

　　庄子的话清楚地道出了一个两难困境（Dilemma），其实德布林也置身其中：作者在反思式概念中应该传达的认识正是以觑破主体意识之想象和思考的虚幻性为目的的。因此，在这种疑难困窘的境况下，对德布林来说只剩下一种可能性，以隐射寓言的形式——至少是间接地——暗示这样一个事实：对真理的道说是以对主观视野的超越为前提的。由是，他越让叙事过程内部经过编码的思想内容变成彼此独立的单元——这些单元已经从作者全知全能的上下文语境中脱离出来，并获得不依赖于叙事者个人化视野的独立性——那么他的目标也就越容易被接近。

　　这种隐射寓言式的叙事归根结底是"意象思维"在综合性层面上的语言实现，而该思维在分析式层面上已被前一章所讨论的象言型蒙太奇的使用激活了。它将作者从进退维谷的选择——那里，不仅围绕着主人公的情节连续性被砸断，而且立足于角色和叙事者之个人性之上的报道形式也被冲溃——中解放出来。此外，在现代小说中具有决定性意义的心理分析（Psychoanalyse）被视为一种务必扬弃的障碍，取而代之的是大量隐射寓言式的插入性情节和主导母题与精神病学（Psychiatrie）的病理现象描述伴随出现。透过这种方式寓言型蒙太奇作为言说形式获得了一种向世界敞开的影射暗示的能力。而《柏》中有关人之此在的第一性主题则通过这种言说方式被抛入了如此纷繁复杂的隐射寓言性质的插曲和母题，以至于读者不得不直接面对在寓言中昭示出来的多棱面的真理。因此，这种言说方式既与叙事方式，又与庄子称之为"明"[②]的认识论方法完全一致。于是我们可以得出一个结论：寓言型蒙太奇作为《柏》的一种文学手法，其出发点和最终目的都被打上了强烈的道家色彩。

第二节　寓言型蒙太奇的次范畴再分类

　　被纳入"寓言型蒙太奇"研究范围的主要是这样一些插入性情节和主导母题：它们或作为相对完整的情节，或作为场景式描述被组织起来，

---

① Zz（VHM），Kap. 2. S. 80.

② Zz（RW），Buch Ⅱ. S. 14.

并总是包含着多重寓意，以启发读者对小说所谈首要问题——"人是如何存在于自然整体性和社会整体性中的？"——进行感悟。纵然除它们之外的其他主导母题和文本插入也都在一定程度上具有某种深意，但它们只能被视为某种广义的寓言型蒙太奇。因为它们的插入主要是作者出于指涉上下文、推进主要情节、预示主人公命运等功能考虑的，或者因为它们都从属于现代大都市主题。为了避免不必要的重复，本节对它们不再作个案分析，取而代之的是：它们将会根据其共同特征——由于引用而产生的互文性——被纳入下一章关于"重言型蒙太奇"的研究当中。

这里需要考察的寓言型蒙太奇将首先被划分为两大类：来自"现实世界"的寓言型蒙太奇，来自"超现实世界"的寓言型蒙太奇。前者包含有两个主题——"大都市"和"对生死的认识"，而后者则只触及了第二个主题。然后，作为研究的第二步，这些寓言型蒙太奇将按照其各自情节的完整程度在被细分为"插入性（次要）情节"（Episoden）和"主导母题"（Leitmotive）。

一 来自现实世界的寓言型蒙太奇

（一） 来自现实世界的插曲

1. 真实存在的人物与事件

作为真实存在着的人物被以蒙太奇方式插进《柏》中的主要是 19 世纪 20 年代后半叶的政客、爆炸性新闻的名流，以及一系列轰动一时的犯罪事件的当事人。前两类人被限制在现代都市这个特定主题范围内，而最后一类来自犯罪世界的人与事则在插入《柏》的过程中肩负着更多的使命。譬如值得一提的有：俄国大学生 Alex Fränkel 和他的新娘 Vera Kaminskaja，他们在 1928 年四月的第二个星期于一所公寓内自杀了（《柏》S. 189）；曾经的飞行员 Beese-Arnim 则像弗兰茨·毕勃科普夫那样走上了邪路，并在监狱里度尽余生（《柏》S. 303）；而那个从太阳堡监狱越狱出来的入室盗窃犯 Franz Kirsch 在 1928 年的 8 月再度被捕，这就成为预示毕勃科普夫会重新参与行窃勾当的镜中像（《柏》S. 315）。所有这些列举的例子都说明德布林也是一位"表现主义诗人，以与世为善的姿态由衷地感觉到自己与整个人类，以及和它最下层的代表者息息相关"[1]。因此，

---

① Helmut Schwimmer: Erlebnis und Gestaltung der Wirklichkeit bei Alfred Döblin. S. 70.

这些蒙太奇插入性片段不应仅仅被理解为与主要情节无关的平行事件，而更应被视为有关"人之此在"这一大主题的充满寓意的单元。在这些事件单元中，个人迷失在纷繁复杂的人际网络中，忍受着灵魂的折磨，并由于其无知的执拗而被引向无意识的毁灭。

在我们刚刚谈到的插入性情节之外还有"屠宰场的一幕"（Schlachthofszene），它可以算作是这一类蒙太奇中篇幅最大的插曲，它囊括了第四章的第四、第六两节（《柏》S. 136 – 143，146ff.），并在小说随后的很多重要位置上（《柏》S. 173，224，351，352f.）以主导母题的形态反复奏响。有别于上述范例，在屠宰场插曲中关于"都市"主题的处理不再通过真实存在的人物故事的穿插，而是倚赖细致入微、客观准确的场景描写，以及对柏林屠宰场的地点位置、规模大小和规章制度的精准的统计学报告来完成。屠宰场插曲虽然被 Klaus Müller-Salget[①]、Helmut Becker[②]、Albrecht Schöne[③] 等许多阐释者当作一段象征性次要情节加以考察，但和那些纯粹的象征性插曲——如：有关"约伯"和"亚伯拉罕"等圣经篇章的改写——完全不同的是：屠宰场插曲（至少是它的喻体层面）应被划归到"现代都市、技术世界的主题范畴"[④] 里去。它与很多其他来自柏林这个大都市之生活、文明和文化的不同事物共同构筑起"一个连弗兰茨·毕勃科普夫自身也从属于其中的平台，这个上演着主人公故事的平台不断地延伸进现实的情节层面"[⑤]。

另一方面，它所蕴含关于"生命体自身之困窘"的寓意也不应被忽略。纵然这段插曲的主旨意蕴已经通过字面提示"你休想从我这里活着出去"（《柏》S. 137）以及通过有关屠宰场的两节引自《圣经·传道书》（*Prediger Salomo*3，19）的标题比较清晰地透露了出来，但它的隐射寓言的本质特征依然引发了多种阐释的可能性。Fritz Martini 把这段插曲的核心思想解释为"牺牲"[⑥] 主题，Walter Muschg 也以此为出发点称《柏》

---

① Vgl. Klaus Müller-Salget: Alfred Döblin. S. 318.

② Vgl. Helmut Becker: Untersuchungen zum epischen Werk Alfred Döblins am Beispiel seines Romans „ Berlin Alexanderplatz ". S. 51.

③ Vgl. Albrecht Schöne: Alfred Döblin. S. 307.

④ Otto Keller: Döblins Montageroman als Epos der Moderne. S. 218.

⑤ Ebd.

⑥ Vgl. Fritz Martini: Das Wagnis der Sprache. S. 336 – 372.

为"德布林的第一部基督教性质的文学作品"①。其他阐释者虽然用不同概念诠释屠宰场插曲的主题，诸如：Albrecht Schöne 用"默许"（Einwilligung）②或者 Helmut Becker 用"顺从"（Ergebung），③但他们都采用了和用"牺牲命题"进行诠释一样的观察方式。当 Schöne 与其他阐释者都认定白公牛之死和小牛犊之死具有一种示范性的时候，④James Reid 却拒绝了这种"牺牲命题"，而是把屠宰场这几幕诠释为"警告"（Warnung）。⑤Müller-Salget 同样也代表着一种相似的观点。他通过比较发表在《法兰克福报》上的《柏》未定稿预印本和后来的定稿成书版，从中推断出：屠宰场这几幕"有助于批评弗兰茨的冷漠，公牛与小牛决非在充当榜样以说明如何向命运低头，它们的死毋宁是一种告诫"⑥。

　　——枚举了彼此背道而驰的不同阐释，这里不应采取上述研究者的任何一种片面的立场，而德布林的意图其实早已通过运用注重多义性含混效果的寓言型蒙太奇表白无遗。他的叙事文学写作的基本意图清晰地反映在他对卡夫卡小说的评价中："人们读得越多，书中的一切就变得越含义丰富、暧昧多解，但它们永不会变成象征性的（symbolisch），当然千万不要变成托寓性的（allegorisch）。"⑦在《柏》定稿成书的版本中，德布林用"毕勃科普夫的寓言故事"拆除了存在于预印本里的"屠宰场段落"的严格嵌套结构，并省略了评论性质的附加成分。这种做法与其被理解为"对个人意图的强调"⑧，不如把它看作是叙事者向隐射寓言类型的蒙太奇的回归，或者把它视为一种对传统个人主义式的作者之霸权的有意识的放弃。唯其如此作者方能获得一种可能性：对每一个以蒙太奇方式插入小说的隐射寓言都保持一种新意赋予的开放性。

　　①　Siehe Nachwort von Muschg. In：*Berlin Alexanderplatz. Die Geschichte vom Franz Biberkopf.* Hrsg. von Walter Muschg. Olten：Walter, 1961. S. 519.

　　②　Albrecht Schöne：Alfred Döblin. S. 307.

　　③　Helmut Becker：Untersuchungen zum epischen Werk Alfred Döblins am Beispiel seines Romans „ Berlin Alexanderplatz ". S. 52.

　　④　Albrecht Schöne：Alfred Döblin. S. 307.

　　⑤　James H. Reid：" Berlin Alexanderplatz " -A political novel. In：German Life and Letters, Bd. 21；1967 – 1968. S. 215f.

　　⑥　Klaus Müller-Salget：Alfred Döblin. S. 320f.

　　⑦　AzL, S. 285f.

　　⑧　Klaus Müller-Salget：Alfred Döblin. S. 321.

2. 虚构的人物与事件

首先属于这类亚范畴的是有关都市中讨生活的面目不清的众多"小人物"的插入性故事（《柏》S. 192），他们引起了德布林浓厚的兴趣。他在小说里坦承了这种没来由的热忱：

> 我们在此插入了 1928 年 6 月发生在柏林公众和私人生活领域之中的富于教益的事件，现在，我们重新返回到弗兰茨·毕勃科普夫、赖因霍尔德及其对女人的虐待上来。可以推测的是，只有一小部分人对这些报道不感兴趣。我们不想讨论原因何在。但是，在我看来，这不应该阻止我去平静地追寻我的小人物在柏林、在市中心和东部的足迹，人人都做他认为有必要去做的事情。（《柏》S. 191f.）

在具有普遍代表性的蒙太奇章节"弗兰茨·毕勃科普夫进入柏林"（第二章第一节）中，德布林对随机挑选的四个正在挤上电车的无个性的人作了一番生活境况速写（《柏》S. 53f.）。尤其是在对第四个人——一个十四岁的少年——进行白描时，作者突破了那种"叙事时间框架只能包含现在与过去"的严格构思理念，并以全知型叙事者的身份开启了将来时这一维度。接续这段关于少年日后命运的充满幻想和讽刺的速写的是：两个男子在罗森塔尔广场旁的小酒馆里的聊天（《柏》S. 54 – 57）。在这段对话中，两个来自大众的普通人的命运以独白的方式自我披露出来，似乎二者之间并没有什么人际交往的交集。接下来的简短一幕涉及了诱奸少女，展现了置身于大都市混乱中的人所遭遇的威胁与危险（《柏》S. 58f.）。然后，为了指涉主要情节又直接插入了一段发生在秃头和少年之间的同性恋的故事（《柏》S. 75f.）。当善良的毕勃科普夫由于奥托·吕德斯的欺骗而遭到第一次命运打击沉重地倒下之时，德布林以蒙太奇方式插入了一个身材矮小、面色苍白、名叫保尔的男人的故事，他的小儿子罹患白喉死在了一家医院里（《柏》S. 114f.）。第四章的第一节勾勒了利林大街一所居民楼里住户的个人生活（《柏》S. 124 – 127）。作者通过用冷眼旁观的风格勾画他们看似不同、实则都很孤独隔绝的生活状态，描绘了都市个体之既定日常生活的荒芜与绝望。第七章的第一节描写了劳工法庭上的三幕短剧（305ff.）。随后接上两端关于个人命运的文本材料：一个头脑简单、没受过什么教育的打工妹写给男友的信（《柏》S. 307）和另一个姑娘的日记（《柏》S. 307f.），其不事雕琢的语句散发出孤独者内心无尽的苦痛。

除这些例子之外，查诺维希的故事（《柏》S. 22 - 30）、木匠格尔内尔的故事（《柏》S. 149 - 158）、囚徒波内曼的故事（《柏》S. 324 - 333）都可划归为此类亚种的寓言型蒙太奇。其中最后一个被提及的插入故事在第七章的第四节里是作为一个完整的故事单元被叙述的，在小说随后的章节中作者将该插曲的部分情节幻化成六段短小的变奏，以稍作改动的形式直接楔入主要情节。这三个故事以其自身情节和主要情节之间的更为明确的平行相似性干预到毕勃科普夫的故事里边去，其目的是预示他未来的生活轨迹、警告他勿再盲从。所以，有些阐释者将上述三个故事视为简单的范例小故事或平行插曲，① 但由此他们也忽略了这些插曲之于都市描写的特殊作用。因为，这种解释把查诺维希、格尔内尔、波内曼的故事和那些小人物的故事之间的区别绝对化了。

事实上，这两组故事群落同时都满足了两种任务：其一，它们都有助于展现"大都市主题"。一方面，"大都市"之于常人而言如同一个可供直接描写的珊瑚树状或者根状茎似的的系统起着作用；另一方面，对查诺维希、格尔内尔、波内曼这些人的故事来说，它又是一个不可见，但不可或缺的背景舞台。其二，这两种寓言故事群在本体层面上都有利于通过个人的徒劳、诱惑、孤独、绝望、幻灭、沉沦，也就是说通过从他们无望的生存中得来的教益，尽可能多角度地探讨人之此在的困境——自我拘执与彼此隔膜——的根本成因。

所有这些蒙太奇插入片段都通过其与主要情节之间意义明确的平行性或者臆测的共鸣性构成了一个隐射寓言的场域，而"弗兰茨·毕勃科普夫的故事"也隶属于其中。这个场域的比喻义从主人公错误的生活态度一直延展到人类生存的普适性上去。Müller-Salget 指出，这些蒙太奇组群在寓意层面上的功能本质是相同的：

> 在这本书中一切事物都彼此相关，没有什么东西"像在市场上那样是偶然汇聚到一起"。造成这种印象的原因恰好在于：单义的相

---

① 　Vgl. Klaus Müller-Salget: Alfred Döblin. S. 324ff. Und vgl. Helmut Becker: Untersuchungen zum epischen Werk Alfred Döblins am Beispiel seines Romans „ Berlin Alexanderplatz ". S. 48 - 51.

似性形成的一系列指涉关联一直向下延伸至仅为臆测的相似性，以至于被刻画的现实在每一处都显得正在向着超现实的意义领域开放。①

这种强调叙事文学中插曲特性的德布林式蒙太奇构思方法被布莱希特采纳了。② 在其第一部以叙事剧风格写就的"正剧"（Schauspiel）③——《屠宰场里的圣约翰娜》（Die heilige Johanna der Schlachthöfe，1929 - 32）——中展示出一种插曲式的结构划分。整出戏被切割为十一幕长短不一的场景，它们进而又被细分成诸多更微小的场景单元。每一幕场景都配有总括提要性质的标题。通过这些由迷惑性情节产生的插曲式结构，资本主义社会中生死攸关的经济权力斗争被建构起来。尽管该剧对场景做了新式的叙事排列组合，但传统戏剧的基本结构——"五幕结构"④——并未被完全捣毁。在其居中的几幕当中，情节进展也触及了高潮和转捩点。隐藏在蒙太奇化了的插曲式结构中的传统戏剧结构特征还包含着相对闭合的形貌，即一种对两个几乎势均力敌的对立人物的高度浓缩以及持续向前推进的戏剧情节。所有这些不仅体现出反思式现代派文学某种鲜明的特点，而且还显示出其与《柏》之间存在着众多相似之处。造成这种相似性的原因既可追溯到现代文学的时代主流，亦可追溯到这两位作家之间直接的影响和接受的关系。自 19 世纪 20 年代伊始，布莱希特便致力于研究德布林的小说，⑤ 并从德布林那里汲取了诸多有关"叙事剧"（episches Theater）理念的思想启发。布莱希特于 1928 年 10 月在奥格斯堡写给德布林的一封信中表达了他对舞台新"形式"（Form）的强烈渴望，而这种可以描绘

---

① Klaus Müller-Salget：Alfred Döblin. S. 339.

② Vgl. Bertolt Brecht：*Vergnügungstheater oder Lehrtheater*，1935. In：Ders：Werke. Bd. 22，S. 107f.

③ Vgl. Brechts-Handbuch. Bd. 1，S. 266ff.（Burkhardt Lindner）；Werner Mittenzwei：Das Leben des Bertolt Brecht. Bd. 1，S. 328ff.；Uwe-K Ketelsen：*Kunst im Klassenkampf：Die heilige Johanna der Schlachthöfe*；Peter Wagner：*Bertolt Brechts „ Die heilige Johanna der Schlachthöfe "：ideologische Aspekt und ästhetische Strukturen.*

④ Vgl. Brechts-Handbuch. Bd. 1，S. 280. Burkhardt Lindner 代表如下观点：这部戏剧显示出它"对经典五幕剧结构的完美继承"。vertritt die Meinung, dass dieses Theaterstück „ durchaus als Fortführung der klassischen Fünf-Akte-Struktur ausweist ".

⑤ Vgl. Bertolt Brecht：*Tagebuchnotiz vom September* 1920. In：Ders.：Werke. Bd. 26，S. 167. und *Brief vom November / Dezember* 1921 *an Marianne Zoff.* Bd. 28，S. 140f.

"新世界图卷"的新形式恰恰是德布林小说与托马斯·曼小说的界标之所在。[①] 此外，布莱希特还在《娱乐剧还是教育剧》（Vergnügungstheater oder Lehrtheater，1935）一文中明白无误地表示：他的由插曲和蒙太奇支配着的有关叙事作品的全新界定从德布林那里获取了大量的灵感启发。

Heiner Müller 比布莱希特更进一步地走上了打破故事结构或情节碎片化的轨道。[②] 如果人们可以将布莱希特的《屠宰场里的圣约翰娜》中的古典"五幕剧结构"称为一种隐性的在场的话，那么这种戏剧的传统形式在海纳·米勒（Heiner Miiler）的《哈姆雷特机器》（*Hamletmaschine*，1977）那里则仅仅是一种显性的缺席、笼统的框架：一种后现代"解构性质的"[③] 蒙太奇技法在《哈》中解放了戏剧结构，将其在堆积如山的插曲情节中实施了去等级化处理。这些插曲表面上缺乏任意一种时间顺序上的因果逻辑关联，于是为基于不同出发点而作出的诠释提供了广阔的空间。虽然某种思想上的关联依然清晰可辨，但这出戏剧业已展示出一种极端的"开放"（offen）品质，[④] 这种品质恰恰是后现代本质属性之一。[⑤] 同样属于后现代基本特征的还有"模棱两可/意义双关"（Ambiguität）、"虚构性"（Fiktionalität）、"过程性"（Prozesshaftigkeit）、"不连续性"（Diskontinuität）、"异质性"（Heterogenität）、"非文本性"（Nicht-Textualität）、"多元论倾向"（Pluralismus）、"多位编码"（Mehr-Code）、"颠覆"（Subversion）、"全方位地点"（alle Örtlichkeiten）、"演员的主题化和构型"（Thematisierung und Konfiguration des Akteurs）、"变形"（Deformation）、"文本的基础材料化"（Basismaterialisierung des Texts）、"解构"（Dekonstruktion）、"文本的威权化和拟古主义倾向"（Autorisierung und Archaisierung des Texts）、"行为艺术作为注重文本文学性和理论性的 Drama 以及注重实际演出的 Theater 之外的第三极"（Performance als Drittes zwischen Drama und Theater）、"反模仿原则以及反阐释原则"（das anti-mimetische und anti-interpretatorische Prinzip）。

---

① Vgl. Bertolt Brecht：Werke. Bd. 28，S. 316.

② Vgl. Barbara Christ：Die Splitter des Scheins. S. 188ff.

③ Vgl. von Matt：*Heiner Müller*：*Rede anläßlich der Verleihung des Kleist-Preises* 1990. S. 12.

④ Vgl. Barbara Christ：Die Splitter des Scheins. S. 20ff.

⑤ Vgl. Hans-Thies Lehmann：Postdramatisches Theater. S. 27；vgl. auch Norbert Otto Eke：Heiner Müller：Apokalypse und Utopie. S. 39.

　　此外，《柏》中的文学操作方式——通过对彼此貌似互不交叉的虚构人物事件进行碎片式描写来勾勒处于危机时期的都市大众社会的整体图卷——在沃尔夫冈·克彭（Wolfgang Koeppen）的《草中的鸽子》（*Tauben im Gras*）那里也能寻得某种共鸣。这部小说问世于 1951 年，是第二次世界大战后文学中第一批具有蒙太奇现代派风格的作品之一。在这部作品中，居于主导地位的是"传统主义"（Traditionalismus）和"新写实主义"（Neoverismus）的写作方式，以及"伐光文学"（Kahlschlagliteratur）和"废墟文学"（Trümmerliteratur）的写作倾向，虽然这种倾向和传统方式相对立，但也并不遵循过于先锋的现代派。尽管两部小说的主题都是都市生存，尽管它们在叙事技巧方面——特别是蒙太奇技巧——也存在着一定的趋同性，但我们必须要留意两部"大都市小说"之间从细微区别到迥然不同的各种差异：《柏》中主人公"弗兰茨·毕勃科普夫"的生活道路作为断续的线索尚还依稀可辨，而那些小人物的零散故事只是作为次要的叙事分支平行于主要情节；与此形成鲜明差异的是，《草》不再执着于某个单一人物的故事。主角或主要情节在这里完全无法辨识，取而代之的是，这部小说中的一切人物犹如永远浪迹天涯的粒子一般游荡在整部作品之中。所以与其说克彭宗法德布林，毋宁说步武约翰·多斯·帕索斯（John Dos Passos）：多斯·帕索斯（John Dos Passos）的《曼哈顿中转站》以和《草》相似的方式将纽约这座都市呈现为由各种生涯和命运轨迹组成的舞台，而这些生涯从属于调色板一般五光十色的社会圈子，它们彼此交织，构成没有中心人物的社会生活的多重切分的人物群像。① 而当我们将注意力转向这样一个事实时，即《草》把社会现实生活的整体性置于一个逼仄的时间框架——十八个小时——之内，以及将其置于慕尼黑这座城市的多个场所和地点里进行摹写，那么我们务必要赞同如下这个观点：在这部小说对都市生活进行万花筒式的复现方面，克彭无疑取法于詹姆斯·乔伊斯的《尤利西斯》。②

　　《草》和《柏》之间的另一个区别存在于小说人物的邂逅方式上。《草》中的人物虽然长时间没有发生交互作用，但在这些不构成情节连续性的人物之间至少存在着无心的偶然接触。纵然他们被幽闭在 20 多个叙

---

① 　Vgl. Helmuth Kiesel: Geschichte der literarischen Moderne. S. 325.
② 　Ebd. S. 441.

事线索和 106 个断续的段落里面，但他们的生活轨迹依然相互联系、彼此穿插。故而，人们对此完全不必感到惊诧：不同的叙事脉络相遇的处所恰好是在某个十字路口这样一个地理意义的地点上。① 这一精心设计的叙事者邂逅网络在同一时间既形象地说明了相逢的偶然性，又展示出现代都市单独此在个体内心深处的孤寂。与之相异，一种具有象征意味的邂逅地点在《柏》中则付诸阙如。即便在上述的"利林大街的居民"（第四章第一节）的桥段中这些人物都居住在一幢公寓楼内，但这所多户住宅却象征着每个如同被禁闭在单人囚室内的此在之人的隔绝、孤独和苦痛。尽管如此，这里所强调的并不是都市中共同生活的偶然性，而是这样一种印象，即没有什么是"像在某个集市上那样偶然走到一起来的"。叙事者为了在抛弃主客二分法的基础上进行观察与参与，而将自身置于心斋的状态，并依照卮言原则使用叙事语言。于是，他的个人性便为众多小说人物的邂逅充当起一种宽广的如同《草》中的"十字路口"。因为，按照德布林的人之图景构想，"个人"（Person）正是将人引向原基的桥梁或大门："原基犹如一道位于堡垒之下的鸿洞无涯的大隧。而这臆想的堡垒便是生命着的人。一套宽广的管道系统进入个人，并为其配备上一切他所必需的东西。借助这些渠道，原基便与我们中的每一个人都搭建起联系。"② 于是，这些平行着的，或重要或次要的人物便发出种种共鸣，并通过一种极具包容能力的叙事语言寻求到自身与完整原基之间的同一性。

（二）现实的主导母题

这个范畴所覆盖的是源于主人公真实经历的环境，同时呈现为都市的物化组成部分的主导母题。

出现频率最高的是"屋顶母题"，伴随着整个情节进程的始终。它充当了毕勃科普夫面对生活及其残酷性时感到的深层焦虑的象征物，会在情

---

① Vgl. Wolfgang Koeppen: Tauben im Gras. S. 39 – 51: „ Die Verkehrsampel stand auf Rot und hemmte den Übergang, Straßenbahnen, Automobile, Radfahrer, schwankende Dreiradwagen und schwere amerikanische Heerestrucks strömten über die Kreuzung. " (S. 39) „ Das rote Licht sperrte vor Emillia den Weg […] " (S. 40) „ Im Wagen des Konsuls […] fuhr Mrd. Edwin über die Kreuzung […] " (S. 40) „ O weh, er schwankt, er hält sich-er sieht sich im Gleichgewicht […] Dr. Behude, Facharzt für Psychiatrie und Neurologie, er trat die Pedale " (S. 42f.) „ Washington Price lenkte die honrizontblaue Limousine über die Kreuzung […] " (S. 43) „ Der Autobus mit der Reisegesellschaft der Lehrerinnen aus Massachusetts passierte die Kreuzung […] " (S. 47) „ Grünes Licht. Messalina hat sie entdeckt. […] Emillia wollte ihr entwischen […] " (S. 49) „ Das grüne Licht. Sie gingen weiter, Bahama-Joe. Josef blinzelte zum alten Wirthaus 'Zur Glocke' 'hinüber […] ' " (S. 51)

② UM, S. 162.

节进展的重要位置上突然浮现在他的回忆中，以便指示出他内心的发展状态。当该主导母题在小说结尾最后一次出现时，毕勃科普夫终于战胜了对整体性现实——都市生活——的恐惧。这样，屋顶母题通过其形式多变的插入将主人公心路历程的整体变迁完整地反映了出来。

同样，"监狱母题"也反映了毕勃科普夫对内心经历。特格尔监狱的景象比较频繁地出现在小说开场的几幕中，隐喻着毕勃科普夫出于内心的不安全感而始终渴望着的避难所。"监狱母题"是由在主人公意识中渐次展开的各种监狱法规组成的。这个母题不仅补全了对都市现实的描写，而且还暗示出：为了逃避异质性的且充满矛盾纠结的整体性，毕勃科普夫在追求秩序的过程中错误地把监狱想象成了有序的天堂。正如他承认的那样："……但他拥护秩序。因为秩序想必天堂才有，这一点恐怕每个人都明白。"（《柏》S. 82）但是在经受了多次命运的打击之后，毕勃科普夫终于认清了监狱的本质——伪避难所。于是，通过对监狱本质的揭示，"顿悟"作为其内心活动的产物在这个主导母题中被具体化了。

当毕勃科普夫的内心脆弱被上述两个主导母题曝露出来之际，他对自身虚假强大的幼稚自信则体现在"蒸汽夯母题"和"进行曲—战争母题"中。此外，"蒸汽夯母题"还经常与柏林的全景式描写伴生在一起，从而成为都市之残忍性的，以及由此而施加在个人身上之威胁的化身。"进行曲—战争母题"首先勾勒出两战期间柏林城特有的社会氛围，向读者们展示了在特殊的年代一种错误的生活态度之形成的不可规避性。更重要的是，"战争"已在寓意层面上变成了对生活的隐喻，"进军"则影射着那种大战在即前的狂傲的生活态度。这就说明：小说主人公把极端斗争思维的态度错误地从战争中直接移植到了生活里。

二　来自超现实世界的寓言型蒙太奇

（一）来自超现实世界的插曲

1. 拟人化的以及超现实的形象的对话

德布林的文学创作或多或少都有一些超现实主义的气韵，但这里所强调的并不是那种对安德烈·布勒东（André Breton）的超现实主义来说至关重要的无意识之功能的发挥，而是那种出人意表的、唯有在艺术之媒介中方能实现的众多事物的汇合，而这些事物在日常现实中通过想当然的"对立"（Antithetik）始终保持着分离状态。这种风格上的特色经常以这样一种倾向出现在德布林的小说中，即让不可调和性突兀地结合或冲撞在一起。

　　德布林以此方式在《巴比伦之徒或骄者必败》（*Babylonische Wandrung oder Hochmut kommt vor dem Fall*）中用一种想象开篇：一艘远洋巨轮现身于一片浅浅的大河洪泛区或者干脆出现在一条山溪里。① 或如同该书的另一处："一位患有肺结核的年轻女士解开衣服，展示她肺部的病灶。"② 虽然，托马斯·曼曾经一度承认超现实主义的"怪诞艺术"（Groteskkunst）在现代文学中的地位：怪诞并"不等于任意、虚假、反现实和荒谬"，而是"一种超现实和极度的真实"，③ 但当他在《魔山》中将那幅由贝伦斯（Behrens）大夫绘制的舒夏（Chauchat）女士的"外部肖像"和有关她肺部的 X 光照片这幅"内部肖像"进行比照时，④ 他便在这对内外的区分当中辗转腾挪，并让这种区分变得神圣不可侵犯。相反，德布林在他那段有关肺结核女人的段落行文中则废弃了这种区分，并用对现实的诗化处理加以抵抗。现实与描写的区别应该截然鲜明地显露出来。"这取决于现实陌生感，简言之，取决于反自然；重复已然存在的东西完全没有意义，而且也不可能。"⑤ 在这种"现实陌生感/反自然"（Wirklichkeitsfremdheit/Unnatur）中，或者用 Kiesel 的措辞来讲，在"颠倒/逆反（Verkehrung/Inverses）、扭曲/怪异（Verzerrung/Monströses）、混搭/嵌合（Vermischung/Chimärisches）"⑥ 中，所有原本截然区分的现象形式都被破除了界限，而一切人类的规范和常态也都被清除了，用布洛赫的话来说便是"被扭曲为可识别性"："突然之间，它们的病态的或者非人道的一面暴露出来，表现得令人生畏且无法忍受、变得可疑且可怖。"⑦

　　"荒诞的破界"这种典型的现代超现实主义风格在读者心中唤起了惊诧和恐惧。它间或将读者携至笑声中，让他们消融在这种"有关完整的

---

①　BW，S. 111.

②　Ebd. S，601.

③　Thomas Mann：*Das essayistische Werk* 4. Br. ，S. 422.（*Betrachtungen eines Unpolitischen*，Ende des Kapitels „Ästhetische Politik"）.

④　Thomas Mann：Der Zauberberg. In：Stockholmer Gesamtausgabe. Frankfurt a. M.：Fischer 1950. S. 478 und 493.

⑤　AzL，*Schriftstellerei und Dichtung*（1928），S. 90.

⑥　Vgl. Helmuth Kiesel：Geschichte der literarischen Moderne. S. 167.

⑦　Hier zitiert nach Kiesel：Geschichte der literarischen Moderne. S. 168.

世界、历史和人类之真理的形式"① 中，帮助他们重新将自身整合到整体性中去。有时它又会激起读者的反感和怨怒，特别是当受众群认同于和文艺复兴针锋相对的 17 世纪以降的有关"笑"的观念：

> 笑不可以充当普遍适用的哲学性的品评形式，它只可能在社会生活之典型现象的有限框架内与个人性发生关联。关乎本质的和至关重要的事物，历史和它的主人公们（国王、统帅、英雄）都并不滑稽。笑的领域被局限在私人的和公共的陋习上；关于世界和人类的本质真相不可以用笑的语言被言说，适合于它的唯有庄严的腔调。②

君特·格拉斯的超现实主义风格和德布林有千丝万缕的联系，并把德布林称为他的"老师"。虽然德布林的蒙太奇叙事艺术没有被格拉斯继承发展，③ 但读者可以从两位作家身上明显地感觉到，他们都能成功地驾驭同样粗暴的势不两立、不可兼容的事物，都能将完全异质之物生硬地拼合在一起，而且还都善于运用略带嘲讽口吻的荒诞、诙谐和怪谬等风格手段。关于这些我们可以联想起《铁皮鼓》中的奥斯卡施展他的特异功能——尖锐的嗓音——把普通市民捉弄成小偷：当这些行人路经商店橱窗时，他便用歌声在橱窗上切割出一个又一个圆洞；④ 或者我们还会回想起奥斯卡另一种特质能力，按照他自己的意愿长高或停止生长。⑤

---

① Michail M. Bachtin：Rabelais und seine Welt. S. 117. 巴赫金在此处强调了"狂欢化"在人们将自身重新整合入整体性中时所起到的功能，换句话说，他所强调的是在笑声中消解人之主体的关键作用。"大体上人们可以把文艺复兴和笑的关系暂且描述如下：笑有一种深刻的哲学意味，它是关于在整体中的世界、历史和人的真理形式；它传授给我们一种看待世界的奇特视角，它把世界看成不同于严肃，但并不比严肃更不正确的的东西。因此，笑在伟大的文学作品中（即便它们谈论的只是普通问题）和严肃一样有着存在的理由；世界的那些本质领域归根结底唯有笑可以进入。"

② Michail M. Bachtin：Rabelais und seine Welt. S. 117.

③ Vgl. Helmuth Kiesel：Geschichte der literarischen Moderne. S. 441. 按照 Kiesel 的观点，德布林在 BA 中运用的蒙太奇技巧既没有被沃尔夫冈·克彭（Wolfgang Koeppen），也没有被君特·格拉斯（Günter Grass）继承发展下去。在此方面毋宁说乌维·约翰逊（Uwe Johnson）更像是德布林的学生。

④ Günter Grass：Die Blechtrommel, Vgl. das Kapitel des ersten Buch „ Glas, Glas, Gläschen ", S. 45 – 53.

⑤ Günter Grass：Die Blechtrommel, Vgl. das Kapitel des ersten Buch „ Glas, Glas, Gläschen ", S. 45f. und das letzte Kapitel des zweiten Buch „ Wachstum im Güterwagen ", S. 319 – 326.

　　与格拉斯不同，德布林为了在《柏》里深化并加强对"整体渗透着意义"这一论断的认识，引入了一系列往往被演绎成对话形式的超现实场景，置身其中的超现实角色则常以拟人化的形象现身。主要值得一提的是："五只麻雀的对话"（《柏》S. 386ff.）、"两个天使间的对话"（《柏》S. 394f.）以及"狂风巨人们的对话"（《柏》S. 420f. , 423）。而主人公也时常参与到与各种拟人化的事物及超现实的形象的对话之中去。例如："毕勃科普夫与啤酒和烈酒的交谈"（《柏》S. 238）、"在墓园和亡灵的对话"（《柏》S. 388ff.）以及"在布赫疯人院和'灰老鼠'的聊天"（《柏》S. 428f.）。这些特点同样也出现在产生了幻觉的主人公和死神遭逢时（《柏》S. 429 – 434）以及和其生命中逝去的故人相遇时的谈话中（《柏》S. 436 – 441）。

　　这些拟人化的（personifiziert）或变形了的（metamorphosiert）形象首先为作者提供了交锋主体。通过引入由作者分裂而成的各种"部分的自我"① 之间的对话、毕勃科普夫这一"多棱面人物"② 的各个组成部分之间的对话，或者通过引入叙事者和"反射人物"（Reflektorfigur）③ 之间的对话，交锋主体方才得以实现。尽管对话形式经常也被应用于"拟人化寓言"（Fabel）这种文学体裁中，但此处它在"隐射寓言"（Parabel）中的运用却不再是传统意义上的了，我们反而可以根据巴赫金的理论把它理解为当人们将"关于意义和价值的两种意见表达、两种说话方式、两种风格、两种'语言'、两种视野"④ 进行对话化和杂交处理时的最直观的形式。

　　如同《庄子》中的对话式寓言，《柏》的这种蒙太奇次范畴并不服务于"同一且唯一的语言的绝对主义"，而是体现出个人内心中以及人际的分歧声音之间的对峙，并且承认了语言的多样性——"它们都具有成为

　　①　Sigmund Freud：Der Dichter und das Phantasieren（1908［1907］）. In：Studienausgabe Band X：Bildende Kunst und Literatur. Frankfurt a. M.：S. Fischer，1969. S. 177.

　　②　Jost Schneider：Die Kompositionsmethode Ingeborg Bachmanns ：Erzählstil und Engagement in "Das dreißigste Jahr"，"Malina" und "Simultan". Bielefeld：Aisthesis，1999. S. 268.

　　③　Franz K. Stanzel：Theorie des Erzählens. 7. Aufl. Göttingen：Vandenhoeck und Ruprecht，2001. S. 16. ："反射者：一个小说人物，他在思考着、感受着、觉察着，但并不像叙事者那样向读者言说。这里，读者用这位反射人物的眼睛打量着故事中的其他人物角色。"

　　④　Michail M. Bachtin：Die Ästhetik des Wortes. Hrsg. und eingeleitet von Rainer Grübel. Frankfurt am M.：Suhrkamp，1979. S. 195.

'真理之语'的同等能力"。① 因此，这些对话化了的蒙太奇镜头不但超越了小说情节，而且超越了其特有的论证辨诘的形式，延伸进了对"意识形态世界进行言语—语义层面上的去中心化"② 的领域。

正是这种在异质性声音之间的交流使隐射寓言的多义性发挥了作用，让这些人物显得更加层次丰富、更具开放性、更难以被理性把握。Walter Roth 通过比较德布林和一般作家概括了他的对话描写的特点：

> 如果现在有一部文学作品，其交流过程呈现得一目了然，而且自身之中充满意义关联，那么这只可能是因为：作者把相应的注解构筑在了文本之内，或者以某种方式唤起读者的解释。德布林现在所做的恰恰相反：他这样描写他的对话和交谈，以便它们一方面刺激读者自己给出解释，但同时又让他们这种解释行为无法拥有任何确切的线索依据，从而极大地增加了读者诠释的难度。③

此外，对话形式暗示性地强调着：对话作为充满意义的人之此在的一种必要前提是不可或缺的。关于这一点，弗兰茨·毕勃科普夫直至小说末尾方才如梦初醒："人必须养成听取他人意见的习惯，因为别人说的话和我也有关……命运到底是什么？当我一个人时，它比我强。当我们是两个人时，它要想压过我就难了……而一个人失去了许多别的人就不成其为人。"（《柏》S. 453；出自《圣经·传道书》4，9）用巴赫金的话来作总结更恰当："生存意味着对话式的交往。当对话停止时，一切就都终结了……一切都是工具，只有对话才是目的。"④

2. 圣经—神话改写

可以断言：德布林在追求"示而不释"的真理之路上会一再地执着于一种明确的可使其意识到世界整体关联的回溯式思维。它的发生并不关乎抽象的分析思维，而是首要地呈现为无意图且无序的感觉。为了说明这

---

① Michail M. Bachtin: Die Ästhetik des Wortes. Hrsg. und eingeleitet von Rainer Grübel. Frankfurt am M. : Suhrkamp, 1979. S. 251f.

② Ebd. S. 252.

③ Walter Roth: Döblinismus: Abhandlung zur Erlangung der Doktorwuerde der philosophischen Fakultaet I der Universitaet Zuerich. Zuerich: Copy Corner, 1980. S. 61.

④ Michail M. Bachtin: Gesammelte Werke. Bd. 2. Moskau, 2000. S. 156f.

一点，德布林不仅把在音乐中方为可能的感觉之同时性升格为典范，而且还尝试着在《柏》中通过转而乞灵于神话以及将已自身神话化的圣经对此种经验进行诗化处理。这里，有关德布林的神话概念则付诸阙如，因为只要是与真正的现实、理性相对的东西都被他称为神话。对德布林来说，神话作为"现代时间体验的替代品"具有一种"自然世界原则的永恒轮回式历史观的基本模式"①；神话不仅显示出"久已逝去之事件的余波"，而且还包含着"跨理性的基本真理"。② 德布林对神话的理解在 Theodor Lessing 那里找到了其文化内同位素："离历史事件越远……它们就变得越不真实。它们越不真实，看上去就越显得真实。五百年后我们今人的现实也将成为：神话。"③

　　通过在主要情节里安置来自圣经—神话的寓言，作者为所叙之事抹上了一层显露出模式性的超现实色彩，而这种模式性又为情节赋予了典型性身份。在处理过程中，德布林并没有大量动用创世神话、世界末日神话、自然神话，相反他对"罪与罚"主题的神话进行了深入探讨，借此暴露弗兰茨·毕勃科普夫的自尊自大狂傲不羁，以及由此而引发的他对社会秩序的抵触行径。作为这类蒙太奇的典型例子，如下几则值得一提："约伯故事的改写"，它首先被插入有关屠宰场的两幕场景之间，即第四章的第四、第六两节这两个蒙太奇小节之间（《柏》S.143-146），然后又再次于第八章的第五节浮现（《柏》S.379f.）；"亚伯拉罕和以撒的故事"经过演绎之后先出现于第六章的第十二节（《柏》S.284f.），后出现于第七章的第二节（《柏》S.312）；以及第二章第六节中源于希腊神话的"俄瑞斯忒亚的故事"（《柏》S.98,100f.），它的插入主要是为了完成回述情节的任务。

　　德布林在《柏》里大量地以隐射寓言的形式运用圣经—神话的元素，并赋予它们一种认知传递的功能。而这一切与《庄子》寓言中神话元素的运用构成了一种绝非偶然的相似性。其实这种相似的文学手法建立在两位作者趋同的神话理念之上，该理念扩展了那种把神话视为纯粹消极接受性观察方式的观念。对这两位作者来说，神话皆被理解为关于象征形式之哲学的组成部分，它与语言、宗教、艺术和科学一样同为阐释世界的手段

---

① Adalbert Wichert：Alfred Döblins historisches Denken. S. 216.

② Ebd. S. 216.

③ Hier ziert nach Wichert. S. 216.

或可为一般人支配的用来体验世界的储备，而这种世界体验派生自先天体验的某种自成一体且合乎逻辑的关联性。此外，神话对两位作者而言更是一种复杂系统，它虽然代表着早期人类的世界体验，但并不应被贴上"幼稚"的标签。因为，为了诠释这个世界，每个时代都有补充性的力量不断地注入该系统。唯其如此，德布林的诗学吁请——"向未来回归，向过往进发"——方能得以实现。

在这两个文化间同位素之间，与德布林"新神话学"——一种"理性神话学"——相近的众多文化内同位素共同架设了一座沟通的桥梁。"理性神话学"，这一产生自两个看似不可兼容的概念的假定前提不以费希特式理性的那种绝对自主为典范。人的精神不可脱离直观感受，而更应将自身与之联系起来，并进而与自然历史的形象世界扭联。这种以太初的混一调和理性和感性间的对立的新神话概念，也曾被谢林引入耶纳浪漫派的圈子；诺瓦利斯充满了诗人职业的观念，极具象征意味的是，他在《夜之颂》（Hymnen an die Nacht）的第五赞歌中让歌者"满怀喜悦地向着印度斯坦"挺进；而弗里德里希·施莱格尔则在其《诗艺对话录》中寻找着"加速新神话学产生"①的道路。

这里还要准备研究的是：德布林在《柏》运用了那些叙事手段来保证神话发挥其启发功能的。摄入我们观察视野的主要是叙事方式的三种要素：蒙太奇、改写、隐射寓言。

首先，蒙太奇在这里充当了将圣经—神话寓言植入该小说文本的唯一的一种整合方式。人们可以拿出证据证明：这些插入部分中很多段落都是作者事后补充进小说里去的。②这种蒙太奇整合方式通过每个饱含意味的

---

① Friedrich Schlegel： Kritische Schriften. Hrsg. von Wolfdietrich Rasch. München： Hanser，1956. S. 312.

② Vgl. Werner Stauffacher： Die Bibel als poetisches Bezugssystem： zu *Alfred Döblins*，*Berlin Alex-anderplatz '*. In： Sprachkunst： Beiträge zur Literaturwissenschaft （Jahrgang Ⅷ/1977）. Wien：Österreichische Akademie der Wissenschaft，1977. S. 37.："因此，一种对《柏林，亚历山大广场》来说独特而全新的、与小说情节演进相照应的叙事原则首先获得了胜利。写作者把这种原则从作品后半部分的发展进程搬移到开端，其方法是：作者为了明确结构，在第二章和第三章用后补的方式把'天堂主题'穿插了进去。但在'行军告别仪式'之后不久，他（同样以后补的方式）把那段重要的'约伯对话'添了进去：而不是给他的弗里茨·毕勃科普夫之前那样通过犹太人之口讲述多少有些模糊的关于犹太人的故事。作者现在跨越了毕勃科普夫直接给读者讲述他自己的圣经故事，当然如果我们在原版圣经中按其所叙寻章摘句的话，将会徒劳无功，一如 Zan-nowich 和 Feitel 的故事。"

插入点的所在位置制造出一种和主人公构成潜在平行关系的相似性，但整个过程没有任何语言上的提示。这一规律不仅体现在"约伯寓言"和"亚伯拉罕—以撒寓言"等篇章的类比性构建上，而且也表现在"俄瑞斯忒亚寓言"的对比性构建上。这样，蒙太奇就以其解离之力冲破了情节的既定流程与关联，同时又以其联聚之力将毕勃科普夫的故事直接和一个属于圣经和神话的世界联系起来。而这个看似虚无缥缈的世界其实被包裹在"人类的原初状态"中，并因此在理解存在本质方面具有永不枯竭的暗示力量。这样，在一个逐渐远离神话阐释信仰的时代背景上，人们就开始以"崭新的目光"重新审视有关此在的问题。

其次，《柏》中圣经—神话寓言并不遵照科学的可验证性原则。通过改写（Paraphrase）、世俗化（Säkularisierung）、有时甚至是亵渎（Profanierung）这些手段，德布林将神话从"古老的崇高"之光环中释放出来，以利于挖掘它促进认知的潜力。这种世俗化和亵渎通过德布林灵活多变的语言应用得以实现。通过文段比较我们可以很轻易地辨识出其间的区别：作者在叙述主人公的情节时经常运用套话和引语，而在神话性质的叙述过程中反而运用了个人化的攀谈称呼、惊呼表达、极富表现力的形容词，以及一种有意随随便便的、讽刺乃至挖苦的措辞。面对神话要素作者所持的这种描写立场目的在于：让神话完全达到合乎时代的现实性。而世俗化处理则将神话所说的道理带到一个交流的层面上，这个层面——正如Barbara Baumann-Eisenack 所评述的那样——"可为 20 年代的柏林以及毕勃科普夫周围的圈子所理解"：

> 在此过程中内容自身无甚改动，神话形象仅在一定程度上做了一些简化处理，目的是要把它们从荣光中剥离出来，并把它们展示为其行动可被人理解的常人。余下的差别首先存在于神话形象试图证明自身有效性的特殊环境中。然而这种差别在小说进展过程中也被中和了，弗兰茨·毕勃科普夫看上去异常平庸的命运延展为一种具有典型性、值得一叙的、对生存至关重要的问题采取立场的生活纪实，尽管它只撷取了人生非常短暂的一段时光。①

---

① Barbara Baumann-Eisenach: Der Mythos als Brücke zur Wahrheit. S. 187.

当圣经—神话故事洗尽了庄严的铅华，神话并未因此而失去可信度，反倒是蕴藏在神话里的生存模式终于得到了重新理解的机会，并为认同提供了一种可能性。

最后提请我们注意的是：神话的蒙太奇插入整合在德布林那里并不是以阐释性修订版本的形式完成的。相反，他放弃了阐释，并让文本在隐射寓言的形式中为自己代言。恰恰出于隐射寓言多义性的特点，才产生出取之不尽用之不竭的暗示力量以及作为某种整体性的神话之多种阐释的可能性。这种展现在寓言形式中的神话本质和德布林主要通过直觉把握住的整体性的本质完全一致，而后者的真理性也映射在每一个棱面中。由于这个原因，圣经—神话寓言不单是人之生存的一种核心象征表达的主体承担者，更应被视为一种关于具有普世开放性之意义赋予的表达。在整个情节推进过程里，特别是在小说结尾处，德布林始终都在追求这种意义赋予。因此，Stauffacher 对小说结尾的批评就显得完全没有理据：

> 是的，毕勃科普夫的人生轨迹笔直地趋向这一终点，那里人生道路汇入由圣经所代表的形而上学的秩序中去……这就表明：叙事者用他的弗兰茨·卡尔·毕勃科普夫的故事并不能轻易地超然于在这一终点——一种个人性的末日启示——继续前进。但当他着手于收场白之时，他就陷入了一场困境。他的主人公用这种方式被收束。这牵强附会凑泊而成的结尾破碎地飘零在一片虚空之中，若不是陷入随意性，便是堕入模棱两可的混沌。①

Stauffacher 所追求的"单义性"也许可以在布莱希特的创作中被观察到，而这一点恰恰为海纳·米勒激烈地诟病："布莱希特在面对神话时摆出了一副启蒙主义的架势。故意无视启蒙主义的阴暗面以及它的阴部"。②和海纳·米勒一样，彼得·汉德克也奋力反抗"简单化了的""无矛盾的"启蒙主义式的"宏大叙事"（métarécit）和对布莱希特舞台艺术的启蒙主义阐释：因为"一切既定矛盾被唯一一组对布莱希特而言存在着的宏大矛盾扼杀了：这唯一的矛盾介乎'然'与'应然'两种状态之间：

---

① Werner Stauffacher: Die Bibel als poetisches Bezugssystem. S. 40.

② Heiner Müller: Krieg ohne Schlacht. S. 205.

意识中的一切矛盾都消融在这种一览无余的矛盾模式里，不再像贝克特（Samuel Beckett）所处理的那样保持着'秩序—无序'的状态，因为贝克特无法理解简单如马克思主义式的思维模式"[1]。这种面对神话的含混性时有意采取的宽容姿态对应着一位作家对世界无法穷尽的复杂性心中所怀的适度的敬意。当然，正如汉德克所称赞的那样，这种真正的理性不单单存在于福克纳、贝克特那里，[2] 而且还存在于德布林和庄子那里，他们既没有对给定的复数矛盾提供出一个"简单答案"，也没有给出什么"警句""格言"，[3] 而是借助神话的隐射寓言式的多义性让神话的王国和现实世界彼此保持着开放性。

除此之外，神话还对德布林的语言形态和小说结构施加了巨大的影响，因为他的现代史诗的构造原则正如神话和英雄史诗那样是一种累计叠加和混杂聚集。在与《玛纳斯》作比较时人们可以很轻易地察觉到，神话—英雄史诗的语言形态在这部印度诗体史诗中表现得比在《柏》中更加引人注目：自由韵律，参差不齐的诗行，在三步格、四步格和五步格之间时而频繁时而稀疏地不停转换。它是一部格律上并不和谐一致的作品，就像其先行者 Arno Holz 的作品那样。[4] 德布林写出了一种"原诗"（Urvers），它体现出蒙太奇的特色，且带有散文的基调。于是穆齐尔看到："一种完全不稳定的、持续向前推进着的混合与分离，如同第一次那样再度从散文结构中被召唤出来。"[5] 这样，史诗结构原则在《玛》的行文当中被贯彻实现。德布林在发表该作一年后如是定义这一原则："在叙事作品中情节通过积聚而一段一段地生长。这就是叙事的同义语。与之相反是戏剧式的情节发展，即从某一原点出发剥茧抽丝。"[6] 当然，以蒙太奇方式完全直接地呈现自由韵律不仅存在于《玛》中，而且也会在《华伦斯坦》和《王伦三跳》中偶尔浮现出来：在《华》这部作品中经常出现或短或长的关于某人的修饰性句子成分——"Anton Wolfrath 先生，僧侣修

---

① Peter Handke: Ich bin ein Bewohner des Elfenbeinturms. S. 63.

② Vgl. Peter Handke: Ich bin ein Bewohner des Elfenbeinturms. S. 63："与同时代的作家如威廉·福克纳和萨缪尔·贝克特相比较，布莱希特无疑是一位通俗作家。"

③ 同上。

④ Vgl. AzL, *Grabrede auf Arno Holz* (1929), S. 137.

⑤ M, S. 380.

⑥ AzL, *Schriftstellerei und Dichtung*, S. 96.

道院院长主教侯爵无足轻重的人"① ——还会出现一些扩展了的描写风景的部分,譬如关于维也纳的描写。② 在《王》中也会时而出现这种省略连接词、结构松散的句式类型:"沐浴在阳光下的花岗岩山峰的崚嶒峭壁。梦幻般的风景沉入水中。亭亭玉立的扇叶棕榈沙沙作响。山茶花成千上万。氤氲的池塘,漂浮的莲花。灌木丛间,崎岖的石路后古寺在山根。紧绷绷的天空。"③

(二) 超现实主导母题

相较于那些来自主人公真实生活环境的主导母题,超现实主导母题占据了一个广泛得多的空间,因此它对于内容阐释以及认识小说单个部分之间的叙事性交织具有更重要的意义。超现实主导母题在内容上可以区分为四种亚类型:源自宗教世界的主导母题、动物类主导母题、事物类主导母题和自然类主导母题。

第一种亚类型主要包括了"天堂母题""收割者—死神母题"和"巴比伦荡妇母题"。

"天堂母题"首先出现在第二章的开端(《柏》S. 49),与童话歌剧"汉泽尔与格莱特"的歌词引文结合在一起,然后又在同一章再次重复出现(《柏》S. 95)。作为"伊甸园"(《旧约圣经·摩西五经》第一经《创世记》1f.)这个圣经故事的带有讽刺意味的简短复述,"天堂母题"在这里成为弗兰茨·毕勃科普夫虚幻的安全感的化身,讥笑着他对世界里所谓的安宁和秩序的天真信仰。第三章第二节 (《柏》S. 111)里"天堂母题"得到了扩展——"蛇的诱惑"(《旧约圣经·摩西五经》第一经《创世记》1 und 3,1),并被容纳到一种同样孩子气的、略带嘲讽的风格里,直接预示着毕勃科普夫的经历。这个母题的最后一次出现处于与主人公的命运打击的关联之中(《柏》S. 134;《旧约圣经·摩西五经》第一经《创世记》3,14 – 19)。这样,"天堂母题"的整合循环完成了,在这个循环圆圈里主人公关于"恶人如何在世界中生存"的个人经历的普遍有效性大大提升了强度。

"收割者—死神母题",稍加改动地引用了克莱门斯·布伦塔诺(Clemens Brentano)加工而成的宗教歌曲《有个收割者名叫死神》(*Es ist*

---

① W, S. 13.

② Ebd. S. 66f.

③ WL, S, 478.

ein Schnitter, der heißt Tod）的开头段落，① 总共十次出现在围绕着赖因霍尔德这个人物的上下文中（《柏》S. 184f, 227f, 241, 270, 345, 352, 371, 383, 445, 452）。如 Müller-Salget 指出的，它指涉着"赖因霍尔德和其堕落的可怕力量"②，并且完成了预示米泽结局的任务。而 Peter Bekes 则注意到：死神作为主人公故事的对位（Kontrapunkt），其寓意贯穿于小说之终始。③ 但这种寓意于读者而言很难识别，因为它只是一个无名的声音被安插在小说里，那声音时而突然打断叙事进程，时而又与主人公直接攀谈。开始时人们听到的死神之召唤往往被括在括号句里，后来则出现在直接的对话形式中（《柏》S. 162）。而这种召唤并没有将自己整合到叙事报告里去，而是始终游离于小说情节之外。死神的声音完全没有被弗兰茨·毕勃科普夫察觉到，后来也只是被视为讨人厌的自以为是者。若读者将死神之音与"约伯寓言"中告诫性的，但同样无名的声音联系起来的话，二者之间的相似性则不言自明。歌声中的死神仅作为象征物被召唤来，而在第九章里他作为言说者的身份被揭示了出来。因此，此时病中身心交瘁的主人公与死神的邂逅完全不会令让读者感到出乎意表了。死神的形象在其与毕勃科普夫由独白发展为对话的争论交锋中变得愈发清晰起来，我们可以把它解释为主人公意识的逐渐苏醒。

　　"巴比伦荡妇母题"取材于《新约圣经·启示录》（Johannesoffenba-rung 第 17 章，第 1—6 节），以多种微有不同的形式多次出现在小说里（《柏》S. 237, 253, 291, 380, 385, 423f, 430），并在小说结尾处呼应着"收割者母题"里的死忘象征变成一个真实的形象，在争夺弗兰茨·毕勃科普夫的战斗中变成了死神的对手（《柏》S. 443f.）。由于它像"死神母题"那样也具有多重寓意的本质特征，所以也提供出多种阐释可能性。Julius Bab、Axel Eggebrecht 和 Theodor Ziolkowski 都把"巴比伦荡妇"和大都市等同起来。④ 但是，这样的解释有失偏颇，而且暗示对都市的拒斥

　　① Vgl. Gabriele Sander：Erläuterungen und Dokumente：Alfred Döblin Berlin Alexanderplatz. Stuttgart：Reclam, 2006. S. 37f.

　　② Klaus Müller-Salget：Alfred Döblin. S. 328.

　　③ Vgl. Bekes, Peter：Alfred Döblin, Berlin Alexanderplatz. S. 81f.

　　④ Vgl. Julius Bab：Weg der Erneuerung. In：Der Morgen, Berlin, 5. Jg., H. 6；Februar 1930. S. 644.；Eggebrecht, Axel：Alfred Döblins neuer Roman. In：Die literarische Welt, 5. Jg., Nr, 45；8. 11. 1929；S. 5；Ziolkowski, Theodor：Dimensions of the modern novel：German texts and European contexts. Princeton, New Jersey, 1969. S. 113, 134.

态度，因为这种明确性、单义性在德布林那里是绝对不可能出现的。而
Peter Bekes 则把该母题诠释为错误生活之深不可测和残暴野蛮的化身。[①]
Helmut Becker 同样也把它解释成邪恶的体现：当弗兰茨·毕勃科普夫决
定走上犯罪的道路时，即已将自身命运交由这邪灵摆布。[②] 另一种解释则
以 Baumann-Eisenach 为其代表，按照他的观点："死神"和"巴比伦荡
妇"不应被理解为代表善与恶的一对唱对台戏的形象，相反它们都发挥
着"毁灭者"的功能，"只不过死神带来新生的可能性，而巴比伦荡妇却
不能。"[③]

　　尽管关于"死神母题"和"巴比伦荡妇母题"存在着解释分歧，但
都和那些引入小说的圣经—神话寓言改写一样，此二者也体现了德布林对
神话元素所包含着的促进认知的潜在能力的肯定，不同之处仅在于此二者
没有动用改写的方法，取而代之采取了拟人的描写手段。

　　有别于我们已经分析过的拟人化动物之间对话的插入性桥段，德布林
在"动物母题"——第二种亚类型的超现实主导母题——的整合过程中
没有再次使用拟人这一方法，而是让它们以譬喻主体的姿态出现。它们包
括"眼镜蛇母题"（《柏》S. 98, 130，等等），它隐喻着毕勃科普夫自命
不凡的强大；"骆驼的比喻"（《柏》S. 208）让读者联想起那些轻易相信
他人，并让容忍自负与束缚的天真汉；"爬出沙子的苍蝇"（《柏》
S. 286f, 291）则暗示着：人在遭受命运的打击后并不想看清生存的真理，
反而会出于动物的求生本能试图将生活重新导入旧轨。

　　第三种亚类型，即"事物类母题"也具备相似的隐射寓言功能，例
如：第八章第一节的一段（《柏》S. 361）看似没有任何关联地突然开始
谈起"植物细胞里所含的淀粉是如何转化为糖的，以便植物抵御严寒"，
实际上指涉的是毕勃科普夫的转变；这一段的对称物是"烤面包母题"
（《柏》S. 436, 439, 441, 444），此处完成的转变不再是由于寒冷的影响，
而是因为热度。在该母题里"烤炉"象征着"子宫"，借此以形象地说明
毕勃科普夫对重新整合进整体性、重获新生的热切渴望；此外，"'让它
们来吧'母题"（《柏》S. 435 - 439, 447）也可以从属于该亚类型，此处

①　Vgl. Bekes, Peter: Alfred Döblin, Berlin Alexanderplatz. S. 84.

②　Helmut Becker: Untersuchungen zum epischen Werk Alfred Döblins am Beispiel seines Romans
„ Berlin Alexanderplatz ". S. 61.

③　Barbara Baumann-Eisenach: Der Mythos als Brücke zur Wahrheit. S. 208.

德布林运用了大量事物和场景作为描写素材，它们同时性地既被视为回忆又被视为当下现实，从对貌似虚无的黑夜的全景式描写到对同时具有联聚力和解离力的都市的珊瑚状异质性的描写，皆属此类。这个母题可以作为毕勃科普夫一种全新的、向万有打开的视角的象征来看待，从这一视角他摆脱掉旧有的唯我论式的束缚重新端详现实世界的整体性。

同样饱含教益的寓意存在于"自然类主导母题"中，关于这第四种亚类型的超现实母题只有少数阐释者给予了关注。① 正如庄子经常在其著作中运用有关自然物的寓言，德布林也认为各种自然现象蕴含着根本性的伟力，借助这种伟力"存在"得以在一个超越人类世界的框架内被洞彻。对这种亚类型来说具有代表性的是"黑水"段落（《柏》S. 198，211）以及"太阳母题"（《柏》S. 102，212f，449）。前者既可以被解释为赖因霍尔德的阴险狡诈的象征，也可以被看作是毕勃科普夫不辨是非的隐喻。"水"这一元素在德布林的作品中常常扮演着一个至关重要的角色。例如：《华伦斯坦》中作者让"水"化为视波罗的海海权为生命的瑞典国王古斯塔夫·阿道夫的象征元素。② "古斯塔夫·阿道夫率无数战舰从瑞典横渡波罗的海滚滚而来。在我周围波涛汹涌，跨过青灰色的浩浩大水，那些战舰来啦。"③ 关于"水"德布林曾在《我们的此在》"我们体内的诸元素"一节中讲道："它（水）也存在于我们体内，它寻求着安宁的地带，渴望着在江河湖海中简单地流淌、曼衍，并赋予一种悠缓、平和、沉稳的气韵。"④ 另外，如果我们承认这个母题与《庄子》中"玄水寓言"⑤具有某种相似性时，那么它的深意还能够延伸到生存之真理的深度——"玄水"象征着完整的道之不可认知的深邃本质。

而"太阳母题"同样也暗示着某些根本性的自然力，其寓意由Müller-Salget 分析如下：

---

① Siehe Elisabeth Seidler-von Hippel：In：Die Pädagogische Provinz, 17. Jg.；1963. S. 268 – 274.；Klaus Müller-Salget：Alfred Döblin. S. 332f.；Otto Keller：Döblins Montageroman als Epos der Moderne. S. 218.

② SPG, *Der Dreißigjährige Krieg*, S. 55.

③ AzL, *Der Epiker, sein Stoff und die Kritik*, S. 339. Vgl. W，S. 489；AzL, S. 119. Erwin Kobel 怀疑文中的"grasgrün"（草绿色）是一处印刷错误，其证据是：文中其他相关之处始终写的是"graungrün"（青灰色）。

④ UD, S. 341f.

⑤ Zz（VHM），Kap. 22. S. 298.

太阳在这里完全代表着世界，幼稚地悦其光芒，正如惧其巨大和威力，二者兼而有之。毕勃科普夫的错误行为有两个极端：他摇摆于不假思索的得意扬扬与迷信愚昧的听天由命之间。人得懂得世界的伟力和庞大，但人也必须维护自己的位置。[①]

太阳——正如水、火、气、土等其他元素、伟大的原力一样——在这里被德布林以矛盾的方式既视为可怖的，又视为神圣的。[②] 在关于太阳的冥思中，德布林再度显示出：他对个人和集体的矛盾关系这个问题作了极具道家色彩的思辨。他用整部小说一再呼吁读者，对这种之于"人之此在"至关重要的关系重作反思、重新定义。作者既不能也不想对这个存在主义的难题给出终极解决方案，他的意图仅在于：通过这个问题将人之非此即彼式的二律背反思维展示给我们看。为了洞察这些元素的多义寓意，人们必须意识到，德布林并不想把它们理解为物质实体，而是理解为"动态的力"。[③] 它们让友谊与敌意交相辉映，它们在生命与死亡之间构成一种交互作用。这样它们就作为整体而存在着，如同作为一切他者的一部分，作为明确的造物。[④] 由于这一原因，对德布林作品中诸多元素的意义所作的任何象征性质或托寓性质的阐释——特别是当它们沉溺于片面解释的时候——都有违主旨。德布林道家式的言说方式总是从某种事物移向另一种事物。这种如液态般流动着的言说并不是与固态或气态毫无关联，严格来说它所涉及的是液化、固化和挥发，或者指的是介乎截然相反的可能性之间的当下液态。尽管德布林强调的关键点始终在此方与彼方之间来回摇摆，但人们绝不可以在某一种论断上固执己见，而应依照卮言原则以一个已经抛弃了任何先见的心斋者的姿态寻踪作者的思维轨迹。

第三节　寓言型蒙太奇总论

一　寓言型蒙太奇的功能

经过对现实和超现实的寓言型蒙太奇所作的个案分析，人们可以清楚

---

① Klaus Müller-Salget：Alfred Döblin. S. 333.

② IüN，S. 27.

③ Erwin Kobel：Alfred Döblin：Erzählkunst im Umbruch. Berlin［u. a.］：de Gruyter, 1985. S. 84.

④ IüN，S. 24.

地认识到：这两组复杂群聚实际上满足了两种功能要求。其一，它们依附于单条线索脉络的多样性创造出该小说强大的内在闭合性，其具体方法是：与主要情节因果相关的超现实寓言型蒙太奇借助许多预示和回放将主要情节的时间进程共时化了（synchronisieren），或直接在主要情节内部与之交响共鸣，而现实寓言型蒙太奇则暗示出，在弗兰茨·毕勃科普夫的故事和与之平行措置的各种各样在错误道路上前驱的、彷徨于极端的否定世界和否定自我之间的个人的隐射寓言之间存在着某种相似性。其二，这两种寓言型蒙太奇通过众多由特殊到一般的寓意关联提升并拓宽了纯粹的情节进程，于是"大都市题材"，亦即关于"在超个人的有机组织内生存的不依赖于唯我论式体验的联系性"的主题，得到了深化和提纯。

此外，现实寓言型蒙太奇基于其所叙之事的真实性还必须达到这样一个目的：对柏林的社会环境氛围作一种与象言型蒙太奇相比更包罗万象，更细致入微的刻画。然而，某些书评家由此推导出如下结论则显得太过肤浅：这种蒙太奇——特别是插入性的个人故事，其生涯命运在这些报告式文字中仅仅一闪而过，在小说其后的部分里也不再露面——对小说的实际情节来说不具备什么值得一提的重要意义，也不具有广泛而深刻的寓意，它们仅仅效命于都市描写的目的。①

若人们把寓言型蒙太奇的功能比喻为一段"光谱"（Spektrum）：描写都市→指涉主要情节→深化小说主旨，那么我们就不难看出，在这个功能光谱中寓言型蒙太奇随着超现实程度的升高逐渐从现实描写这一极移向哲学寓言化的那一极。换言之：所叙之事的超时空性的程度愈高，作为隐射寓言的蒙太奇故事的能指与所指间的张力则愈大，因此所触及的小说主旨也就愈深。相较于那些主要作为典范样板被穿插到小说中的超现实寓言型蒙太奇，现实寓言型蒙太奇的安排设置一方面是考虑到其全景式现实描写的功能，另一方面它们未曾因该功能而完全丧失隐射寓言的特质，这些特质或在每个叙说的命运故事自身内部显露出来，或通过故事之间的，以及它们和主要情节之间的似有若无的关系暗示给读者。这就意味着：它们和小说最主要的寓言——毕勃科普夫对故事——对小说探讨的存在主义主题而言具有同等重要的价值，因为它们也提供给读者有关这个或那个"征服者"的命运寓言，也刺激读者对此进行反思。同时，它们作为形式

---

① 持此观点的学者主要有 Becker、Schwimmer、Müller‐Salget 和 Hachmöller。

上封闭的寓意单元虽然毫无情节关联地围绕着"主寓言"旋转，但实际上它们正是借此暗示出个人生存的恐怖灾难的根源——在超个人的有机组织中个人生存的彼此隔绝性。

二　两张隐射寓言网

于是，由隐射寓言构成了两张网络：一个是通过现实寓言型蒙太奇在横组合关系语言项（syntagmatisch）层面上形成的，另一个是通过超现实寓言型蒙太奇在纵聚合关系语言项（paradigmatisch）层面形成的。两张网在其功能交互作用（Reziprokation）下同时作用于毕勃科普夫的故事——人之此在困境的代表——之上。一个很容易辨识出来的例证就是：现实性的"屠宰场—段落"与超现实性的"约伯寓言故事"，以及和改写过的《传道书》（3，19）的圣经引文结合在一起的框形套嵌结构。

这两个网络在小说的前半部分大体保持着比例平衡，但随后第一张网暂时消退，为第二张网腾出空间。这就容易造成一种误解，如 Stauffacher 所作的结论：由现实性寓言型蒙太奇交织成的网络在小说的后半部分丧失重要性：

> 同时，毕勃科普夫的生存越来越多地从柏林城当下混乱的偶然性中脱离出来，并陷入死亡的旋涡。是的，毕勃科普夫的生命轨迹笔直地向着这个终点驰去，那里它将汇入圣经所代表的形而上学秩序。这个背景把前景完全吸了进去。它显示出：叙事者以他的弗兰茨·卡尔·毕勃科普夫的故事并不能轻易地超然于这一终点——一种个人性的末日启示——继续前进。[1]

相反，我们可以肯定的是：这两张网于小说的结尾处在相当程度上融合在一起了，特别是当人们承认：从属于超现实寓言型蒙太奇的"让它们来吧"这一主导母题是通过大量对现实场景的想象构成的，以及从属于现实寓言型蒙太奇的"滑落的屋顶"这个主导母题在小说结尾不再以"征服者"毕勃科普夫内心不安的投射物的形象出现，而是依据"屋顶的稳定性"显示出某种意义上的"帮助者的特征"，而这种特性恰恰经常展

---

① Werner Stauffacher: Die Bibel als poetisches Bezugssystem. S. 40.

露在超现实寓言型蒙太奇里。所以，两个隐射寓言网络在小说结尾处的融合归根结底是德布林匠心独运的巧思安排，这种安排与他在面对都市有机系统内的人之此在时所持的基本立场是完全吻合的，这种基本态度就是：人在顿悟了超越于时间和个人之上的道的状态之后，应该重新投入现实世界的洪流，而非汇入"形而上学的秩序"。

三　固化自我的消解

除此之外，德布林这种生活态度的思想基础也彰显了出来，那就是同时亦被视为其"现代史诗"框架内的文学创作原则——"消解过度的主体性"。凭借蒙太奇技巧的帮助，所有寓言类型的插入片段都获得了各自的独立性，它们在小说中发挥着像"合唱队在古希腊戏剧中"的作用，[①]以致整部《柏》"就像被可切成十段的蚯蚓"，每段都能独立蠕动。[②] 但由此产生出来的解离之力目的并不在于拆散这两张寓言网络，而是旨在消解自我拘执，这种自我拘执不仅发生在主人公身上，也发生在叙事者身上，甚至读者身上。

最明显的是对固定人物角色的消解。寓言型蒙太奇突如其来地闯入文本，这就扰乱了主要情节的正常连续性，市民小说平淡无奇的报告形式就此被摧毁。不计其数的隐射寓言和母题从人物和情节构成的主导性中被释放出来，由此形成一种无所不包的框架视角（Rahmenperspektive），透过它读者们看到道的真相灵活多变、形象立体地坦陈在面前。这是一种结构层面上的转变，Otto Keller 将它与"某些画家对中心透视画法的放弃"[③]相提并论。这些在很多方面相互形成鲜明对比的，但又彼此交叉渗透着的现实与超现实寓言型蒙太奇不仅涌入进主要情节层面中，而且自第四章起逐步获得了高度的自足性，以至于它们可以不再被指称为陈设于主要情节周边的可有可无的涡状边饰。毕勃科普夫的故事在一定程度上变成了一种包罗万象的事件。于是，主要人物自身也被引入这些变化多姿的隐射寓言蒙太奇的网络，并被它们的矛盾力解离，以便使弗兰茨·毕勃科普夫的净化与升华成为可能。因此，《柏》中弗兰茨·毕勃科普夫这个人物始终与

---

① AzL, S. 112.

② SzÄ, S. 126.

③ Otto Keller: Döblins Montageroman als Epos der Moderne. S. 219.

现实主义小说中的僵化人物保持着距离。

在此过程中，叙事者也退居于寓言型蒙太奇幕后，变成一个设置蒙太奇、塑形蒙太奇的力量，在一定程度上把他的想象力和见解力出让给这些蒙太奇。他的全知型以及个人型视角虽然一直保持到最后，但是被一种新的透视中心相对化了。他的声音被来自隐射寓言和主导母题的新增的声音盖了过去，这些新生如同某种意义上的向导，赋予了读者一个观察事物的新视野。显然，那种在《柏》里发挥作用的个人性叙事者不再被理解为一种个人性的自我，反而成为一种更加宽泛的叙事立场中的一个要素，在这种包罗万象的叙事立场里一个蒙太奇化了的自我行动着、运转着，而作者的绝对支配权则因此被废弃。这种叙事立场便于叙事者与现实主义小说拉开一定距离。

最后，这些寓言型蒙太奇毫无预兆的突然涌入让读者在各方面都显得手足无措，而且一再地将他们的每种固化思想都抛入质疑当中。他们的目光被一种多维视角一次又一次地从人物的个人性吸引到隐射寓言的层面上，即转移到不一而足的多种声音或者像巴赫金所谓的拉伯雷式或斯特恩式的"众声喧哗"上，以及转移至两价矛盾的多种力量上去。这些声音和力一次又一次地剥夺走他们立足的基石，那就是他们得以静态地判断和控制物质世界的思维之本。当然，除了被"众生喧哗"和"复调"强烈表达出来的或者被它们强加给读者——同样是现代社会中先验上无依无靠、无方向、无家可归的个人——的怀疑、犹豫和战栗之外，寓言型蒙太奇实际上通过其语言的离心力和事物之"愉悦的相对性"还传达给读者"笑"特有的豁达本质，[1] 以便让读者看清利用观点主义（Perspektivismus）和具体语言运用（Performanz）去参与狂野、混乱且律动着的现代生活的必要性。鉴于这些混乱视角、碎片化和自我消解，人们可以察觉出德布林的寓言蒙太奇在一定程度上体现出之于后现代性非常典型的游戏与颠覆的"狂欢化"因子。读者置身于所有这些含有多重寓意的蒙太奇故事中就如同身处狂欢节——属于时间的真正的节日，属于演变、变迁、更新的节日——里，发现"颠倒之物的奇妙逻辑"，以及"由多种多样的戏仿、戏拟、挪揄、亵渎、可笑的加冕和废黜造成的翻转"的悖论。[2] 寓言

①　Vgl. Michail M. Bachtin：Rabelais und seine Welt；The Dialogic Imagination.

②　Michail M. Bachtin：Rabelais und seine Welt. S. 10f.

型蒙太奇在湍急的旋涡旋转运动中凝聚成一种力量，这股力量可以创造出一种庄子所谓的方生方毁、方毁方生的崭新形式，它在时间的历时流动过程中振荡摇摆于"生与死、可与不可、是与非"之间，[①] 却在当下之此在中将所有这些二律背反分离的倾向都包容在内，它重新开启了读者的慧眼，向着鲜活的整体性、向着永动不息的道以及它不可穷尽的多棱面真理、更向着永远矛盾着的人之此在长久地睁开。

---

① 　Zz（RW），Buch II. S. 13f.

第八章

重言型蒙太奇

　　频繁地以蒙太奇方式将"其他文本"（Fremdtext，也可译作"陌生文本、外来文本、异质文本"）切入叙事过程，这种手法表明"互文性"（Intertextualität）是《柏》的一种重要的创作原则。这些历史中的和同时代的异质文本或以逐字逐句借用的形式插入小说，或经过一定程度的变形——"改写"（Paraphrase）、"戏仿"（Parodie）、"用讽刺体裁改写"（Travestie）和"戏讽"（Persiflage）——出现在文本中。如果不考虑内容与形式上的差异，那么这些外来文本共同的插入方式就特别引人注意。这种插入方式就是借助于蒙太奇技巧既无预告也无过渡地闯入上下文，以至于有关主要情节的层流式叙事流似乎突然中断了或者被扰乱了，并迅速地直接转换为湍流模式。在此过程中，每一个外来文本都会在湍流叙事模式中制造出一个旋涡，它看上去似乎是一个封闭的循环，而实质上却起到了既向周边文本，又向外来文本自身源头开放着的"阐释学循环"（herme-neutischer Zirkel）的功能。由此读者可以清晰地察觉出它与传统小说中典型的叙事模式——"线性、以主人公为轴心、时空连续性"[①]——不再同调。另外，叙事者主体则以"配图街头说唱"（Moritat）的方式及蒙太奇化了的形式出现，而他将其他文本推入小说的意图则显得朦胧隐约、不易辨识。被外来文本多次介入的《柏》小说文本显示出叙事不连贯和意图不确定等特征，这些特征恰恰是我们在前文已经研究过的象言型蒙太奇和寓言型蒙太奇所共有的。在接下来的部分，我们将把这类体现着文本间性的蒙太奇归入"重言型"范畴，并将尝试着去证实：德布林关于美学和

---

① Susanne Ledanff: Bildungsroman versus Großstadtroman. In: Sprache im technischen Zeitalter 78. 1981. S. 88f.

语言的思考为该类型蒙太奇的使用奠定了理据基础。

第一节　重言型蒙太奇次范畴再分类

一　文学—神话性质的重言型蒙太奇

对外来文本的引用首先发生在"文学—神话层面"上，[1] 涉及与小说文本无关的歌曲、经典文学与通俗文学、圣经章句和出自希腊神话的段落。

《柏》文本置身于一个无限延展的由各种歌曲织就的网络之中。对此，我们可以举一个令人印象特别深刻的例子：《有个收割者名叫死神》（Es ist ein Schnitter, der heißt Tod）。布伦塔诺曾将该教会歌曲整理编入合集《少年魔法号角》（Des Knaben Wunderhorn）。小说中引用了这支"丰收歌"（Erntelied）的开头一段，它贯串于小说文本的始终，并获得了一种主导母题的特色。对这支歌曲的引用经常出现在与赖因霍尔德这个人物相关的语境中，譬如说：当他怂恿毕勃科普夫干买卖妇女的勾当的时候（《柏》S. 185）；当他与即将成为其牺牲品的米泽在森林中散步的时候（《柏》S. 345）；当他随后把她谋杀之时（《柏》S. 352）；当赖因霍尔德的一个老熟人在某次争吵中暗示赖因霍尔德的罪恶时（《柏》S. 371）；当赖因霍尔德被捕入狱（《柏》S. 445）并被判处十年监禁的时候（《柏》S. 452）。这一引用也会直接出现在与主人公相关的上下文中：当毕勃科普夫在那次几乎要了他的命的意外事故之后躺在医院里的时候（《柏》S. 227f.）；当他在女房东那里用左手填写申请表时（《柏》S. 241）；当他在一家小酒馆里与共产主义者陷入争论时（《柏》S. 270）；当他得知米泽之死时（《柏》S. 383）。这段取自收割者之歌的引文对小说的后续情节承担了预示的功能，并且直观地呈现出反面角色的黑暗本质。此外，它还加强了对存在之未受亵渎的、经常被理解为彼岸世界的整体性的暗示。

除了这一具有代表性的引文，马克斯·施耐肯柏格（Max Schnecken-burger）于1840年创作的，卡尔·威廉于1854年为其谱曲的《守卫莱茵》（Die Wacht am Rhein），也经常插入小说文本："一声怒吼如雷震"（《柏》S. 18）；"亲爱的祖国，你能否安宁，你来到我的心里，却旋即飞

---

[1]　Vgl. Otto Keller: Döblins Montageroman als Epos der Moderne. S. 216.

了出去"（《柏》S. 34）；"一声怒吼如雷震，如刀剑铿锵、狂涛澎湃：进军莱茵，进军莱茵，向德国的莱茵挺进，我们都愿做守护者！亲爱的祖国，你尽管放心，亲爱的祖国，你尽管放心。坚定而忠诚，是那卫士，莱茵河畔的卫士，坚定而忠诚，是那卫士，莱茵河畔的卫士！"（《柏》S. 92）。另一首战士之歌《好同志》（Der gute Kamerad）由路德维希·乌兰德（Ludwig Uhland）于1809年写就，弗里德里希·西尔歇（Friedrich Silcher）于1825年谱曲，在《柏》中被德布林一再用戏拟的形式加以重现（参见《柏》S. 149、292、343、452）。同样被戏拟的还有："当狗叼着香肠跳过沟渠时"（《柏》S. 33f.），这一段对爱国歌曲《吐司之歌》（Toastlied）[取自《巴伐利亚波尔卡》（Bayrische Polka）或《阿玛琳波尔卡》（Amalienpolka）]的最初一行进行了陌生化处理；而"我投降了"（《柏》S. 38）则取自由汉斯·费尔迪南·马斯曼（Hans Ferdinand Massmann）于1820年创作的一首爱国歌曲的开头部分。通过这些具有爱国主义兼沙文主义色彩的歌词的引用，不仅勾勒出两战期间的社会氛围，而且也在精神病理学层面上揭示出：身处乱世的主人公的内心世界正变得越来越幼稚且偏执。

　　除此之外，尚有数量不菲的其他种类的歌词引用片段被插入《柏》的文本中："咯，咯，咯，我的小母鸡，咯，咯，咯，我的雄鸡"（《柏》S. 34）引自歌曲《小弗里茨和爸爸说》（Klein Fritzchen sprach zum Vater）的副歌；"小手啪嗒、啪嗒、啪嗒，小脚踢嗒、踢嗒、踢嗒，一回去，一回来，一点也不难"（《柏》S. 49）则呼应着英格伯特·洪普丁克（Engelbert Humperdinck）的童话剧《糖果屋》（Hänsel und Gretel, 1891）中的一首歌；"那正是国王的两个相互爱慕不已的孩子"（《柏》S. 33）出自通俗民歌《圣王之子》（Edelkönigs-Kinder）的开篇，这首歌被收录在《少年魔法号角》（Des Knaben Wunderhorn）之中；"在瑞士，在蒂罗尔……嚯咯咯咿啼！"（《柏》S. 341、374）对一首通俗歌曲进行了反讽式引用；"快，快，快，马儿重新奔跑"（《柏》S. 158）依据的是著名儿歌的开头几行；"亮出你们的嗓子，用你们充满青春气息的合唱，尽情地赞扬"（《柏》S. 194）对一首天主教教会歌曲的开头进行了些许改动；"所有的轮子停止运转"（《柏》S. 268）源自格奥尔格·赫尔威克（Georg Herwegh）1863年为德意志总工会创作的会歌；"在这个夜晚，在这个夜晚，当月轮初升之时"（《柏》S. 347）的蓝本是维也纳的一首歌曲的开篇部分"在这个夜晚，在这个夜晚／当月亮调皮地莞尔之时"；"谁知道我们什么时候才能在这青青的施普雷河畔重逢啊"（《柏》S. 319）来自歌曲《施普雷河的青青岸上》（Am grünen Strand der Spree）；"当士兵们迈步穿过这座城市的时候，姑娘们向窗外和门口张望，哎为什么，哎为了这，哎只是因为锵得拉哒砰得拉哒砰"（《柏》S. 292）改写自《海盗》（Die Seeräuber）；"阿普路德潘塔附近……我们将在上界展露欢颜"（《柏》S. 278f.）则作为一首民谣完整地被呈现出来，而其源头至今尚未被探明。

　　同样，很多流行歌曲的歌词，如："你熬汤吗，施泰因小姐，我拿了一把勺子，施泰因小姐。你煮面条吗，施泰因小姐，给我面条吃吧，施泰因小姐"（《柏》S. 34、201），"别对我信誓旦旦，别对我指天盟愿，只因时光如箭，人会移情别恋。滚烫的心儿片刻不息，上下求索着蓬勃的朝气。别对我信誓旦旦，因我已心散神乱——这和你不差毫厘"（《柏》S. 186），以及作为对流行歌曲《宝贝，你是我的小心肝》（Puppchen, du bist mein Augenstern）的戏拟的"赖因霍尔德，哦，赖因霍尔德，你是我的情郎哥，赖因霍尔德，你是我的赖因霍尔德，我只爱你"（《柏》S. 221），还有出自 Robert Steidl 编写的流行歌曲《父亲、母亲、女儿、兄弟》（Vater, Mutter, Tochter, Bruder）的"炉子后面有只老鼠，它必须出来"（《柏》S. 382），"小卡尔，小卡尔，你，你应是我最美的人儿"（《柏》S. 339），"对我说 oui，我的宝贝，这是法语，对我说是，就算用中文也无妨，你想怎样就怎样，这完全是无所谓的，爱情是全世界的。通过鲜花来对我说，通过鼻子来对我说，轻声地对我说，迷醉地对我说，对我说 oui，说 yes 或者说是，别的什么都可以，只要你愿意"（《柏》S. 341），"我把我的心丢在了海德堡……我的那颗心，它在内卡河畔怦怦地跳"（《柏》S. 329f.），"为了谁，为了谁，我守护着这颗纯洁的心"（《柏》S. 320），"我的鹦鹉不吃煮得太老的鸡蛋"（《柏》S. 102），"宝拉阿姨躺在床上吃西红柿。一位女友恳切地向她提出建议"（《柏》S. 311），"我的约翰内斯，啊，他能行，我的约翰内斯是男人的典范"（《柏》S. 250），"在海边接过吻、被舞动的海浪窥视过的人，他知道，世上最美为何物，他向我一吐钟情"（《柏》S. 82），诸如此类，不一而足，都通过它们所共有的漫不经心的特点，充满慰藉意味地暗示出毕勃科普夫单纯质朴、头脑狭隘的性格，同时将如赖因霍尔德这样的现代人的庸俗不堪的情感世界勾勒出来。这里，流行歌曲的麻木、冷漠与迟钝折射出现代大都市世界中的肤浅、堕落以及每一种价值尺度的缺失。

除了有关歌曲类型的引文之外，尚有诸多文学性质的插入性片段贯串于整部小说之中，这些片段涵盖了从古典文学到当时的畅销读物这样一个广谱性跨度。德布林偏爱的古典作家包括席勒、克莱斯特、莱辛和歌德："我要对你说，有三句话内容很深"（《柏》S. 169）出自席勒的诗《信仰之言》（Die Worte des Glaubens, 1797）；"然而和命运的力量是不可能结成永久同盟的。命运健步如飞"（《柏》S. 193）、"所有的恩惠自上而来"（《柏》S. 267）以及"用粉末烧制的模子被牢固地砌在地里"（《柏》S. 250）皆出自席勒的叙事诗《钟之歌》（Das Lied von der Glocke, 1800）；"她已心甘情愿地按照席勒所说的那样，将匕首揣在怀里"（《柏》S. 220）出自席勒的叙事诗《公民》（Die Bürgerschaft, 1799）；"按照洪堡王子的方式独自发起了进攻"（《柏》S. 77）出自海因里希·冯·克莱斯特创作的戏剧《洪堡王子弗里德里希》（*Prinz Friedrich von Homburg*, 1821）；"此刻，哦，不朽的人儿，你只属于我"（《柏》S. 78）亦出自克莱斯特的剧本；"他别无选择"（《柏》S. 163）则是对莱辛的戏剧《智者纳坦》（*Nathan der Weise*, 1779）的影射，该剧中主人公坚称："无人别无选择"；"谁能叫出它们的名字来，谁能承认"（《柏》S. 169）引自歌德的《浮士德》（*Faust*）的第一部分；"啊，我的情郎，让我和你一起去到那里，去到那里"（《柏》S. 160）是对歌德小说《威廉·迈斯特的学习时代》（*Wilhelm Meisters Lehrjahr*）第三章第一节中迷娘的那首著名的意大利诗歌中的两行诗句的轻微改动。除此之外，还有大量现代作品也被引用："人靠衣装"（《柏》S. 241）出自戈特弗里德·凯勒（Gottfried Keller）的两卷本短篇小说集《塞尔特维拉的人们》（*Die Leute von Seldwyla*, 1854/74）；"一群汉子骑马越过这片土地……这群汉子正是为此，为此"（《柏》S. 374f.）是对卡尔·梅（Karl May）的印第安人小说的戏拟；另一处戏拟性质的引文"晴朗的星空俯视着人类黑暗的家园……鹅肝拌洋葱"（《柏》S. 76f.）源自塞利·恩格勒（Selli Engler）的连载小说《见识》（*Erkenntnis*）。这些经常以戏拟和讽刺形式出现的文学性质的引用映射出小说世界中异化而支离破碎的现实。

文学—神话性质的重言型蒙太奇还有另外一种亚类型，即源自圣经和希腊神话的引文。圣经引文主要摘自《创世记》里的"天堂—叙事"。德布林借此使毕勃科普夫的故事所蕴含的典型意义变得更加突出醒目："从前，在天堂里生活着两个人，亚当和夏娃……这是天堂里一天中唯一的快乐"（《柏》S. 49）出自《创世记》第一章；"从前有座美妙的天堂……对亚当和夏娃说话"（《柏》S. 111）出自第一章及第三章第一节；"蛇在树上窸窣作响……你应该吃田里的野草"（《柏》S. 134）出自第一章第十四节至第十九节；"你是从土而出的，你仍要归于尘土"（《柏》S. 119、167）出自第三章第十九节；"谁拿着火焰之剑把我们赶出了天堂，是那天使长"（《柏》S. 82）出自第三章第二十四节；"而夏娃就是这样把苹果给了亚当的，要是苹果没从树上掉下来，夏娃是不会去捡的，那么苹果也就不会落到亚当的手里了"（《柏》S. 150）出自第三章第六节。

来自《传道书》的章句则经常作为小说章节的标题被频频征引，诸如第四书的两处章节标题"因为人和畜生一样；它怎么死，他也怎么死"（《柏》S. 136）与"大家全都拥有一样的气息，人和畜生没有丝毫不同"（《柏》S. 146），其依据的是《传道书》第三章第十九节，又如第八书中的三个章节标题"我转过头来，发现这世上全是不公，不公就发生在光天化日之下"（《柏》S. 379），"看哪，这是他们的眼泪，他们遭受不公，却得不到安慰"（《柏》S. 384）与"所以我要表扬那些已经去世的死者"（《柏》S. 386）则出自《传道书》第四章第一、第二节。同样，小说行文中的引文"凡事，凡事都有定期……阳光之下，最好的办法莫过于欢笑与快乐"（《柏》S. 346、442）也出自《传道书》第三章第一节至第七节。所有这些出自《传道书》的饱含深意的格言暗示出此在的易逝性和永恒之回归。具有异曲同工之妙的是，出自先知《耶利米书》的引文升华了小说看似平淡的日常故事："耶利米说，我们要医治巴比伦，但它不可救药了。离开它，我们每个人都要回到自己的国家去。剑已悬在迦勒底人的头顶，悬在巴比伦居民的头上"（《柏》S. 21）出自《耶利米书》第五十一章第九节、第五十章第八节、第五十章第三十五节；"我只好在高山之巅哭嚎，在旷野的牧群旁哀怨，因为那里一切都已惨遭蹂躏，以致无人在此徘徊，不论天上的飞鸟，还是地上的走兽，二者皆已踪迹全无"（《柏》S. 270）出自第九章第九节；"我要把耶路撒冷变成石堆狐丘，我要让犹大的城邑变得一片荒芜，那里面就不该住人"（《柏》S. 270）依据的是第九章第十节；"这个男人有祸了，耶利米如是说……谁能识透它呢"（《柏》S. 197f.、211f.）依据的是第十七章第五节至第九节。

在两个典型的蒙太奇章节——第四书的第四章和第六章——之间，作者将一段经过改写的"约伯—故事"（Hiob-Erzählung）推至其中（《柏》S. 143—146），并在后文中（《柏》S. 379f.）再次重复使用。约伯和小说主人公的命运构成了一对平行类比，各种关于它们的阐释角度已在本书中得到解析，这里无须赘述。"荡妇巴比伦"（Hure Babylon）是德布林依照《新约·启示录》第十七章第一节至第六节中有关使徒约翰的顿悟加以引用的，作为一个主导母题，它在文中的出现并非零星的（《柏》S. 237、253、291、380、385、423f.、430、443）。经过改头换面的"亚伯拉罕与以撒"（Abraham und Isaak）的故事同样频频出现："这是一座山，山上站着一位老人，老人对他的儿子说：跟我来……哈里路亚"（《柏》S. 284f.）是对《旧约》故事（《创世记》第二十二章第三节至第十二节）的一段极其自由的复述，它在后来的叙事中（《柏》S. 312）再次以简短的形式被重新提起。而有关"俄瑞斯忒斯"（Orestie）的希腊神话场景（《柏》S. 98、100f.、221f.）的插入则首先服务于小说情节的倒序。

最后，在《柏》中还存在着大量出自圣经的格言警句："对生活的要求多于还有面包"（《柏》S. 12）指涉的是圣经格言"人活着不是单靠食物"（《旧约·申命记》第八章第三节；《新约·马太福音》第四章第四节）；"风任意吹拂"（《柏》S. 292）出自《新约·约翰福音》第三章第八节；"从前有三个国王，他们来自东方，他们把香拿在手上摇晃，他们不停地摇晃"（《柏》S. 294）所本的是《新约·马太福音》第二章第一节；"只有工作的才有饭吃"（《柏》S. 245）参照了《新约·帖撒罗尼迦书》第三章第十节；"一个后悔得罪人强过九百九十九个正人君子"（《柏》S. 196）引用了《新约·路加福音》第十五章第七节中的话，只不过原文所说的是"九十九个义人"。所有这些格言充当了一个超现实世界的组成部分，赋予了《柏》小说世界一种双重结构。

二　技术—科学类型的重言蒙太奇

和文学—神话类型的重言蒙太奇并行不悖的还有大量医学、生物学和物理学性质的重言蒙太奇在"技术—科学的层面"[①] 上被嵌入《柏》。

由于德布林职业的原因，医学类的蒙太奇插入部分占据了相当可观的篇幅："特斯帝弗丹，商标专利号 365695……休息一段时间往往大有裨

---

① Vgl. Otto Keller: Döblins Montageroman als Epos der Moderne. S. 216.

益"（《柏》S. 36f.）据推测引自一则报刊广告或一篇关于药物的介绍；
"男性的性功能要通过共同作用来实现……反倒起着很大作用"（《柏》
S. 34f.）来自一本医药学及性学的教科书。与之相近的是一些关于生物学
问题的插入部分，举例说来：关于"植物如何保护自己免受严寒？"这一
主题的长篇大论（《柏》S. 361）以及题外话"沙漠里的生活常常显得十
分艰苦"（《柏》S. 208），这一段可以被追溯到布雷姆所著关于哺乳动物
的《布雷姆的动物生活》（*Brehms Tierleben*）中的某一段落。还有一个学
科领域——物理学——也涉及科学类型的题外话。最具典型性的例子就是
"牛顿定律"的突然插入（《柏》S. 99），它摘自一本物理教科书。毕勃
科普夫用木制的奶油搅拌器失手打死了先前的未婚妻伊达，当作者对这一
偶发事件进行回顾式描述时，使用了牛顿第一定律和牛顿第二定律，甚至
开列出一系列数学公式，用以辅助解释事件的发生过程。

三　来自大都市的重言蒙太奇

除此之外，德布林还动用了来自"统计学、官署公告、报纸头条、
剪报、天气预报和经济生活"等20世纪20年代柏林城的文本性当下即
景，并以此作为小说引用的另一储备。这些大都市层面上的引文被 Niko-
laus Miller 按照一种"文献—美学的尺度"进一步加以类型学分析，这种
尺度"从排斥叙事的公共社会领域一直延伸到事件原本的叙事领域"：[1]
简短的摘要文本（有轨电车线路、分类电话号码簿、死亡统计），消息报
道（天气预报、当地简讯、官方通知），公告（电影海报、帝国首相的演
讲），通俗文学（旅游副增刊、虔敬诗、女同性恋小说），自白（一个神
经病患者的日记/书信、一位自杀者的临别赠言、一个残疾人的风景明信
片），演说（博览会商人的决议、摇摆歌曲）。[2]

在这一亚类型中那些社会—政治性质的题外话显得格外重要，读者在
其中不但能获悉各种社会政治变故以及轰动事件，诸如对罗莎·卢森堡和
卡尔·李卜克内西实施的谋杀（《柏》S. 86），关于帝国学校法案的争论
（《柏》S. 169），或如第一位帝国首相弗里德里希·艾伯特之死（《柏》

---

① Nikolaus Miller: Prolegomena zu einer Poetik der Dokumentarliteratur. München: Wilhelm Fink, 1982. S. 186.

② Vgl. ebd. S. 184 – 206.

S. 171)，而且还能谛听到两战期间动荡而危急的政治局势中各种完全异质性的声音："帝国首相马尔克斯关于宿命的演讲"（《柏》S. 66）引自《人民观察者》1927 年 11 月 19 日的一篇论战文章；"德国的民众们，从来没有哪个民族像德意志民族这样，受到如此卑鄙的诱惑，受到如此卑鄙的不公正的欺骗……可他又是如何遵守他的诺言的呀"（《柏》S. 123）出自一份民族主义报纸或者一个敌视共和的右翼政党的鼓吹；"现行的社会制度建立在对劳动人民进行经济的政治的和社会的奴役之上……觉醒吧"（《柏》S. 268）源自某个无政府主义的煽动文章；"站在窗口对外发表演讲，这毕竟不是我们的目的……我们只知道要与国家为敌——不要法律，要自助"（《柏》S. 265 - 268），德布林引用的这段无政府主义者的煽动性讲演可追溯到某次政治聚会的开幕致辞上去。

一种同等重要的价值被德布林赋予了统计学意义，因为恰恰是数字能够避免由传统个人主义小说作家引起的主观曲解，而且能够赋予整部作品一种自然主义的特质。对统计学引用而言最具典型意义的是关于屠宰场的数据和柏林城的死亡人口统计数字：柏林屠宰场"占地 47. 88 公顷，相当于 187. 50 摩尔干，除去兰茨贝格大道后面的建筑物不算，耗资 27093492 马克，其中牲畜场占 7682844 马克，屠宰场 19410648 马克"（《柏》S. 136），又如"牲畜市场的肉畜供应：1399 头牛，2700 头小牛，4654 只羊，18864 头猪。市场行情：优质肉牛畅销，其他品种清淡。小牛畅销，肉牛清淡，生猪开始时坚挺，随后疲软，肥肉型无人问津"（《柏》S. 140），或如"牲畜市场的肉畜供应：生猪 11543 头，肉牛 2016 头，小牛 1920 头，肉羊 4450 头"（《柏》S. 146）。德布林的这些有关屠宰场的章节片段可以追溯到真实的数据源头上去——其中一个来源就是 1925 年 10 月"柏林城一所新肉市的开张备忘录"。死亡人口统计数字——"为了我们的死者得以安息。除去死婴，柏林 1927 年死亡 48742 人。4570 人死于肺结核，6443 人死于癌症，5656 人死于心脏病，4818 人死于血管疾病，5140 人死于中风，2419 人死于肺炎，961 人死于哮喘，562 名儿童死于白喉，死于猩红热的有 123 名，死于麻疹的有 93 名，另有 3640 名婴儿死亡。出生的人数为 42696 人"（《柏》S. 388）——完全是出于一名进行确认时的医生的冷静视角，按照一份无法断定出处的剪报援引的。通过这两组统计性质的引文我们可以清楚地看出：在一个现代大都市中，单个人的质的此在是如何越来越多地被交换价值和交换规律掏空的，以至于每个人仅被允许充当一个数字，在量的层面上与其他数字并存。除这两组引用之外，尚还有一系列关于柏林的冷静数字——"北纬 52 度 31 分，东经 13 度 25 分，20 座长途火车站，121 条市郊铁路，27 条环形铁路，14 条城市铁路，7 条调车铁路"（《柏》S. 448）摘自 1927 年《柏林城统计年鉴》——提供了尽可能精准的定位。

对描写大都市的现实有助益的还有：源自官方公告、报纸摘要、天气预报和经济广告的种种文本引用。由于篇幅所限，在此仅举一些最具典型性的例子。官方公告：出现在第二书开头的市景描写——"公布施潘道桥 10 号的地皮计划……"以及接下来的三段文字——是德布林依据《柏林市公报》（1928 年 1 月 22 日第三、四号）的消息引入文中的；"在萨克森/阿尔滕堡公爵领地，野兔属不属于可狩猎的动物之列？……在 24.2.54 的狩猎警察法草案中，野兔还未被提及"（《柏》S. 124f.）源出于一份真实的法律卷宗，它涉的是 1927 年 6 月 14 日柏林最高法院的一次审判。报纸头条和新闻剪报："法院开始审判贝格曼，此人是经济生活中的寄生虫，既危害公共秩序，又不顾廉耻"（《柏》S. 390f.）依据的是 1928 年 11 月 5 日《柏林报》的一篇报道；"关于齐柏林伯爵的文章"出自 1928 年 10 月 14 日的《柏林画报》；"齐柏林伯爵在有雾的天气情况下飞抵柏林上空…… 9 点 45 分，着陆绳第一次在施塔肯落下"（《柏》S. 391）出自 1928 年 11 月 5 日的《柏林报》关于飞艇从美国到德国凯旋的报道；"您听说过飞行员贝泽—阿尔尼姆的命运悲剧吗？……他用假名坐牢"（《柏》S. 303f.）是按照 1928 年 8 月 15 日的《柏林报》的相关报道引用的；"造访柏林的美国人潮水般地涌来……他和他的随行女同事莉莉·哈·蒙太古女士一道住在艾斯普拉纳德饭店"（《柏》S. 304f.）逐字逐句地征引自 1928 年 8 月 14 日的《柏林报》的一篇报道；"汤尼曾经一直是世界冠军……这件事情在 1928 年 9 月 23 日 4 时 58 分结束"（《柏》S. 361）出自 1928 年 6 月 26 日那一期的《柏林报》；"伊塔利亚号飞船……难以接近""另一架飞机……平稳着陆""再就是西班牙国王，他和该国的独裁者普利莫不和""巴登—瑞典的一次联姻"（以上皆出现于《柏》S. 235），"谋杀姑娘的凶手卢托夫斯基"和"环城电气铁路"（此二者皆出现于《柏》S. 236），所有这些都引自 1928 年 6 月 9 日《柏林报》里的文章。出自这天《柏林报》的引文还有："天气多变，以晴为主……柏林及其周边地区的天气预报"（《柏》S. 51f.）、"大西洋上空狂风肆虐……遭到扣留"(《柏》S. 378)、"一般的天气情况……逐渐恢复转暖"(《柏》S. 315)、"天气持续地暖热多雨,中午摄氏 22 度"(《柏》S. 236)。广告文字则包括:"您梦见自己做皮哈翁女王了吗?""这真令我惊讶……我不得不向您承认,我个人十分高兴""那种神奇的白玫瑰香……足以展示全部的丰腴"(以上三则皆出现于《柏》S. 278)、"当您发现袖子上有了第一个洞的时候……您所需要的"(《柏》S. 252)。通过这些重言蒙太奇,德布林向每一位读者展示了柏林世俗化了的末世景象:这座现代都市不仅不断地碎裂成各种危机现象,而且在混乱动荡的日常碎片中发展成一个崭新的功能系统。

第二节　庄子与德布林之互文性诗学的比较

一　概念解释:庄子的"重言"和德布林的"材料连续性"

庄子把"重言"理解为一种从卮言言说原则派生出来的、除象言和寓言之外的又一种策略性言说方式。重言的字面意思是"对已言之物进行重复的言说",也可以翻译为名词性及动词性的"引用"。庄子对这一概念的理解在其作中作了如下之概述:

> 重言十七,所以已言也,是为耆艾。年先矣,而无经纬本末以期年耆者,是非先也。人而无以先人,无人道也;人而无人道,是之谓陈人。[①]

这一言简意赅的观点表述却包含了各种思想启发,它们在众多现代性讨论——俄国形式主义讨论、后结构主义和阐释学基本思想的代表者之间的讨论,以及互文性记忆研究讨论——中得到了文学理论层面上的精确表达。如果我们把"耆艾"一词在德译中的些微差异——卫礼贤译为"前辈"(Vorgänger)、梅维恒译为"祖先"(Ahnen)——搁置起来,那么该词其实是一种隐喻,暗示着已然存在着的、传承下来的文献及文学资料,结合其作品《庄子》中具体的重言使用情况来看,这些文字材料不但涉及了历史名人及时代名人的格言警句,而且还囊括了著名神话、历史典

---

① Zz(RW), Buch XXVII. S. 207.

故、经典文段以及当时颇为流行的箴言言语、歌谣俚曲。这种对其他文本的援引已成为《庄子》表述思想内容的一种独特的创作手法，对应着在巴赫金（Michail Bachtin）、克里斯蒂娃（Julia Kristeva）和拉赫曼（Renate Lachmann）的论述中显露出来的对所谓文学艺术作品之独创性和私密性的否定论断。考虑到对具有储备能力的文学性创作元素之物质性的强调，庄子的尝试就可以被看作：对外来文本资源的插入进行诗学上的合法化。这种有计划的措辞表达将"耆艾"之言的宝库规定为作品创新的前提条件，它比拉赫曼提出的"互文性记忆研究"[①]更早一步看到：将先前发生的文学贮存到文化记忆中去，是互文性的基本前提。《庄子》中引文的互文性功绩在于："让一种文化产生出来的符号总体得以穿越符号层重新变得易读可解。"[②]

正如重言作为一种言说方式及文学创作手段在《庄子》里得到重视那样，对外来文本的加工利用也被视为德布林创作美学体系的一个重要组成部分，它把通过有意识的重新组织、联合已经存在的文本来创造新作品的过程称为："文学生成文学"。这种有计划的措辞表达方式栖身于德布林的散文《今日德语文学之一瞥》之中：

　　材料的连续性意味着：意识以及意识的观念是不应被理解为客观而物质的现实世界的直观反映的，其实它应该被理解为精神本质的各种具体领域，诸如：文学、音乐、造型艺术，而科学也具有它自身特殊且明确的形式和结构要素，我们把它们称为各领域里的材料，而某种特殊且具体的材料有其独特的运动方式，可以不断地衍生、发展，它拥有自己特殊的历史。文学生成文学……以至于那种学习着并创作着的人必须面对手边已然存在着的材料中所拥有的一切事物。他不必相信，他的创作是从一个以观察和参与的方式面对时代现实的个人的心中自由喷涌出来的。他的创作反而首先应该遵循他所处时代之历史环境递给他的一条线索……这就表示：对于塑造意识内容这项活动来

---

① 在该课题领域内，拉赫曼的努力至关重要：她指出了存在于互文性理论和文化记忆工作之间的关联性。拉赫曼认识到："借助记忆法，充满想象力的回忆显现出其初步功效，为所有作为记忆行为的书写行为奠定了基础。"

② Renate Lachmann：Gedächtnis und Literatur. S. 76.

说，由文学及其他领域出让和传递而来的材料才是真正的创作手段。①

　　德布林利用以上这段阐述试图将外来文本的插入在诗意层面上进行合法化。正如庄子着意地提升引用"耆艾"之言之于其作品结构的重要性，德布林同样也在强调着"材料连续性"对于文学创作的重要意义。这些材料并没有将自身局限在流传下来的经典文学范围内，而是延伸扩展到文学之外的生活领域里，诸如：科学、艺术、经济、政治以及社会环境，凡此种种，不一而足。互文行为的文学内指向和文学外指向、往昔指向和当下指向各具特色，它决定了《柏》的多价性文本结构（polyvalente Text-struktur）。隐居在一个词或某一篇章幕后的是多种不同的况味，它们远迈时间和学科体系的疆界，直指一段段异质性文本。由此，在《柏》里借助重言型蒙太奇的运用，一张相较于象言及寓言蒙太奇更为复杂繁密的文本网络渐次清晰起来。

　　在庄子对"耆艾"之言的定义过程中呈现出一种对引用其他文本的筛选标准，也就是为使用那些被证明为经典的文本择取尺度。这些"经典文本"被扬·阿斯曼（Jan Assmann）授予了一种规范价值（normative Wertigkeit）。② 庄子对待经典文本的态度即可作为它们在文化共同体内的集体约束力（kollektive Zwangskraft）的明证，因为在它们内部隐藏着多种"集体象征符号"（Kollektivsymbole），③ 它们在汉文化圈的"集体记忆"（Kollektivgedächtnis）中被广泛存档。在使用这一类象征符号的过程中庄子的实际目的在于：向读者担保一套相对稳定不变的附加含义系统的运转，整套系统可将一系列联想编写成众多文化符码。因此，对智识阶层富含生发能力的文学交流而言，经典文本的挪用构成了其基本的先决条件。其出发点是：对阶层归属的确认、对来自自我立场和见解之说服力的认可，只能借助在经典文本中形成的共同规范和价值发生。

① SzÄ, *Blick auf die heutige deutsche Literatur* (1933). S. 278 – 288.
② 关于"经典文本"这一概念，参见 Jan Assmann：Das kulturelle Gedächtnis：Schrift, Erinnerung und politische Identität in frühen Hochkulturen. München：Beck，1992. S. 94ff。
③ 关于"集体象征符号"这一概念，参见 Jürgen Link und Ursula Link-Heer：Literatursoziologisches Propädeutikum：mit Ergebnissen einer Bochumer Lehr-und Forschungsgruppe Literatursoziologie 1974 – 1976（Hans Günther, Horst Hayer, Ursula Heer, Burkhardt Lindner, Jürgen Link）München：Fink，1980. S. 416 – 426。

　　在挑选互文文本的过程中，德布林和庄子都对传统经典文本中蕴含着的集体象征符号和文化主题给予了关注，并承认其与文学创作具有一种交互式影响作用："通过这些文化遗产有如许之多的事物得以保存下来，祖先们的依然鲜活的事物如此柔软、如此多样，以至于那异常遥远的东西在他体内振动着、共鸣着，有能力共鸣着。"[①] 德布林对众多集体象征符号和文化主题的处理在从摘自圣经的段落中得到了最清晰的展示，它在《柏》中占去了很大的篇幅份额，着重突出了犹太教—基督教母题、亚当—夏娃母题、巴比伦荡妇母题和约伯献祭母题。

　　对此，我们可以在这里征引一个例子。第七章最后一节"星期六，9月1日"中描述了该小说的高潮部分"米泽之死"的一幕。其中，作者以稍作改动的形式将两则引文作为主导母题添加到上下文中去：一则是关于所罗门箴言"万物皆有时日"的改写，它取自《圣经·传道书》第三章第一节至第七节以及第十二节，在小说的该章节中出现了 8 次（《柏》S. 346 - 353），并在第九章的第六节"这里将要描述，什么是痛苦"中再度出现（《柏》S. 442）；另一则引文"有个收割者名叫死神"取自《少年魔法号角》（Des Knaben Wunderhorn）中的"丰收歌"，这则引文在该章节中出现了两次（《柏》S. 345、352），并且作为主导母题贯串了整部小说。对圣经和赞美诗的引用在有关易逝性主题方面有着异曲同工之妙，并因此突出了人之此在的末日天启的维度。这些主导母题性质的引文虽然是一种"传统叙事方式"[②]，但与此同时还充当着提高象征意味的艺术加工手段，尤其是当它被德布林"重新阐释"[③] 之后。此外，先知预言"万物皆有其时日"的主题及其刻板的语用方式，带有先知书典型的多位联结结构特征的并不断循环重复对立组合的句式韵律，都在引用中得到了高度保留。但作者通过将词组压缩成成对出现的头韵组合（"brechen/bauen" "zerreißen/zunähen"）加强了节奏的紧迫感。于是，引文获得了多种功能。一方面，它们把末日天启的大都市主题扩展到圣经、神话和历史的模式领域；另一方面，它们还非常有助于增强戏剧冲突，并赋予了该章节特有的基调。

---

① 　UD，S. 253.

② 　Hanno Möbius：Montage und Collage. S. 411.

③ 　Ebd.

二　互文性意图和语言思考之间的关系

拉赫曼对互文性操作方法给出了三种模式："参与"（Partizipation）——以一种始终保持肯定的姿态、"转喻"（Tropik）——以一种尚怀敬意的"超越和转移"的姿态、"转换形式"（Transformation）——以一种无礼冒犯的僭越姿态。① 《庄子》中运用的互文性手法即符合上述三种模式。其主要目的在于：在证实道之真理性存在②的过程中以重言"杜悠悠众口"③。此处庄子的出发点是一种出于接受心理学的考虑："与己同则应，不与己同则反；同于己为是之，异于己为非之。"④ 就此而言，文本空间的三个维度——写作方式的主体、接受方、其他文本——之间的关系被给予了高度关注。庄子在此将重言作为一种言说策略加以利用，借其力使作者看上去仿佛消隐在文本之中，以便避免在作者主体和读者主体之间发生抵牾。

除了有意识地使用其他文本之外，《庄子》这部作品在诠释学意义上还存在着另外一种生成方式。该方式将后结构主义关于互文性概念的讨论要点提炼了出来，即关于外来文本所具有的强制先导性，以及由此而产生的对当下文本始终无意识的灌注和影响，而这一切或是在作者意图缺失的情况下，或是在违背作者意图的情况下发生的。这里，庄子并没有把一部文学作品视为一个拥有自我身份和独创性的闭合单元，而是把它看作一件具有开放性的集体工作，它破译出被单数的作者无意中进入的与传统连续性——宗教母题、传统的"思维形象模式"（Denkfigur）——的互动关系。在这种写作行为当中，作者失去了对其文本安排的控制力。由于他扬弃了对作品的领导姿态，故而成为一个参与者，参与到将过往之文学与当下之文学总括起来作为整体进行的言说之中，从而通过去个人化的集体言说让这个无中心的、飘忽不定但完整无缺的现实世界呈现在我们面前。所以，我们现在可以断定：重言手法贯彻实现了卮言所隐喻的言说原则。

这种作为文本策略的有意识的互文性实践的目的在于：重新整合进入

---

① Renate Lachmann：Gedächtnis und Literatur. S. 38.

② 庄子作出了如下与之相关的表达："benutzte er［Zhuangzi］［…］, Zitate zum Beleg der Wahrheit,［…］." Vgl. Zz（VHM）, Kap. 33. S. 461.

③ Ebd. Kap. 27. S. 382.

④ Zz（RW）, Buch XXVII. S. 207.

被现代化破坏了的整体性之中。除了这种互文性实践，在与流传下来的文本的互文性依存关系中德布林发现了一个答案，可以解答他早先针对艺术作品有意识的"不确定性"提出的问题。在《叙事作品的构造》一文中他大致描绘了文学创作的一种状态，写作着的作者在这种状态下丧失了对文本的控制。① 这一过程被理解为"生成中的作品自我表演的状态"，其"魅力"导致作者自动放弃"他对作品的领导立场"。② 伴随着意图清晰性的丧失，尽管意外收获了文学作品的无名性（Anonymität）效果，但是正如德布林论断的："……当作品吞噬了作者和他有意识的自我的时候，他面对作品时的立场就变得愈发捉摸不定：我们正处于一种持久的、佚名且朦胧的构思阶段。"③ 以下这段文字摘自《我们的此在》一书，述及了艺术作品有意图的"不确定性"和不由作者控制的互文性参照架构的关系：

> 于是，许多真正的艺术作品，还有很多真正的洞见和认识迎来了一种妙不可言的幽暗状态。作品和认知都不可思议地处于可解与不可解之间，若它们这样持续下去的话，那它们就要将此归功于深藏于时间尽头的源泉。④

德布林通过这段论述提供了一个对阐释自身作品和其他作品来说至关重要的暗示：与其把作品仅仅视为由作者意图引导的、同质的结构，毋宁说，外来文本的具体要素"深藏于时间尽头的源泉"决定了意义设定的模糊性。由此看来，阐释学和后结构主义就互文性意图的问题各自提出的互文性理念在德布林和庄子那里不但不是互相矛盾的，而且是互为补充的。

此外，德布林对外来文本"不可控制的"的依赖还可以从互文性意图问题和他的语言颠覆相结合的视角来加以考察。就像前文所分析的那样，德布林和庄子都倾心于用一种新的方式去理解言说，亦即让言说立足于固化的自我意识之消解和作者书写时绝对的自主力之弃绝之上。这种类似于

① SzÄ, Der Bau des epischen Werks. S. 234.

② Ebd.

③ Ebd.

④ UD, S. 253f.

厄言言说原则的语言理念迫使作者参与并传达一种作为沉默的集体言说的自然语言，而这种言说首先就隐身于各种超越时空的陌生文本之中。恰恰是那种"吞噬"了作者自我意识的重言手法为德布林开启了一个通道，使之从单数的作者走向集合概念的作者群，并使其叙事作品的制作向着"集体创作"的方向发展。德布林曾反复表述过这样一个观点：有一个常与艺术作品联系在一起的形容词——"创造性的"（schöpferisch）——若被"科普式地"使用，则会完全失去意义。① 相反，"安排布置"（Arrangement）这个词倒应该被承认是真正意义上的艺术之"'创新'性能"②。德布林的这个观点展露出一种为其全部美学著作奠定理论基础的诗学意向：即把那种所谓"艺术被诗人的超自然能力神秘化为'无中生有'（creatio ex nihilo）"③ 的阐释尝试斥之为荒唐。"他（艺术创作者）不必相信，他的创作是从作为个人的他体内自由喷涌出来的。"这样，德布林把艺术生产定义为文化共同体的"集体创作"（Kollektivarbeit），在此过程中"诗人"承担了"调节平衡"的功能，④ 就像他在集体言说中所扮演的参与者之角色那样。所以人们可以得出这样一个结论：在《柏》中使用作为蒙太奇元素的外来文本的必然性主要是由德布林全新的语言观的内在要求所决定的。

第三节　德布林和庄子的重言型蒙太奇应用形式之间的相似点

一　重言型蒙太奇的插入方式和效果

将其他文本插入《庄子》的过程中，虽然没有完全放弃对相关段落的预先提示或与上下文的润饰过渡，然而一种在作品中使用得更加频繁的奇特的文本插入模式引爆了某种程度的语义层面和风格层面上的断裂。《庄子》第一章的开端部分——"鲲鹏变化"⑤ ——即是明证。作者在该

---

① 德布林断言："如人们所看到的，我想在这里创造性地回避不讨喜的字眼。" Vgl. SzÄ, *Schriftstellerei und Dichtung*（1928）. S. 203.

② Ebd. S. 203f.

③ Vgl. Karl Otto Conrady: Gegen die Mystifikation der Dichtung und des Dichters. In: Literatur und Germanistik als Herausforderung. Frankfurt a. M.: Suhrkamp, 1974. S. 97 – 124.

④ SzÄ, *Der Bau des epischen Werks*. S. 233.

⑤ Siehe Anhang C. *Metamorphose des Fisches Kun in den Vogel Peng*.

章节中把外来文本、隐射寓言、与读者直接对话交织进论述过程中去，取代了那种纯哲学式的思辨论证，并由此创造出一种框形套嵌式结构：在这种结构中，作者首先以一段对外来文本"鲲鹏变形记"的改写揭开序幕，继而又把这段外来文本的原始文字逐字逐句地再现一遍，甚至还点明了出处；紧接着提出一系列挑战想象力的问题，再跟上一则拟人化了的"蜩鸠对答"的寓言，然后是一段作者与读者推心置腹的直接攀谈和一段常规逻辑性的，但依然没有放弃举例说明的论证；随后"鲲鹏变化"的外来文本再次出现，其再现形式却进入了两个历史人物的对话之中；接踵而来的是众多拟人化了的生物演绎的或有关名人的隐射寓言，最后该章节以作者的一段思考总结收煞。透过这种调度安排互文文本以不同的形式和各种类型的寓言以及作者的基本观点环环相扣、紧密卯榫，避免了哲学性语言使用中单调冗长、单线枯燥的现象。在读者这方面，蒙太奇化了的外来文本插入方式引爆了他们的联想，借此一个更广大的思维空间被拓新出来。

　　正如《庄子》中重言手法的应用，《柏》中的其他文本作为蒙太奇要素也将自身与一种会导致语义和风格层面断裂的插入模式联系起来。而介于互文文本和周围文本，或介于不同外来文本之间的影影绰绰的主题从属关系因此只能通过联想进行推断。这样一种操作方式多半是有意为之的。我们在此可以引述由源自《圣经·传道书》箴言的标题、①屠宰场桥段、约伯故事改写和毕勃科普夫的主要情节以及米泽之死共同构成的框形套嵌结构作为例证。Ulrike Schrader 对此间关联的分析切中肯綮：毫无过渡地拼合约伯故事和《传道书》箴言充当的标题，其基础是"出于神学角度思虑周详的有意安排"：

　　　　《约伯记》和《传道书》之间存在着一种阐释关联，它可被视为"智慧危机"的一种神学表达。在《旧约圣经》文学内部，这两卷书

---

　　①　比较《柏》第四章第四节标题"因为人和畜生一样；它怎么死，他也怎么死"（*Denn es geht dem Menschen wie dem Vieh；wie dies stirbt，so stirbt er auch*）；第四章第六节标题"大家全都拥有一样的气息，人和畜生没有丝毫不同"（*Und haben alle einerlei Odem，und der Mensch hat nichts mehr denn das Vieh*）。比较《圣经·传道书 3，19》：„ Denn es geht dem Menschen wie dem Vieh；wie dies stirbt，so stirbt er auch，und haben alle einerlei Odem，und der Mensch hat nichts mehr als das Vieh；denn es ist alles eitel. "

共同撰写了一篇关于某种新型神学体认的导言。围绕着"行动—境遇—因果逻辑"（Tun-Ergehen-Logik）展开的传统智慧思维和无辜者承受生存之苦的体验之间存在着一种矛盾。在对这种矛盾客观存在性的强调中，这两卷书所依据的是人之批判能力，而这种能力对宗教本身构成了威胁。如果说《约伯记》点燃了因传统教义与活生生的苦难现实之间水火不容而导致的一场激烈澎湃、毫不遮掩的抗议，那么《传道书》则将约伯的体验驯化成了宿命而晦暗的了悟。①

作为约伯为表明自己无罪而发的誓言的结果，《传道书》对待约伯的态度就如同沉思之于体验、理论之于实践。通过一种有意而为的并列杂陈式的安排暗示出这两篇外来文本之间意蕴丰富的相互关联。互文文本和上下文之间的这种产生自"蒙太奇—联想"拼接方式的主题相关性还存在于流行俚曲、广告词、报刊文章、分类广告、公开信、论战传单等文本碎片的插入过程中，从而活灵活现地直呈出大都市的总体概貌。

这种由德布林在《柏》中创建的通过多种语言风格和描写媒介，特别是通过各式文本类型演绎的多声部杂糅—蒙太奇小说的模式，第二次世界大战后主要被巴赫曼（Ingeborg Bachmann）在其小说《马利纳》（Malina，1971）中以"一种值得注意的方式"继承了下来。② 这种"值得注意的方式"一方面涉及了鲜明的"去叙事化"倾向，③ 这一倾向的实现手段包括：《马利纳》在开头处引入具有自然主义戏剧特色的说明性人物名单，引入一段或被视为叙事者话语，或被视为导演舞台说明的关于亚里士多德—古典主义戏剧理论的思考，让能够产生戏剧化效果的现在时叙事直接跳换进场景感较强的描写之中，以及大篇幅的人物对白和准文本性质的舞台指示；同时，这种值得注意的方式还涉及了不同寻常的断续的描写方式，它将发散性文本碎片彼此穿插在一起："叙事性段落和戏剧性对白、书信和来自'我'的札记、摘自现代文学重要作品——从兰波到策兰——的引文，最后还有来自作曲家阿诺德·勋伯格的音乐剧《Pierrot lunaire》中的几个小节……这就意味着：小说——超越了德布林的建

---

① Ulrike Schrader: Die Gestalt Hiobs in der deutschen Literatur seit der frühen Aufklärung. S. 117.

② Vgl. Helmuth Kiesel: Geschichte der literarischen Moderne. S. 441f.

③ Jost Schneider: Die Kompositionsmethode Ingeborg Bachmanns: Erzählstil und Engagement in "Das dreißigste Jahr", "Malina" und "Simultan". Bielefeld: Aisthesis, 1999. S. 280.

议——现在将音乐也吸纳了进来、跳换成歌咏的模式，如此一来，使得语言艺术可以支配的表达可能性变得更加完善。"① 此外，曾在前文中被探究过的《庄子》和《柏》中的重言蒙太奇"嵌套结构"（Verschachtelungsstruktur）也明显出现在《马利纳》关于保罗·策兰（Paul Celan）诗歌的引用当中：小说第一章以一个起到预告功能的句子"我兴许可以将自己隐藏在一个从未存在过的女人的传说中"② 将一段传说故事"卡格兰公主的秘密"（Die Geheimnisse der Prinzessin von Kagran）植入文本。这则传说配有大量来自策兰——女作者的情人——的诗集《罂粟和记忆》（Mohn und Gedächtnis）的引文，策兰的种种面貌性格都在"陌生人"这一人物身上显露出来：引文"把玫瑰刺刺入心中"在小说文本中出现了两次——"但我们旋即就会见到，只要你把玫瑰刺刺入我心"③ 以及"因为他已将第一根花刺插进了伊的心房"④ ——这则引文来自策兰的诗《宁静！》（Stille!）："宁静！我把玫瑰刺刺入你心"⑤；"他们比黑夜还要黑"⑥ 这句话唤起了我们对策兰在《赞远方》（Lob der Ferne）中的诗行"比黑色还黑，我更裸"的记忆；⑦ 同样，"他们说着他们或明或暗的阴阳之事"⑧ 这个句子则对应着策兰的《冠冕》（Corona）中的诗行"我们说着我们的幽暗之事"⑨。第二章"第三个男人"由众多梦中场景构成，其内容是对以第一人称叙事的女性自我的战争体验的可怕梳理。在一段创伤性梦中场景——此处她提及了策兰的自杀——的结尾处参引了前文已述的"卡格兰公主的秘密"那段传说故事，其中"陌生人"这一形象，即策兰的化身，于此处突然浮现在小说文本当中。于是《马利纳》和《柏》都

① Helmuth Kiesel：Geschichte der literarischen Moderne. S. 442f.

② Ingeborg Bachmann：Malina. Frankfurt a. M.：Suhrkamp，1980. S. 61.

③ Ebd. S. 69.

④ Ebd.

⑤ Paul Celan：Die Gedichte：Kommentierte Gesamtausgabe in einem Band. Hrsg. und kommentiert von Barbara Wiedemann. Frankfurt am Main：Suhrkamp，2003. S. 52. *Stille!*：„ Stille! Ich treibe den Dorn in dein Herz，/ denn die Rose，die Rose / steht mit den Schatten im Spiegel，sie blutet! "

⑥ Ingeborg Bachmann：Malina. S. 64.

⑦ Paul Celan：Die Gedichte. S. 37. *Lob der Ferne*：„ Schwärzer im Schwarz bin ich nackter. / Abtrünnig erst bin ich treu. / Ich bin du，wenn ich ich bin. "

⑧ Ingeborg Bachmann：Malina. S. 68.

⑨ Paul Celan：Die Gedichte. S. 39. *Corona*：„ Mein Aug steigt hinab zum Geschlecht der Geliebten：wir sehen uns an，wir sagen uns Dunkles，wir lieben einander wie Mohn und Gedächtnis，wir schlafen wie Wein in den Muscheln，wie das Meer im Blutstrahl des Mondes. "

在插入外来文本时形成了一种相同的嵌套结构，借助它的力量整个小说文本得以在一个由复杂的参照关系和联想性关系形成的张力场中被组织起来。

二　其他文本的改写与新释

《庄子》中重言的具体应用清楚地表明：其他文本并不总是以逐字逐句借用的方式——如"引用"（Zitat）或"抄袭"（Plagiat）——插入当下文本的。当一段忠实于原文的引用文字被称为"互文"（Intertext）① 的时候，那么按照 Gérard Genette 对文本接合方式的类型划分，《庄子》的互文技法在某些场合便可归入"超文本"（Hypertext）这一上位概念。"超文本性"（Hypertextualität）则被理解为对所采纳的原文进行一次"形式转换"（Transformation），② 在此过程中其他的语义和词法特征通过模拟（Nachahmung）、改编（Adaption）或者"戏仿"（Parodie）发挥效力。例如"孔子"作为一个反道家思想的人物虽然多次被揶揄地从传统文本中撷取来安插到《庄子》里，但在某些个案中却被塑造成一个追寻道的智者，作者完全无视他作为儒家学派创始人的身份。庄子在利用这个被改写又被重新定义了的人物形象时完全就像在使用一个论述工具，其目的一方面在于通过解构式的"亵渎神圣"（Profanisierung des Heiligen）③ 来激活"对已知的局外文本的再度阐释"④；另一方面是想借助这类名人的威望来提升自我文本的说服力，具体方法就是：作者通过运用"相似的互文文本、跳转甚至逆转的人物"，也即通过以"僭越的姿态"对它们进行"唐突不恭的"调和，从而将先前的文本资料据为己有。⑤ 就此而言，"转换形式"的根本目的恰恰在于"粉碎已经存在的文本意义"⑥，将自己从对先前文学之主导优势的想象中解放出来。

---

　　① 关于"互文性"这一概念，参见 Gérard Genette：Palimpseste：die Literatur auf zweiter Stufe. Übers. Von Wolfram Bayer und Dieter Hornig. Frankfurt a. M.：Suhrkamp, 1993. S. 10。

　　② Ebd. S. 14.

　　③ Julia Kristeva：Bachtin, das Wort, der Dialog und der Roman. Übers. von Michel Korinman u. Heiner Stück. In：Jens Ihwe（Hrsg.）：Literaturwissenschaft und Linguistik：Ergebnisse und Perspektiven, Bd. Ⅲ. Frankfurt a. M.：Athenäum, 1971. S. 367.

　　④ Renate Lachmann：Gedächtnis und Literatur. S. 68.

　　⑤ Ebd. S. 39f.

　　⑥ Ebd. S. 40.

《柏》中"经典文本"① 的安插和《庄子》中重言技法的使用一样，其实现自身的方法或是以始终保持肯定的态度用几乎一字不差的方式再现前文本，诸如：关于天堂的叙述、巴比伦荡妇、选自《旧约圣经》"耶利米书"和"传道书"的段落；或是用改写的手法来完成文本插入，例如：经过改头换面的约伯的故事、亚伯拉罕和以撒的故事，还有来自古希腊神话的俄瑞斯忒亚的故事。宗教母题在小说文本中的层层累积叠压诱使某些德布林研究者把《柏》当作一部宗教作品来阐释。② 但依据 Albrecht Schöne 的观点，值得强调的要点反倒是在于：圣经文本及风格要素的插入只允许被间接地解读为作者对其宗教虔诚的"个人告白"③。鉴于德布林④曾盛赞"圣经的翻译者马丁·路德的风格"对后世文学创作来说具有"一种创造力和无法抗拒的影响力"⑤，那么有一种视角值得推荐，即我们可以将德布林的圣经文本的使用视为"世俗化"⑥ 的某种象征。在一篇名为《超然于上帝之外》（Jenseits von Gott！）的文章中德布林强调说：圣经自我呈现为由各种"奇闻轶事"和"文学成品"糅合而成的文化历史混杂物。⑦ 他着力突出了众多无名氏的记录者和奇闻轶事的口耳相传者的参与之功，并声称要维护宗教著作的集体创作权：

　　　　而现在，当我们保留共同体，或者已经保留了它以及想要保留它

---

① Jan Assmann：Das kulturelle Gedächtnis. S. 102f.

② Walter Muschg 把《柏林，亚历山大广场》视为一部"基督教文学作品"。Vgl. Walter Muschg：Nachwort zu Berlin Alexanderplatz. *Die Geschichte vom Franz Biberkopf.* S. 519；Albrecht Schöne 在这部小说里看出了"救世小说的标志"。Vgl. Albrecht Schöne：Alfred Döblin. S. 298；Robert Minder 把该作品描述为"宗教劝诫诗"。Vgl. Robert Minder：Alfred Döblin. In：Deutsche Literatur im 20. Jahrhundert：Strukturen und Gestalten. Bd. II. Bern/München. Francke，1967. S. 136.

③ Albrecht Schöne：Säkularisation als sprachbildende Kraft：Studien zur Dichtung deutscher Pfarrersöhne. Göttingen：Vandenhoeck & Ruprecht，1958. S. 23f.

④ 关于德布林的皈依天主教的问题参见 Helmuth Kiesel：*Döblins Konversion als Politikum.* In：Hinter dem schwarzen Vorhang：die Katastrophe und die epische Tradition. Tübingen：Francke，1994. S. 193 – 208。

⑤ SzÄ，*Der Bau des epischen Werks.* S. 243.

⑥ 关于"文学的世俗化"（Literarische Säkularisation）这一概念，参见 August Langen：Zum Problem der sprachlichen Säkularisation in der deutschen Dichtung des 18. Und 19. Jahrhunderts. In：Ders.：Gesammelte Studien zur neueren deutschen Sprache und Literatur. Berlin：E. Schmidt，1978. S. 109 – 127。

⑦ Alfred Döblin：Jenseits von Gott（1919）. In：KSI. Olten und Freiburg im Breisgau：Walter. 1985. S. 254.

的时候，我们就是正在回收利用自己。在这些伟大而庄严、神秘且可人的事物上劳作着的不仅仅是神父跟僧侣，而是作为整体的人民群众连带着全部艺术家和其他精神生产者都参与到对它们的加工过程中来。因此教会俘获了我们的心，因此成千上万的人尽管暗中抵制，但依然依恋于它。①

这里涉及文学的世俗化问题，否定了教会机构对圣经宣称的专属著作权；于是提出应该放弃关于该作神圣不可侵犯的想法。

关于"世俗化"（Säkularisierung）德布林没有把它单纯理解为一种形式上的改写，而是像庄子在重塑"孔子"形象时那样，把它理解为作者出于重新诠释的意图而对经典前文本的改写。德布林自我疏离了在现实主义和自然主义鼎盛时期居于正统地位的确定而静止的现实观，抛弃了"模仿说"（Mimesis）之假定，由此他的叙事作品从那种如"铁幕"般"隔绝读者和作者"的纯现实主义报道形式中自我解放了出来。德布林特别看重这样一种可能性：通过叙事者"抒情或嘲讽"的干预，或者通过与读者的"直接攀谈"，可以强化读者与作品之间的关系。② 通过引入一个全知全能型的叙事者——他可以用"反思""戏剧化"③"进攻性""揶揄"④ 等各种姿态介入叙事过程——为叙事主体在小说的内在世界中自由驰骋开辟了一片活动空间。德布林这种追求多样态叙事描写的新文学观替那些既会逐字逐句引用外来文本，也会对它们进行改写、评价、批评及戏拟的叙事主体作了辩护。

就这一点而言，两段《约伯记》的改写（《柏》S. 143 – 146；S. 379f.）和两段关于"亚伯拉罕和以撒"的改写（《柏》S. 284f.；《柏》S. 312）最具代表性。如果说旧约的《约伯记》中上帝的最终判决导致了这样的猜测——约伯完全是通过自己的力量实现了自救⑤——的话，那么《柏》中《约伯记》的改写则涉及这样一种见识：那种旨在获取完全之自

①　Alfred Döblin：Jenseits von Gott（1919）. In：KSI. Olten und Freiburg im Breisgau：Walter. 1985. S. 259.

②　SzÄ, *Der Bau des epischen Werks*. S. 224ff.

③　Ebd. S. 225.

④　SzÄ, *Alles hat sich geändert*. S. 277.

⑤　关于此猜测，参见 Ulrike Schrader：Die Gestalt Hiobs in der deutschen Literatur seit der frühen Aufklärung. Frankfurt a. M. /Bern/New York/Paris：Lang, 1992. S. 120. Fußnote 17.

主性的强烈反抗乃是一种无法实现的妄想，是一种乌托邦。① 而 Thomas Isermann 的意见恰恰相反，他认为德布林改写的《约伯记》的价值正在于原原本本地肯定了约伯的自主性："而重新阐释这个故事的意义在于强调被考验者是通过自身努力而得救的。"② 由此可见，德布林把任何一种真实材料都仅仅当作为艺术塑造而存在的小说素材，而作者对它们可以任意加工、修改以及重新评价。正如这篇被改写的《约伯记》，关于亚伯拉罕和以撒的故事改写也由于作者对它的转释而引发了阐释分歧，论争的核心就是前文讨论过的"牺牲—主题"（Opfer-These），因为在这篇改写文字中叙述重点从献祭过程转移到作为牺牲品的人物身上去了。被质疑的并非是提出要求的上帝和父亲的至高无上与冷酷无情，也不是身为人子的无知无觉，而是留给牺牲者的回旋余地。当此千钧一发之际，在约伯和以撒身上都发生了一种神秘的顿悟过程，这种开悟将他们从意志薄弱者和无知愚昧者的状态中引领到对行动者主体之自由的救赎意识中去。

这种充满悖论意味的有关档案和报告的引用方式同样也存在于德布林的历史小说《华伦斯坦》中。与其说这部小说的目的在于追求历史的一览无余和事实的清澈见底，毋宁说它更像是一座用无数强加于作者的、可塑性很强的文献资料与事件场景建造而成的迷宫。③ 在这部历史小说里，引导作者之笔的不仅仅是他自身的语言创造力，而且更是书写这些早期文献的语言本身："人们相信书写，而人们却被书写着。"④ 人们会说，这样一位作家是陈年旧事的传声筒。因此，我们不必为德布林回顾《华》这部小说时所讲的话而感到惊诧："我坠入了对档案卷宗和报道资料的爱河之中，并为之而痴狂。我极想不做任何加工地直接使用它们。"⑤ 他在组织这部作品时将史实以一种不越雷池一步的忠诚态度复现出来，因为逼真于他而言至高无上："我是这样着手写作这部或那部历史作品的，以至于我几乎不能自持地要把整个档案资料照抄照搬下来。有时我肯定是在档案

① 关于此观点，参见 Barbara Baumann-Eisenach：Der Mythos als Brücke zur Wahrheit. S. 191。
② Thomas Isermann：Der Text und das Unsagbare：Studien zur Religionssuche und Werkpoetik bei Alfred Döblin. Idstein：Schulz-Kirchner, 1989. S. 172.
③ Ebd. *Epilog*（1948），S. 384.
④ Ebd. S. 131.
⑤ Ebd. S. 387.

资料之间因钦羡而感到崩溃，然后告诉自己：我绝对不可能做得比这更好。"① 但是德布林也曾经表达过完全不同的观点："我就从没见过任何'真实'"。② 这种德布林特有的"臭名昭著"的矛盾双方并不彼此排斥，反而属于一个统一整体。德布林一面承认历史话语和文字的真实性，另一面又否认这种真实性。两种情况下他都只抓住了其中的一个侧面，而未将整体摄入眼中。关于整体他的陈述如下："真正的创造者务必要完成两个步骤：他必须无限贴近现实，贴近它的客观性、它的血、它的气味，然后他还得冲破这层事实，这是他的特殊使命。"

互文改写作为一种写作手段激活了与文化宝藏的互动交往。由于历史崇拜情结只会使对文化经典有选择的认同固化为一座座不朽的，同时也不再生长的纪念碑，并从而导致文化连续性的断裂，那么激活这种文化连续性的首功当属对文化精华所做的必要的形式转换和再度阐释："旧有的文化知识填充了一种真空，并为新的文化知识输送着构建材料、营养成分。"③ 人作为此在在文学中的互文实践以这种方式发挥着重新整合进解释学循环之入口的作用，其具体方法就是：唤醒共同栖居于完全异质性社会——生活在其中的人们的共同体归属感被个人间白热化的竞争冲突和日益错综复杂的政治经济利益关系不断地威胁着、瓦解着——中的成员们对文化共同体意识的记忆。来自传统的经典和现代生存的完全令人眼花缭乱的多样性与不确定性都汇聚到"当下之池"中，在蒙太奇旋涡里以交流的方式邂逅，彼此照亮对方，直到超越语言的生存顿悟重新从由过去、现在、未来混合而成的整体中破茧而出。德布林针对文化经典的改写区别于那种极端的将经典去神秘化和消解经典的做法。这种极端做法顺应着在后现代框架内彻底废除社会核心规范和完全颠覆说理性神话的浪潮，并迎合了"小故事"的转向，这些小故事将旨在实现真实性的语言游戏保存于它们的异质性中。德布林的重言蒙太奇倾向于在布莱希特启蒙式的神话阐释和后现代过激的颠覆消解经典两种极端之间游移不定。他的讽刺和改写不应被完全视为颠覆性的形式——其最可怕的表达就是后现代这个时代里不断扩张、无孔不入的恐怖主义——而更应被视为那种对重建整体性和重

---

① Thomas Isermann: Der Text und das Unsagbare: Studien zur Religionssuche und Werkpoetik bei Alfred Döblin. Idstein: Schulz-Kirchner, 1989. S. 114.

② Ebd. S. 340.

③ SzÄ, *Der Geist des naturalistischen Zeitalters*. S. 174.

建意义亦能发挥积极作用的颠覆性。这样，不但不绝如缕的文化连续性得以维系，而且文化在历史中不可避免地向着单值性衰减的轮回宿命也在重言蒙太奇旋涡永不止息的旋转中实现了自身。当小说世界中被描绘的现实通过大量被改写过的引用型蒙太奇不断地向着神话世界回归的同时，之于神话而言与生俱来的整体性也不断地复现于现实当下。德布林和庄子以及其他笃信神话之"永恒轮回"（ewige Wiederkunft）的作家，将过往与当下、神话与现实、生与死等各种矛盾对立一刻不停地引入无穷的蒙太奇微观旋涡，整部作品从而也被他们像一个巨大的旋涡驱动起来。在小说展开的过程中，采取了卮言立场的作者的此在和放弃了孤狂的自我拘执的读者的此在提供给每个瞬间以坼裂开的虚空。此时，这些空隙就变成通往阐释循环的入口。

第九章

结　论

　　20 世纪 20 年代末，当德布林创作并发表《柏林，亚历山大广场》这部小说的时候，电影作为一种新出现的媒体正享受着大众对它的青睐。德布林就是一个影迷，在 1909 年之后一再地就电影的艺术内涵，特别是关于电影与文学的关系发表着自己的观点。[①] 因此，当我们看到如此之多的评论者认为德布林叙事和布局中的蒙太奇技巧来自于电影、其小说以一种电影的方式写就，便不会再感到诧异。相反，Matthias Hurst 中肯地指出：赋予《柏》独特外貌的蒙太奇技巧不可以被简化为"电影摄影术在文学中的移用"："该文学现象的生成脉络可以回溯至比电影更为久远的年代，可以被探究到比模仿某种技术媒介更为深邃的地方。"[②] 所以就有一些阐释者力图在文学的框架内部寻找《柏》蒙太奇技法的灵感源泉，然而经常把自身限制在文学作品之间"影响—接受"关系的刻板模式中。由于时代和主题上的相近性，他们将德布林的蒙太奇应用视为对同时代小说《尤利西斯》和《曼哈顿中转站》的生硬模仿。而种种迹象表明，那种所谓的直接仿效是无法被证实的。[③] 两种阐释路径都从外在于德布林文学理论和实践的可能存在的影响出发，却把作为叙事技巧的蒙太奇和德布林小说诗学、语言哲学以及他特有的对世界和人的憧憬的内在相关性置于脑后。同时不容忽视的是：文学史长河中总有一派作家一再浮出水面，他们与言说或写

---

　　① Vgl. Helmuth Kiesel: Döblin und das Kino: Überlegungen zur < Alexanderplatz >-Verfilmung. In: Internationale Alfred-Döblin-Kolloquien < 7, 1989 – 8, 1991 > Münster 1989 – Marbach a. N.1991. Hrsg. von Werner Stauffacher. Bern [u. a.]: Lang, 1993, S. 284 – 297.

　　② Matthias Hurst: Erzählsituationen in Literatur und Film: ein Modell zur vergleichenden Analyse von literarischen Texten und filmischen Adaptionen. Tübingen: Niemeyer, 1996. S. 259.

　　③ Vgl. Helmuth Kiesel: Geschichte der literarischen Moderne. S. 324ff.

作本身始终进行着一场进退维谷的斗争与妥协，并将一种近似于蒙太奇的言说方式作为超越策略加以使用。于是，这样一种假定推想就开始变得顺理成章：《柏》中的蒙太奇应用既是通过作者自身特有的文学理论与实践决定的，又体现了人类整体文学发展过程中的一种内在规律性。本书对德布林和庄子的整体性思想、主体性批判和颠覆性语言观进行了一系列类比，并且以庄子三种派生自"卮言理论"的言说方式作为理论工具对《柏》的蒙太奇作了细节梳理，在此过程中这三种言说方式——象言、寓言、重言——不仅创建了一系列新型分类标准，而且开拓了出一种多维阐释视角。借此方法，本书一方面证伪了那种关于"德布林蒙太奇技巧的灵感取自同时代文学作品或新媒体"的论断，另一方面钩沉廓清了作为蒙太奇技巧生成根基的语言在美学—文学层面上的创新要求。

德布林和庄子，当然也包括其他纠结于此类问题的作家，都经常在各自的著作中钟情于探讨有关个人与集体、此在与存在之间紧张关系的课题。在言说或书写的过程中，他们不可避免地遭逢了渗透着完整性的存在或道的"不可言说性"与人之此在的"言说"本质之间的矛盾。而"言说"在人获取对道的认知以及将自身整合进入整体性的过程中无论如何是无法被人类放弃的。这一矛盾一方面正是整体性中人之生存困窘的根源所在：如果人们对围绕在他周围的事物妄图通过那种基于概念、逻辑、自我中心视角之上的常规语言进行定义、理解和控制的话，那么人之主体性势必会将人推至否定世界、敌视世界的极端；而这种尝试一旦落空、命运打击接踵而至之时，他又会变得沉默寡言、丧失自我，并由此而转向另一极端的生命立场——自我否定。这两种激进的错误态度被德布林援引弗兰茨·毕勃科普夫的故事为例形象地描述了出来。然而与此同时，言说之矛盾又迫使作者陷入一重叙事的困境：如果他使用传统的叙事技巧——诸如：传达式的报告形式、完整且连贯的情节演进、对个人主义"英雄/主人公"的塑造——结构小说并在文本里动用近乎纯科学性的心理分析的话，那么他基本上不可能接近无以名状、难以言喻的整体性。非但如此，他还会因为这种叙事方式的使用而遮蔽这样一种认识，即恰恰是常规言说方式导致了人与世界的对峙。为了破解这一矛盾，庄子和德布林都对僵化语言提出了颠覆的要求。庄子提出了他的"卮言"语用原则，并通过由此发展出来的三种具体的语用方式"象言""寓言""重言"扬弃了从人之主体性衍生出来的哲学认知性质的切分法（Segmentierung），将他的整个论述过程整合进一个由异质性图像、多义寓言和以互文性为旨归的引用共同交织而成的庞大网络之中。同样，德布林也从近似于卮言的语言观出发，让《柏》中蒙太奇式的迅疾切换在象言、寓言和重言三个层面上同时发生，于是语言的初始功能——"指示性"——得以重获新生。尽管在每一个插入片段单元内无以规避地存在着焦点透视法描写手法，但蒙太奇基于其诠解之多棱面性和彼此之间巨大的反差性、异质性，从而赋予了小说的整体叙事一脉散点透视的气韵。因此它提供给读者一种框架性视角，对人类企图在自我狂妄中建立人类中心主义认知系统的每种尝试都毫不留情地釜底抽薪。

蒙太奇技巧在某种意义上不应被简单地看作具有现代主义标志性的、形式主义艺术的表现技巧和叙事技巧，更应该被视为一种之于"现代史诗"而言恰如其分的言说方式。这种恰当性正是脱胎于它与现代史诗所强调的整体性的存在形式和自我显示方式的一致性，而现代史诗在这里着意突出的整体性是由无数四散逃逸的，但同时又彼此联合的事物组成的，并且它以矛盾的方式包容着各种二律背反的力量。纵然整体性内在的繁多关联部分地超越了人的认知能力，但我们并不能因此便把它理解为一个纯粹混乱的系统。这一不完全有序，但尚属有机的系统在《柏》中被比况为"大都市"。蒙太奇解离了人以自我为核心构建起来的伪整体性，于是个人借此才得以从中脱身而出并再度回归到现实的洪流中去。德布林通过蒙太奇的联聚能力让我们一览各色事物之间的纷繁关系以及整体性的杂糅本相——"用糖、龌龊和所有的东西混合而成的"（《柏》S. 434），以便废止扬弃人之自我和整体性之间的绝对对立，并随时保持着同时作为自然的"一部分和对称物"的人与世界之间的平衡。总而言之，人们可以断定：蒙太奇技巧所包含的悖论式的解离力和联聚力体现了小说形式上的叙事技巧和内容性的基本观点之间的高度统一。它之于类似《柏》这种处理"有机系统中人之生存困窘主题"的小说而言不仅是一种天然的文学技法，而且它还协助作者德布林实现了他以"现代史诗"为旨归的"小说革新"计划，此时"小说"已经成为这样一种形式：它为"一种立足于客观性和广度的，亦即以整体性为出发点的世界探索"提供了"最宏大的展示可能性"。[①]

---

① Helmuth Kiesel: Geschichte der literarischen Moderne. S. 306.

《庄子》这部看似由无数毫无关联的格言警句辐辏而成的作品和德布林的蒙太奇小说《柏》构成了一对奇妙的类比组合。反映在他们作品中的有关整体性、主体性和语言的观念显示出相同的"虚空"本质。它并非意味着两位作者在面对上述概念时采取了否定姿态，相反它为他们将矛盾调和为统一体的种种尝试，以及为彼此对立的解离力和联聚力的运转提供了一片"场域"（Feld）。在这片尤其是被主体性的实质性清空和厄言式的语言应用清理出来的场域中，蒙太奇在各种运动——譬如：层叠、堆积、翻滚和推移——里展示出除了众所周知的"同时性"之外的动态的一面，以及与之联系在一起的时间性和过程性等本质特征。所以，我们有必要结合现代文学中颠覆性时间观念对德布林蒙太奇小说体现出来的辩证时间观加以分析，并在此基础上对蒙太奇技巧进行一番新的描述。

20 世纪的艺术与哲学都在致力于时空观的深刻转变问题。空间唯有在一定条件下才体现出人们所习以为常的位置场所的并列关系，然而在另一些情况下多种不同的空间却能够彼此渗透穿插。里尔克的《马尔特·劳里兹·布里格手记》（*Die Aufzeichnungen des Malte Laurids Brigge*）中有一处述及"听"的过程，并借此阐明了"空间的时间化"（Verzeitlichung des Raums）概念："我不能容许，在敞开的窗前睡去。有轨电车叮当作响呼啸而来，穿过我的斗室。汽车碾过我，开走了。"[①] 这"市声喧嚣闯进屋"的一幕和翁贝托·薄丘尼（Umberto Boccioni）的未来主义油画《马路闯进了屋子》（*La strada entra nella casa*）或者《同时性幻景》（*Visioni simultanee*）倒有几分相似。造成这种空间的彼此穿插渗透的决定性因素并不在于此处艺术家不得不与声音、听觉打交道，而是由于他对自身的体验主体既不作肉体观，亦不作精神观，而唯务"倾空"自我，以便使万物穿其而过。同样，这种根本性变革也发生在现代人对时间的设想之中。为了消除"生存的暂时性/易逝性"（Zeitlichkeit der Existenz），现代艺术家对那种传统时间观——把时间理解为一成不变、前后相继的秩序——产生了疑问，并且用新型时间观加以颠覆——他们宣称，早与晚、始与终彼此交织在一起。在"永恒主义第一宣言"（Erste Proklamation des Aeternis-

---

① Rainer Maria Rilke: Die Aufzeichnungen des Malte Laurids Brigge. Sämtliche Werke. Hrsg. von Ernst Zinn. Band 6. Frankfurt a. M. , 1966. S. 710.

mus）里他们如是写道："在我们的内部包含着所有的过去、现在与未来。一切必须穿过我们而去。门农的巨柱、仙乐合唱队、粘腻的脂粉骷髅、掘开的林荫道、不肯妥协的高压电、苍穹、海洋、开胃酒、下等酒馆赌窟，都曾歌唱过我们。"① 卡尔·爱因斯坦在对整体性的思考中也指出，"时间"的变迁是"在共时的空间性内"② 完成的。同样，Arthur Eloesser 也暗中赞赏"并置性与同时性的湿壁画式的幻觉效果"。③ 于是，人之生老病死就被视为同时而完整的在场。而有关从易逝性（Vergänglichkeit）中得解脱的主题也就随之而产生出各种变体。在"非存在"（Nichtsein）、"回归"（Wiederkehr）或"同时"（Zugleich）等理念之中，生命之易逝性似乎被超越了。此处可举一例，此例亦出于《布里格手记》，里尔克发问道："人们将来会相信如许的房屋此时存在于斯吗?"继而解释道："那曾是不再存在于斯的、人们已将它从上到下拆除了的房子。"④ 这里所说的是，这些房屋一方面将不再存在，而另一方面却永远存在。对此，里尔克没有把"看"这种行为与空间挂钩，就像他没有把"听"与时间联系起来一样，而是反其道行之。

当人们对文学蒙太奇作一般性解释时，总是把关注力更多地聚焦于它的"同时性"（Simultaneität）或者"时间的空间化"（Verräumlichung der Zeit）等效果上面，而对其反面效果——"空间的时间化"——则关注较少。换句话说，这种常见的解释倾向于强调现代文学向造型艺术/空间艺术的靠拢，甚于强调文学与音乐及电影更为接近的"时间性"这一内在固有本质。尽管现代主义文学始终都孜孜以求地渴望超越易逝性的传统时间观，但人们必须清醒地意识到：（1）时空范畴的数学形态的有效性通过蒙太奇毕竟只是被"相对化"（relativiert）了，在此过程中时间的维度并未完全失效或被空间的维度完全取代。若将蒙太奇理解为现代文学的一种综合性美学基本原则，那么人们必须承认：在蒙太奇内实现的时间与空间的"破界"（Entgrenzung）本质上是交互性的。（2）这种"时间的空间化"也包含着一个悖论：在"非同时之物的同时性"中，未来之物虽不

---

① Paul Pörtner: Literatur-Revolution 1910 – 1925. II Zur Begriffsbestimmung der „ Ismen ". S. 191.

② Paul Pörtner: Literatur-Revolution 1910 – 1925. I Zur Aesthetik und Poetik S. 129.

③ Ebd. S. 253.

④ Rainer Maria Rilke: Die Aufzeichnungen des Malte Laurids Brigge. Sämtliche Werke. Band 6. 1966. S. 749.

应仅仅被理解为遥远之物，非当下的存在，但它也肯定不是当下，而是一种对当下的触及，也就是说它是一种正在到来，故而也是一种已然来到。与之相应，过去之物——如前文所承认的那样——既未消逝，亦未完结，但它也不是未逝之物和永恒的当下：过去之物实际"存在"（ist）着，但它是作为"已在之物"（das Gewesene）而存在着。将这些对立观点拼合或集合起来，便成为反思式现代派文学着手解决的难题。而过往与未来的非此在性的不可逆转的迹象始终无法被完全掩盖。（3）一部文学作品的自我展开，或者更确切地说，读者对作品进行的解码破译的工作，具有一种动态的过程性。对于文学作品的接受而言，时间的维度无论如何是不可或缺的，唯有在时间维度里读者的目光才得以从词到词进行直线移动。这与观众对造型艺术/视觉艺术的接受形成鲜明对比：因为当一幅图画映入观者眼帘的时候，时间的因素微乎其微，以至于可以忽略不计。

这里之所以要反复强调时间的因素，并不是想要否定蒙太奇的共时性特征或者重建传统的小说诗学，其根本目的在于：展示现代主义文学颠覆性时间观中潜在的相对性。正如 Erwin Kobel 在比较德布林新式长篇小说和短篇小说所各自采取的组织原则的时候准确阐释的那样：虽然前者强调的是情节的"同时性"，[①] 后者注重的是情节的"迅疾发展"，并因此侧重于传统式的"叙事线索串联"，[②] 但两种文类的差别并不在于"一个把序列性当作基本的组织性力量，而另一个把同时性当作基本的组织性力量。"[③] Kobel 认为："不论是序列性还是同时性，二者在两种文类中都属于文学创作，只不过有所侧重而已。"[④] 所以这就说明：在新的文学传统中被理解为同时并存的时间概念在蒙太奇小说中归根结底是"序列性和同时性、时间性和超时间性的一种交叉重叠"[⑤]。毕竟，德布林的时间观与其两价矛盾式上帝观、个人性观和语言观相映成趣，按照这种时间观宇宙必然拥有两种开端：一个是无时间性的，对应着隐匿在彼岸世界的原道的静止状态；另一个则是时间性的，它在上帝的初语

---

① Vgl. AzL，S. 42：„ Das Hintereinander einer Handlung oder von Handlungsgruppen ", sagt Döblin,„ kann zurücktreten oder beherrschend im Vordergrund stehend. " （"情节或情节群的前后顺序"，德布林说，"既可以退居幕后，或者也可以高调地推至前台。"）

② Erwin Kobel：Alfred Döblin. S. 148.

③ Ebd.

④ Ebd.

⑤ Ebd.

"要有/将要成为"（es werde）所发出的动力下滚动盘旋。① 因此我们更应该把注意力投向"如何超越反映在德布林蒙太奇小说中的时间观悖论"这个问题上。如果我们把蒙太奇小说中通过众多突然"转换/突变"（Mutation）产生出的流体动力学机制——其表现为一种"湍流"（turbulente Strömung）状态，并蕴含着"旋涡"（Wirbel）于其中——视为蒙太奇技巧的本质，那么尘世间所有易逝的异质性事物在旋涡的旋转中同时既彼此界分，又相互联结，以致一种从短暂的同时性中产生出来的完整性或超时间性得以在众多旋涡中再次复活。这个世界纵然无法在严格地沿着直线向前挺进的情节中被刻画描述，纵然由于其在一切向度上的多维扩展而始终需要万花筒式的（kaleidoskopisch）多重视角以及蒙太奇化的描写方式，但是人们不应因此而把蒙太奇的每一个单点视为某种只有大小而无方向的"标量"（Skalar），也就是说，不应静态地理解蒙太奇小说的同时性，而应在同时性中看到一股动态的驱动力，并把蒙太奇文本内部的每一个彼此孤立的单点都用既具备大小又有方向的"矢量/向量"（Vektor）来表示，于是整部蒙太奇小说便形成了一个"矢量场"（Vektorfeld）。

　　这些矢量运动产生自两个过程：蒙太奇作品的组织过程和接受过程。就读者这一方（即接受方）而言：一方面，在绝对意义上，这些矢量运动源自阅读者"存在之瞬间在形而上学意义上的混沌"（das metaphysische Dunkel des gelebten Augenblicks）②，这种混沌与"当下之混沌"（Dunkel des Jetzt）③、"起源之混沌"（Dunkel des Ursprungs）④ 以及和终极之尚还持续着的混沌性、不可思议性相联系，描述了作为"非有"（Nicht-Haben）的"未定的存在"（Daß-Sein）⑤ 的"空缺性格"（Mangelcharakter），从而把读者的目光塑造成如"卮"一般的中空容器，以便让一切语言的和文本的内容材料源源不断地倾注进来、继而流淌出去；另一方面，在相对意义上，这些矢量运动的成因在于：依据格式塔理论，读者

---

① UM, S. 107.

② Ernst Bloch: Das Prinzip Hoffnung. Frankfurt a. M.: Suhrkamp, 1959. S. 348.

③ Ebd. S. 358.

④ Ebd.

⑤ Vgl. dazu. G. Raulet: Hermeneutik im Prinzip der Dialektik. In: Ernst Blochs Wirkung. Frankfurt a. M.: Suhrkamp, 1975. S. 284 – 305.

会接受心理学意义上至关重要的力量——矢量力（Vektorkräfte）——的既定指令，下意识地试图把由蒙太奇展示出来的四散分离的众多单子（Monaden）以"根茎模式"（rhizomartig，见吉尔·德勒兹 Gilles Deleuze 和菲利克斯·瓜塔里 Félix Guattari 的"根茎理论"Rhizom-Theorie）彼此纽连起来，并因而赋予了这个像珊瑚般不断生长着的现实世界一张"活动的"（mobil）因果关联网络或不稳定的意义网络。在组织蒙太奇作品的过程中，每一处不同规模的蒙太奇，不论篇章段落，抑或字词行句，其所在之"位置"（Stelle）都因直线发展着的情节脉络、人物、主题的突然抽离而被"抽空"（evakuieren）。由于这些元素在时间上或短或长的缺席，遂于这些位置之中生成了一种"真空"（Vakuum）或者说"吸力"（Sog），一切异质性的文本元素在这里立刻获得一股强大的"动能"（kinetische Energie），然后迅疾注入其中，继而又从这些空缺位置中流出。于是，在蒙太奇小说里各种规模尺度的"旋涡/涡流"（Wirbel/Strudel）便可被大量而清晰地观测到，依照流体力学理论，它们成为了湍流最基本的结构性组成部分。若把蒙太奇小说等同为矢量场，那么它在任何情况下都显现为一个湍流的，亦即紊乱的矢量场，但与此同时也是一个总体上回旋着的矢量场。在它内部，或大或小的旋涡或者理想状态下的封闭循环，作为旨在超越悖论而发挥着功能的、自相似的多层结构遂变得清晰可辨。

　　传统研究多倾向于把蒙太奇艺术的"喧嚣混乱的特征"（turbulenter Charakter；德语中"喧嚣吵闹的"和"湍流的"二词皆用 turbulent 表示）理解为"碎片的"（fragmentarisch）、"混乱的"（chaotisch）、"随机的"（stochastisch）、"变动不居的"（instationär）、"非线性的"（nichtlinear），可惜忽略了蒙太奇湍流的最基础性构件——"旋涡"，也忽视了它的旋涡状自相似的基本结构，同时也低估了旋涡在消解悖论的过程中所起到的重要作用。事实上，文本作为暗中循环着的矢量场若不被动态化，也就是说在静止的状态下，蒙太奇要完成如下这个悖论式的任务几乎是不可想象的：一方面，为了维护经验世界里异质性存在的正确性，蒙太奇必须通过由自身带来的繁多的时间、地点、人物以及主题的转换，在大小不一、性质各异的个别部分之间制造出多种"间歇休止"（Zäsuren）；另一方面，为了有利于被叙之事的关联性，它还须在无关联的碎片或不同的叙事形式之间打开诸多过渡性通道，使得"异质性事物的综合体"（Synthese des

Heterogenen)① 得以成形。在此过程中，这些蒙太奇旋涡明显制造出一种具有积极意义的"旋转门效应"（Drehtüreffekt），它们不仅有助于那种每每围绕着精神事物展开的叙事的物象直观性，而且也相对化了、同等化了，并且融合了一切看似不可调和的对立与矛盾：从旋涡的自转中产生出一股吸引力，其效果就如同黑洞一般。通过这股吸力，诉诸因果逻辑的时间链条崩溃了。这就意味着，在每个旋涡的边缘所有因果的、连续的、井然有序的叙事内容从向前推演的情节——它在《柏》中可比拟为"层流"（laminare Strömungen）——中被强行剥离出来，并从层流状态迅速翻转为湍流状态。在这湍流状态里，所有在时空上彼此远离的"此在"（Dasein）以"不区分（齐物）/冷漠"（undifferenziert/indifferent）的姿态从纷纭的碎片状态被加速度地搅拌成一个"密集混杂体"（Konglomerat）。更为奇妙的是：当所有异质物被吸入每个旋涡虚空的中心之时，它们又与此同时从另一端再度喷涌而出，从而使作为情节与蒙太奇部分之间的"层流—湍流"转化关系（der laminar-turbulente Umschlag）变成一种具有可逆性的机制。唯其如此，蒙太奇技巧的结构—解构原则方可辩证地发挥作用，以便在保存现实世界的个别性特征的条件下能够清除有关整体性丧失的经验体会，从而使得整体永远保持"运动且多维"（beweglich und vieldimensional）② 的状态。

---

① 　Paul Ricœur: Zeit und Erzählung. Band 1. München: Fink, 1988. S. 106f.
② 　Wolfgang Welsch: Vernunft. S. 661.

缩写标注

文中所用缩写按字母顺序排序如下：

A = Alfred Döblin： Amazonas. Hrsg. von Walter Muschg. Olten und Freiburg im Breisgau：Walter, 1963.

AzL = Alfred Döblin： Aufsätze zur Literatur. Hrsg. von Walter Muschg. Olten und Freiburg：Breisgau, 1963.

B = Briefe. Hrsg. von Walter Muschg. Olten und Freiburg im Breisgau：Walter, 1970.

BA = Alfred Döblin： Berlin Alexanderplatz：Die Geschichte vom Franz Biberkopf. München：dtv (Deutscher Taschenbuch Verlag), 2008.

BMG = Alfred Döblin： Berge, Meere und Giganten. Olten und Freiburg im Breisgau：Walter, 1977.

BW = Babylonische Wandrung oder Hochmut kommt vor dem Fall. Hrsg. von Walter Muschg. Olten und Freiburg im Breisgau：Walter, 1962.

E = Alfred Döblin： Erzählungen aus fünf Jahrzehenten. Olten und Freiburg im Breisgau：Walter, 1979.

GmK = Alfred Döblin： Gespräche mit Kalypso：Über die Musik. Olten und Freiburg im Breisgau：Walter, 1980.

H = Alfred Döblin： Hamlet oder die lange Nacht nimmt ein Ende. Hrsg. von Walter Muschg. Olten und Freiburg im Breisgau：Walter, 1966.

IüN = Alfred Döblin： Das Ich über der Natur. Berlin：Fischer, 1928.

KSI = Alfred Döblin： Kleine Schriften I. Olten und Freiburg im Breisgau：Walter. 1985.

M = Alfred Döblin： Manas：Epische Dichtung. Hrsg. von Walter Muschg. Olten und Freiburg im Breisgau: Walter, 1961.

P = Alfred Döblin: Pardon wird nicht gegeben. Hrsg. von Walter Muschg. Olten und Freiburg im Breisgau: Walter, 1962.

SPG = Alfred Döblin: Schriften zur Politik und Gesellschaft. Olten und Freiburg im Breisgau: Walter, 1972

SV = Alfred Döblin: Der schwarze Vorhang: Roman von den Worten und Zufällen. In: Ders. :

Jagende Rosse. Der schwarze Vorhang. Und andere frühe Erzählwerke. Hrsg. von Anthony W. Riley. Olten und Freiburg im Breisgau: Walter, 1980.

SzÄ = Alfred Döblin: Schriften zu Ästhetik, Poetik und Literatur. Olten und Freiburg im Breisgau: Walter, 1989.

SzL = Alfred Döblin: Schriften zu Leben und Werk. Olten und Freiburg im Breisgau: Walter, 1986.

UD = Alfred Döblin: Unser Dasein. Olten und Freiburg im Breisgau: Walter, 1964.

UM = Alfred Döblin: Der unsterbliche Mensch: Ein Religionsgespräch. Olten und Freiburg im Breisgau: Walter, 1980.

W = Alfred Döblin: Wallenstein. Hrsg. von Walter Muschg. Olten und Freiburg: Walter, 1965.

WL = Alfred Döblin: Die drei Sprünge des Wang-lun: Chinesischer Roman. Olten und Freiburg im Breisgau: Walter, 1960.

WV = Alfred Döblin: *Wissen und Verändern.* In: Ders. : Der deutsche Maskenball: von Linke Poot (1921) . Wissen und Verändern!: Offene Briefe an einen jungen Menschen (1931) . Hrsg. vonWalter Muschg. Olten und Freiburg im Breisgau: Walter, 1972.

Zz (RW) = Dschuang Dsï [Zhuangzi]: Das wahre Buch vom südlichen Blütenland (南华真经 *Nanhua zhenjing*) . Aus dem Chinesischen verdeutscht und erläutert von Richard Wilhelm. Düsseldorf; Köln: Dietrichs, 1951.

Zz (VHM) = Zhuangzi: Das klassische Buch daoistischer Weisheit. Erstmals in vollständiger Übersetzung. Herausgegeben und kommentiert von Victor H. Mair; aus dem Amerikanischen von Stephan Schuhmacher. Frankfurt am Main: Krüger, 1998.

脚注中缩写如：

Ebd. ＝同上。

Hrsg. ＝出版。

S. ＝页。

Vge. ＝参见。

附　录

A　《庄子・第二章・齐物论・"天籁"》

南郭子綦隐机而坐，仰天而嘘，苔焉似丧其耦。颜成子游立侍乎前，曰："何居乎？形固可使如槁木，而心固可使如死灰乎？今之隐机者，非昔之隐机者也？"子綦曰："偃，不亦善乎而问之也！今者吾丧我，汝知之乎？女闻人籁而未闻地籁，女闻地籁而不闻天籁夫！"

子游曰："敢问其方。"子綦曰："夫大块噫气，其名为风。是唯无作，作则万窍怒呺。而独不闻之翏翏乎？山林之畏佳，大木百围之 窍穴，似鼻，似口，似耳，似笄，似圈，似臼，似洼者，似污者。激者、謞者、叱者、吸者、叫者、譹者、宎者，咬者，前者唱于而随者唱喁，泠风则小和，飘风则大和，厉风济则众窍为虚。而独不见之调 调之刁刁乎？"

子游曰："地籁则众窍是已，人籁则比竹是已，敢问天籁。"子綦 曰："夫吹万不同，而使其自己也。咸其自取，怒者其谁邪？"

B　《庄子・第二十七章・寓言・"三言"》

寓言十九，重言十七，卮言日出，和以天倪。寓言十九，藉外论之。亲父不为其子媒。亲父誉之，不若非其父者也。非吾罪也，人之罪也。与己同则应，不与己同则反。同于己为是之，异于己为非之。重言十七，所以己言也。是为耆艾，年先矣，而无经纬本末以期年耆者，是非先也。人而无以先人，无人道也。人而无人道，是之谓陈人。卮言日出，和以天倪，因以曼衍，所以穷年。不言则齐，齐与言不齐，言与齐不齐也。故曰："言无言。"言无言：终身言，未尝言；终身不言，未尝不言。有自也而可，有自也而不可；有自也而然，有自也而不然。恶乎然？然于然；恶乎不然？不然于不然。恶乎可？可于可；恶乎不可？不可于不可。物固有所然，物固有所可。无物不然，无物不可。非卮言日出，和以天倪，孰得其久！万物皆种也，以不同形相禅，始卒若环，莫得其伦，是谓天均。天均者，天倪也。

C　《庄子·第一章·逍遥游·"鲲鹏变化"》

北冥有鱼，其名为鲲。鲲之大，不知其几千里也。化而为鸟，其名为鹏。鹏之背，不知其几千里也。怒而飞，其翼若垂天之云。是鸟也，海运则将徙于南冥。南冥者，天池也。

《齐谐》者，志怪者也。《谐》之言曰："鹏之徙于南冥也，水击三千里，抟扶摇而上者九万里，去以六月息者也。"野马也，尘埃也，生物之以息相吹也。天之苍苍，其正色邪？其远而无所至极邪？其视下也，亦若是则已矣。

且夫水之积也不厚，则其负大舟也无力。覆杯水于坳堂之上，则芥为之舟。置杯焉则胶，水浅而舟大也。风之积也不厚，则其负大翼也无力。故九万里则风斯在下矣，而后乃今培风；背负青天而莫之夭阏者，而后乃今将图南。

蜩与学鸠笑之曰："我决起而飞，抢榆枋，时则不至而控于地而已矣，奚以之九万里而南为？"适莽苍者，三餐而反，腹犹果然；适百里者，宿春粮；适千里者，三月聚粮。之二虫又何知！

小知不及大知，小年不及大年。奚以知其然也？朝菌不知晦朔，蟪蛄不知春秋，此小年也。楚之南有冥灵者，以五百岁为春，五百岁为秋；上古有大椿者，以八千岁为春，八千岁为秋。而彭祖乃今以久特闻，众人匹之，不亦悲乎！

汤之问棘也是已：穷发之北，有冥海者，天池也。有鱼焉，其广数千里，未有知其修者，其名为鲲。有鸟焉，其名为鹏，背若泰山，翼若垂天之云，抟扶摇羊角而上者九万里，绝云气，负青天，然后图南，且适南冥也。

斥鹦笑之曰："彼且奚适也？我腾跃而上，不过数仞而下，翱翔蓬蒿之间，此亦飞之至也，而彼且奚适也？"此小大之辩也。

故夫知效一官，行比一乡，德合一君，而徵一国者，其自视也，亦若此矣。而宋荣子犹然笑之。且举世而誉之而不加劝，举世而非之而不加沮，定乎内外之分，辩乎荣辱之境，斯已矣。彼其于世，未数数然也。虽然，犹有未树也。

夫列子御风而行，泠然善也，旬有五日而后反。彼于致福者，未数数然也。此虽免乎行，犹有所待者也。

若夫乘天地之正，而御六气之辩，以游无穷者，彼且恶乎待哉！故曰：至人无己，神人无功，圣人无名。

参考文献

一　文中所引德布林原著目录

Amazonas. Hrsg. von Walter Muschg. Olten und Freiburg im Breisgau: Walter, 1963.

Aufsätze zur Literatur. Hrsg. von Walter Muschg. Olten und Freiburg: Breisgau, 1963.

Babylonische Wandrung oder Hochmut kommt vor dem Fall. Hrsg. von Walter Muschg. Olten und Freiburg im Breisgau: Walter, 1962.

Berge, Meere und Giganten. Olten und Freiburg im Breisgau: Walter, 1977.

Berlin Alexanderplatz: Die Geschichte vom Franz Biberkopf. München: dtv (Deutscher Taschenbuch Verlag), 2008.

Briefe. Hrsg. von Walter Muschg. Olten und Freiburg im Breisgau: Walter, 1970.

Das Ich über der Natur. Berlin: Fischer, 1928.

Der Kampf mit dem Engel: Religionsgespräch (Ein Gang durch die Bibel). Hrsg. von Anthony W. Riley. Olten und Freiburg im Breisgau: Walter, 1980.

Der schwarze Vorhang: Roman von den Worten und Zufällen. In: Ders.: Jagende Rosse. Der schwarze Vorhang. Und andere frühe Erzählwerke. Hrsg. von Anthony W. Riley. Olten und Freiburg im Breisgau: Walter, 1980.

Der unsterbliche Mensch: Ein Religionsgespräch. Olten und Freiburg im Breisgau: Walter, 1980.

Die drei Sprünge des Wang-lun: Chinesischer Roman. Olten und Freiburg im Breisgau: Walter, 1960.

Die Natur und ihre Seelen. In: Der neue Merkur 6 (1922) . S. 5 – 14.

Erzählungen aus fünf Jahrzehenten. Olten und Freiburg im Breisgau: Walter, 1979.

Ferien in Frankreich. In: Ders. : Die Zeitlupe: Kleine Prosa. Aus dem Nachlaß zusammengestellt von Walter Muschg. Olten und Freiburg im Breisgau: Walter, 1962. S. 110 – 117.

Gespräche mit Kalypso: Über die Musik. Olten und Freiburg im Breisgau: Walter, 1980.

Hamlet oder die lange Nacht nimmt ein Ende. Hrsg. von Walter Muschg. Olten und Freiburg im Breisgau: Walter, 1966.

Kleine Schriften I. Olten und Freiburg im Breisgau: Walter. 1985.

Manas: Epische Dichtung. Hrsg. von Walter Muschg. Olten und Freiburg im Breisgau: Walter, 1961.

November 1918: Eine deutsche Revolution. 4 Bände. München: Deutscher Taschenbuch-Verlag 1978.

Pardon wird nicht gegeben. Hrsg. von Walter Muschg. Olten und Freiburg im Breisgau: Walter, 1962.

Schicksalsreise. In: Autobiographische Schriften und letzte Aufzeichnungen. Hrsg. von Edgar Pässler. Jubiläums-Sonderausgabe zum hundertsten Geburtstag des Dichters. Olten und Freiburg im Breisgau: Walter, 1977.

Schriften zu Ästhetik, Poetik und Literatur. Olten und Freiburg im Breisgau: Walter, 1989.

Schriften zu Leben und Werk. Olten und Freiburg im Breisgau: Walter, 1986.

Schriften zur Politik und Gesellschaft. Olten und Freiburg im Breisgau: Walter, 1972.

Unser Dasein. Olten und Freiburg im Breisgau: Walter, 1964.

Vom Ich und vom Ur-Sinn. In: Die Neue Rundschau 38 (1927) . Bd. 2, S. 283 – 301.

Wallenstein. 1965. Hrsg. von Walter Muschg. Olten und Freiburg: Walter, 1965.

二 文中所引庄子著作目录

Dschuang Dsï [Zhuangzi]: Das wahre Buch vom südlichen Blütenland (南华真经 *Nanhua zhenjing*). Aus dem Chinesischen verdeutscht und erläutert von Richard Wilhelm. Düsseldorf; Köln: Dietrichs, 1951.

Eine neue Interpretation von *Zhuangzi* (*Zhuangzi* xinshi 庄子新释). Kommentiert von Zhang, Mosheng 张默生. Jinan: Qilu shushe. 1993.

Phonetische, syntaktische und semantische Analyse von *Nanhua zhenjing* (*Nanhua zhenjing* zhangju yinyi 南华真经章句音义). Kommentiert von Chen, Jingyuan 陈景元. Beijing/Shanghai/Tianjin: Wenwu chubanshe, Shanghai shudian, Tianjin guji chubanshe, 1988.

Zhuangzi mit Erklärungen und Anmerkungen verschiedener Autoren (*Zhuangzi* jishi 庄子集释). Editiert von Guo, Qingfan 郭庆藩. Beijing: Zhonghua shuju, 1961.

Zhuangzi: Das klassische Buch daoistischer Weisheit. Erstmals in vollständiger Übersetzung. Herausgegeben und kommentiert von Victor H. Mair; aus dem Amerikanischen von Stephan Schuhmacher. Frankfurt am Main: Krüger, 1998.

Zhuangzi: Die Reden und Gleichnisse des Tschuang-Tse. Übers. von Martin Buber. Frankfurt a. M.: Ed. Beauclair, 1970.

1. 次级参考文献目录

Adorno, Th. W.: Ästhetische Theorie. Frankfurt a. M., 1970.

Alker, Ernst: Geschichte der deutschen Literatur. Stuttgart: Cotta, 1950, Bd. II.

Anders, Günther: *Der verwüstete Mensch*: *Über Welt-und Sprachlosigkeit in Döblins Berlin Alexanderplatz*. In: Festschrift zum achzigsten Geburtstag von Georg Lukács. Hrsg. von Frank Benseler. Neuwied & Berlin: 1965. S. 420ff.

Assmann, Jan: Das kulturelle Gedächtnis: Schrift, Erinnerung und politische Identität in frühen Hochkulturen. München: Beck, 1992.

Auer, Manfred: Das¬ Exil vor der Vertreibung: Motivkontinuität u. Quellenproblematik im späten Werk Alfred Döblins. Bonn: Bouvier, 1977.

Bab, Julius: Weg der Erneuerung. In: Der Morgen, Berlin, 5. Jg. , H. 6; Februar 1930. S. 640 – 649, S. 642 – 644.

Bachmann, Ingeborg: Malina. Frankfurt a. M. : Suhrkamp, 1980.

Bachtin, Michail M. : Die Ästhetik des Wortes. Hrsg. und eingeleitet von Rainer Grübel. Frankfurt am M. : Suhrkamp, 1979.

Bachtin, Michail M. : Gesammelte Werke. Bd. 2. Moskau, 2000.

Bachtin, Michail M. : Rabelais und seine Welt: Volkskultur als Gegenkultur. Übers. von Gabriele Leupold. Hrsg. und mit einem Vorw. vers. von Renate Lachmann. 1. Aufl. , Frankfurt am Main: Suhrkamp, 2003.

Bachtin, Michail M. : The Dialogic Imagination: Four essays. Ed. by Michael Holquist. Austin: Univ. of Texas Press, 2008.

Ball, Hugo: Sämtliche Werke und Briefe: 3. Bd. Die Flucht aus der Zeit. Hrsg. u. kommentiert von Bernhard Echte. Göttingen: Wallstein, 2013.

Ball, Hugo: Byzantinisches Christentum : drei Heiligenleben/Hugo Ball. Hrsg. und komm. von Bernd Wacker. 1. Aufl. Göttingen: Wallstein-Verl. , 2011.

Balve, Johannes: Ästhetik und Anthropologie bei Alfred Döblin: vom musikphilosophischen Gespräch zur Romanpoetik. Wiesbaden: Dt. Univ-Verl. , 1990.

Bartscherer, Christoph: Das Ich und die Natur: Alfred Döblins literarischer Weg im Licht seiner Religionsphilosophie. 1. Aufl. Paderborn: Igel-Verl. Wiss. , 1997.

Baudrillard, Jean: Pour une critique de l' économie politique de signe. Paris: Gallimard, 1972.

Baudrillard, Jean: Simulacres et simulation. Paris: Éd. Galilée, 1981.

Baudrillard, Jean: Transparenz des Bösen/La Transparence du Mal: Ein Essay über extreme Phänomene. Berlin: Merve, 1992.

Bauer, Matthias: Romantheorie. Stuttgart ; Weimar: Metzler, 1997.

Baumann-Eisenach, Barbara: Der Mythos als Brücke zur Wahrheit: Eine Analyse ausgewählter Texte Alfred Döblins. Idstein: Schulz-Kirchner, 1992.

Becker, Helmut: Untersuchungen zum epischen Werk Alfred Döblins am Beispiel seines Romans „ Berlin Alexanderplatz “. Inauguraldissertation. Marburg, Univ. , 1962.

Bekes, Peter: Alfred Döblin, Berlin Alexanderplatz: Interpretation. 2. , überarb. und korr. Aufl. , unveränd. Nachdr. München: Oldenbourg, 2007.

Benét, William R. : The Reader's Encyclopedia. New York, 1947, S. 302.

Benjamin, Walter: Gesammelte Schriften. Unter Mitwirkung von Theodor W. Adorno und Gershom Scholem. Hrsg. von Rolf Tiedemann und Hermann Schweppenhäuser. Frankfurt a. M. : Suhrkamp, 1974 ff.

Benn, Gottfried: Doppelleben: Zwei Selbstdarstellungen. Wiesbaden: Limes, 1950.

Benn, Gottfried: Gesammelte Werke in der Fassung der Erstdruckein 4 Bänden. Textkritisch durchgesehen und hrsg. von Bruno Hillebrand. Frankfurt am Main: Fischer-Taschenbuch-Verl. , 1982 – 1990.

Benn, Gottfried: Sämtliche Werke [in 7 Bänden] . Stuttgarter Ausgabe. In Verbindung mit Ilse Benn hrsg. von Gerhard Schuster. Stuttgart: Klett-Cotta, 1986 – 2003.

Biedermann, Walter: Die Suche nach dem dritten Weg: Linksbürgerliche Schriftsteller am Ende der Weimarer Republik ; Heinrich Mann, Alfred Döblin, Erich Kästner. Frankfurt a. M. , Univ. , Diss. , 1981.

Bloch, Ernst: Das Prinzip Hoffnung. Frankfurt a. M. : Suhrkamp, 1959.

Bloch, Ernst: Erbschaft dieser Zeit. Zürich, 1935.

Bloch, Ernst: Experimentum Mundi: Frage, Kategorien des Herausbringens, Praxis. Frankfurt a. M. : Suhrkamp, 1975.

Bloch, Ernst: Marxismus und Literatur. Reinbek bei Hamburg: Rowohlt, 1969.

Bloch, Ernst: Tübinger Einleitung in die Philosophie. Frankfurt a. M. : Suhrkamp, 1970.

Bloch, Ernst: Erbschaft dieser Zeit. Frankfurt am Main: Suhrkamp, 1962.

Böhme, Harmut/Böhme, Gernot: Das Andere der Vernunft: Zur Entwicklung von Rationalitätsstrukturen am Beispiel Kants. Frankfurt a. M. Suhrkamp, 1985.

Bohnen, Klaus: Erzählen aus mythischer Erinnerung: Ein Versuch zu Döblins-*Berlin Alexanderplatz*. In: Jahrbuch der deutschen Schillergesellschaft. Hrsg. von Fritz Martini, Walter Müller-Seidel, Bernhard Zeller. 28. Jahrgang 1984. Stuttgart: Alfred Kröner.

Bölsche, Wilhelm: Die naturwissenschaftlichen Grundlagen der Poesie: Prolegomena einer realistischen Ästhetik. Mit zeitgenössischen Rezensionen und einer Bibliographie der Schriften Wilhelm Bölsches neu hrsg. von Johannes J. Braakenburg. München: Deutscher Taschenbuch-Verl. , 1976.

Borchmeyer, Dieter (Hrsg.): Moderne Literatur in Grundbegriffen. 2. , neu bearb. Aufl. Tübingen: Niemeyer, 1994.

Borsche, Tilman: *Das Eine und die Antwort: Nietzsches Kritik des mystischen Ursprungs der Metaphysik*. In: Günter Abel / Jörg Salaquarda [Hgg.]: Krisis der Metaphysik: Wolfgang Müller-Lauter zum 65. Geburtstag. Berlin/New York: 1989. S. 13 – 33.

Braun, Michael: " Hörreste, Sehreste ": Das literarische Fragment bei Büchner, Kafka, Benn und Celan. Köln/Weimar/Wien: Böhlau, 2002.

Brecht, Bertolt: Werke: Große kommentierter Berliner und Frankfurter Ausgabe. Hrsg. von Werner Hecht, Jan Knopf, Werner Mittenzwei und Klaus-Detlef Müller. 30 Bde. Berlin und Weimar: Aufbau / Frankfurt a. M. : Suhrkamp, 1989 – 2000.

Brecht-Handbuch in fünf Bänden. Hrsg. von Jan Knopf. Stuttgart und Weimar: Metzler, 2001 – 2003.

Broch, Hermann: Kommentierte Werkausgabe in 17 Bänden. Hrsg. von Paul Michael Lützeler. Frankfurt a. M. : Suhrkamp, 1978.

Buber, Martin: *Ich und Du*. In: Ders. : Das dialogische Prinzip. 6. durchges. Aufl. Gerlingen: Schneider, 1992.

Buddeberg, Else: *Der Gebrauch des Verbums in der Gedichtgruppe ' Spaltung '* . In: Studien zur lyrischen Sprache Gottfried Benns. Düsseldorf: Schwann, 1964.

Calvino, Italo: Kybernetik und Gespenster. München: Hanser, 1984.

Celan, Paul: Die Gedichte: Kommentierte Gesamtausgabe in einem Band. Hrsg. und kommentiert von Barbara Wiedemann. Frankfurt am Main: Suhrkamp, 2003.

Christ, Barbara: Die Splitter des Scheins: Friedrich Schiller und Heiner Müller. Zur Geschichte und Ästhetik des dramatischen Fragments. Paderborn: Igel, 1996.

Cohn, Dorrit C. : Transparent minds: Narrative modes for presenting consciousness in fiction. Princeton, NJ: Princeton Univ. Press, 1978.

Conrady, Karl Otto: Gegen die Mystifikation der Dichtung und des Dichters. In: Literatur und Germanistik als Herausforderung. Frankfurt a. M. : Suhrkamp, 1974.

Deleuze, Gilles/Guattari, Félix: Rhizom. Berlin: Merve, 1977.

Die deutsche Literatur (im Ausland seit 1933): *Ein Dialog zwischen Politik und Kunst.* Verlag Science et littérature, Paris, 1938 (Schriften zu dieser Zeit I.)

Dienst, K. , *Kopernikanische Wende.* In: Historisches Wörterbuch der Philosophie. Hrsg. von Ritter J. , Gründer K. Bd. 4. Darmstadt: Wissenschaftliche Buchgesellschaft, 1976. Sp. 1094 – 1099.

Djuri, Mihailo: Nietzsche und die Metaphysik. Berlin/New York: de Gruyter, 1985.

Dollinger, Roland: Totalität und Totalitarismus im Exilwerk Döblins. Würzburg: Königshausen und Neumann, 1994.

Dos Passos, John: Manhattan transfer. Boston, Mass. : Mifflin, 1977.

Dscheng, Fang-Hsiung: Alfred Döblins Roman „ Die drei Sprünge des Wang-lun " als Spiegel des Interesses moderner deutscher Autoren an China. Frankfurt a. M. , 1979.

Dscheng, Fang-hsiung: Alfred Döblins Roman Die drei Sprünge des Wang-lun als Spiegel des Interesses moderner deutscher Autoren an China. Frankfurt a. M. 1979.

Dunz, Christoph: Erzähltechnik und Verfremdung: die Montagetechnik und Perspektivierung in Alfred Döblin, „ Berlin Alexanderplatz " und Franz Kafka, „ Der Verschollene ". Bern; Berlin; Frankfurt a. M. ; New York; Paris; Wien: Lang, 1994.

Dutt, Carsten (Hrsg.): Figurationen der literarischen Moderne: Helmuth Kiesel zum 60. Geburtstag. Heidelberg: Winter, 2007.

Duytschaever, Joris: *Joyce-Dos Passos-Döblin: Einfluß oder Analogie.* In: Prangel (Hrsg.), Materialien (s. u.), 136 – 149.

Eckermann, Johann Peter: Gespräche mit Goethe in den letzten Jahren seines Lebens. Hrsg. von Christoph Michel. Frankfurt a. M. : Dt. Klassiker-Verlag, 1999.

Eckert, Michael: Transzendieren und immanente Transzendenz: Die Transformation der traditionellen Zweiweltentheorie von Immanenz und Transzendenz in Ernst Blochs Zweiseitentheorie. Wien ; Freiburg (Breisgau) [u. a.]: Herder, 1981.

Eggebrecht, Axel: Alfred Döblins neuer Roman. In: Die literarische Welt, 5. Jg. , Nr, 45; 8. 11. 1929; S. 5f. .

Eke, Norbert Otto: Heiner Müller: Apokalypse und Utopie. Paderborn [u. a.]: Schöningh, 1989.

Eliade, Mircea: Cosmogonic Myth and „ Sacred History". In: Sacred Narrative: Readings in the Theory of Myth. Hrsg. von Alan Dundes. Berkeley; Los Angeles; London: University of California Press, 1984. S. 137 – 151.

Elm, Theo (Hrsg.): Fabel und Parabel: Kulturgeschichtliche Prozesse im 18. Jahrhundert. München: Fink, 1994.

Enzensberger, Hans Magnus: Der Untergang der Titanic: eine Komödie. Enzensberger. 1. Aufl. Frankfurt a. M. ; Suhrkamp, 1978.

Erhardt, Jacob: Alfred DoeblinsAmazonas-Trilogie. Worms: Heintz; Meisenheim/Glan: Hain, 1974.

Felbert, Ulrich [von]: China und Japan als Impuls und Exempel: Fernöstliche Ideen und Motive bei Alfred Döblin, Bertolt Brecht und Egon Erwin Kisch. Frankfurt am Main; Bern; New York: Lang, 1986.

Felbert, Ulrich [von]: China und Japan als Impuls und Exempel: Fernöstliche Ideen und Motive bei Alfred Döblin, Bertolt Brecht und Egon Erwin Kisch. Frankfurt am Main; Bern; New York: Lang, 1986.

Fichte, Immanuel Hermann: Vorrede des Herausgebers. In: Fichtes Werke, Bd. I (Zur theoretischen Philosophie I) . Berlin: de Gruyter, 1971.

Fichte, Johann Gottlieb: Über den Begriff der Wissenschaftslehre oder der sogenannten Philosophie. In: Fichtes Werke, Bd. I. Berlin: de Gruyter, 1971.

Fick, Monika: Sinnenwelt und Weltseele: Der psychophysische Monismus in der Literatur der Jahrhundertwende [= Studien zur deutschen Literatur, Bd. 125], Tübingen: Niemeyer, 1993.

Fiedler, Leslie A. : Überquert die Grenze, schließt den Graben!: Über die Postmoderne. In: Wege aus der Moderne: Schlüsseltexte der Postmoderne-

Diskussion. Hrsg. von Wolfgang Welsch. Berlin: Akademie, 1994.

Fleißer, Marieluise: Gesammelte Werke in 4 Bänden. Hrsg. von Günther Rühle. Frankfurt a. M. : Suhrkamp, 1983.

Franke, Otto: *Die politische Idee in der ostasiatischen Kulturwelt.* In: Verhandlungen des Deutschen Kolonialkongresses 1905. Berlin, 1906. S. 168f.

Freud, Sigmund: Der Dichter und das Phantasieren (1908 [1907]). In: Studienausgabe Band X: Bildende Kunst und Literatur. Frankfurt a. M. : S. Fischer, 1969.

Fritz, Horst (Hrsg.): Montage in Theater und Film. Tübingen: Francke, 1993.

Frye, Northrop: Anatomy of Criticism: Four Essays. Princeton, NJ: Princeton Univ. Pr. , 1973.

Frye, Northrop: Myth and metaphor. Charlottesville [u. a.]: Univ. Pr. of Va. , 1991.

Genette, Gérard: Palimpseste: die Literatur auf zweiter Stufe. Übers. Von Wolfram Bayer und Dieter Hornig. Frankfurt a. M. : Suhrkamp, 1993.

Graber, Heinz: Alfred Döblins Epos "Manas". Bern: Francke, 1967.

Grass, Günter: Danziger Trilogie. *Die Blechtrommel*; *Katz und Maus*; *Hundejahre.* 3. Aufl. München: Deutscher Taschenbuch Verlag, 1999.

Guo, Moruo: Allgemeine Kompilation der Orakelknocheninschriften (《卜辞通纂》). In:《郭沫若全集·考古编》, Bd. 2. Beijing: Kexue chubanshe, 1982.

Hachmöller, Johannes: Ekstatisches Dasein und Tao-Sprung: Alfred Döblins Romane „ Die drei Sprünge des Wang-lun “ und „ Berlin Alexanderplatz “ vor dem Hintergrund seiner Naturphilosophie. Würzburg, 1971.

Hage, Volker (Hrsg.): Literarische Collagen: Texte, Quellen, Theorie. Stuttgart 1981.

Hager, Achim: Subjektivität und Sein: Das Hegelsche System als ein geschichtliches Stadium der Durchsicht auf Sein. Freiburg/München: Alber, 1974.

Han, Bok Hie: Döblins Taoismus: Untersuchungen zum „ Wang-lun “-Roman und den frühen philosophisch-poetologischen Schriften. Göttingen, 1992.

Han, Bok Hie: Döblins Taoismus: Untersuchungen zum „ Wang-lun “-Roman und den frühen philosophisch-poetologischen Schriften. Göttingen, 1992.

Handke, Peter: Der kurze Brief zum langen Abschied. 7. Aufl. Frankfurt a. M. : Suhrkamp, 1979.

Handke, Peter: Die Stunde der wahren Empfindung. 2. Aufl. Frankfurt am Main: Suhrkamp, 1979.

Handke, Peter: Ich bin ein Bewohner des Elfenbeinturms. Frankfurt a. M. : Suhrkamp, 1972.

Handke, Peter: Wunschloses Unglück: Erzählung. Mit einem Kommentar von Hans Höller [u. a.] . 1. Aufl. Frankfurt am Main: Suhrkamp, 2003.

Haß, Ulrike: Vom„ *Aufstand der Landschaft gegen Berlin* ". In: Literatur der Weimarer Republik 1918 – 1933. Hrsg. von Bernhard Weyergraf. München [u. a.]: Hanser, 1995.

Hecker, Axel: Geschichte als Fiktion: Alfred Döblins "Wallenstein" -e. exemplar. Kritik d. Realismus. Würzburg: Königshausen und Neumann, 1986.

Hegel, Georg Wilhelm Friedrich: Jenaer Systementwürfe Ⅲ. Unter Mitarb. Von Johann Heinrich Trede. Hrsg. von Rolf-Peter Horstmann (Gesammelte Werke. In Verb. Mitder Deutschen Forschungsgemeinschaft . hrsg. von der Rheinisch-Westfälischen Akademie der Wissenschaften, Bd. 8) . Hamburg: Meiner, 1976.

Hegel, Georg Wilhelm Friedrich: Phänomenologie des Geistes. Nach dem Texte der Originalausgabe. Hrsg. von Johannes Hoffmeister. 6. Aufl. Hamburg: Meiner, 1952.

Hegel, Georg Wilhelm Friedrich: *Vorlesungen über die Ästhetik* Ⅲ. In: Werke: in zwanzig Bänden, Band 15. Frankfurt a. M. : Suhrkamp, 1970.

Hegel, Georg Wilhelm Friedrich: *Vorlesungen über die Geschichte der Philosophie* Ⅲ. In: Werke: in zwanzig Bänden, Band 20. Frankfurt a. M. : Suhrkamp, 1986.

Heidegger, Martin. : Brief über den „ Humanismus " . 9. Aufl. Frankfurt a. M. : Klostermann, 1991.

Heidegger, Martin. : Der Satz vom Grund. In: Ders. : Gesamtausgabe Bd. 10: I. Abteilung: Veröffentlichte Schriften 1910 – 1976. Hrsg. von Petra Jaeger. Frankfurt a. M. : Vittorio Klostermann, 1997.

Heidegger, Martin. : Sein und Zeit. 19. Aufl. Tübingen: Max Niemeyer, 2006.

Heidegger, Martin. : Unterwegs zur Sprache. In: Ders. : Gesamtausgabe Bd. 12: I. Abteilung: Veröffentlichte Schriften 1910 – 1976. Hrsg. von Friedrich-Wilhelm von Herrmann. Frankfurt a. M. : Vittorio Klostermann, 1985.

Heidegger, Martin. : Wozu Dichter? In: Ders. : Holzwege. Hrsg. von Friedrich-Wilhelm von Herrmann. 7. Aufl. Frankfurt a. M. : Vittorio Klostermann, 1994.

Hildenbrandt, Vera: Europa in Alfred Döblins Amazonas-Trilogie: Diagnose eines kranken Kontinents. Göttingen: V&R unipress, 2011.

Hof, Holger: Montagekunst und Sprachmagie: Zur Montagetechnik in der essayistischen Prosa Gottfried Benns/vorgelegt von Holger Hof, 1991.

Höffe, Otfried: Immanuel Kant. München: Beck, 1983.

Hofmannsthal, Hugo [von]: *Ein Brief.* In: Ders. : Sämtliche Werke. Kritische Ausgabe. Veranstaltet vom Freien Deutschen Hochstift. Hrsg. von Rudolf Hirsch / Christoph Perels / Heinz Rälleke. Bd. XXXI : Erfundene Gespräche und Briefe. Hrsg. von Ellen Ritter. Frankfurt a. M. : Fischer, 1991. S. 45 – 55.

Hofmannsthal, Hugo [von]: Gesammelte Werke in 10 Einzelbänden. Hrsg. von Bernd Schoeller in Beratung mit Rudolf Hirsch. Frankfurt a. M. : Fischer, 1979.

Hoock, Birgit: Modernität als Paradox: Der Begriff der "Moderne" und seine Anwendung auf das Werk Alfred Döblins (bis 1933) . Tübingen: Niemeyer, 1997.

Horkheimer, M. /Adorno, T. W. : Dialektik der Aufklärung. Frankfurt a. M. : Fischer, 1969.

Horst, Karl August: Die Deutsche Literatur der Gegenwart. München: Nymphenburger Verl. Handlung, 1957.

Horváth, Ödönvon: Gesammelte Werke: kommentierte Werkausgabe in Einzelbänden. Hrsg. von Traugott Krischke unter Mitarb. von Susanna Foral-Krischke. Frankfurt am Main: Suhrkamp, 1983 – 2005.

Hülse, Erich: Analysen und Interpretationsgrundlagen zu Romanen von Thomas Mann, Alfred Döblin, Hermann Broch, Gerd Gaiser, Max Frisch, Alfred

Andersch u. Heinrich Böll. In: Möglichkeiten des modernen deutschen Romans. Unter Mitarb. von: Erich Hülse, Hans Poser, Therese Poser. Hrsg. von Rolf Geißler. Frankfurt a. M. /Berlin/Bonn: Diesterweg, 1962. S. 45 – 101.

Hurst, Matthias: Erzählsituationen in Literatur und Film: ein Modell zur vergleichenden Analyse von literarischen Texten und filmischen Adaptionen. Tübingen: Niemeyer, 1996.

Hurst, Matthias: Erzählsituationen in Literatur und Film: Ein Modell zur vergleichenden Analyse von literarischen Texten und filmischen Adaptionen. Tübingen: Niemeyer, 1996.

Hwang, Hae-In: Ostasiatische Anschauungen in der deutschen Literatur des 20. Jahrhunderts: unter besonderer Berücksichtigung von Alfred Döblin und Hermann Kasack. 1979.

Isermann, Thomas: Der Text und das Unsagbare: Studien zur Religionssuche und Werkpoetik bei Alfred Döblin. Idstein: Schulz-Kirchner, 1989.

Jens, Walter: Statt einer Literaturgeschichte. Tübingen 1957.

Johnson, Uwe: Jahrestage : aus dem Leben von Gesine Cresspahl. 1. Aufl. Frankfurt am Main: Suhrkamp, 2000.

Joyce, James: Ulysses. Übers. von Hans Wollschläger. ; hrsg. und komm. von Dirk Vanderbeke. 1. Aufl. Frankfurt am Main: Suhrkamp, 2004.

Kaemmerling, Ekkehard: Die filmische Schreibweise: Am Beispiel Alfred Döblin: *Berlin Alexanderplatz*. In: Jahrbuch für Internationale Germanistik. Bern und Frankfurt am Main: Herbert Lang & Cie AG, 1973. S. 45 – 61.

Kafka, Franz: Das Kafka-Buch: eine innere Biographie in Selbstzeugnissen. Frankfurt a. M. : Fischer, 1965.

Kamper, Dietmar / Wulf, Christoph (Hrsg.): Schweigen: Unterbrechung und Grenze der menschlichen Wirklichkeit. Berlin: Reimer, 1992.

Kant, Immanuel: Kritik der reinen Vernunft. In: Ders. : Werke in zehn Bänden. Hrsg. von Wilhelm Weischedel. Darmstadt: Wissenschaftliche Buchgesellschaft, 1983.

Keil, Thomas: Alfred Döblins "Unser Dasein": Quellenphilologische Untersuchungen. Würzburg: Königshausen & Neumann, 2005.

Keller, Otto: Döblins Montageroman als Epos der Moderne: Die Struktur der

Romane Der schwarze Vorhang, *Die drei Sprünge des Wang-lun* und *Berlin Al-exanderplatz*. München: Fink, 1980.

Ketelsen, Uwe-K: Kunst im Klassenkampf: Die heilige Johanna der Schlachthöfe. In: Brechts Dramen (s. o.), S. 106 – 124.

Kiesel, Helmuth: Döblin und das Kino: Überlegungen zur < Alexanderplatz > - Verfilmung. In: Internationale Alfred-Döblin-Kolloquien <7, 1989 – 8, 1991 > Münster 1989 – Marbach a. N. 1991. Hrsg. von Werner Stauffacher. Bern [u. a.]: Lang, 1993, S. 284 – 297.

Kiesel, Helmuth: Döblins Konversion als Politikum. In: Hinter dem schwarzen Vorhang: die Katastrophe und die epische Tradition. Tübingen: Francke, 1994. S. 193 – 208.

Kiesel, Helmuth: Geschichte der literarischen Moderne: Sprache, Ästhetik, Dichtung im zwanzigsten Jahrhundert. München: C. H. Beck, 2004.

Kiesel, Helmuth: Literarische Trauerarbeit: Das Exil-und Spätwerk Alfred Döblins. Tübingen: Niemeyer, 1986.

Kiesel, Helmuth: *Triumph und Trauma*: *Die kopernikanische Wende und ihre Folgen in Brechts „ Leben des Galilei ".* In: Weltbilder. Hrsg. von Hans Ge-bhardt, Helmuth Kiesel. Berlin/Heidelberg: Springer, 2004.

Kleist, Heinrich von: *Berief an Ulrike von Kleist* (Berlin, den 5. Februar 1801). In: Sämtliche Werke und Briefe. Bd. II . München: Hanser, 1961.

Klotz, Volker: Bertolt Brecht: Versuch über das Werk. Würzburg: Königshausen & Neumann, 1996.

Klotz, Volker: Zitat und Montage in neuerer Literatur und Kunst. In: Sprache im technischen Zeitalter, 60 (1976) .

Kluge, Alexander: Schlachtbeschreibung. 1. Aufl. Frankfurt a. M. : Suhrkamp, 1983.

Kobel, Erwin: Alfred Döblin: Erzählkunst im Umbruch. Berlin [u. a.]: de Gruyter, 1985.

Koeppen, Wolfgang: Tauben im Gras. Frankfurt a. M. : Suhrkamp, 1977 (Bib-liothek Suhrkamp 393) .

Kohl, Karl-Heinz: Ethnologie-die Wissenschaft vom kulturell Fremden: Eine Einführung. 3. Aufl. München: Beck, 2012.

Köppen, Edlef: Heeresbericht. Mit einem Nachwort von Michael Goll-
  bach. Reinbek bei Hamburg: Rowohlt, 1982.

Korte, Hermann: Lyrik am Ende der Weimarer Republik. In: Literatur der Wei-
  marer Republik 1918 – 1933. Hrsg. von Bernhard Weyergraf. München
  [u. a.]: Hanser, 1995.

Kreff, Fernand: Grundkonzepte der Sozial-und Kulturanthropologie in der Glob-
  alisierungsdebatte. Berlin: Reimer, 2003.

Kristeva, Julia: Bachtin, das Wort, der Dialog und der Roman. Übers. von Mi-
  chel Korinman u. Heiner Stück. In: Literaturwissenschaft und Linguistik:
  Ergebnisse und Perspektiven, Bd. III. Hrsg. von Jens Ihwe : Frankfurt a. M. :
  Athenäum, 1971. S. 345 – 375.

Kristeva, Julia: Die Revolution der poetischen Sprache. Aus dem
  Franz. übers. und mit einer Einl. vers. von Reinold Werner. 1. Aufl.,
  [Nachdr.]. Frankfurt am Main: Suhrkamp, 1995.

Kuhlmann, Anne: Revolution als "Geschichte": Alfred Döblins "November
  1918" eine programmatische Lektüre des historischen Romans. Tübingen:
  Niemeyer, 1997.

Lachmann, Renate: Gedächtnis und Literatur: Intertextualität in der russischen
  Moderne. Frankfurt a. M. : Suhrkamp, 1990.

Lamping, Dieter: Das lyrische Gedicht: Definitionen zu Theorie und Geschichte
  einer Gattung. Göttingen: Vandenhoeck & Ruprecht, (2) 1993.

Langen, August: Zum Problem der sprachlichen Säkularisation in der deutschen
  Dichtung des 18. Und 19. Jahrhunderts. In: Ders. : Gesammelte Studien zur
  neueren deutschen Sprache und Literatur. Berlin: E. Schmidt, 1978. S. 109 –
  127.

Laozi: Tao-te-king: Das Buch vom Sinn und Leben. Übersetzt und von einem
  Kommentar von Richard Wilhelm. Erweiterte Neuausgabe. München: Eugen
  Diederichs, 1978.

Ledanff, Susanne: Bildungsroman versus Großstadtroman. In: Sprache im tech-
  nischen Zeitalter 78. 1981.

Lehmann, Hans-Thies: Postdramatisches Theater. Frankfurt a. M. : Verlag der
  Autoren, 1999.

Lendvai, Erwin ［Mitarb. ］: Ernst Blochs Wirkung: Ein Arbeitsbuch zum 90. Geburtstag. Frankfurt am Main: Suhrkamp, 1975.

Lethen, Helmut: Der Habitus der Sachlichkeit in der Weimarer Republik. In: Literatur der Weimarer Republik 1918 – 1933. Hrsg. von Bernhard Weyergraf. München ［u. a. ］: Hanser, 1995.

Li, Binghai 李炳海: Zhiyan und Tischrede in der Vor-Qin-Zeit（Zhiyan yu XianQin zhujiuci 卮言与先秦祝酒辞）. In: Front der Sozialwissenschaften （Shehui kexue zhanxian 社会科学战线）. 1996. I.

Liä Dsï ［Liezi］: Das wahre Buch vom quellenden Urgrund: Die Lehren der Philosophen Liä Yü Kou und Yang Dschu（冲虚真经 Chongxu zhenjing）. Übers. von Richard Wilhelm. Düsseldorf & Köln: Eugen Dietrichs Verl. 1976.

Link, Christan: Subjektivität und Wahrheit: Die Grundlegung der neuzeitlichen Metaphysik durch Descartes. Stuttgart: Klett-Cotta, 1978

Link, Jürgen und Link-Heer, Ursula: Literatursoziologisches Propädeutikum: mit Ergebnissen einer Bochumer Lehr- und Forschungsgruppe Literatursoziologie 1974 – 1976（Hans Günther, Horst Hayer, Ursula Heer, Burkhardt Lindner, Jürgen Link）München: Fink, 1980.

Liu, An 刘安: Huainan zi（淮南子）. Kommentiert von Xu Kuangyi. Guiyang: Guizhou renmin chubanshe, 1993.

Liu, Shilin 刘士林: *Eine Untersuchung des Ursprungs von „ zhiyan " imZhuangzi（Zhuangzi „ zhiyan " tanyuan 庄子 "卮言 "探源）*. In: Academic Journal of Zhongzhou（Zhongzhou xuekan 中州学刊）. 1990. V. S. 92 – 93.

Liu, Weijian: Die daoistische Philosophie im Werk von Hesse, Döblin und Brecht. Bochum: Brockmeyer, 1991.

Lukács, Georg: Die Theorie des Romans: ein geschichtsphilosophischer Versuch über die Formen der großen Epik. Frankfurt am Main: Luchterhand, 1981.

Lyotard, Jean-François: La Condition postmoderne. Paris: Éd. de Minuit, 1979.

Ma, Jia: Döblin und China: Untersuchung zu Döblins Rezeption des chinesischen Denkens und seiner literarischen Darstellung Chinas in „ Drei Sprünge des Wang-lun ". Frankfurt am Main: Lang, 1993.

Mach, Ernst: Die Analyse der Empfindungen und das Verhältnisse des Physischen zum Psychischen. 4. , vermehrte Aufl. Jena: Fischer, 1903.

Macpherson, C. B. : Die politische Theorie des Besitzindividualismus. Frankfurt a. M. : Suhrkamp, 1967.

Mair, Victor H. : Painting and Performance: Chinese Picture Recitation and its Indian Genesis. Honolulu: University of Hawaii Press, 1988.

Mair, Victor H. : T' ang Transformation Texts: A Study of the Buddhist Contribution to the Rise of Vernacular Fiction ans Drama in China. Cambridge (Massachusetts) and London: Harvard University Press, 1989.

Maletzke, Gerhard: Interkulturelle Kommunikation: zur Interaktion zwischen Menschen verschiedener Kulturen. Opladen: Westdeutscher Verlag, 1996.

Maletzke, Gerhard: Interkulturelle Kommunikation: Zur Interaktion zwischen Menschen verschiedener Kulturen. Opladen: Westdt. Verl. , 1996.

Mann, Golo: Noch ein Versuch über Geschichtsschreibung. In: Golo Mann: Zwölf Versuche. Frankfurt a. M. : Fischer, 1973. S. 7 – 31.

Mann, Thomas: Das essayistische Werk (Taschenbuchausgabe in 8 Bänden) . Hrsg. von Hans Bürgin. Frankfurt a. M. : Fischer, 1968.

Mann, Thomas: Der Zauberberg. In: Stockholmer Gesamtausgabe. Frankfurt a. M. : Fischer, 1950.

Marinetti, Filippo Tommaso: Die futuristische Literatur: Technisches Manifest. In: Der Sturm 3 (1912/13) , Nr. 133. S. 194f.

Martínez, Matías/Scheffel, Michael: Einführung in die Erzähltheorie. 9. Aufl. München: Beck, 2012.

Martini, Fritz: Das Wagnis der Sprache: Interpretation deutscher Prosa von Nietzsche bis Benn. Stuttgart: Klett, 1954.

Matt, Beatrice von: Heiner Müller: Rede anläßlich der Verleihung des Kleist-Preises 1990. In: Kleist-Jahrbuch, 1991. S. 6 – 12.

Mauthner, Fritz: Beiträge zu einer Kritik der Sprache. Bd. 1: Sprache und Psychologie. Stuttgart, 1901; Bd. 3: Zur Grammatik und Logik. 2. Aufl. Stuttgart/Berlin, 1913.

Mauthner, Fritz: Die Sprache. Frankfurt a. M. : Rütten & Loening, 1906.

Mayer, Joachim-Ernst (Hrsg.): Depersonalisation. Darmstadt: Wissenschaftliche Buchgesellschaft, 1968（Wege der Forschung, Bd. CXXⅡ）.

Metzler Lexikon Literatur. 3. , völlig neu bearb. Aufl. Begr. Günther und Imgard Schweikle; Hrsg. von Dieter Burdorf/Christoph Fasbender/Burkhard Moennighoff. Stuttgart; Weimar: Metzler, 2007.

Meyer, Theo: Kunstproblematik und Wortkombinatorik bei Gottfried Benn. Köln: Böhlau, 1971.

Miller, Nikolaus: Prolegomena zu einer Poetik der Dokumentarliteratur. München: Wilhelm Fink, 1982.

Minder, Robert: *Alfred Döblin zwischen Osten und Westen.* In: Ders. , Dichter in der Gesellschaft: Erfahrungen mit deutscher und französischer Literatur. Frankfurt a. M. : Insel-Verl. , 1966. S. 155 – 190.

Minder, Robert: Alfred Döblin. In: Deutsche Literatur im 20. Jahrhundert: Strukturen und Gestalten. Bd. II. Bern/München: Francke, 1967. S. 126 – 150.

Mittenzwei, Werner: Das Leben des Bertolt Brecht oder Der Umgang mit den Welträtseln. 2 Bde. Frankfurt a. M. : Suhrkamp, 1987.

Möbius, Hanno: Montage und Collage: Literatur, bildende Künste, Film, Fotografie, Musik, Theater bis 1933. München: Fink, 2000.

Müller, Heiner: Gesammelte Irrtümer : Interviews und Gespräche. Frankfurt a. M. : Verlag der Autoren, 1986.

Müller, Heiner: Krieg ohne Schlacht. Leben in zwei Diktaturen: eine Autobiographie. Erweiterte Neuausgabe mit einem Dossier von Dokumenten des Ministeriums für Staatssicherheit der ehemaligen DDR. Köln: Kiepenheuer & Witsch, 1994.

Müller, Heiner: Werke. Hrsg. von Frank Hörnigk in Zusammenarbeit mit der Stiftung Archiv der Akademie der Künste, Berlin. 5 Bände. Frankfurt a. M. : Suhrkamp, 1998 – 2000.

Müller-Salget, Klaus: Alfred Döblin : Werk und Entwicklung. Bonn: Bourier, 1972.

Muschg, Walter: „ Nachwort ". In: *Berlin Alexanderplatz. Die Geschichte vom Franz Biberkopf.* Hrsg. von Walter Muschg, Olten: Walter, 1961.

Muschg, Walter: *Zwei Romane Alfred Döblins.* In: Von Trakl zu Brecht: Dichter des Expressionismus. München, 1961. S. 198 – 243.

Musil, Robert: Gesammelte Werke. 2. verb. Aufl. Reinbek bei Hamburg: Rowohlt, 1981.

Neubert, Albrecht: Die Stilformen der „ Erlebten Rede " im neueren englischen Roman, Halle/ Saale: Niemeyer, 1957.

Neuse, Werner: Geschichte der erlebten Rede und des inneren Monologs in der deutschen Prosa. New York ; Bern ; Frankfurt am Main ; Paris: Lang, 1990.

Nietzsche, Friedrich: *Aus dem Nachlaß der Achtzigerjahre.* In: Ders. : Werke. Bd. VI. München: Hanser, 1980.

Nietzsche, Friedrich: *Jenseits von Gut und Böse.* In: Ders. : Werke. Bd. 4. Hrsg. K. Schlechta. München: Hanser, 1980.

Nietzsche, Friedrich: Werke: Kritische Gesamtausgabe. Hrsg. von Giorgio Colli und Mazzino Montinari. Berlin/New York, 1967ff.

Otto F. Best: Zwischen Orient und Okzident: Döblin und Spinoza: Einige Anmerkungen zur Problematik des offenen Schlusses von*Berlin Alexanderplatz.* In: Colloquia Germanica: internationale Zeitschrift für germanische Sprach- und Literaturwissenschaft (Band 12. 1979) . Hrsg. von Bernd Kratz. Bern: Francke, 1979.

Park, Sang-Nam: Die sprachliche und zeitkritische Problematik von Döblins Roman "Berlin Alexanderplatz". 1. Aufl. Berlin: Köster, 1995.

Petersen, Jürgen H. : Erzählsysteme: Eine Poetik epischer Texte. Stuttgart [u. a.]: Metzler, 1993.

Petsch, Rober: Wesen und Form der Erzählkunst. Halle/Saale: Niemeyer 1934.

Pongs, Hermann: Im Umbruch der Zeit: Das Romanschaffen der Gegenwart. Göttingen: Göttinger Verlagsanst. , 1952.

Pörtner, Paul: Literatur-Revolution 1910 – 1925. Dokumente. Manifeste. Programme. 2 Bde. : I Zur Aesthetik und Poetik. II Zur Begriffsbestimmung der „ Ismen " . Neuwied a. Rh. : Berlin-Spandau, 1960 u. 1961. Hrsg. von der Akademie der Wissenschaften und der Literatur, Klasse der Literatur, Mainz (die mainzer reihe, Bd. 13, Ⅰ und Ⅱ) .

Prangel, Mattias: Alfred Döblin. 2. , neubearb. Aufl. Stuttgart: Metzler, 1987.

Quack, Josef: Diskurs der Redlichkeit: Döblins Hamlet-Roman. Würzburg: Königshausen & Neumann, 2011.

Quack, Josef: Geschichtsroman und Geschichtskritik: Zu Alfred Döblins *Wallenstein.* Würzburg: Königshausen & Neumann, 2004.

Qual, Hannelore: Natur und Utopie: Weltanschauung und Gesellschaftsbild in Alfred Döblins Roman "Berge, Meere und Giganten". München: Iudicium-Verl. , 1992.

Rasch, Wolfdietrich: *Döblins „ Wallenstein " und die Geschichte.* In: Zur deutschen Literatur seit der Jahrhundertwende: Gesammelte Aufsätze, Stuttgart: Metzler, 1967. S. 228 – 242.

Raulet, G. : Hermeneutik im Prinzip der Dialektik. In: Ernst Blochs Wirkung. Frankfurt a. M. : Suhrkamp, 1975.

Rauwald, Johannes: Politische und literarische Poetologie (n) des Imaginären: Zum Potenzial der (Selbst-) Veränderungskräfte bei Cornelius Castoriadis und Alfred Döblin. Würzburg: Königshausen & Neumann, 2013.

Reid, James H. : "Berlin Alexanderplatz" -A political novel. In: German Life and Letters, Bd. 21 ; 1967 – 1968. S. 214 – 223.

Ribbat, Ernst: Die Wahrheit des Lebens im frühen Werk Alfred Döblins. Münster: Aschendorff, 1970.

Ricœur, Paul: Zeit und Erzählung. München: Fink, 1988.

Ridley, Hugh: Gottfried Benn: Ein Schriftsteller zwischen Erneuerung und Reaktion. Opladen: Westdt. Verl. , 1990.

Riley, Anthony W. : „ Das Wissen um ein moralisches Universum ": Alfred Döblins, *The Living Thoughts of Confucius,* (1940) . In: Internationales Alfred Döblin-Kolloquium: Lausanne 1987. Hrsg. von Werner Stauffacher. Bern [u. a.]: Peter Lang, 1987.

Rilke, Rainer Maria/Lou Andreas-Salomé: Briefwechsel. Hrsg. von Ernst Pfeiffer. Frankfurt a. M. : Insel, 1975.

Rilke, Rainer Maria Sämtliche Werke in zwölf Bänden. Hrsg. vom Rilke-Archiv. In Verbindung mit Ruth Sieber-Rilke besorgt durch Ernst Zinn. Frankfurt a. M. : Insel, 1975.

Rilke, Rainer Maria: Die Aufzeichnungen des Malte Laurids Brigge. Sämtliche Werke. Hrsg. von Ernst Zinn. Band 6. Frankfurt a. M. , 1966.

Rorty, Richard: *Der Vorgang der Demokratie vor der Philosophie*. In: Ders. : Solidarität oder Objektivität? Drei philosophische Essays. Aus dem Englischen übersetzt von Joachim Schulte. Stuttgart: Reclam, 1988. S. 82 – 125.

Rorty, Richard: Kontingenz, Ironie und Solidarität. Übersetzt von Christa Krüger. 2. Aufl. Frankfurt a. M. ; Suhrkamp, 1993.

Rössler, Otto E. : Endophysik: die Welt des inneren Beobachters. Berlin: Merve 1992.

Roth, Walter: Döblinismus: Abhandlung zur Erlangung der Doktorwuerde der philosophischen Fakultaet I der Universitaet Zuerich. Zuerich: Copy Corner, 1980.

Rothe, Wolfgang: *Metaphysischer Realismus: Literarische Außenseiter zwischen Links und Rechts*. In: Wolfgang Rothe (Hrsg.), Die deutsche Literatur in der Weimarer Republik. S. 255ff.

Ruh, Ulrich: Säkularisierung als Interpretationskategorie: Zur Bedeutung des christlichen Erbes in der modernen Geistesgeschichte. Freiburg im Breisgau [u. a.]: Herder, 1980.

Salzer, Anselm: Illustrierte Geschichte der deutschen Literatur. Regensburg, 1932, Bd. V, S. 2281 – 2285.

Sampson E. E. : *The challenge of social change for psychology: Globalization and psychology's theory of the person*. In: American Psychologist 44, 1989. S. 914 – 921.

Sander, Gabriele: Erläuterungen und Dokumente: Alfred Döblin Berlin Alexanderplatz. Stuttgart: Reclam, 2006.

Schlegel, Friedrich: Kritische Schriften. Hrsg. von Wolfdietrich Rasch. München: Hanser, 1956.

Schmeling, Manfred (Hrsg.): Vergleichende Literaturwissenschaft: Theorie und Praxis. In: Athenaion Literaturwissenschaft Band 16. Wiesbaden: Akademische Verlagsgesellschaft Athenaion, 1981.

Schmidinger, Heinrich: Der Mensch ist Person: Ein christliches Prinzip in theologischer und philosophischer Sicht. Innsbruck & Wien: Tyrolia-

Verl, 1994.

Schneider, Jost: Die Kompositionsmethode Ingeborg Bachmanns: Erzählstil und Engagement in "Das dreißigste Jahr", "Malina" und "Simultan". Bielefeld: Aisthesis, 1999.

Schöne, Albrecht: Alfred Döblin: *Berlin Alexanderplatz*. In: Der Deutsche Roman: von Barock bis zur Gegenwart. Hrsg. von Benno von Wiese. Düsseldorf: August Bagel, 1963.

Schöne, Albrecht: Säkularisation als sprachbildende Kraft: Studien zur Dichtung deutscher Pfarrersöhne. Göttingen: Vandenhoeck & Ruprecht, 1958.

Schrader, Ulrike: Die Gestalt Hiobs in der deutschen Literatur seit der frühen Aufklärung. Frankfurt a. M. /Bern/New York/Paris: Lang, 1992.

Schuster, Ingrid/Bode, Ingrid (Hrsg.): Alfred Döblin im Spiegel der zeitgenössischen Kritik. Bern: Francke, 1973.

Schuster, Ingrid: China und Japan in der deutschen Literatur. München, 1977.

Schwimmer, Helmut: Erlebnis und Gestaltung der Wirklichkeit bei Alfred Döblin. Diss. München, 1960.

Seidler-von Hippel, Elisabeth: In: Die Pädagogische Provinz, 17. Jg.; 1963. S. 268 – 274.

Spengler, Oswald: Der Untergang des Abendlandes: Umrisse einer Morphologie der Weltgeschichte. München: Beck, 1922.

Stanzel; Franz K.: Theorie des Erzählens. 7. Aufl. Göttingen: Vandenhoeck und Ruprecht, 2001.

Stauffacher, Werner (Hrsg.): Internationales Alfred-Döblin-Kolloquium: Lausanne 1987. Bern [u. a.]: Lang, 1991.

Stauffacher, Werner: Die Bibel als poetisches Bezugssystem: zu Alfred Döblins, Berlin Alexanderplatz '. In: Sprachkunst: Beiträge zur Literaturwissenschaft (Jahrgang VIII/1977). Wien: Österreichische Akademie der Wissenschaft, 1977.

Stegemann, Helga: Bildlichkeit: die Ermordung einer Butterblume und andere Erzählungen. Bern, Frankfurt a. M. und Las Vegas: Lang, 1978.

Steinberg, Günter: Erlebte Rede: Ihre Eigenart und ihre Formen in neuerer deutscher, französischer und englischer Erzählliteratur. Göppingen:

Kümmerle, 1971.

Stenzel, Jürgen: Mit Kleister und Schere: zur Handschrift von*Berlin Alexander-platz*. In: Text + Kritik, 1966. H. 13/14. S. 39 – 44.

Striner, Max: Der Einzige und sein Eigentum. Stuttgart: Reclam, 1991.

Streim, Gregor: Einführung in die Literatur der Weimarer Republik. Darmstadt: WBG, 2009.

Stühler, Friedbert: Alfred Döblin, Berlin Alexanderplatz, Wolfgang Koeppen, Tauben im Gras: Der moderne deutsche Großstadtroman. 3. Aufl. Hollfeld: Beyer Verlag, 2005.

Tan, Yuan: Der Chinese in der deutschen Literatur: unter besonderer Berücksichtigung chinesischer Figuren in den Werken von Schiller, Döblin und Brecht. Göttingen: Cuvillier, 2007.

Tayloer, Charles: Quellen des Selbst: Die Entstehung der neuzeitlichen Identität. Übersetzt von Joachim Schulte. Frankfurt a. M. : Suhrkamp, 1996.

Vattimo, Gianni: Friedrich Nietzsche. Stuttgart: Metzler, 1992.

Vattimo, Gianni: Jenseits vom Subjekt: Nietzsche, Heidegger und die Herme-neutik. Hrsg. von Peter Engelmann. Übersetzt von Sonja Puntscher Riek-mann. Böhlau, Graz 1986.

Veit, Wolfgang: Erzählende und erzählte Welt im Werk Alfred Döblins: Schichtung und Ausrichtung der epischen Konzeption in Theorie und Praxis [Diss.]. 1970.

Vogt, Jochen: Aspekte erzählender Prosa: Eine Einführung in Erzähltechnik und Romantheorie. 10. Aufl. München: Fink, 2008.

Voss, Dietmar: Ströme und Steine: Studien zur symbolischen Textur des Werkes von Alfred Döblin. Würzburg: Königshausen & Neumann, 2000.

Wagner, Peter: *Bertolt Brechts „ Die heilige Johanna der Schlachthöfe ": ide-ologische Aspekt und ästhetische Strukturen*. In: Jahrbuch der deutschen Schill-ergesellschaft 12 (1968) . S. 493 – 519.

Walter, Hans-Albert: *Alfred Döblin, Wege und Irrwege: Hinweise auf ein Werk und eine Edition*. In: Frankfurter Hefte, 19. Jg. ; 1964; S. 866 – 878.

Wang, Shumin 王叔岷: Kommentar und Interpretation von *Zhuangzi* (《庄子校诠》), Taibei: Zhongyang yanjiuyuan lishi yuyan yanjiusuo, 1988.

Wang, Shuren 王树人: The "Image Thought" in the View of Comparison between the Western and the Oriental-Return to the Primitive Thinking (中西比较视野下的 "象思维" 回归原创之思). In: Journal of Literature, History and Philosophy (《文史哲》), No. 6, 2004 (Serial No. 285).

Wang, Shuren 王树人: The "principles conceived in Yi" under the vision of image-thinking (《 "象思维" 视野下的 "易道 "》). In: Study of Zhouyi (《周易研究》). No. 6, 2004 (Serial No. 68).

Wehr, Marco: Der Schmetterlingsdefekt: Turbulenzen in der Chaostheorie. Stuttgart: Klett-Cotta, 2002.

Welsch, Wolfgang (Hrsg.): Wege aus der Moderne: Schlüsseltexte der Postmoderne-Diskussion. Berlin: Akademie, 1994.

Welsch, Wolfgang: Unsere postmoderne Moderne. 7. Aufl. Berlin: Akademie-Verl. , 2008.

Welsch, Wolfgang: Vernunft: Die zeitgenössische Vernunftkritik und das Konzept der transversalen Vernunft. Frankfurt a. M. : Suhrkamp, 1995.

Weyembergh-Boussart, Monique: Alfred Döblin: seine Religiosität in Persönlichkeit und Werk. Bonn: Bouvier, 1970.

Weyergraf, Bernhard u. Lethen, Helmut: Der Einzelne in der Massengesellschaft. In: Literatur der Weimarer Republik 1918 – 1933. Hrsg. von Bernhard Weyergraf. München [u. a.]: Hanser, 1995.

Wichert, Adalbert. Alfred Döblins historisches Denken: Zur Poetik des modernen Geschichtsromans. Stuttgart: Metzler, 1978.

Wilhelm, Richard [übers.]: I Ging: das Buch der Wandlungen. Köln: Diederichs, 1987.

Wilhelm, Richard: Botschafter zweier Welten. 1. Aufl. Düsseldorf, Köln: Diederichs, 1973.

Wilpert, Gero [von]: Sachwörterbuch der Literatur. 8. , verb. und erw. Aufl. Stuttgart: Kröner, 2001.

Wittgenstein, Ludwig: Philosophische Untersuchungen. In: Ders. : Werkausgabe in acht Bänden. 9. Aufl. Frankfurt a. M. : Suhrkamp, 1993.

Wittgenstein, Ludwig: Tractatus logico-philosophicus. In: Ders. : Werkausgabe in acht Bänden. 9. Aufl. Frankfurt a. M. : Suhrkamp , 1993. Bd. 1, S. 7 – 85.

Wörterbuch der philosophischen Begriffe. Begr. von Friedrich Kirchner/Karl Theodor Michaelis; Forts. von Johannes Hoffmeister; Hrsg. von Arnim Regenbogen. Hamburg: Meiner, 2013.

Wu, Guangming 吴光明: Zhuangzi (《庄子》) . Taibei: Dongda tushu gongsi, 1988.

Xu, Zhenmin: Das neue chinesisch-deutsche Wörterbuch. Beijing: Shangwu yinshuguan, 1985.

Yang, Rubin 杨儒宾: *Die Untersuchung von zhīyán: Der Gedanke Zhuangzis über die Sprache als Ausdruck des Denkens.* (《卮言论: 庄子论如何使用语言表达思想》) In: Sinologische Forschung (《汉学研究》), Vol. 10 – 2. Taibei: Hanxue ziliao yanjiu ji fuwu zhongxin, 1992. S. 123 – 157.

Ye, Shuxian 叶舒宪: Eine kulturelle Interpretation des *Zhuangzi*: Eine Verbindung des prä-klassischen und postmodernen Blickfeldes (《庄子的文化解析: 前古典与后现代的视界融合》) . Wuhan: Hubei rcnmin chubanshe. 1997.

Zima, Peter [von]: Moderne, Postmoderne: Gesellschaft, Philosophie, Literatur. 2. , überarb. Aufl. Tübingen: Francke, 2001.

Zima, Peter [von]: Komparatistik: Einführung in die vergleichende Literaturwissenschaft. 2. , überarb. und erg. Aufl. Tübingen [u. a.]: Francke, 2011.

Ziolkowski, Theodor: Dimensions of the modern novel: German texts and European contexts. Princeton, New Jersey, 1969. S. 99 – 137.

Ziolkowski, Theodore: James Joyces Epiphanie und die Überwindung der empirischen Welt in der modernen deutschen Prosa. In: DVjs. 35 (1961) . S. 594 – 616.

今道友信 (Japan): Die ostasiatische Ästhetik (《东洋の美学》) Übersetzt von Jiang, Yin (蒋寅), 生活・读书・新知三联书店, 1991. S. 121.

索　引

Z

后　记

　　阿尔弗雷德·德布林，这位被 1999 年诺贝尔文学奖得主君特·格拉斯尊为老师的德国犹太作家，创作了一系列卷帙浩繁的叙事性作品和思辨性散文，并因此影响了一大批德国小说家。古往今来，著作浩繁、堪称宗师的作家，不可谓不多。然而像德布林这样，从题材到风格，从思想到审美，都如此波谲云诡、变幻莫测的作家，在文学史上的确罕见。

　　研究德布林是极具挑战性的。一方面，我们对他那模棱两可、时常还自相矛盾的思想无法一言以蔽之；另一方面，德布林艺术创作中所推崇的言说方式原本就有拒绝概念、逻辑和分析的倾向。这就使得一本以研究德布林小说诗学为指归的，由大量术语、种属和范畴构筑起来的理论著作，从一开始便具备了某种"以子之矛攻子之盾"式的徒劳宿命和殉道色彩。

　　但是，不幸中总会有万幸出现：笔者在海德堡大学日耳曼语言文学系遇到了恩师 Helmuth Kiesel 教授。Kiesel 先生完整而全面的知识结构令人仰之弥高，钻之弥坚，不禁让人想起贝多芬对巴赫的评价："他不是小溪，他应该叫大海。"因为巴赫（Bach）这一姓氏的德语原意正是"小溪"。同样，我们也可以如是评价 Kiesel 先生："他不是一块小小的砾石（Kiesel），他俨然是座泰山。"Kiesel 先生不仅学识渊博，而且对中华文明始终保持着浓烈的兴趣，兼之他对笔者多年来的鼓励和信任，这一切最终促成了笔者德语博士论文的诞生。

　　笔者在德国负笈云游十余载，有幸得到了观复博物馆馆长、文化学者马未都先生的倾囊相助。正是这位缔造了新中国第一家私人博物馆的慷慨长者，才使笔者在异国他乡得以远离尘嚣，心无旁骛地完成该书的写作，更使得笔者能在学贯之余涉猎其他文化门类，将文学、文化和文物以"文"贯之。

　　笔者还要向中国德语文学学会会长、中国社会科学院外国文学研究所研究员李永平先生郑重道谢：感谢李先生数年来的谆谆教诲、指点迷津，感谢他引导后学登堂窥奥、博览大观，令笔者迅速熟悉了国内德语学界的优良传统和研究范式。

　　同样需要感谢的还有北京大学的罗炜教授，没有她对德布林名作《柏林，亚历山大广场》出色的翻译和一系列优秀的阐释性著作，德布林是无法在中国收获如此众多的读者的，笔者粗浅的研究也是不可能在中国读者群中获得任何共鸣的。

　　在此一并感谢的还有中国社会科学院外国文学研究所所长、中国外国文学学会会长陈众议先生，北京大学德语系主任黄燎宇教授，北京大学德语系谷裕教授，海德堡大学日耳曼语言文学系 Karin Tebben 教授，海德堡大学汉学系 Lothar Wagner 教授。没有这些学术前辈的鼓励、提携与无私的帮助，本书的付梓是不可思议的。

　　最后，笔者还要感谢北京大学德语系助理教授李睿老师，她不仅是良师，更是益友，而且在二十余年的共同学习生涯中还成为笔者的生活伴侣。试想，没有她的理解和陪伴，在这蒙太奇般瞬息万变的现代世界里，令人目眩神迷的生活又有什么意义呢？

2017 年 9 月 30 日草于北京颐和园寓所